普通高等教育"十一五"国家级规划教材配套教材

互换性与测量技术基础学习指导及习题集与解答

主编　王伯平
参编　武美先
主审　袁长良
参审　武文堂　赵春明

U0095781

机械工业出版社

本书分为三篇：互换性与测量技术基础学习指导、互换性与测量技术基础习题集、互换性与测量技术基础习题选解。各篇中章的结构与教材中章的结构相对应。"学习指导"中总结指导各章中的要点、重点、难点，对知识点的内涵进行提炼并在讲解上加以引深和拓展。"习题集"中习题量大面广、各类题型灵活多样，难易均有，适应各类人员选做。"习题选解"中有针对性地选解了部分典型习题，解题过程详细、思路清晰，利于学生和教师学习和应用。

本书可供高等院校机械类专业师生使用，并可供其他行业的工程技术人员及计量、检验人员参考。

图书在版编目（CIP）数据

互换性与测量技术基础学习指导及习题集与解答/王伯平主编. —北京：
机械工业出版社，2010.6
普通高等教育"十一五"国家级规划教材配套教材
ISBN 978 - 7 - 111 - 31424 - 0

Ⅰ.①互… Ⅱ.①王… Ⅲ.①零部件 - 互换性 - 高等学校 - 教学参考
资料②零部件 - 测量 - 技术 - 高等学校 - 教学参考资料 Ⅳ.① TG801

中国版本图书馆 CIP 数据核字（2010）第 146085 号

机械工业出版社（北京市百万庄大街 22 号 邮政编码 100037）
策划编辑：邓海平 余 皞 责任编辑：邓海平 余 皞
版式设计：张世琴 责任校对：李锦莉
封面设计：张 静 责任印制：杨 曦
北京京丰印刷厂印刷
2010 年 11 月第 1 版·第 1 次印刷
184mm × 260mm·15 印张·371 千字
标准书号：ISBN 978 - 7 - 111 - 31424 - 0
定价：27.00 元

凡购本书，如有缺页、倒页、脱页，由本社发行部调换
电话服务 网络服务
社服务中心：(010)88361066 门户网：http://www.cmpbook.com
销 售 一 部：(010)68326294
销 售 二 部：(010)88379649 教材网：http://www.cmpedu.com
读者服务部：(010)68993821 封面无防伪标均为盗版

前　言

　　"互换性与测量技术基础"是高等院校机械类、仪器仪表类和机电一体化类专业必需的主干技术基础课程，是与机械工业发展紧密相关的基础学科。作者编写的《互换性与测量技术基础》是普通高等教育"十一五"国家级规划教材。该书自第 1 版到第 3 版出版以来，受到同行的普遍认同，被国内 200 多所高等院校选用，先后重印多次，印数达十几万册，产生了良好的社会效益。该书获 2008 年山西省教学成果一等奖，并被评为省级精品课程。为满足当今课程建设的需要，多所院校的教师建议增加该课程习题的数量，单独编写该课程的学习指导书。为此，我们编写了《互换性与测量技术基础学习指导及习题集与解答》。

　　本书与《互换性与测量技术基础》教材配合使用。本书的特点是：其结构安排与教材相对应，好学好用；内容全面详细，如学习指导中有总结指导各章的要点、重点、难点，并对一些重要知识点的讲解加以引深和拓展；习题量大面广，有 2000 多道各类型题目，涵盖本教材全部内容，有些知识内容还加以延伸，各类题型灵活多样、难易均有、适应各类人员选做；同时，有针对性地选做了部分习题，解题过程详细、思路清晰，利于学生和教师参考。

　　本书主要由王伯平编写，武美先参加编写。在编写过程中，得到了太原科技大学、太原理工大学、中北大学、浙江大学等的大力支持，在此一并致谢。本书由太原理工大学博士生导师袁长良担任主审，参加审稿的还有武文堂、赵春明。

　　由于编者水平有限，书中难免存在缺点和错误，敬请广大读者批评指正。

编　者

于山西太原

目 录

前言
第一篇 互换性与测量技术基础学习指导 ……………………………………………………… 1
  第一章 绪论 ………………………………………………………………………………… 1
  第二章 光滑圆柱体结合的极限与配合 …………………………………………………… 3
  第三章 测量技术基础 ……………………………………………………………………… 10
  第四章 形状和位置公差及检测 …………………………………………………………… 15
  第五章 表面粗糙度 ………………………………………………………………………… 22
  第六章 光滑工件尺寸的检测 ……………………………………………………………… 26
  第七章 滚动轴承与孔、轴结合的互换性 ………………………………………………… 30
  第八章 尺寸链 ……………………………………………………………………………… 34
  第九章 圆锥结合的互换性 ………………………………………………………………… 39
  第十章 螺纹结合的互换性 ………………………………………………………………… 42
  第十一章 键和花键的互换性 ……………………………………………………………… 46
  第十二章 圆柱齿轮传动的互换性 ………………………………………………………… 50
第二篇 互换性与测量技术基础习题 …………………………………………………………… 58
  第一章 绪论习题 …………………………………………………………………………… 58
  第二章 光滑圆柱体结合的极限与配合习题 ……………………………………………… 61
  第三章 测量技术基础习题 ………………………………………………………………… 79
  第四章 形状和位置公差及检测习题 ……………………………………………………… 93
  第五章 表面粗糙度习题 …………………………………………………………………… 118
  第六章 光滑工件尺寸的检测习题 ………………………………………………………… 128
  第七章 滚动轴承与孔、轴结合的互换性习题 …………………………………………… 139
  第八章 尺寸链习题 ………………………………………………………………………… 148
  第九章 圆锥结合的互换性习题 …………………………………………………………… 159
  第十章 螺纹结合的互换性习题 …………………………………………………………… 166
  第十一章 键和花键的互换性习题 ………………………………………………………… 176
  第十二章 圆柱齿轮传动的互换性习题 …………………………………………………… 183
第三篇 互换性与测量技术基础习题选解 …………………………………………………… 195
  模拟试卷（一） …………………………………………………………………………… 227
  模拟试卷（二） …………………………………………………………………………… 231
参考文献 …………………………………………………………………………………………… 234

第一篇　互换性与测量技术基础学习指导

第一章　绪　　论

一、基本内容

本章主要介绍四部分内容：①互换性的含义、重要性、分类及其作用。②标准和标准化的含义。③互换性与标准和标准化的关系。④优先数和优先数系的意义、构成规律、特点及其应用。

二、互换性对现代工业生产的重要意义

现代机械工业生产的特点是：生产规模大，技术要求高，生产协作广泛。许多产品往往要涉及到数十个、甚至上百个生产企业，生产协作点遍布全国各地，甚至世界各个国家或地区。在一个企业内部也要涉及到产品设计、生产工艺、技术检验以及生产管理和技术管理等许多部门和技术环节。这样一个复杂、严密的生产组合，必须采用互换性原则，在技术上保持高度统一和协调一致。要做到这一点，就必须制订并严格执行一系列标准，使各个生产部门和生产环节在技术上统一和协调起来，使整个社会生产形成一个有机的整体。

互换性是现代机械工业按照专业化协作原则组织生产的基本条件。按照互换性原则进行生产，有利于广泛地组织协作，进行高效率的专业化生产，从而便于组织流水作业和自动化生产，大大简化零部件的设计、制造和装配过程，缩短生产周期，提高劳动生产率，降低生产成本，保证产品质量，便于使用维修。因此，互换性是现代机械工业生产必不可少的重要技术措施。

三、互换性的分类

互换性可以从不同角度分类。按互换的范围，可分为几何参数互换和功能互换，本课程只研究几何参数互换，如尺寸、形状、位置和表面粗糙度等；按互换的程度，可分为完全互换和不完全互换，前者要求零部件在装配时不需要挑选和辅助加工，后者要求零部件在装配时需要分组或调整；对标准部件，互换性可分为内互换和外互换，前者是组成标准部件的零件的互换，后者是标准部件与其他零部件的互换。

四、标准和标准化体系

我国标准分为国家、行业、地方和企业四个等级。国家标准和行业标准又分为强制性和

推荐性两大类。本课程所涉及的标准多为推荐性标准。按照标准化对象的特性，标准可分为基础标准、产品标准、方法标准、安全标准、卫生标准等。基础标准是指在一定范围内作为其他标准的基础并普遍使用、具有广泛指导意义的标准，如极限与配合标准、几何公差标准等。为了适应全球经济一体化的趋势，我国新出台和修订的标准将逐步与国际标准靠拢。对于新标准，需要不断学习和应用。

五、学习优先数和优先数系的要点

1. 新国家标准 GB/T 321—2005《优先数和优先数系》的有关规定

标准对优先数系规定了 R5、R10、R20、R40 四个基本系列和 R80 补充系列。借助标准中表格数据，可以写出各系列的优先数。要在实际工作中优先采用优先数，使实际工作从一开始的参数选择就纳入标准化。

2. 优先数的特点及主要优点

优先数的数值排列规律具有两大特点：①十进制（优先数中的每一个数值都是可以十为倍数扩大或缩小）；②等公比（优先数系中后项比前项是一个定值，为公比）。

优先数的主要特点：相邻两项的相对差均匀，疏密适中，而且运算方便，简单易记。在同一系列中，优先数（理论值）的积、商、整数（正或负）的乘方等仍为优先数。因此，优先数得到了广泛的应用。

3. 优先数派生系列的应用

可从基本系列中每隔几项选取一个优先数，组成新的系列，即派生系列。它使优先数有了更大的适应性来满足各种生产实际的需要。

第二章　光滑圆柱体结合的极限与配合

一、基本内容

本章是本课程中最重要的一章，它涉及的是机械类专业人员应用最广、设计制造时使用最多、最基础的内容。本章主要介绍五大部分内容：①极限与配合的基本术语及定义。②国家标准对标准公差和基本偏差这两大系列是如何规定的？③国家标准对各尺寸段推荐了哪些公差带和配合？④常用尺寸极限与配合的选用。⑤一般公差线性尺寸的未注公差。

目前执行的主要是 GB/T 1800.1—1997《极限与配合　基础　第 1 部分：词汇》、GB/T 1800.2—1998《极限与配合　基础　第 2 部分：公差、偏差和配合的基本规定》、GB/T 1800..3—1998《极限与配合　基础　第 3 部分：标准公差和基本偏差数值表》、GB/T 1801—1999《一般公差　公差带和配合的选择》、GB/T 1804—2000《一般公差　未注公差的线性和角度尺寸的公差》等标准。

二、极限与配合的基本术语及定义中的要点及重点指导

要清楚理解、熟练掌握教材中介绍的基本术语和定义，这对于学好本课程是非常重要的。下面强调几点应注意的问题。

（1）孔和轴的定义　在极限与配合中，孔、轴可以是圆形的，也可以是非圆形的，它们的概念是广义的。只要是由单一尺寸确定的内表面即可看作孔，由单一尺寸确定的外表面即可看作轴。

（2）实际尺寸　实际尺寸是通过测量从量具上读出的数值，只能反映在零件某一位置处，经实测而包含有允许的测量误差在内的数值，它具有随机性和不唯一性，它不是实测尺寸的真值。生产中都是以实际尺寸作为评定尺寸精度的依据。为确保零件的质量，检测时应按国家标准 GB/T 3177—1997《光滑工件尺寸的检验》的规定，对不同精度的尺寸要求，必须选定适宜精度的量仪来进行测量。

（3）极限尺寸　极限尺寸就是用来限制尺寸变动所给出的一定范围，它是生产中加工和检验的依据。加工好的零件实际尺寸，只要能控制在最大与最小极限尺寸之间，就是合格的。

（4）标注形式　图样上极限偏差有五种不同标注形式：

1）上、下偏差都是正值。如 $\phi 50^{+0.042}_{+0.017}$ mm。

2）上、下偏差都是负值。如 $\phi 50^{-0.025}_{-0.050}$ mm。

3）下偏差为零值，上偏差必为正值。如 $\phi 50^{+0.025}_{0}$ mm。

4）上偏差为零值，下偏差必为负值。如 $\phi 50^{0}_{-0.025}$ mm。

5）上偏差为正值，下偏差为负值。如 $\phi 50^{+0.015}_{-0.010}$ mm。

（5）公差与偏差在概念上的根本区别　公差与偏差是两个完全不同的概念，在生产中应严格区分，不能混为一谈。从概念上讲，偏差是相对于基本尺寸而言，是指相对于基本尺寸偏离大小的数值。极限偏差（即上、下偏差）是用以限制实际偏差的变动范围；而公差

仅表示极限尺寸变动范围大小的一个数值。从作用上讲，极限偏差表示了公差带的确切位置，因而可反映出零件的配合性质，即松紧程度；而公差仅表示公差带的大小，即反映出零件的配合精度。从数值上讲，偏差可以是正值、负值或零；而公差是没有符号的绝对值，且不能为零。

（6）公差带图的意义以及构成它的两个基本因素　公差带图是表示一对相互配合的孔和轴的基本尺寸、极限尺寸、极限偏差及公差之间相互关系的简化图，它还能表示孔和轴配合的间隙、过盈等情况。它能非常直观、清晰地表示孔和轴的配合关系，是解决极限与配合问题的一个有力工具。

公差带图由以下两个要素组成：①公差带的位置。它是指公差带相对于零线的位置。标准规定：以基本偏差作为确定公差带位置的统一参数。基本偏差可以是上偏差或下偏差，一般为靠近零线的那个偏差。②公差带的大小。它是指公差带的高度值，也就是尺寸允许变动范围的数值，即公差值。公差带的大小是根据零件精度要求，并按照标准中规定的标准公差值来确定的。

（7）理解并掌握配合、间隙或过盈、极限间隙或极限过盈的概念　配合是基本尺寸相同的、相互结合的孔和轴公差带之间的关系。注意：基本尺寸不同，不能称配合。

按孔、轴公差带的关系，把配合分为间隙配合、过盈配合和过渡配合三类。可以从不同角度来看它们的区别。①从公差带在公差带图中的位置上看：孔的公差带在轴的公差带之上为间隙配合；孔的公差带在轴的公差带之下为过盈配合；孔的公差带与轴的公差带全部或部分相互交叠为过渡配合。②从孔的尺寸减去轴的尺寸的代数差的正、负号看：若为正号，是间隙配合；若为负值，是过盈配合。代数差是正的，其绝对值越大，表示间隙越大，配合越松；代数差是负的，其绝对值越大，表示过盈越大，配合越紧。

当孔的尺寸为最大极限尺寸，轴为最小极限尺寸时，配合最松，产生最大间隙（对于间隙配合和过渡配合而言）或最小过盈（对于过盈配合而言）；反之，当孔为最小极限尺寸，轴为最大极限尺寸时，配合最紧，产生最小间隙（对于间隙配合而言）或最大过盈（对于过渡配合和过盈配合而言）。最大间隙或过盈、最小间隙或过盈统称极限间隙或极限过盈。它们表示配合要求的松紧极限程度。

（8）理解并掌握配合公差的概念及其与尺寸公差的关系　组成配合的孔、轴公差之和，即允许其间隙或过盈的变动量，叫做配合公差。配合公差是一个没有符号的绝对值。

生产中为了保持机器性能的稳定，必须要控制相配合零件之间的间隙或过盈量大小的变动范围。该数值是通过孔与轴所给定的公差带来保证的。由于孔和轴的实际尺寸可以在给定的公差范围内变动，因此该配合的实际间隙或过盈也随之发生变化。为了满足机器零件配合性能要求，必须对其配合间隙或过盈的变动量进行控制。

（9）熟练掌握本章中极限与配合常用符号及关系式　如表2-1所示。

表2-1　极限与配合常用符号及关系式

孔的基本尺寸、极限尺寸		D、D_{max}、D_{min}	轴的基本尺寸、极限尺寸		d、d_{max}、d_{min}
孔的极限偏差	上偏差	$ES = D_{max} - D$	轴的极限偏差	上偏差	$es = d_{max} - d$
	下偏差	$EI = D_{min} - D$		下偏差	$ei = d_{min} - d$
孔尺寸公差		$T_h = \lvert D_{max} - D_{min} \rvert = \lvert ES - EI \rvert$	轴尺寸公差		$T_s = \lvert d_{max} - d_{min} \rvert = \lvert es - ei \rvert$

（续）

孔的基本尺寸、极限尺寸		D、D_{max}、D_{min}	轴的基本尺寸、极限尺寸	d、d_{max}、d_{min}
间隙配合	最大间隙		$X_{max} = D_{max} - d_{min} = ES - ei$	
	最小间隙		$X_{min} = D_{min} - d_{max} = EI - es$	
	配合公差		$T_f = \lvert X_{max} - X_{min} \rvert$	
过盈配合	最大过盈		$Y_{max} = D_{min} - d_{max} = EI - es$	
	最小过盈		$Y_{min} = D_{max} - d_{min} = ES - ei$	
	配合公差		$T_f = \lvert Y_{max} - Y_{min} \rvert$	
过渡配合	最大间隙		$X_{max} = D_{max} - d_{min} = ES - ei$	
	最大过盈		$Y_{max} = D_{min} - d_{max} = EI - es$	
	配合公差		$T_f = \lvert X_{max} - Y_{max} \rvert$	
配合公差			$T_f = T_h + T_s$	

（10）掌握配合制、基孔制、基轴制的概念　按照国家标准规定的公差与偏差所确定的孔和轴组成配合的制度，叫做配合制。相配合的孔、轴的公差带位置可有各种不同的方案，均可达到相同的配合要求。为了简化和有利于标准化，以尽量少的公差带形成尽可能多的配合，国家标准规定了两种配合制，即基孔制和基轴制。

把孔的公差带位置固定（基本偏差代号为 H），与不同基本偏差的轴的公差带形成各种配合的一种制度，称为基孔制；反之，把轴的公差带位置固定（基本偏差代号为 h），与不同基本偏差的孔的公差带形成各种配合的一种制度，称为基轴制。区别某种配合是基孔制还是基轴制，只与其公差带的位置有关，而与孔、轴的加工顺序无关。

三、国家标准对标准公差和基本偏差的主要规定

国家标准对标准公差和基本偏差这两大内容进行了标准化的规定，对它们的构成规律、分布进行了充分的分析研究，形成了适合生产应用的两大系列内容体系，这也是本章的重点。

1. 掌握标准公差系列

标准公差是确定公差带大小的数值。标准中所规定的标准公差，是由公差因子（公差单位）、公差等级和基本尺寸这三项因素所确定的。在设计中应根据各种零件的不同需求，按照标准中规定的标准公差数值来确定所需公差。需要注意下面几点：

1）公差因子是以生产实践为基础，通过专门的试验和大量的统计数据分析，找出零件的加工和测量误差随基本尺寸变化的规律，由此来构成公式，从而确定公差因子。它是用来确定各种不同等级公差值大小依据的基数。

2）国家标准将公差等级分为 IT01～IT18 共 20 级。各级标准公差值是按照国家标准中标准公差的计算公式用公差因子乘以公差等级系数得到的，这样就将各级公差值形成了大小分布合理、便于生产应用的标准公差数值。公差等级从 IT01 至 IT18 其精度要求依次降低，标准公差数值依次增大。

3）标准中规定基本尺寸分段的意义和方法。在生产中，零件的基本尺寸是各不相同的，若将每一种基本尺寸所对应的标准公差等级数值，一一对应地分别求出，所列出的公差表格就非常繁琐，使用也极不方便。从公差因子与基本尺寸之间的关系来看，用相近数值的

5

基本尺寸所求得的公差因子数值也极为相近，而且生产中也没有必要区分得过细。为了减少公差的数目，统一公差值，以便于简化公差表格，方便生产中应用，标准中按一定规律将基本尺寸划分成若干范围段落，称为尺寸分段。

标准中基本尺寸分段所采用的方法是：对基本尺寸小于等于180mm 的，采用不均匀递增系列；对基本尺寸大于180mm 的，则采用优先数系 R10 与 R20 系列。

4）熟练、正确地查询公差数值。各等级的公差数值可以直接从《标准公差数值》表中查出，学生应能熟练、正确地查表。从表中可以看出：同一基本尺寸范围，公差等级越高，公差数值越小；同一公差等级，基本尺寸越大，公差数值越大。所以，基本尺寸不同时，不能以公差数值的大小来判断精度高低，而只能根据公差等级来判断。

2. 掌握基本偏差系列

基本偏差是确定公差带位置的数值。标准中所规定的确定基本偏差的方法是先确定了轴的基本偏差，然后，孔的基本偏差是由轴的基本偏差通过通用规则或特殊规则换算得到，最终形成轴的基本偏差数值表和孔的基本偏差数值表以供生产中应用。国家标准对轴、孔分别规定了 28 种基本偏差代号，用拉丁字母表示，轴用小写字母、孔用大写字母表示。在学习时应注意下面几点：

1）轴的基本偏差是在基孔制的基础上制订的。它是根据科学试验和生产实践并按照国家标准中轴的基本偏差计算公式计算得到的。轴的基本偏差计算公式根据以下原则确定：①基本偏差 a ~ h 的公差带均在零线之下，用于间隙配合，基本偏差的绝对值正好等于与基准孔 H 相配时的最小间隙，因此该范围内的基本偏差应按间隙配合的要求建立公式。②基本偏差 j ~ n 的公差带在零线之上且靠近零线，用于过渡配合。③基本偏差 p ~ zc 是按过盈配合来规定的，并以最小过盈来考虑。

从轴的基本偏差系列分布图形上看，轴的基本偏差从 a ~ zc 是由低到高依次上升的。从 a ~ h 这一范围均为上偏差，其中 h 的基本偏差为零，即为基轴制配合中的基准轴；从 k ~ zc 范围内的基本偏差均为下偏差。

轴的基本偏差中，js 的基本偏差等于 ± IT/2，即标准公差（IT）对称分布于零线两侧；j 的基本偏差大部分是标准公差（IT）不对称分布于零线的两侧（见表2-2）。

表 2-2　轴的基本偏差

基本偏差代号	基本偏差为上偏差还是下偏差	公差带相对于零线的位置	备　　注
a ~ h（共11个）	上偏差	在零线下方	基本偏差为 h 时，上偏差为零，是基准轴
js	上偏差或下偏差	对称跨在零线两侧	js = ± IT/2（或 js = ±（IT−1）/2）
j	下偏差	近似对称跨在零线两侧	将逐渐被 js 取代，标准中只保留 5、6、7、8 几个精度等级
k ~ zc（共15个）	下偏差	在零线上方	

2）孔的基本偏差不是由基本偏差公式计算得到的，而是由轴的基本偏差换算得到的。换算时应按照不同的适用范围采用两种规则：通用规则——孔的基本偏差与同字母的轴的基本偏差符号相反、绝对值相等；特殊规则——孔的基本偏差与同字母的轴的基本偏差符号相反，但绝对值要再加上一个 Δ（Δ 为相邻两个公差等级的公差值的差值）。

在孔的基本偏差中要理解并领会三点：①通用规则主要用于间隙配合、公差等级较低的情况；特殊规则主要用于公差等级较高的情况。②特殊规则的规定是由于在高精度配合（轴的公差等级≤7级或孔的公差等级≤8级）时，由于孔比同级的轴加工困难，故一般孔的公差比轴低一级，而在精度较低的配合中孔、轴同级。③国家标准这样规定孔的基本偏差换算规则，就可以做到不管是低精度配合还是高精度配合，都可以保证"同名配合，配合性质相同"。所谓"同名配合"，是指公差等级和非基准件的基本偏差代号都相同，只是基准制不同的配合（如$\phi40F8/h7$与$\phi40H8/f7$、$\phi50H9/e9$与$\phi50E9/h9$）。所谓"配合性质相同"，是指配合的极限间隙（或过盈）相同。

孔的基本偏差系列的分布与轴的基本偏差成倒影关系。即孔的基本偏差从A～H为下偏差（在零线之上），且其绝对值按从A～H的顺序逐渐减小，其中H的基本偏差为零，为基孔制配合中的基准孔。从K～ZC范围内的基本偏差为上偏差，且基本偏差的绝对值按从K～ZC的顺序逐渐增大（即从上向下逐渐远离零线）。

孔的基本偏差中，JS的基本偏差$JS = \pm IT/2$，是标准公差（IT）对称分布于零线两侧；J的基本偏差大部分是标准公差（IT）不对称分布于零线的两侧。

3）熟练、正确地查询基本偏差数值表。应熟练掌握查表方法，应特别注意查孔的基本偏差数值时加与不加 Δ 值，以便正确确定基本偏差的数值。

4）当公差等级和基本偏差确定后，零件公差带的大小和位置就完全确定了，另一个极限偏差就可依据基本偏差和公差计算出来。以下公式应熟练掌握：

$$ES = EI + IT \quad 或 \quad EI = ES - IT$$
$$es = ei + IT \quad 或 \quad ei = es - IT$$

四、国家标准推荐的公差带与配合

这一节重点讲解国家标准推荐了哪些公差带和配合以及推荐的意义。由于孔和轴各有20个公差等级和28个基本偏差，则孔和轴的公差带各有500多种，它们形成的配合多达几十万种，如果不进行推荐，势必在生产中造成繁多的配合种类，不利于互换性和标准化，所以国家标准按照不同的尺寸段对公差带与配合进行了推荐。其要点如下：

1）在公差带与配合的选择使用中，选择的顺序应为：

优先——常用——一般——其他

2）在20个公差等级中，轴常用是5～12级，孔常用是6～12级。

3）国家标准推荐的公差带和配合的个数详见表2-3和表2-4。

表2-3　国家标准推荐的一般、常用和优先公差带的个数

	轴			孔		
	一般	常用	优先	一般	常用	优先
尺寸≤500mm	119	59	13	105	44	13
尺寸>500～3150mm		41			31	
尺寸至18mm		163			145	

表2-4　国家标准推荐的常用和优先配合的个数

	基 孔 制	基 轴 制
常用配合	59	47
优先配合	13	13

五、极限与配合的选用

极限与配合的选用是学习本课程的目的，也是本章的重点和难点。合理地选用极限与配合，不仅能确保互换性生产，而且对提高产品质量、降低生产成本都具有很重要的意义。

（1）极限与配合的选用 极限与配合的选用包括三个方面：①配合制选用；②公差等级选用；③配合种类选用。

（2）极限与配合合理选择步骤 极限与配合的选择，应根据机器的功能要求及加工工艺性，按照标准中有关规定来确定。一般步骤是：

1）首先要确定所采用的配合制（基准制），是采用基孔制配合，还是基轴制配合。

2）根据零件的功能要求，确定它所需要的配合性质，也就是确定选用哪种基本偏差。

3）根据零件配合精度的要求，确定零件的公差等级。

极限与配合的选择是机械设计中一个重要组成部分，它与整个设计工作密切相关。上述三个步骤在实施过程中也是密切联系的，不能孤立、机械地按某一步骤进行。正确的选择往往来源于对实践工作的总结。

（3）极限与配合选用总原则 极限与配合选用的总原则是在满足使用要求的前提下，尽量降低生产成本。

（4）极限与配合的选择方法 选择的方法有计算法、试验法和类比法三种。计算法是按一定的理论和公式，通过计算，确定所需的间隙量或过盈量，从而选择合适的极限与配合，这种方法简化了很多因素，其结果也是近似的，只能作为参考；试验法需作大量试验，成本较高，用于重要的、关键的配合；类比法就是参考从生产实践中总结出来的经验、资料，经过分析、比较进行选用，类比法是目前选择极限与配合的主要方法。

（5）配合制的选择 为满足选用原则，配合制选择的思路和顺序是：优先选用基孔制，其次选用基轴制，特殊情况选用非基准制。这样选择的优点为：

1）优先选用基孔制，可以大大减少定值刀具、工具和量具的规格与数量，经济性好。

2）其次采用基轴制。①当轴的精度要求低，直接用冷拉钢材不需要加工时；②同一基本尺寸的轴与多件孔形成不同性质的配合时，可避免阶梯轴，有利于加工和装配；③与标准零部件（如滚动轴承、电动机轴等）配合时，符合以标准件为基准的要求，有利于保证质量。

3）特殊情况选用非基准制。非基准制配合既不是基孔制，也不是基轴制，它是由不包含基本偏差为 H 和 h 的任一孔、轴公差带组成的配合。如某轴已与滚动轴承组成非基准制配合，为避免阶梯轴加工，此轴与轴上其他零件的配合就可选用非基准制配合，这样较为经济、有利。

（6）公差等级的选择 选择时要掌握好使用要求、制造工艺和成本之间的关系。因为公差等级的高低直接影响产品质量和生产成本。选择时要遵循的原则是：在满足使用要求的前提下，尽量选取低的公差等级。

在各尺寸段孔、轴配合时选择公差等级应注意的问题：

1）在基本尺寸 ≤500mm 的常用尺寸段中，当配合为较高等级（标准公差 ≤IT8）时，孔比同级轴加工困难，推荐孔比轴低一级配合；当配合为较低等级（标准公差 >IT8）时，推荐孔、轴同级配合。

2）在基本尺寸 >500mm 的大尺寸段中，孔的测量精度比轴容易保证，推荐孔、轴同级配合。表 2-5 表示出国家标准推荐各公差等级的应用范围。

表 2-5　国家标准推荐各公差等级的应用范围

公 差 等 级	主要应用范围	公 差 等 级	主要应用范围
IT01 ~ IT1 级	高精度量块和其他精密尺寸标准块	IT9 ~ IT10 级	一般要求的地方，或精度要求较高的槽宽的配合
IT2 ~ IT5 级	特别精密零件的配合		
IT6(孔到 IT7)级	要求精密配合的情况	IT11 ~ IT12 级	不重要的配合
IT7 ~ IT8 级	一般精度要求的配合	IT12 ~ IT18 级	未注尺寸公差的尺寸精度

六、图样上的尺寸未注公差知识要点

根据零件的功能要求，在图样上给出必要的尺寸公差，但并不是对所有尺寸都必须注出尺寸公差。为了更加明确加工精度的要求，保持图样清晰，便于加工工艺统一，通常在下列情况下不必标注尺寸公差：①没有特殊要求的非配合尺寸；②一些由工艺方法可以保证的尺寸；③为了简化制图，保持图面清晰，凡在有关技术文件中有统一加工精度要求的尺寸，及对零件使用功能无影响的非重要尺寸。

在应用国家标准 GB/T 1804—2000《一般公差　未注公差的线性和角度尺寸公差》时，应掌握下面几个要点：

1）一般公差是指在车间一般加工条件下可保证的公差。采用一般公差的尺寸，在该尺寸后不注出极限偏差要求，而是在技术文件或标注中作出统一规定。在标准中，线性尺寸的极限偏差、倒圆半径与倒角高度尺寸的极限偏差、角度尺寸的极限偏差各规定了四个公差等级，即 f（精密级）、m（中等级）、c（粗糙级）、v（最粗级），在生产中可根据零件的使用要求进行选择。

2）一般公差适用于金属切削加工的非配合尺寸，也适用于一般的冲压加工尺寸。非金属材料和其他工艺方法加工的尺寸可参照采用。

3）当零件的功能要求所允许的公差等于或大于一般公差时，均应采用一般公差。只有当要素的功能所允许的公差比一般公差还要大，而该公差又比一般公差经济时（例如装配时所钻的不通孔），此时应将相应的极限偏差注在基本尺寸后面。

4）当两个表面分别由不同类型的工艺（例如切削和铸造）加工时，它们之间线性尺寸的一般公差，应按规定的两个一般公差中数值较大的来确定。

5）应当指出，虽然图样上有些尺寸没有标注尺寸公差而采用未注公差，并不意味着这些尺寸可以随意变动，不受任何限制，而只是表明这些尺寸没有必要严格地控制变动范围，但仍有较低精度的公差控制要求，这就是我们通常所说的未注公差尺寸的要求。

第三章　测量技术基础

一、基本内容

本章主要介绍三大部分内容：①测量中的有关概念、术语、尺寸传递知识以及量块的基本知识。②计量器具和测量方法的分类以及计量器具的基本度量指标。③测量误差的概念、分类、处理方法以及各类测量列的数据处理方法和应用。

二、测量概念、尺寸传递及量块知识要点

（1）掌握测量的概念及其四要素　测量是指把被测的几何量与具有计量单位的标准量进行比较，以确定被测量的量值的操作过程。任何一个测量过程都包括以下四个要素：

1）测量对象——本课程研究的是几何量。

2）计量单位　即计量单位的标准量，我国法定的长度单位为米（以及毫米、微米、纳米等），角度单位为弧度（以及微弧度，其他常用单位还有度、分、秒）。

3）测量方法——进行测量时所采用的测量原理、计量器具和测量条件的综合要求。

4）测量精度——测量结果与真值的一致程度。

（2）技术测量的任务　它是根据测量对象的特点和质量要求，拟定合理的测量方法，选择符合要求的计量器具，把被测量与标准量进行比较，分析测量过程中可能存在的误差，从而获得具有一定测量精度的测量结果。

（3）了解"米"的定义及长度量值传递系统的概况　"米"的定义随着科学技术的发展经历了一个漫长的历史过程。目前使用的是由国际计量大会讨论通过的、用光的速度来定义的。为了把米的定义传递到实际测量中使用的各种计量器具上，建立了长度量值传递系统。长度量值由两个平行的系统向下传递：①端面量具（量块）系统；②刻线量具（线纹尺）系统。其中量块系统应用最广。

（4）掌握量块的作用、构成、精度和选用

1）量块的作用是作为长度基准的传递媒介，在生产中用来检定和校准测量工具或量仪、调整量仪零位、直接用于精密测量、精密划线和精密机床的调整。

2）量块用线膨胀系数小、不易变形、硬度高、耐磨性好的特殊合金钢构成。量块形状有长方体和圆柱体两种，它由两个平行的测量面和其他非测量面组成。

3）量块的精度有两种规定：按"级"划分和按"等"划分。量块分为六级，即00、0、1、2、3和k级，其中00级精度最高，3级精度最低，k级为校准级；按"级"使用时，以标记在量块上的公称尺寸为准，使用较方便，但包含量块的制造误差；量块分为五等，即1、2、3、4、5等，其中1等精度最高，5等精度最低；按"等"使用时，以量块的实际尺寸为准，排除了制造误差，仅包含检定实际尺寸时较小的测量误差。

4）量块的选用。量块都是按一定尺寸系列成套生产的，每一套由一定数量的不同标称尺寸的量块组成。我国规定了17种系列，使用时通常用几块量块组合成所需尺寸。组合尺

寸时量块选用原则和选用方法为：

①量块选用原则：尽量使用最少数量的量块。

②量块选用方法：由后向前逐步消去最末尾数法。

（5）了解角度量值传递系统的概况 角度不需要和长度一样建立自然基准，但计量部门为工作方便，仍常用多面棱体作为角度基准，通过角度量块来建立角度传递系统。

三、计量器具和测量方法的知识要点

（1）了解计量器具的分类 应能对计量器具的类型有宏观的认识。计量器具可按测量原理、结构特点及用途进行分类。通常分为四类：

1）标准量具——它以固定形式复现量值。

2）通用计量器具——可测量某一范围内的任一量值，能将被测量值转换成可直接观察的指示值或等效信息。它是生产中使用最广泛的计量器具。按其结构又可分为固定刻线量具、游标量具、微动螺旋副式量仪、机械式量仪、光学式量仪、气动式量仪、电动式量仪和光电式量仪等多种。

3）专用计量器具——专门用来测量某种特定参数。

4）检验夹具——它不能单独使用进行测量，而只能与其他量具、量仪等组合起来使用，组合后可用来检验更多和更复杂的参数。

（2）掌握计量器具的基本度量指标 一定的计量器具只能在一定的范围内使用，计量器具的适用范围决定于计量器具的基本度量指标和本身固有的内在特性。计量器具的基本度量指标是表征计量器具的性能和功用的指标，也是选择和使用计量器具的依据。只有掌握这些基本度量指标，才能正确、合理地选择和使用量具。下面几个指标应当重点理解和掌握：

1）分度值——每一刻线间距所代表的量值。计量器具的分度值和精度在数值上相互适应，分度值越小，表示计量器具的精度越高。

2）测量范围和示值范围——前者是计量器具所能测量的被测量最小值到最大值的范围，后者是计量器具所显示的最小值到最大值的范围。要注意两者的异同，在有些器具中两者的范围是相同的，如绝对测量法中使用的游标卡尺、千分尺等；在有些器具中两者的范围是不同的，如相对测量法中使用的立式光学比较仪等。

3）示值误差和修正值——示值误差是计量器具的示值与被测量的真值之差。它有正负值之分。示值误差越小，计量器具的精度越高。修正值是需用代数法加到示值上以得到正确结果的数值。对计量器具的示值进行修正时，修正值等于示值误差的绝对值，但符号相反。

4）灵敏度和灵敏阈——灵敏度是表示计量器具反映被测几何量微小变化的能力，它又称为放大比。灵敏阈也称灵敏限，它是指引起计量器具示值可觉察变化的被测量值的最小变化量。两者有不同的概念。灵敏度是把被测量的实际微小变化量加以放大显示的倍数，它的值越大，计量器具越灵敏；而灵敏阈是指能够在计量仪器中显示出来的被测量的实际微小变化量最小为多少，它是一个极限值，这个值越小计量器具越灵敏。

（3）掌握测量方法的分类及特点 测量方法可以按不同特征分类：

1）按零件是否直接测量被测参数，可分为直接测量和间接测量。直接测量简捷方便，应尽量采用。

2）按测量时是否与标准器比较，可分为绝对测量和相对测量。一般，相对测量的精度较高，且能使计量仪器的结构大大简化。

3）按测量时是否有机械测量力，可分为接触测量和非接触测量。非接触测量无测量力的影响，还可利用光、气、电、磁等技术制成更多高新技术的计量器具，是未来发展的方向。

4）按测量在加工过程中所起的作用，分为主动测量和被动测量。前者能在质量管理和生产管理中比后者发挥更大的作用，应该大力推广主动测量。

5）按同时测量被测几何量的多少，可分为单项测量和综合测量。前者测量效率较低，但其结果便于工艺分析；后者测量效率高，常用于成批或大量生产中。

6）按测量时工件所处的状态，可分为静态测量和动态测量。动态测量效率高，是未来发展的一个方向，但往往有振动等现象影响测量结果，所以动态测量精度要提高，还有待于解决一系列技术问题。

7）按测量中测量因素是否变化，可分为等精度测量和不等精度测量。后者一般用于重要的科研实验中的高精度测量。

（4）测量方法的选择原则　①测量方式和测量器具的选择应与测量目的、生产批量、工件的结构尺寸及精度要求、材质、质量等相适应。例如测量目的是为了分析工艺原因，则一般采用单项测量；在成批和大量生产条件下，为了提高测量效率，常用量规、检验夹具等专用测量器具；在单件或小批生产中则常用通用量具、量仪；被测工件的材质硬，多用接触测量，反之则用非接触测量。②测量器具的选择，首先应使其规格指标满足被测工件的要求，即所选测量器具的测量范围、示值范围、刻度值、测量力应能满足被测工件的要求。例如用相对测量的量具（仪），其标尺的示值范围应大于被测工件的公差；被测工件的尺寸应在量具的测量范围内。

四、测量误差及数据处理的重点

测量误差及数据处理是本章的重点内容，因为在生产实践中特别是精密测量工作中经常要进行误差的测量、分析以及各类测量误差的数据处理，故这部分内容应当重点理解和掌握。

1. 理解测量误差的含义和来源

绝对误差　$\delta = l - L$

相对误差　$\delta_r = \dfrac{\delta}{L} \times 100\% \approx \dfrac{\delta}{l} \times 100\%$

式中　δ 为绝对误差；δ_r 为相对误差；l 为被测量的测得值；L 为被测量真值。

对不同尺寸的测量，应当按相对误差来评定测量精度的高低，相对误差越小，测量精度越高。

在实际测量中测量误差的产生是不可避免的，测量误差的主要来源有七个方面：①计量器具误差；②基准件误差；③调整误差；④测量方法误差；⑤测量力误差；⑥环境误差；⑦人为误差。

2. 掌握测量误差的分类及处理方法

按测量误差的性质、出现规律和特点，可将测量误差分为三大类，对它们有不同的处理方法。

（1）系统误差　在同一条件下，多次测量同一量值时，误差的绝对值和符号保持恒定（定值系统误差）或按一定规律变化（变值系统误差）。

系统误差的发现：

①定值系统误差的发现用实验对比法。

②变值系统误差的发现用残余误差观察法。

系统误差的消除：

①误差根除法。②误差修正法。③误差抵消法。

（2）随机误差　在相同的测量条件下，多次测量同一量值时，其绝对值大小和符号均以不可预知的方式变化着的误差。

1）随机误差的分布与特性。理论分析和实践观察都表明，随机误差在绝大多数情况下符合正态分布规律，如图3-1所示。它具有对称性、单峰性、有界性和抵偿性四个特性。

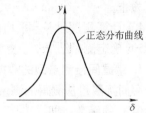

2）随机误差的评定指标有：算术平均值 $\bar{L}$，标准偏差 σ（包括测量列中任一测得值的标准偏差 σ、测量列算术平均值的标准偏差 $\sigma_{\bar{L}}$），残余误差 v_i，即 $v_i = l_i - \bar{L}$。理论证明，对同一量重复测量 n 次，其算术平均值 $\bar{L}$ 比单次测量值 l_i 更加接近被测量的真值。但 $\bar{L}$ 也具有分散性，只是它的分散程度比 l_i 的分散程度小。分散程度即为 $\sigma_{\bar{L}} = \dfrac{\sigma}{\sqrt{n}}$，可见，测量次数越多，平均值的分散程度越小。

图3-1　随机误差的正态分布曲线

正态分布曲线中 $\sigma_{\bar{L}}$ 决定曲线的形状，它并不是一个具体的偏差，而是表明随机误差的分散程度，$\sigma_{\bar{L}}$ 越小，曲线越陡，随机误差分布越集中，测量越精密。

3）随机误差的极限值。理论上，随机误差的分布范围应在正、负无穷大之间，但这在实践中不便应用。通过理论计算，一般随机误差主要分布在 $\delta = \pm 3\sigma$ 范围之内，因为 $P = \int_{-3\sigma}^{+3\sigma} y \mathrm{d}\delta = 0.9973 = 99.73\%$，即 δ 落在 $\pm 3\sigma$ 范围内出现的概率为99.73%，超出 3σ 之外的概率仅为0.27%，属于小概率事件，几乎不可能出现。所以可以把 $\delta = \pm 3\sigma$ 看作随机误差的极限值（如图3-2），记作 $\delta_{\mathrm{lim}} = \pm 3\sigma$。

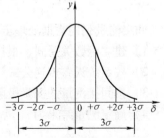

4）随机误差的处理。随机误差不可能被消除，只能用概率统计方法评定其对测量结果的影响。其处理方法为：

①计算测量列算术平均值 $\bar{L}$。

②计算测量列中任一测得值的标准偏差的估计值 σ'。

③计算测量列算术平均值的标准偏差的估计值 $\sigma_{\bar{L}}'$。

图3-2　随机误差的极限值

④确定测量结果：

$$L = \bar{L} \pm 3\sigma_{\bar{L}}'$$

（3）粗大误差　由于主观疏忽大意或客观条件突变所产生的误差。

1）粗大误差的判断：使用 3σ 准则，即

$$|v_i| > 3\sigma$$

当某一残余误差 v_i 符合上式时，说明此次测量中存在粗大误差。

2）粗大误差的消除：判断出有粗大误差后，将与残余误差 v_i 所对应的被测值 l_i 从测量列中剔除。

3. 掌握直接测量列的数据处理步骤

用直接测量法测得的测量列称为直接测量列，其综合考虑各类误差的数据处理步骤如下：

1）判断测量列有无系统误差，如有应加以剔除或减少。

2）计算测量列的算术平均值、残余误差和标准偏差。

3）判断粗大误差，若存在，应剔除并重新组成测量列，重复上述步骤2），直至无粗大误差为止。

4）计算测量列算术平均值的标准偏差和测量极限误差。

5）确定测量结果。

4. 掌握间接测量列的数据处理步骤

用间接测量法测得的测量列称为间接测量列。间接测量的特点是所需测量值 y 是各有关测量值 x_i 的函数，即

$$y = f(x_1, x_2, \cdots, x_n)$$

间接测量列的系统误差传递公式为

$$\Delta y = \frac{\partial f}{\partial x_1}\Delta x_1 + \frac{\partial f}{\partial x_2}\Delta x_2 + \cdots + \frac{\partial f}{\partial x_n}\Delta x_n$$

间接测量列的随机误差传递公式为

$$\sigma_y = \sqrt{\left(\frac{\partial f}{\partial x_1}\right)^2 \sigma x_1^2 + \left(\frac{\partial f}{\partial x_2}\right)^2 \sigma x_2^2 + \cdots + \left(\frac{\partial f}{\partial x_n}\right)^2 \sigma x_n^2}$$

间接测量列的测量极限误差为

$$\delta_{\lim y} = \pm \sqrt{\left(\frac{\partial f}{\partial x_1}\right)^2 \delta_{\lim x_1}^2 + \left(\frac{\partial f}{\partial x_2}\right)^2 \delta_{\lim x_2}^2 + \cdots + \left(\frac{\partial f}{\partial x_n}\right)^2 \delta_{\lim x_n}^2}$$

间接测量列的数据处理步骤如下：

1）建立函数关系式，根据函数关系式和各直接测得值 x_i 计算间接测量值 y_0。

2）按系统误差传递公式计算函数的系统误差 Δy。

3）按间接测量的测量极限误差公式计算 $\delta_{\lim y}$。

4）确定测量结果为

$$y = (y_0 - \Delta y) \pm \delta_{\lim y}$$

第四章 形状和位置公差及检测

一、基本内容

本章是本课程中重要的一章,它涉及的是产品零件中要素的形状和位置误差、公差问题,它是机械设计制造时应用广、使用多且重要的基础内容。本章主要介绍五大部分内容:①形位公差研究的对象、项目及符号与标注。②各种类型形位公差的概念、公差带和使用。③公差原则的概念、分类及应用。④形位公差国家标准规定的精度等级及数值、形位公差的选择原则及未注形位公差值的规定。⑤形位公差的评定、检测原则和检测方法。

目前执行的主要是 GB/T 1182—1996《形状和位置公差 通则、定义、符号和图样表示法》;GB/T 1184—1996《形状和位置公差 未注公差值》;GB/T 16671—1996《形状和位置公差 最大实体要求、最小实体要求和可逆要求》;GB/T 17851—1999《形状和位置公差 基准和基准体系》;GB/T 13319—1991《形状和位置公差 位置度公差》;GB/T 18780.1—2002《产品几何量技术规范(GPS) 几何要素 第 1 部分:基本术语和定义》;GB/T 1958—2004《产品几何量技术规范(GPS) 形状和位置公差 检测规定》;GB/T 4249—1996《公差原则》。此外,作为贯彻上述标准的技术保证,还发布了圆度、直线度、平面度、同轴度误差检验标准以及位置量规标准等。

二、形状和位置公差的研究对象、项目及符号与标注要点

(1)形位公差研究的对象是构成零件几何特征的点、线、面 这些几何要素可以从不同角度来分类:

$$\begin{cases}组成要素(轮廓要素)\\导出要素(中心要素)\end{cases} \quad \begin{cases}实际要素\\理想要素\end{cases} \quad \begin{cases}被测要素\\基准要素\end{cases}$$

$$\begin{cases}单一要素\\关联要素\end{cases}$$

(2)熟练掌握形位公差的 14 个项目及符号 国家标准规定的 14 个特征项目是:形状公差 4 项——直线度、平面度、圆度和圆柱度;轮廓公差 2 项——线轮廓度和面轮廓度,当有基准时为位置公差,无基准时为形状公差;位置公差 8 项——定向公差 3 项:平行度、垂直度、倾斜度;定位公差 3 项:位置度、同轴度、对称度;跳动公差 2 项:圆跳动、全跳动。它们的符号形象简捷,应熟练掌握和应用。

(3)熟练掌握并应用形位公差在图样上的标注 在图样中,形位公差应采用代号标注。当无法采用代号标注时,允许在技术要求中用文字说明。

形位公差代号包括:形位公差有关项目的符号、形位公差框格和指引线、形位公差数值和其他有关符号、基准符号等。在标注中应注意以下几点:

1)形位公差框格中第一格标注项目符号,第二格标注公差值,单位为 mm,第三格及后面格中标注基准符号。

2）如果公差带是圆形或圆柱形的，应在公差值前面加注 ϕ；如果是球形的，则应在公差值前加注 $s\phi$。

3）在基准要素位置上标注基准符号，是用带小圆的大写字母以细实线与粗的短横线相连。

4）公差框格的指引线箭头、基准要素位置上基准符号中的细实线，如对准轮廓要素或轮廓要素的延长线，则分别表示被测要素、基准要素是轮廓要素；如果对准标注尺寸的尺寸线并与之平行，则分别表示被测要素、基准要素是中心要素。两者不可混淆。

5）理论正确尺寸的标注。对于要素的位置度、轮廓度和倾斜度，其尺寸由不带公差的理论正确位置、轮廓或角度确定，这种尺寸称为"理论正确尺寸"。理论正确尺寸应用以框格，零件实际尺寸仅是由在公差框格中的位置度、轮廓度或倾斜度公差来限定。

6）应掌握特殊标注法，以利于简捷的标注和识图。

三、各类形状和位置公差的概念、公差带要点

1. 理解并掌握形状和位置公差带的特征

形位公差带比尺寸公差带更为复杂、抽象。尺寸公差带是一维的，而形位公差带是两维或是三维的。形位公差带有四个要素，即公差带的大小、形状、方向、位置。

形位公差带是限制实际要素变动的区域，实际要素落在公差带内就是合格的。

1）形位公差带一般有 11 种形状，主要形状有 9 种。有的项目的公差带形状只有一种，如圆度、平面度、线轮廓度、面轮廓度等；有的项目的公差带形状有多种，如垂直度公差中，包括给定一个方向的垂直度、给定相互垂直的两个方向的垂直度、任意方向的垂直度，其公差带有不同的形状。此外，直线度、平行度、倾斜度等项目的公差带也有多种形状。在学习中要对各种情况下公差带的形状在理解、分析对比的基础上掌握。

2）形位公差带的大小即公差值的大小，是指公差带所表示的区域的宽度或直径，也是指被测实际要素变动区域的全量，不要理解为实际要素对理想要素的偏离量。

3）形位公差带的方向和位置有固定的和浮动的。若被测要素相对于基准的方向或位置关系以理论正确尺寸标注，则其方向或位置是固定的，否则是浮动的。

2. 掌握形状公差和位置公差的概念、作用及在特征上的差异

1）形状公差是单一实际被测要素对其理想要素的允许变动量，形状公差的作用是控制被测要素的形状误差的。形状公差所控制的被测要素是单一要素，它们与基准要素无关。形状公差有直线度、平面度、圆度、圆柱度 4 个项目。

2）位置公差是关联实际要素的位置对基准所允许的变动量，位置公差的作用是控制被测要素的位置误差的。位置公差所控制的被测要素是关联要素，它们和基准要素有关。

按位置公差项目的特征，它们又分为定向公差、定位公差和跳动公差。

①定向公差。它指关联被测要素对基准要素在规定方向上所允许的变动量。定向公差与其他形位公差相比有明显的特点：定向公差带相对于基准有确定的方向，并且公差带的位置可以浮动；定向公差带还具有综合控制被测要素的方向和形状的职能。定向公差有平行度、垂直度、倾斜度 3 个项目。

②定位公差。它指关联实际被测要素对基准在位置上所允许的变动量。定位公差带与其他形位公差带比较有以下特点：定位公差带具有确定的位置，相对于基准的尺寸为理论正确

尺寸；定位公差带具有综合控制被测要素的位置、方向和形状的功能。定位公差有位置度、同轴度和对称度 3 个项目。

③跳动公差。跳动公差是关联实际要素绕基准轴线回转一周或几周时所允许的最大变动量，它是以测量方法为依据规定的一种形位公差。跳动公差与其他形位公差相比有其显著的特点：跳动公差带相对于基准轴线有确定的位置；跳动公差带可以综合控制被测要素的位置、方向和形状。跳动公差有圆跳动和全跳动 2 个项目。

3. 理解并掌握基准的概念、种类、基准建立和常用的体现方法

1）在位置公差中，基准是指基准要素，被测要素的方向或（和）位置由基准确定。

2）基准的种类，有以下 3 种：①单一基准；②组合基准；③三基面体系。

3）基准的建立。基准实际要素也有形状误差，如何确定基准的位置呢？标准规定：应该用实际基准要素的理想要素作为基准，且理想要素的位置应符合最小条件，这是寻找基准的原则。

4）基准的体现。有了寻找基准的原则，还需要在实际测量中将基准体现出来。体现方法有：模拟法、直接法、分析法和目标法。其中，应用最广泛的是模拟法，它是用足够精确的表面模拟基准。如用平板模拟基准平面、用心轴模拟基准孔中心线、用 V 形架模拟轴中心线等。这里应当注意：模拟时应符合最小条件（如：平板与实际基准面应尽量稳定接触、心轴与实际基准孔尽量是无间隙配合等）。

四、理解并掌握公差原则的基本内容

1. 公差原则的概念

公差原则是处理尺寸公差与形位公差关系的规定。协调好这两者的关系，有利于实现互换性，既保证零件功能要求，又能在一定条件下放大公差范围，提高经济性。

2. 公差原则的类型

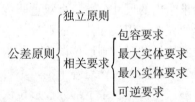

注意：可逆要求不能单独使用，只能与最大实体要求或最小实体要求联合使用。

3. 理解好几个重要术语的概念

1）体外作用尺寸（简称为作用尺寸）。它是指从体外与配偶件结合，在结合面全长上，与实际孔从体外内接的最大理想轴的尺寸，或与实际轴从体外外接的最小理想孔的尺寸。

2）最大实体实效尺寸。当工件尺寸做到最大实体尺寸，同时其中心要素的形位误差也达到规定的形位公差时的轮廓边界尺寸。其公式为

$$最大实体实效尺寸 = 最大实体尺寸 \pm 形位公差值$$

当为轴时，用"+"号；当为孔时，用"-"号。这是装配最困难的状态，此状态也称为最大实体实效状态。

3）边界。边界是由设计给定的具有理想形状的极限包容面。边界的尺寸为极限包容面的直径或距离。

4. 公差原则学习中的重点和难点

公差原则内容是本章的重点，其中也有难点。在学习中应用对照、分析、比较、总结方法，找出这几种公差原则的特点、区别和应用场合，这样条理清楚，有助于抓住本质，掌握重点。

（1）各类公差原则的特点　参见表 4-1。

表 4-1　几种常用的公差原则的特点

公差原则（要求）		特殊标注符号	遵守边界	误差检测方法	备　　注
独立原则		无		用通用计量器具检测	适用于任何要素
相关要求	包容要求	Ⓔ	最大实体边界	用光滑极限量规的通规	只适用于单一要素
	最大实体要求	Ⓜ	最大实体实效边界	用功能量规	只适用于中心要素
	最小实体要求	Ⓛ	最小实体实效边界	用通用量仪测量最小壁厚或最大距离等加以间接控制	只适用于中心要素
	可逆要求	Ⓡ	最大实体实效边界或最小实体实效边界	用功能量规	与最大实体要求或最小实体要求联合使用

（2）各类公差原则的要点　独立原则在图样上不使用特定符号。凡在图样上给出的尺寸公差和形位公差未用特定符号或文字说明它们有联系者，均视为遵守独立原则。采用独立原则时，尺寸公差、形位公差分别只控制要素的尺寸误差、形位误差。两种公差不能互相补偿。两种误差有一种超出其公差范围即为不合格品。

相关要求是指图样上给定的形位公差与尺寸公差相互有关的公差原则。这里只讨论相关原则中应用最广的包容要求和最大实体要求。

包容要求是指应用最大实体边界来限定被测要素的实体，要求该被测实体不得超越最大实体的要求。图样上按包容要求给出的尺寸公差具有双重职能，即综合控制被测要素的实际尺寸变动量和形位误差。若形位误差占用尺寸公差的百分比小，则允许实际尺寸的变化范围大些；若实际尺寸处处为最大实体尺寸时，则形位误差必须为零。生产中，要加工的被测要素实际尺寸处处保持绝对没有变动或使形位误差等于零是不可能的。因此，采用包容要求时的尺寸公差，总有一部分被实际尺寸占用，余下部分被形位误差占用。

最大实体要求是指图样上注出的形位公差值是在被测要素处于最大实体状态下给定的，当被测要素偏离最大实体状态时，允许增大形位公差值的相互关系准则。总结出下面三句话，掌握后应用非常简捷：

①当实际尺寸为最大实体尺寸时，形位公差 = 原来值。

②当实际尺寸偏离最大实体尺寸时，偏离量为 Δ，形位公差 = 原来值 + Δ。

③当实际尺寸为最小实体尺寸时，形位公差 = 原来值 + 尺寸公差。

最大实体要求应用于被测要素，被测要素的实际尺寸对最大实体尺寸的偏离量可以补偿给形位公差；当最大实体要求同时应用于被测要素和基准要素时，基准要素的实际尺寸偏离其相应的边界尺寸，则允许基准要素在一定范围内浮动，其浮动范围等于基准要素的体外作用尺寸与其相应的边界尺寸之差，这个偏离量也可视为能够补偿给形位公差。所以，最大实体要求同时应用于被测要素和基准要素时，其形位公差可能从这两个要素处的尺寸公差中得到补偿。注意理解这一难点。

零形位公差是被测要素采用最大（或最小）实体要求时，其规定的形位公差值为零，其获得形位公差补偿的机理和方法同上。

可逆要求的使用要点：

①当不应用可逆要求时，相关要求中各公差原则在使用中只允许尺寸公差补偿形位公差，反之则不能补偿，即形位公差不能补偿尺寸公差。

②当应用可逆要求时，相关要求中各公差原则在使用中不但允许尺寸公差补偿形位公差，同时也允许形位公差补偿尺寸公差，即中心要素的形位误差值小于给出的形位公差时，允许在满足零件功能要求的前提下扩大尺寸公差。

五、掌握形状和位置公差的选用及未注形状和位置公差值的规定

形位公差的选用比尺寸公差的选用难度更大，更为复杂。所以在学习完本章后，还须在后面的学习及工作实践中逐渐加深理解，直至熟练掌握和应用。形位公差的选用包括形位公差项目、形位公差种类、公差值和未注公差值的选择。

形位公差选择总原则：在满足零件功能要求的前提下，做到成本低、经济性好。

1. 形位公差项目的选择

①需要选多个项目时，应优先选择有综合控制的公差项目（如圆柱度、全跳动等），这样可减少图样标注和误差检测项目。

②尽量选用测量简便的项目，但要保证使用要求。

2. 公差原则（要求）的选择

按照各公差原则的应用场合及被测要素的功能要求，充分发挥公差的职能和采取该种公差原则的可行性、经济性。参考教材所列表格。

3. 形位公差的选择

（1）公差值选择原则及要点

①按照零件的功能要求，并考虑加工的经济性和零件的结构、刚性等因素查表确定公差值。

②一般情况下考虑：同一要素上的形状公差值小于位置公差值，除轴线的直线度外圆柱形零件的形状公差值小于尺寸公差值，平行度公差值小于相应的距离公差值，加工难度大的要素的形位公差值比加工难度小的要素适当降低1~2级。

（2）选择方法　目前多采用类比法。

（3）了解国家标准对形位公差精度等级的规定，并能正确查表选择公差值　对14个形位公差项目要明确哪些国家标准规定了精度等级及公差值？哪些项目规定了公差值数系？哪些项目未规定精度等级和公差值？

直线度、平面度——公差等级1~12级；

平行度、垂直度、倾斜度——公差等级1~12级；

同轴度、对称度、圆跳动、全跳动——公差等级1~12级；

圆度、圆柱度——公差等级0~12级；

位置度——未规定公差等级，只规定了公差值数系；

线轮廓度、面轮廓度——未规定公差等级及公差数值。

4. 了解形位公差的未注公差值的规定

（1）采用未注公差值的优点　图样简捷，节省设计和检验时间，突出重点保证的精度要求，利于质量控制。

（2）形位公差的未注公差值国家标准规定要点　GB/T 1184—1996 对形位公差中的部分项目规定了未注公差的公差等级和公差值，而对其他项目未作规定。规定的要点为：

①规定有未注公差值的项目有：直线度、平面度、垂直度、对称度和圆跳动。规定上述各项目未注公差值的公差等级均分为 3 级：H——高级，K——中级，L——低级。

②对圆度、圆柱度、平行度、同轴度未规定表列的未注公差值，但指出了它们的未注公差值在推荐的直径公差值、尺寸公差值或有关项目的未注公差值中选用。

③对其他项目如线轮廓度、面轮廓度、倾斜度、位置度和全跳动，它们的未注公差值的要素的形位误差，均应由各要素的注出或未注形位公差、线性尺寸公差或角度公差控制。

六、理解并初步掌握形状和位置误差的评定及检测方法

形位误差因其项目多、检测复杂、零件形式多，所以其检测方法种类繁多。

1. 形位误差的评定

因为测量形位误差时理想要素的方位不同测出结果就不同，国家标准规定测量时应符合"最小条件"，即被测实际要素对其理想要素的最大变动量为最小。确定理想要素方位常用的方法是最小包容区域法，应用最小包容区域法评定形位误差是完全满足"最小条件"的。最小包容区域法是用两等距的理想要素包容实际要素，并使两理想要素之间的距离为最小。

要理解在生产实际中，有许多检测方法是不满足"最小条件"的，这些检测方法检测的形位误差结果存在原理上的误差。

2. 形位误差的检测原则

GB/T 1958—2004《产品几何技术规范（GPS）　形状和位置公差　检测规定》中规定了几何误差的 5 个检测原则，参见表 4-2。

表 4-2　几何误差的检测原则

序	检测原则	主要特点	应用场合
1	与理想要素比较的原则	将被测实际要素与理想要素比较，在比较中获得的数据经过处理可得到形位误差值。理想要素可以用实物、一束光线、水平面、运动轨迹等来体现	应用范围广
2	测量坐标值原则	利用坐标测量装置测出被测要素各点的坐标，经数据处理可得到形位误差值。需要坐标测量装置，一般较贵	应用范围广
3	测量特征参数原则	测量被测要素上具有代表性的参数来近似表示该要素的形位误差。不符合最小条件，但测量设备和方法较简单，数据处理方便	适用于车间生产现场
4	测量跳动原则	测量简单、方便	适用于跳动误差
5	控制实效边界原则	用功能量规模拟要素的最大实体实效边界。检测方便、可靠、效率高	适用于遵守最大实体要求的项目，批量生产

3. 形位误差部分检测方法中应注意的问题

1）在用节距法测量直线度时，用水平仪或自准直仪等测量工件，水平面或准直光线是测量基准，所测得的数据是工件上两测点间的相对高度差。这些数据需要换算到统一的坐标系上后，才能用于作图或计算，从而求出直线度误差值。通常选定原点的坐标值为零，将各测点的读数顺序依次累加即可获得相应各点的统一坐标值。

2）用打表法测量平面度误差，常用最小区域法评定平面度误差，此时关键是确定符合最小区域的评定平面。评定平面一旦确定，两平行平面间的法向距离即为平面度误差值。评定平面的确定一般采用基面旋转法。通过旋转（数据变换）使其各测量点符合三角形准则、交叉准则和直线准则这三者之一。用旋转法确定平面度误差时，符合最小区域法评定准则的评定平面不可能一次就能选定，有时要反复多次旋转才能确定。在工程实际中，为了简化评定过程，有时也采用三点法、对角线法、最小二乘法等近似方法来评定平面度误差。用近似方法所获得的平面度误差值不会小于用最小区域法所获得的平面度误差值，因此用近似评定方法判断平面度的合格性要求更加严格。用最小区域法评定的平面度误差值具有唯一性，它是判断平面度合格性的最后仲裁依据。

3）用圆度仪测量圆度误差，圆度仪有转台式和转轴式两种，其工作原理如图4-1。例如，用转轴式圆度仪测量时，将被测零件安置在量仪工作台上，调整其轴线使之与量仪的回转轴线同轴。记录被测零件在回转一周过程中测量截面各点的半径差，绘制极坐标图，然后评定圆度误差。现在生产的圆度仪都配有计算机，可自动实现数据的采集、图形生成以及误差评定，同时还可自动调整被测工件的位置，使其轴线与仪器回转轴线重合。

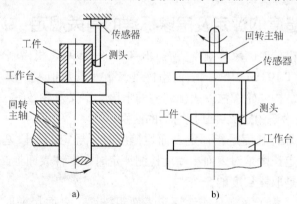

图 4-1　圆度仪的工作原理

第五章　表面粗糙度

一、基本内容

本章是本课程的一个基础性的重要内容。本章主要介绍三部分内容：①表面粗糙度的基本概念和对产品性能的影响。②表面粗糙度的评定及有关国家标准的规定。③表面粗糙度的选择及其标注。

二、了解表面粗糙度的概念及其对产品中零件使用性能的影响

表面粗糙度是由于加工方法和其他因素作用所形成的零件表面微观几何形状误差。学习中应分清它与宏观几何形状误差（如平面度、圆柱度等）的区别。通常按照波距的大小来区分：波距小于1mm的，大体呈周期变化的属于表面粗糙度范围；波距在1~10mm之间并呈周期性变化的属于表面波纹度范围；波距在10mm以上而无明显周期变化的属于宏观几何形状误差范围。

表面粗糙度主要影响产品零件下列性能：

①耐磨性；②配合性质的稳定性；③疲劳强度；④抗腐蚀性；⑤密封性。

三、表面粗糙度的评定及国家标准的有关规定

目前使用的表面粗糙度国家标准主要有 GB/T 131—1993《机械制图　表面粗糙度符号、代号及其注法》、GB/T 1031—1995《表面粗糙度参数及其数值》、GB/T 3505—2000《产品几何技术规范　表面结构　轮廓法　表面结构的术语、定义及参数》。

1. 正确理解有关术语的定义并掌握它们的区别

（1）取样长度　取样长度是指评定表面粗糙度时所规定的一段基准线长度，它不是实测时取的长度；而评定长度是对表面粗糙度检测评定时在零件表面上必需的所取长度。国家标准中推荐评定长度是取样长度的5倍。

（2）表面粗糙度　为了客观真实地评定表面粗糙度，表面粗糙时，选取的取样长度和评定长度值较大；反之，则取较小的值。

（3）轮廓的最小二乘中线、算术平均中线是测量或评定表面粗糙度的基准线　轮廓的最小二乘中线是用最小二乘法求得的，对于一定的实际轮廓，其最小二乘中线是唯一的。在自动测量仪中它由运算电路确定，但在用图解法时，由人工在轮廓图形上确定最小二乘中线的位置较为困难，可用算术平均中线作为基准线，它是在取样长度内，划分实际轮廓为上、下两部分，且使上、下两部分面积相等的线，通常用目测估计确定它的位置。

2. 正确理解并掌握表面粗糙度评定参数及它们的差异

1）新、旧国家标准中表面粗糙度评定参数对照见表5-1。

表 5-1　新、旧国家标准中表面粗糙度评定参数对照

	国家标准 GB/T 3505—2009		国家标准 GB/T 3505—1983	
	符号	名　称	符号	名　称
幅度参数 （高度参数）	Ra Rz	轮廓算术平均偏差 轮廓最大高度	R_a R_z R_y	轮廓算术平均偏差 微观不平度 + 点平均高度 轮廓最大高度
间距参数	Rsm	轮廓单元的平均宽度	S_m S	轮廓微观不平度的平均间距 轮廓单峰平均间距
其他参数	$Rmr(c)$	轮廓的支承长度率	t_P	轮廓支承长度率

　　从新、旧国家标准对表面粗糙度评定参数的定义、计算式上看，其新、旧国家标准中对应关系的评定参数是：Ra——R_a，Rz——R_y，RSm——S_m、S，$Rmr(c)$——t_P。其中，幅度参数是基本参数，间距参数和其他参数相对于基本参数而言，称为附加参数，主要应用于零件主要表面并有特殊使用要求时。

　　2）幅度参数、间距参数越大，表面越粗糙；越小，则表面越光洁。

　　3）Ra 比 Rz 更能客观地反映表面微观几何形状的特性，并能间接地反映峰顶的尖锐或平钝的几何特性。在同一表面上的 Rz 肯定大于 Ra。

　　4）轮廓的支承长度率 $Rmr(c)$ 是在给定水平位置上轮廓实体材料长度与评定长度的比率。它是评定轮廓峰谷形状特征的参数。在评定时，应注意首先确定其给定的水平位置，例如，两次测量时其给定的水平位置不同，则两次测量出的 $Rmr(c)$ 是不能比较其优劣的。在同一水平位置，$Rmr(c)$ 值越大，表示表面越好，支承刚度和耐磨性越好。

　　3. 了解国家标准对评定参数值的规定

　　国家标准对表面粗糙度的参数值进行了规定，列在有关表中。设计时应选表中所列数值，且优先选用基本系列。

四、表面粗糙度的选择及标注要点

　　主要应掌握表面粗糙度评定参数的选择和参数值的选择。

　　1. 表面粗糙度评定参数的选择

　　1）在常用值范围内，优先选用 Ra。幅度参数是必选参数，附加参数可视使用要求加选。

　　2）当表面很粗糙（$Ra > 6.3\mu m$）或很光滑（$Ra < 0.025\mu m$）时，或测量面积很小，可选 Rz。

　　3）当表面要求耐磨时，可加选 $Rmr(c)$。

　　4）当表面要求承受交变应力时，可以选用 Rz、RSm。

　　5）当表面着重要求外观质量和可漆性，可加选 RSm。

　　6）附加参数 RSm 和 $Rmr(c)$ 不能单独使用，需和幅度参数联合使用。

　　2. 参数值的选择

　　（1）选择的总原则　在满足功能要求的前提下，应尽量选用较大的表面粗糙度值。

　　（2）一般选择原则

1）工作表面比非工作表面、摩擦表面比非摩擦表面、运动速度高的表面比运动速度低的表面、单位压力大的摩擦比单位压力小的摩擦表面，其表面粗糙度值要小。

2）受循环载荷的表面及应力集中的部位、配合性质要求高的表面、配合间隙小的表面、要求连接可靠并受重载的过盈配合表面，其表面粗糙度值要小。

3）配合性质相同，尺寸越小则表面粗糙度值越小；同一精度等级，小尺寸比大尺寸、轴比孔的表面粗糙度值要小。

4）在有关标准中对与标准件相配合的表面（如滚动轴承等），应按标准规定选用表面粗糙度值。

5）通常情况，表面粗糙度值应与尺寸公差、形位公差相对应，质量、精度要求要高均高，要低均低；但也有例外的情况，如手轮表面，表面粗糙度值应小些，但尺寸公差可以大一些。

（3）参数值的选择方法　通常用类比法。也可以参照尺寸公差值、形状公差值，用对应关系的经验计算式进行确定。

3. 表面粗糙度标注中应注意的问题

对表面粗糙度符号、代号的种类、意义及其在图样上的标注示例在教材中都给予了详细的介绍，在应用中要注意几点：

1）重点要掌握参数的标注方法，特别是幅度参数，这是应用最广的标注。通常图样上只标注 Ra 或 Rz 参数，其余参数只在需要时才标注。标注 Ra 参数时，Ra 符号省略不写，标注别的参数时其符号必须写上。

2）带有横线的表面粗糙度符号其方位不便标注时，可从被测表面用引出线引出，在引出的水平线上标注。

3）当零件的大部分表面具有相同的表面粗糙度要求时，对其中使用最多的一种符号、代号可以统一注在图样的右上角，并加注"其余"两字。当零件所有表面具有相同的表面粗糙度要求时，其符号、代号可在图样的右上角统一标注。

4）为了简化标注方法，或者标注位置受到限制时，可以采用简化代号的方法标注，如图 5-1 所示。但必须在标题栏附近说明这些简化代号的意义。采用简化代号也可采用省略的注法，如图 5-2 所示，采用此法同样应在标题栏附近说明这些简化符号、代号的意义。

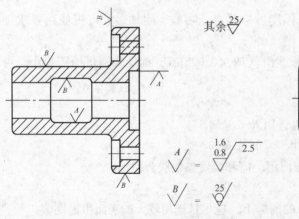

图 5-1　表面粗糙度的简化标注方法

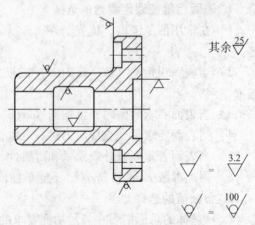

图 5-2　表面粗糙度的省略标注方法

5）同一表面上有不同的表面粗糙度要求时，需用细实线画出其分界线，并注出相应的表面粗糙度代号，如图5-3所示。

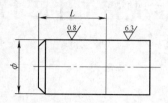

图5-3 同一表面上有不同表面粗糙度要求的标注

6）齿轮、渐开线花键、螺纹等工作表面没有画出齿（牙）形时，其表面粗糙度代号可按图5-4所示方法标注。其中齿轮（图5-4a）和渐开线花键（图5-4b）应标注在分度圆处，螺纹（图5-4c）则标注在尺寸线或其延长线上。

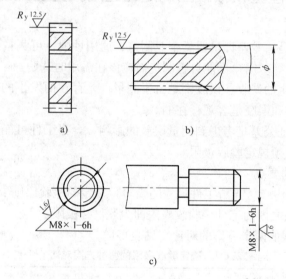

图5-4 齿轮、渐开线花键、螺纹表面粗糙度的标注

第六章 光滑工件尺寸的检测

一、基本内容

光滑工件尺寸的检测是机械制造中一个不可缺少的重要环节。本章主要介绍三部分内容：①光滑工件尺寸检测中的有关概念，验收极限及通用测量器具是如何确定的？②光滑极限量规的概念、种类及其设计。③功能量规的功用、种类和设计原理。

二、理解并掌握验收极限的确定和通用测量器具的选择

1. 有关概念、术语

1）通用测量器具是由专业计量器具企业制造，通用性强，可测量某一范围内的具体数值，如千分尺、比较仪等。用户不能自行制造而应该在需用时选购。

2）工件测量时产生的误收、误废都是由于测量误差存在而发生的，而测量误差或多或少总会存在，所以误收和误废是客观存在的。

3）生产公差、保证公差是考虑到测量误差的影响，合格工件可能的最小公差和最大公差，要解决两者的矛盾须规定验收极限。

2. 验收极限确定的要点

（1）GB/T 3177—1997《光滑工件尺寸的检验》规定的检验原则 所用的验收方法只接受位于规定的尺寸极限之内的工件。验收极限即为此尺寸极限。

（2）确定验收极限的两个方案的对比 见表6-1。

表6-1 确定验收极限的两种方案对比

	验收极限	使用场合	特 点
内缩方案	上验收极限 = 最大极限尺寸 − 安全裕度 下验收极限 = 最小极限尺寸 + 安全裕度	在用游标卡尺、千分尺和生产车间使用的分度值不小于 0.0005mm 的比较仪等测量器具，极限基本尺寸至 500mm，公差值为 6~18 级的有配合要求的光滑工件尺寸时	误收率减少，误废率增加
非内缩方案	上验收极限 = 最大极限尺寸 下验收极限 = 最小极限尺寸	对非配合和一般公差的尺寸	误收率、误废率均存在

除表6-1中所列的使用场合外，确定验收极限两个方案的选择还应结合工件尺寸的功能要求及其重要程度、尺寸公差等级、测量不确定度要求和工艺能力等因素综合考虑。

1）对遵守包容要求的尺寸、公差等级较高的尺寸，应按内缩方案。

2）当工艺能力指数 $C_p \geq 1$ 时，可按非内缩方案。但对遵守包容要求的尺寸，其最大实体极限一边仍按内缩方案。

3）对偏态分布的尺寸，其验收极限可以仅对尺寸偏向一边按内缩方案。

3. 通用测量器具的选择要点

（1）计量器具的测量不确定度允许值 u_1　由国家标准中表格列出，每一种测量器具（如千分尺、比较仪等）的不确定度由有关手册列出。

（2）通用测量器具的选择原则　应使所选用的测量器具的不确定度数值等于或小于选定的 u_1 值。注意：这里是等于最好，若是小于不能过小，否则所选购的测量器具精度过高，价格高，经济性差；绝不能是大于，否则所选购的测量器具的精度低于所测工件的精度，不能使用。

（3）通用测量器具的选择步骤

1）根据被测工件尺寸公差，由国家标准确定安全裕度 A 和计量器具的测量不确定度允许值 u_1。

2）根据 u_1 值，按选择原则由有关手册选择测量器具。

3）根据被测工件极限尺寸计算验收极限。

三、掌握光滑极限量规的功用、种类及设计方法

1. 用途和种类

用于检验遵守包容要求的工件，综合控制尺寸误差和形状误差。它是一种没有刻度的专用检验工具，只能判定工件合格与否，广泛应用于大批量生产中。

以不同角度分类：

按被测工件：

$$\begin{cases} \text{轴用量规（如环规、卡规等）} \\ \text{孔用量规（如塞规、杆规等）} \end{cases}$$

按用途：

$$\begin{cases} \text{工作量规（生产者自检工件用）} \\ \text{验收量规（检验员或用户代表验收工件用）} \\ \text{校对量规（校对轴用量规用）} \end{cases}$$

光滑极限量规必须一个通规和一个止规成对使用。若工件合格，检验时通规能够通过、止规不能通过。

2. 光滑极限量规的设计要点

（1）设计工作量规时应遵守泰勒原则　即遵守包容要求的单一要素孔或轴的体外作用尺寸不得超过其最大实体尺寸，任意位置上的实际尺寸不得超过其最小实体尺寸。

（2）量规的形状从理论上讲要符合泰勒原则　通规应做成全形的，止规应做成非全形（两点状）的，否则，就会造成误收。但从实际上讲，由于种种原因（如尺寸过大等）有时通规做成全形的有困难，也允许做成非全形的，但此时应注意：用不符合泰勒原则的量规形状去检验，操作量规一定要正确，比如测量时多方位去检验，以免造成误收。

（3）掌握工作量规和校对量规的公差带　如图 6-1 所示。应注意如下几点：

1）通规公差带从工件最大实体尺寸内缩进一个距离 Z_1 作为磨损储量，通规使用寿命增加；止规因检测时磨损小，故没有磨损储量。

2）校对量规只对轴用工作量规检测，孔用工作量规因其用多种测量器具检测方便而不使用校对量规。校对量规分为三种："校通—通"塞规（代号TT）、"校通—损"塞规（代

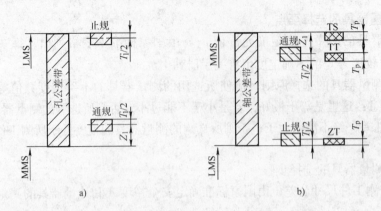

图 6-1　工作量规和校对量规的公差带

号 TS）、"校止—通"塞规（代号 ZT）。

3）从公差值的大小看：校对量规公差值 T_p < 工作量规公差值 T_1 < 工件公差值。故校对量规比工作量规精度高，工作量规比工件精度高。

4）验收量规不另行制造，它是生产工人已使用磨损但未超过磨损极限的工作量规，其目的是避免出现工人自检合格而检验人员用验收量规检验不合格的情况。

（4）掌握光滑极限量规的设计

1）选择量规的结构形式。根据被测尺寸和适用范围按国家标准选择。

2）根据工件的公差、尺寸极限偏差计算或查表确定量规的工作尺寸、公差 T_1、位置要素（磨损储量）Z_1、极限偏差，画出量规公差带图。

3）查表确定量规的几何公差、表面粗糙度要求。

4）选择量规材料，确定测量面的硬度（通常为 58～65HRC）。

5）绘制量规工作图，标注技术要求。

四、理解功能量规的功用、种类和设计原理

1. 功能量规的功用

国家标准 GB/T 8069—1998《功能量规》规定了功能量规的功用。最大实体要求应用于被测要素和基准要素时，它们的实际尺寸和形位误差的综合结果应该使用功能量规检验。

功能量规的工作部分模拟体现图样上对被测要素和基准要素规定的边界（最大实体实效边界或最大实体边界），检验完工要素实际尺寸和形位误差的综合结果形成的实际轮廓是否超出该边界。要注意：完工要素未超出该边界且检测其实际尺寸合格才为合格。

2. 功能量规的种类

按位置公差项目，检验采用最大实体要求的关联要素分类：

平行度量规；垂直度量规；倾斜度量规；同轴度量规；对称度量规；位置度量规等。

此外，在合适的场合也可采用最大实体要求的单一要素孔、轴轴线直线度量规，以及采用包容要求的孔和轴用的光滑极限量规——通规。

3. 功能量规的设计原理要点

1）功能量规工作部分有检验部分、定位部分和导向部分。注意：检验部分与被测要素相对应，要体现其应遵守的边界和基准；定位部分与基准要素相对应，要体现其应遵守的边

界。这两部分最为重要，检验时这两部分分别通过被测零件的实际被测要素和实际基准要素，其所检验的位置精度才合格。

2）功能量规的结构类型：固定式、活动式。

3）功能量规检验部分、定位部分的形状和尺寸分别和被测要素、基准要素相对应。注意：检验部分的长度应不小于被测要素的长度。

4）功能量规设计中的重点是确定量规检验部分、定位部分和导向部分的定形尺寸及其公差带、形位公差值和应遵守的公差原则（具体内容详见教材）。

第七章 滚动轴承与孔、轴结合的互换性

一、基本内容

滚动轴承是机器上广泛使用的标准部件，由专业工厂生产。本章主要介绍三部分内容：①国家标准规定的滚动轴承精度等级及其应用。②滚动轴承内、外径的公差带。③与滚动轴承配合的轴颈和外壳孔的公差带如何选择。

二、滚动轴承精度等级及其应用

1. 掌握滚动轴承的精度等级

国家标准规定，滚动轴承按其尺寸公差与旋转精度分级：

①向心轴承（圆锥滚子轴承除外）分为0、6、5、4、2五级。

②圆锥滚子轴承分为0、6x、5、4、2五级。

③推力轴承分为0、6、5、4四级。

上述等级都是按顺序精度依次提高。

2. 掌握滚动轴承的基本尺寸

内径 d——理论内孔圆柱面直径；

外径 D——理论外圆圆柱面直径；

宽度 B——内外圆两理论端面间的距离。

3. 滚动轴承的应用要点

滚动轴承中，0级为普通级，应用广泛，旋转精度要求不高，低、中速的一般旋转机构多采用0级；速度较高、旋转精度要求较高的机构可用6级；6x级和6级轴承的内径公差、外径公差和径向圆跳动公差的要求完全相同，仅在装配宽度精度要求上，6x级比6级更为严格，若在安装轴承时，不要求人工调整轴向游隙，则应选用6x级轴承；高速、高精度的机构才用5（或4）级；2级轴承用于旋转精度或转速要求很高的超精密轴系中。

三、滚动轴承内、外径的公差带

1. 滚动轴承配合时采用的基准制

外圈与壳体孔配合采用基轴制，内圈与轴颈配合采用基孔制。

由于滚动轴承是标准件，故均按标准件来确定基准制。

2. 滚动轴承的尺寸公差和几何公差

凡是合格的滚动轴承，应同时满足所规定的尺寸公差和形位公差的要求。其公差的符号、名称和计算式列于表7-1中。

3. 滚动轴承公差带位置的特点

单一平面平均内、外径的公差带都在零线的下方，上偏差为零。由于滚动轴承是标准部件，其外径与壳体孔配合时，采用基轴制，外圈是基准轴，公差带相当于《极限与配合》

中的基准轴 h；内径与轴颈配合时，采用基孔制，轴承内圈是基准孔，但与《极限与配合》中基准孔 H 公差带不同，不在零线上方，而是在零线下方，这是因为在多数情况下，轴承的内圈随轴一起转动，既要防止它们之间相互运动导致磨损破坏，又要防止两者过盈量太大轴承内圈变形损坏，所以，滚动轴承的公差带位置分布都采用这样的单向制。这点必须注意。

表 7-1　滚动轴承尺寸公差和形状公差

	符号	名　称	计　算　式	备　注
尺寸公差	Δd_s	单一内径的偏差	$\Delta d_s = d_s - d$	d_s 为单一实际内径；d 为公称内径
	ΔD_s	单一外径的偏差	$\Delta D_s = D_s - D$	D_s 为单一实际外径；D 为公称外径
	Δd_{mp}	单一平面平均内径偏差	$\Delta d_{mp} = d_{mp} - d$	d_{mp} 为实际内径平均值；d 为公称内径
	ΔD_{mp}	单一平面平均外径偏差	$\Delta D_{mp} = D_{mp} - D$	D_{mp} 为实际外径平均值；D 为公称外径
形状公差	V_{dp}	单一径向平面内径变动量	$V_{dp} = d_{smax} - d_{smin}$	d_{smax}、d_{smin} 为单一径向平面最大、最小内径
	V_{Dp}	单一径向平面外径变动量	$V_{Dp} = D_{smax} - D_{smin}$	D_{smax}、D_{smin} 为单一径向平面最大、最小外径
	V_{dmp}	平均内径变动量	$V_{dmp} = d_{mpmax} - d_{mpmin}$	d_{mpmax}、d_{mpmin} 为内径最大、最小平均值
	V_{Dmp}	平均外径变动量	$V_{Dmp} = D_{mpmax} - D_{mpmin}$	D_{mpmax}、D_{mpmin} 为外径最大、最小平均值

四、滚动轴承配合及选择要点

1. 滚动轴承的安装要求

为保证轴承正常的工作性能，安装滚动轴承时必须满足两项要求：

1）必要的旋转精度。

2）滚动体与套圈之间有合适的径向游隙和轴向游隙。

2. 国家标准规定的与轴承配合的公差带

滚动轴承本身内径和外径的公差带已由其基本尺寸和精度等级所确定，因此，轴承与轴颈及外壳孔间所需配合性质，则要由轴颈及外壳孔的公差带来确定。也就是说，轴承配合的选择就是要确定与轴承配合的轴颈及外壳孔的公差带。

国家标准中，对轴承与轴颈和外壳孔间的配合种类及极限偏差作了相应规定，对不同公差等级的轴承，根据其配合性质的不同要求规定了不同的公差带，如表 7-2 所示。

表 7-2　与各级滚动轴承相配合的轴颈和外壳孔的公差带

轴承公差等级	配合零件	配合种类		
		间　隙	过　渡	过　盈
0、6	轴	g5 g6	h5　j5　js5 h6　j6　js6 h8 h9	k5　m5 k6　m6　n6　p6　r6 r7
	孔	H6 G7　H7 H8	J6　JS6　K6　M6 J7　JS7　K7　M7　N7	N6　P6

（续）

轴承公差等级	配合零件	配合种类		
		间　隙	过　渡	过　盈
5	轴		h5　j5　js5	k5　m5 k6　m6
	孔	G6　H6	JS5　K5　M5 JS6　K6　M6	
4	轴		h4　js4 h5　js5	k4 k5　m5
	孔	H5	JS5　K5 K6	M5

轴颈和外壳孔公差带与轴承内孔和外径公差带的相对位置，如图 7-1 所示。

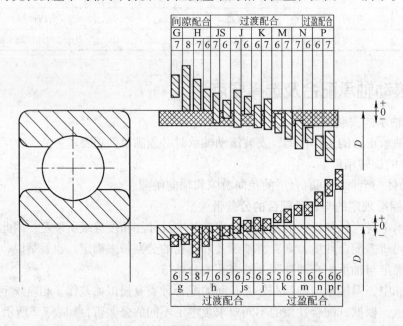

图 7-1　滚动轴承与轴颈和外壳孔配合公差带图

从以上图表可以看出：

1）轴和外壳孔的公差带应依据所采用轴承的公差等级确定，高等级公差轴承应选用高等级的孔和轴公差带与其相配合。

2）轴公差等级应高于孔公差等级，一般相差一级。

3）轴与轴承内孔的配合应比外壳孔与轴承外径的配合要紧一些。

3. 掌握轴颈和外壳孔公差带的选用

正确地选择轴承配合，即轴颈和外壳孔公差带的选用是本章的重点，应该掌握。选择轴承配合时，应综合地考虑轴承的工作条件，作用在轴承上的负荷类型和大小，轴承的公差等级、类型、尺寸大小，与轴承相配的轴和壳体的材料、结构，工作温度，装拆和调整要求等因素。

1）负荷类型。当轴承承受循环负荷作用时，它与轴和壳体孔间应选用过盈配合或较紧的过渡配合；轴承承受局部负荷作用时，应选用较松的过渡配合或较小的间隙配合；轴承承受摆动负荷时，其配合应比承受局部负荷紧一些，但比承受循环负荷松一些。

2）负荷大小。轴承承受较重的负荷或冲击负荷时，应选择较大的过盈配合；轴承承受较轻负荷时，可选较小的过盈配合。

3）工作温度的影响。在工作温度高于100℃时，应将所选用的配合适当修正。为防止因热变形使间隙（或过盈）减小，受局部负荷作用的外圈应松一些，受循环负荷作用的内圈应紧一些。

4）旋转精度和速度的影响。对于负荷较大、有较高旋转精度要求的轴承，避免采用间隙配合；对于轻负荷轴承，在精度高的场合，应采用较小的间隙配合。

5）轴与外壳孔的结构和材料的影响。采用剖分式外壳孔，应选用较松配合。装在刚性较差的或轻金属外壳或空心轴上时，应选用稍紧些的配合。

6）重型机械的情况。在一般情况下，为了便于安装和拆卸，重型机械等特别大型的机械，应选用较松配合。

此外，选择轴颈和外壳孔的公差等级应与轴承公差等级相协调。与0级轴承配合的轴颈一般为IT6，外壳孔一般为IT7。对旋转精度和运转平稳性有较高要求的场合（如电动机），轴颈应为IT5，外壳孔应为IT6。

实际工作中选用轴承配合时，应根据标准中推荐的公差带，结合实际应用情况，参考有关专业标准及技术手册来确定。

4. 轴颈、外壳孔的形位公差和表面粗糙度的确定

国家标准对此有专门的表格及数据，可参照与滚动轴承相配合的轴颈和外壳孔的形位公差和表面粗糙度来确定。

33

第八章 尺 寸 链

一、基本内容

本章是本课程中的一个基础性的内容。本章主要介绍三部分内容：①尺寸链的概念、术语、分类及有关参数。②尺寸链的常用计算方法——完全互换法和概率法。③解尺寸链的其他方法。

二、理解并掌握尺寸链的概念、术语及有关参数

本课程前面一些章节研究的是单个零件或相互配合的两个零件的尺寸公差、几何公差的确定方法，而在机器上是有很多零件装配在一起，它们的尺寸公差、几何公差是相互联系的；即使在一个零件上，也有若干个尺寸，它们之间也是相互影响的，所以，不能孤立地对待某个零件的某个尺寸，而应当考虑到这个尺寸的变化对整个零件、部件或机器的影响，从而确定合理的公差要求，这就是本章尺寸链问题的核心。解决尺寸链问题也是几何精度设计的一个方面，它对保证产品质量和降低成本十分重要。这种在机器装配或零件加工过程中，由相互连接的尺寸所形成的封闭尺寸组即为尺寸链。本章重点是尺寸链的分析计算。

1. 了解尺寸链的分类

按应用范围 { 零件尺寸链、装配尺寸链、工艺尺寸链

按各环的空间位置 { 线性尺寸链、平面尺寸链、空间尺寸链

按尺寸链组合形式 { 并联尺寸链、串联尺寸链、混联尺寸链

按几何特征 { 长度尺寸链、角度尺寸链

要掌握上述各尺寸链的概念。本章重点讨论装配尺寸链中应用最广泛的线性尺寸链。

2. 理解尺寸链的基本术语

要掌握环、封闭环、组成环、增环、减环、补偿环、传递系数的概念，并注意：

1）在一个独立的尺寸链中，封闭环只有一个。

2）增环的尺寸变化与封闭环的尺寸变化呈正相关关系；减环的尺寸变化与封闭环的尺寸变化呈负相关关系。

3. 掌握尺寸链的有关参数

要理解并掌握平均偏差 $\bar{x}$、中间偏差 Δ、相对不对称系数 e、相对标准差 λ、相对分布系数 k 的概念和计算关系式。

4. 初步掌握尺寸链的建立

尺寸链的建立是难点。其建立步骤如下：

（1）确定封闭环　封闭环是加工或装配过程中最后自然形成的那个尺寸。对于装配尺寸链，封闭环通常是装配后应达到的精度要求。例如保证机器正常运动的间隙等。对于零件

尺寸链，封闭环应为公差等级要求最低的环，一般在零件图上不进行标注。对于工艺尺寸链，封闭环是加工后自然形成、需要间接保证的那个尺寸。加工顺序不同，封闭环也不同，所以，要在加工顺序确定之后，才能判断。

（2）查找组成环　查找的方法为：从封闭环的一端开始，依次找出那些会影响封闭环的各个尺寸，直到封闭环另一端为止。查找应遵守"最短尺寸链"原则。即应使得组成环的数目尽量少。因为在装配精度要求一定的情况下，组成环数目越少，则各组成环所分配的公差就越大，加工就越容易。

（3）画尺寸链线图，判断增环和减环　将尺寸链中各尺寸依次用线段连接，即从封闭环开始，沿逆时针（或顺时针）方向，用带箭头的线段画出各环，直到与封闭环连接。若某环尺寸增大（或减小）使得封闭环尺寸也增大（或减小）为增环；反之，为减环。

三、掌握尺寸链的常用计算方法

在尺寸链建立起来后，要掌握尺寸链的常用计算方法，并能熟练加以应用。常用方法有完全互换法和概率法。

1. 尺寸链的分析计算分类

正计算——已知各组成环的尺寸、极限偏差和公差，求封闭环的尺寸、极限偏差和公差。也称为校核计算、公差分析或公差验证。

反计算——已知封闭环的尺寸、极限偏差和公差，求各组成环的尺寸、极限偏差和公差。也称为设计计算。

中间计算——已知封闭环和某些组成环的尺寸、极限偏差和公差，求另外一些组成环的尺寸、极限偏差和公差。也称为部分公差分配或部分公差综合。

2. 完全互换法计算尺寸链的要点

1）完全互换法的两大特点：

①装配精度安全可靠。即产品在装配时各组成环尺寸无需进行挑选或修配，装入后能达到封闭环的精度要求。

②基于极端的出发点。即所有增环皆为最大极限尺寸，而所有减环皆为最小极限尺寸，此时封闭环为最大极限尺寸；所有增环皆为最小极限尺寸，而所有减环皆为最大极限尺寸，此时封闭环为最小极限尺寸。如图8-1所示。根据此出发点，可导出封闭环的基本尺寸、公差、中间偏差、极限偏差和极限尺寸的计算基本公式。

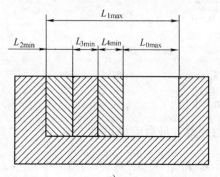
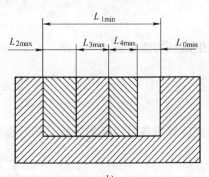

a)   b)

图8-1　完全互换法模型

2）掌握完全互换法计算尺寸链的基本公式，并能熟练运用。

3）用完全互换法可进行正计算和反计算。正计算相对容易。在进行反计算将封闭环的公差分配给各组成环时，可采用"等公差法"或"等精度法"，前者主要用于各环基本尺寸相差不大的尺寸链，一般相差较大时用"等精度法"较为合理。

各组成环的公差确定后，确定极限偏差的方法是：先留一个容易加工的组成环作为调整环，其余各组成环的极限偏差按"向体原则"确定，即包容尺寸的基本偏差为 H，被包容尺寸的基本偏差为 h，一般长度尺寸可用 js（或 JS）。

3. 概率法计算尺寸链的要点

（1）概率法的特点　在大量生产中，零件实际尺寸的分布是随机的，大多数零件的尺寸分布于公差中心附近，靠近极限尺寸的零件数目极少。因此，可以将组成环公差放大，既利于零件加工、降低成本，又能满足封闭环的精度要求，这就是概率法计算尺寸链最显著的特点。当然，从理论上讲，应用概率法时封闭环超出精度要求的情况是存在的，但其概率非常小，所以这种方法在许多生产实践中得到广泛应用。

（2）掌握概率法计算尺寸链的基本公式，并能熟练运用

（3）概率法中要考虑尺寸的概率分布　零件加工时，由于受机床、刀具、环境及操作者等因素的影响，加工后的实际尺寸不可能完全一样，但呈一定的概率分布。尺寸链中的组成环均可视为随机变量，封闭环为若干个随机变量之和，也是随机变量。封闭环的概率分布取决于组成环的概率分布。在机械加工中，零件实际尺寸的典型分布形式如教材中表 8-1 所列。

（4）用概率法可进行正计算和反计算　进行反计算时，也有"等公差法"和"等精度法"两种方法。

1）等公差法。若设计给定的封闭环公差为 T_0，假定各组成环的公差 T_i 相同，且组成环的环数 $m = n - 1 \geq 5$，对于线性尺寸链，$|\xi_i| = 1$，则

$$T_i = \frac{T_0}{\sqrt{\sum_{i=1}^{n-1} k_i}}$$

若各组成环的分布形式相同，则

$$T_i = \frac{T_0}{k\sqrt{n-1}}$$

若各组成环均按正态分布，则

$$T_i = \frac{T_0}{\sqrt{n-1}}$$

按上式计算出各组成环的公差，然后作适当调整，最后应满足：

$$\sqrt{\sum_{i=1}^{n-1} k_i^2 T_i^2} \leq T_0$$

2）等精度法。假定各组成环具有相同的公差等级，对于线性尺寸链，有

$$T_0 = \sqrt{\sum_{i=1}^{n-1} k_i^2 T_i^2} = \sqrt{\sum_{i=1}^{n-1} k_i^2 a^2 i_i^2}$$

由此可求得各组成环的公差等级系数 a

$$a = \frac{T_0}{\sqrt{\sum_{i=1}^{n-1} k_i^2 i_i^2}}$$

若各组成环的分布形式相同，则

$$a = \frac{T_0}{k \sqrt{\sum_{i=1}^{n-1} i_i^2}}$$

若各组成环均按正态分布，则

$$a = \frac{T_0}{\sqrt{\sum_{i=1}^{n-1} i_i^2}}$$

求出公差等级系数 a 后，可查出对应的公差等级和标准公差值，最后应满足：

$$\sqrt{\sum_{i=1}^{n-1} k_i^2 T_i^2} \leqslant T_0$$

各组成环的公差确定以后，仍按"向体原则"确定各组成环的极限偏差（见完全互换法各组成环极限偏差的确定）。

（5）概率法 也称大数互换法或统计法。应注意：采用概率法校核时，各组成环假定均按正态分布，这一条件应在生产中进行严格控制，使各组成环的实际尺寸分布符合正态分布。否则，不满足封闭环要求的概率就会增大。

四、了解解尺寸链的其他方法

在尺寸链的计算中，除了最基本的完全互换法和概率法以外，在生产实践中还应用分组装配法、修配法和调整法解决尺寸链问题，这些方法各有其特点和适用范围。

1. 分组装配法的要点

1）分组装配法的显著特征。零件加工后按尺寸大小分组——在同类组中实现互换性装配。

2）分组装配法的优缺点。它可以使各组成环的公差扩大，使其加工更容易和经济，但测量分组工作比较麻烦，在一些组内可能还会产生多余零件。

3）分组装配法的适用范围。大量生产中要求精度高、尺寸链环数少、形状简单、测量方便的零件。

2. 修配法的要点

1）修配法的特征。装配时通过修配的方法改变尺寸链中预先规定的某一组成环尺寸，以抵消各组成环的累积误差。

2）修配法的优缺点。它可以扩大组成环公差，降低精度而减少成本，同时又能保证封闭环的精度要求。缺点是破坏了互换性，不便于组织流水线生产，增加了装配工作量。

3）修配法的适用范围。单件、小批量生产、且尺寸链环数较多而封闭环精度要求较高的产品。

3. 调整法的要点

1）调整法的特征。装配时通过在尺寸链中加入（或选择）一个合适的组成环或设置一个位置可调的组成环，以抵消各组成环的累积误差。

2）调整法的优缺点。它可以按经济加工精度的要求给定公差值，利于加工，降低成本，又能保证封闭环的技术条件，且不需要采用切去补偿环材料的方法。其缺点也是破坏了互换性。

第九章　圆锥结合的互换性

一、基本内容

在机械制造中圆锥体也是常见的结构，它们有许多特点，但制造和检测要比圆柱体繁杂，所以不如圆柱体应用广泛。本章主要介绍两部分内容：①圆锥结合的特点、分类、主要参数及误差分析。②锥度与锥角系列及圆锥极限与配合标准及其应用。

若本课程学时较紧，本章可以不在课堂上讲解，而是留给学生自学。

二、理解圆锥配合的特点和种类，掌握主要参数和误差对配合的影响

1. 圆锥配合的特点

1）有较高的同轴度。

2）配合自锁性好。

3）密封性好。

4）配合性质可以调整。

5）结构较为复杂，加工和检测较为困难。

2. 圆锥配合的种类

（1）按配合性质分

1）间隙配合。适用于有相对运动的情况，装配和使用中其间隙可以调整；

2）过渡配合。用于定心或密封的场合；

3）过盈配合。借助圆锥面间的自锁，用以传递较大的转矩。

（2）按形成方法分类

1）结构型圆锥配合。由内、外圆锥本身的结构或基面距来确定装配后的最终轴向相对位置的配合。

2）位移型圆锥配合。由内、外圆锥的相对轴向位移或产生轴向位移的装配力的大小，来确定装配后的最终轴向相对位置的配合。

3. 圆锥配合的基本要求

1）具有相同的锥度或锥角。

2）标注尺寸公差的圆锥直径的基本尺寸应一致。

3）相配合的圆锥应保证各配合件的径向（或轴向）位置。确定直径和位置的理论正确尺寸与两装配件的基准平面有关。

4. 掌握主要参数误差对配合的影响

有关圆锥的各种误差对配合的影响见表9-1。

表 9-1　各种误差对圆锥配合的影响

项　目	结构型圆锥配合	位移型圆锥配合
圆锥直径误差对配合的影响	影响配合间隙、过盈的大小及接触质量	影响实际初始位置、基面距及接触质量
斜角误差对配合的影响	影响接触表面大小、影响接触质量	影响接触质量、有时影响基面距
圆锥形状误差对配合的影响	影响接触质量	影响接触质量

三、掌握圆锥极限与配合的规定及应用要点

1. 国家标准规定了两种用途圆锥的锥度与锥角

（1）一般用途圆锥的锥度与锥角　规定有 21 个基本值系列，锥角从 120°到小于 1°，或锥度从 1:0.289 到 1:500。优先选用第一系列。

（2）特殊用途的锥度与锥角　规定有 24 个基本值系列。仅适用于特殊行业或用途。

2. 国家标准规定的圆锥公差项目

我国国家标准是等效采用国际标准制定的，适用于锥度从 1:3 ~ 1:500、圆锥长度从 6 ~ 630mm 的光滑圆锥工件。

圆锥公差项目及说明见表 9-2。

表 9-2　圆锥公差项目

项目名称及符号	说　明
圆锥直径公差 T_D	适用于圆锥全长，其标准公差和基本偏差从极限与配合表中选取
圆锥角公差 AT	分为 $AT1 ~ AT12$ 级，精度依次降低，其公差数值可查表
圆锥形状公差 T_F	包括素线直线度公差和圆度公差，公差值从形位公差表中选取
给定截面圆锥直径公差 T_{DS}	仅适用于该给定截面的圆锥直径

3. 圆锥公差的给定方法及要点

通常无需对每一个圆锥工件都规定 4 种公差项目，国家标准规定了两种给定方法：

（1）给定圆锥直径公差　此项目的公差带为圆锥环状区域，此时圆锥角误差和圆锥形状误差都应限制在此区域内。该方法适合有配合要求的内外锥体工件。

（2）给定圆锥截面直径公差和圆锥角公差　此时两种公差相互独立，圆锥应分别满足两项要求。其公差带为被限定的两对三角形区域。该方法适用于对圆锥工件的给定截面有较高精度要求的情况。

4. 圆锥公差的选用

通常有配合要求的圆锥公差选用可参考表 9-3。

表 9-3　圆锥公差的选用

项　目	结构型圆锥	位移型圆锥
圆锥直径公差等级	和光滑圆柱体一样，根据配合公差 T_{DP} 选取：$T_{DP} = T_{De} + T_{Di}$，一般不低于 9 级	对基面距有要求时，选 IT8 ~ IT12 级（必要时应根据基面距进行计算） 无基面距要求时，可选更低的精度
圆锥直径基本偏差	圆锥孔：H；圆锥轴：d ~ zc 中选，方法与光滑圆柱体一样，根据配合的极限间隙、过盈选取	H/h 组合或 JS/js 组合

40

（续）

项 目	结构型圆锥	位移型圆锥
圆锥角公差	一般不单独提出，由直径公差 T_D 限制。有较高要求时，可选用 AT，但只占直径公差的一部分。$AT1 \sim AT5$ 用于高精度的圆锥量规等；$AT6 \sim AT8$ 用于精度较高的工具圆锥等；$AT8 \sim AT10$ 用于中等精度的锥体；$AT11 \sim AT12$ 用于低精度零件。AT 公差等级数值与相应的 IT 公差等级有大体相当的加工难度	
圆锥形状公差	一般不单独提出，由直径公差 T_D 限制。有较高要求时，可选用 T_F，但只占直径公差的一部分	

5. 圆锥配合中注意的问题

（1）结构型圆锥配合 结构型圆锥配合，其配合性质由内、外圆锥直径公差带决定。因此，这类圆锥配合性质，完全由基本圆锥直径根据零件的功能需要，并按前面所述圆柱公差配合的原则选定其配合及孔、轴的公差带。

结构型圆锥配合推荐采用基孔制。内、外圆锥直径公差带及配合按 GB/T 1801—2009 选取，如 GB/T 1801—2009 给出的常用配合不能满足需要，则可按 GB/T 1800—2009 规定的基本偏差和标准公差组成所需配合。

（2）位移型圆锥配合 位移型圆锥配合是由内、外圆锥轴向位移所决定。为控制实际初始位置的变动，位移型圆锥配合的内、外圆锥直径也应给出适当的公差。标准中推荐其直径公差带一般选用 H、h、JS、js。其轴向位移的极限值按 GB/T 1801—2009 规定的极限间隙或极限过盈来计算。

6. 圆锥尺寸及公差的标注

要理解、掌握教材中介绍的圆锥尺寸的标注、圆锥公差的标注、相配合的圆锥的公差标注方法，并注意每一种具体标注方法的含义。

7. 常用的圆锥检测方法

圆锥常用下列三种方法检测：

（1）绝对测量法 绝对测量法测量锥度是指用计量器具测量圆锥角的数值，然后按 $C = 2\tan(\alpha/2)$ 求解得锥度。使用的计量器具有游标万能角度尺、光学测量仪等。这种方法测量精度高，但操作较为复杂，通常在计量室使用。

（2）量规检验法 圆锥量规检验法与前述光滑极限量规一样，采用精度较高的圆锥量规（通常圆锥工作量规的圆锥直径公差小于被检测的圆锥工件直径公差的 1/3），与被检验的圆锥相配合，根据其配合时轴向位置和接触率，来判断其是否合格。

（3）间接测量法 间接测量法测量锥度是指用正弦尺、圆柱、钢球等量具，先测量与圆锥角有关的线性尺寸，然后利用计算公式求解被测圆锥角和锥度的数值。

第十章　螺纹结合的互换性

一、基本内容

螺纹是一种应用广泛、最具互换性的典型的联接结构。本章主要介绍五部分内容：①螺纹的种类、基本牙型和几何参数。②各种几何参数误差对螺纹互换性的影响分析。③螺纹极限与配合的规定及其选用。④梯形螺纹公差。⑤普通螺纹的检测。

二、了解螺纹种类并掌握其主要几何参数

1. 螺纹的种类及功用（见表 10-1）

（见表 10-1）

表 10-1　螺纹联接的种类、功用及要求

种类	功用	主要要求
紧固螺纹	紧固并可拆联接	可旋合性和联接的可靠性
传动螺纹	传递运动和动力	传动比恒定、传递动力可靠、接触良好及耐磨
紧密螺纹	密封的紧固联接	结合紧密、不得漏气、漏水和漏油等

2. 掌握普通螺纹的基本牙型和主要几何参数

（1）普通螺纹的基本牙型是"去尖角的三角形"　即在高度为 H 的等边三角形上截去其顶部（$H/8$）和底部（$H/4$）的形状。

（2）在掌握主要几何参数时要注意几点

1）内螺纹的直径参数用大写字母；外螺纹的直径参数用小写字母。

2）外螺纹的大径（d）和内螺纹的小径（D_1）统称顶径；外螺纹的小径（d_1）和内螺纹的大径（D）统称底径。

3）中径（D_2 或 d_2）和单一中径的定义不同。中径的假想圆柱其母线是通过牙型上沟槽和凸起宽度相等的地方，而单一中径的假想圆柱其母线是通过牙型上沟槽宽度等于二分之一螺距的地方。当螺距无误差时，单一中径和中径相等；当螺距有误差时，两者不相等。

4）螺纹升角与导程有关联性。螺纹升角越大，导程就越大；反之亦然。螺纹升角也影响螺纹紧固联接的自锁性。螺纹升角越小，其自锁性越好，不容易自动松弛。

5）普通螺纹，牙型角 $\alpha = 60°$，牙型半角 $\alpha/2 = 30°$。

3. 掌握螺纹主要几何参数误差对互换性的影响

螺纹的几何参数在加工过程中产生的误差对螺纹结合的互换性都有不同程度的影响。其中影响最大的是螺距、牙型半角和中径。

（1）螺距误差　螺距误差包括单个螺距误差和螺距累积误差。前者与旋合长度无关，后者与旋合长度有关。螺距误差主要影响螺纹的可旋合性和联接的可靠性，此时发生干涉现象。

解决方法：内螺纹的中径增大或外螺纹的中径减小一个数值 f_P（螺距误差的中径补偿

值）。

$$f_P = 1.732 |\Delta P_\Sigma|$$

（2）牙型半角误差　牙型半角误差包括牙型角的角度误差（即偏离60°角）和位置误差（即牙型角的平分线不垂直于螺纹轴线）。牙型半角误差不仅造成内、外螺纹牙廓发生干涉，不能旋合，而且影响其联接强度。

解决方法：内螺纹的中径增大或外螺纹的中径减小一个数值 $f_{\frac{\alpha}{2}}$（牙型半角误差的中径补偿值）。

$f_{\frac{\alpha}{2}}$ 的计算公式按左（右）半角偏差 $\Delta\frac{\alpha}{2}$ 左 $\left(\Delta\frac{\alpha}{2}右\right)$ 大于或小于零分为 4 种，详见教材中。

（3）中径误差　中径误差是指实际中径值对公称值的代数差。当外螺纹中径大于内螺纹中径，则不能旋合；当外螺纹中径过小或内螺纹中径过大，则会削弱其联接强度。因此对中径误差必须加以控制。

4. 理解保证普通螺纹互换性的条件

为了保证螺纹结合的互换性，应对其主要影响参数，即螺距、牙型半角和中径误差进行控制。

从理论分析得知：螺距误差和牙型半角误差可以由它们的中径当量代替，因此，螺距误差、牙型半角误差和中径误差可以综合用中径极限偏差加以限制。所以，在国家标准中，没有规定普通螺纹螺距公差和牙型半角公差，而是将其折合成中径公差的一部分，通过检查中径公差来控制螺距误差和牙型半角误差。

5. 理解、掌握作用中径的概念及中径的合格条件

1）作用中径（$D_{2作用}$，$d_{2作用}$）是在规定的旋合长度内，正好包络实际螺纹的一个假想的理想螺纹的中径，这个假想螺纹具有基本牙型的螺距、半角及牙型高度，并在牙顶和牙底留有间隙，以保证不与实际螺纹的大、小径发生干涉。它是综合了实际中径、螺距偏差和牙型半角偏差后形成的。作用中径的概念与前述作用尺寸的概念是一致的，两者都是实际尺寸和形位误差的综合结果。

2）掌握并熟练应用作用中径计算公式：

内螺纹

$$D_{2作用} = D_{2实际} - \left(f_P + f_{\frac{\alpha}{2}}\right)$$

外螺纹

$$d_{2作用} = d_{2实际} + \left(f_P + f_{\frac{\alpha}{2}}\right)$$

这两个公式的实质是：当有了螺距误差和牙型半角误差后，还要将内、外螺纹旋合，则必须使实际中径减去（内螺纹）或加上（外螺纹）两个中径当量。

3）螺纹中径合格性判断准则：

外螺纹　$d_{2作用} \leq d_{2max}$，$d_{2单一} \geq d_{2min}$

内螺纹　$D_{2作用} \geq D_{2min}$，$D_{2单一} \leq D_{2max}$

中径合格性判断准则与光滑工件极限尺寸判断原则（泰勒原则）类同，即：作用中径不能超出最大实体牙型的中径，而任何部位的单一中径不能超出最小实体牙型的中径。

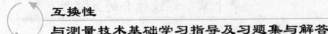

三、掌握普通螺纹极限与配合的规定及选用

（1）普通螺纹极限与配合的规定　将普通螺纹极限与配合国家标准规定的构成特点归纳列于表10-2中。

表 10-2　普通螺纹极限与配合国家标准规定与特点

项　目		国家标准规定	特点
公差等级	内螺纹中径	4、5、6、7、8	有多个直径公差，但公差等级少。6级为基本级
	内螺纹小径		
	外螺纹中径	3、4、5、6、7、8、9	
	外螺纹大径	4、6、8	
基本偏差	内螺纹	G、H	基本偏差种类少；内螺纹基本偏差均为下偏差，外螺纹基本偏差为上偏差
	外螺纹	e、f、g、h	
公差带的零线		基本牙型的形状	公差带形状也为基本牙型状
配合种类		间隙配合	配合种类少
公差带标注形式		如：7H、6g	标注形式与光滑工件顺序相反

普通螺纹的公差带与《极限与配合》标准中光滑工件的尺寸公差带概念一样，由位置和大小两个要素构成。公差带的位置由基本偏差确定；公差带的大小由公差值（公差等级）确定。

（2）普通螺纹的精度　普通螺纹的精度与《极限与配合》标准不同，螺纹的精度既与公差等级有关，也与旋合长度有关。普通螺纹精度分为精密、中等、粗糙三个等级。因为公差等级相同的长螺纹要比短螺纹更难加工，所以，在同一精度条件下，对不同旋合长度的螺纹规定不同的公差等级（旋合长度长，应给予较大的公差值），才能达到加工难易程度相当的目的，也就是说，才有可能采用同一精度的方法加工。普通螺纹的旋合长度分为长、中、短三种，可查表确定。

（3）初步掌握普通螺纹极限与配合的选用　螺纹公差带应根据使用要求、工件条件及结构状况等因素进行选用。标准中按螺纹的精度等级和旋合长度要求，规定了内、外螺纹推荐公差带。选用时要注意几点：

1）除特殊情况外，不宜选用推荐之外的公差带。

2）若无其他特殊说明，推荐公差带适用于涂镀前的螺纹。有涂镀层的仅适用于薄涂镀层螺纹，例如电镀螺纹。涂镀后，螺纹实际轮廓上的任何点不应超越基本偏差为 H 或 h 所确定的最大实体牙型。

3）内、外螺纹的公差带，可按推荐公差带形成任意组合，但为了保证内、外螺纹间有足够的螺纹接触高度，推荐完工后螺纹零件优先组成 H/h、H/g 或 G/h 配合。大量生产的紧固螺纹推荐采用 6H/6g 配合。

4）联接精度的选用，一般多用中等精度；不重要或制造较困难的（如长盲螺纹孔）用粗糙级；要求配合性质稳定、需要保证一定定心精度时用精密级。

四、掌握梯形螺纹公差的要点

1）梯形螺纹的主要用途是传递运动和动力。因其传动平稳、可靠，常用它将旋转运动转化为直线运动，如在机床的进给机构、压力机中被广泛采用。

2）由于国家标准梯形螺纹是一般用途的传动螺纹，它采用了普通螺纹的公差原理，主要参数为：牙型角30°、公称直径 d 和螺距 P，外螺纹大径是基本尺寸。外螺纹与内螺纹的中径基本尺寸相同，但大、小径的基本尺寸各不相同，因此有装配间隙，用以储存润滑油。

3）梯形螺纹的精度等级：它有 GB/T 5796—2005 和 JB/T 2886—1992 两个标准规定梯形螺纹公差。

①国家标准对内螺纹大径 D_4、中径 D_2、小径 D_1 和外螺纹大径 d、小径 d_3 分别只规定了一种基本偏差 H 和 h，其基本偏差为零。只有外螺纹中径 d_2 规定了三种基本偏差 h、e、c，以适应配合的需要。标准还规定了中等和粗糙两种精度，一般传力螺旋和重载调整螺旋多选中等精度，要求不高时可选粗糙精度。

②专业标准是专用作精确运动的传动梯形螺纹，如金属切削机床的丝杠副。对螺旋线误差有较严格的要求，需要更高的精度。按 JB/T 2886—1992 规定，丝杠及螺母的精度根据用途和使用要求分为七级，即3、4、5、6、7、8、9级。3级精度最高，后面依次降低。

各级精度的常用范围是：3级和4级用于超高精度的坐标镗床和坐标磨床的传动定位丝杠和螺母。5、6级用于高精度的螺纹磨床，齿轮磨床和丝杠车床中的主传动丝杠和螺母。7级用于精密螺纹车床、齿轮机床、镗床和平面磨床等的精确传动丝杠和螺母。8级用于卧式车床和普通铣床的进给丝杠和螺母。9级用于低精度的进给机构。

五、了解普通螺纹的检测方法

螺纹检测手段有多种，生产中应根据螺纹的使用要求及螺纹加工条件决定采用何种检测手段。螺纹的检测方法分为综合检验法和单项测量法两类。

（1）综合检验法　即采用螺纹量规检验螺纹的合格性。在成批、大量生产中均采用此法。这种方法只能评定零件合格与否，而不能量出各实际参数的大小。

螺纹量规如前述光滑圆柱量规一样，分通规和止规。检验外螺纹采用螺纹环规，检验内螺纹采用螺纹塞规。不论检验外螺纹或内螺纹，按照泰勒原则，通规应具有完整的牙型，止规则采用截短牙型，以避免对检验结果的影响。采用螺纹量规检验工件时，通规应能自由旋过工件，而止规不能旋入工件或旋入工件不超过两圈，则表示工件合格。反之，工件不合格。

（2）单项测量法　常用有影像法和三针测量法。

①影像法。用影像法可以测量螺纹的中径、牙型半角、螺距等参数。此法是在工具显微镜上，将被测螺纹牙型轮廓放大成像在镜头中，根据放大的轮廓，测量牙廓与螺纹轴线的垂线间的夹角，得牙型半角；再沿垂直于螺纹轴线方向，测量螺纹轴线两侧牙廓之间的距离，得中径；沿平行于轴线方向，测量同侧牙廓之间的距离，得累积螺距。

②三针测量法。此法主要用来测量外螺纹的实际中径。三针测量法只需用三根直径相等的量针和外径千分尺就可测量。它将三根直径相同的量针分别放在螺纹直径两侧的沟槽中，然后用外径千分尺测出针距，根据已知的螺距、牙型角和量针直径的数值，按其几何关系可计算得出实际中径。

第十一章 键和花键的互换性

一、基本内容

本章主要介绍三部分内容：①单键联接的类型和极限与配合。②矩形花键联接的定心方式和极限与配合。③键和花键的检测。

键联接广泛用作轴和轴上传动件（如齿轮、带轮、手轮、联轴器等）之间的联接，用以传递转矩，或作为导向件作轴向相对运动。

二、掌握单键联接的类型和极限与配合

1. 单键联接的类型、特点和用途

单键联接中平键、半圆键的应用较广，其结构及极限与配合也较简单，可看作是本课程前述内容——尺寸公差、形位公差和表面粗糙度的具体应用，学生应能通过自学掌握此部分内容。单键联接的类型、特点和用途见表11-1。

表 11-1　单键联接的类型、特点和应用

类型		特点和用途
平键	普通平键	普通平键用于固定联接；导向平键用于轴上零件与轴作相对运动的联接。平键联接制造简单，装拆方便，轴与轮毂相联后对中性好，应用最广泛，可做成静联接或滑动联接
	导向平键	
	滑键	
半圆键		半圆键联接加工和装配工艺性好，一般用于轻载联接
楔键	普通楔键	楔键联接是依靠键的顶面和底面与轮轴间挤压产生摩擦力而起作用，其两侧而与轴、轴槽两侧面有间隙。楔键用于外伸轴轴端处联接，可防止联接件轴的脱落，但拆卸较困难
	钩头楔键	
	薄型楔键	
切向键		切向键联接依靠键的顶面和底面与工件联接，用途较少

2. 掌握平键、半圆键的极限与配合

单键联接中最常用的是平键和半圆键联接。平键联接中的键宽 b、键高 h、轴槽深 t_1、轮毂槽深 t_2 和半圆键联接中的键宽 b、键高 h、半圆键直径 d_1 的基本尺寸都是根据工件直径查表确定；平键键长 L 的基本尺寸由结构确定。它们的尺寸公差见表11-2。

表 11-2　平键、半圆键的尺寸极限与配合

类型	参数	键	轴槽	轮毂槽	配合种类
平键	键宽 b	h8	H9	D10	松联接
		h8	N9	JS9	正常联接
		h8	P9	P9	紧密联接
	键高 h	h11	$(d-t_1)$ 公差按直径 d 查表	$(d+t_2)$ 公差按直径 d 查表	
	键长 L	h14	H14	通孔	

（续）

类型	参数	键	轴槽	轮毂槽	配合种类
半圆键	键宽 b	h8	N9	JS9	一般联接
		h8	P9	P9	较紧联接
	键高 h	h11			
	直径 d_1	h12			

（1）平键、半圆键联接配合的特点

1）主要配合尺寸——键宽 b。

2）采用的基准制——基轴制。

3）配合种类少。平键联接中只有三种配合，半圆键联接中只有两种配合。要注意它们的应用场合。

（2）掌握键和键槽的形位公差及表面粗糙度要求

1）通常提出的轴槽和轮毂槽的对称度要求，按 GB/T 1184—1996 的规定选 7~9 级。

2）键的两侧面的平行度，当键长 L 与键宽 b 之比大于等于 8 时，应符合 GB/T 1184—1996 的规定，选 5~7 级。

3）键槽配合面的表面粗糙度一般取 Ra 为 1.6~6.3μm，非配合面取 6.3~12.5μm。

三、掌握矩形花键联接的学习要点

1. 了解花键联接的特点

特点：花键是将键与轴做成一体，故轴的强度高，刚性大；花键的键齿多，接触面大，故联接可靠，能传递大的转矩；花键的定心精度高，导向性好；但其结构较复杂，加工与检测较困难。

2. 花键的类型

花键联接按其键的轮廓形状不同，可分为以下三种类型：

1）矩形花键。花键的正截面齿廓为矩形，键侧面为直线。其特点是加工方便，可获得较高精度，广泛用于机床和一般机械中。

2）渐开线花键。花键的正截面齿廓为渐开线，它的加工工艺与渐开线齿轮相同。其特点是齿的根部较厚，应力集中小，故强度高，易于对中，联接的稳定性好。它主要用于传递转矩大、定心精度要求高、尺寸较大的联接。

3）三角形花键。其内花键齿廓为三角形，外花键齿廓为压力角等于 45°的渐开线。它主要用于转矩小且直径小的操纵机构和调整机构中，特别适用于轴与薄壁零件的联接。

上述三种花键中，应用最广泛的是矩形花键。

3. 掌握矩形花键联接的主要参数及基本尺寸

矩形花键联接的主要参数有：键数 N、小径 d、大径 D 和键宽 B。它们已经标准化，其基本尺寸可以查表确定。标准中规定的键数均为偶数，有 6、8、10 三种。按承载能力需要，尺寸规定有轻系列（小径基本尺寸从 23~112mm）和中系列（小径基本尺寸从 11~112mm）两种。对于同一小径，两个系列相应规格的键数相同、键（键槽）宽也相同，仅大径尺寸不同。

47

4. 明确矩形花键的定心表面

矩形花键联接有小径 d、大径 D 和键宽 B 三个配合尺寸。要保证三个配合面同时达到高精度配合是很困难的，也无必要。为保证配合精度又减小加工难度，只选择一个配合面作为主要配合面，规定较高的精度，这个面称为定心表面。国家标准规定小径为定心表面，主要是从加工方便和质量稳定来考虑的。

5. 掌握矩形花键的尺寸公差及选择

矩形花键内、外花键的尺寸公差带见表 11-3。

表 11-3　矩形花键内、外花键的尺寸公差带

内花键				外花键			装配形式
d	D	B		d	D	B	
		拉削后不热处理	拉削后热处理				
一般用							
H7	H10	H9	H11	f7		d10	滑动
				g7	a11	f9	紧滑动
				h7		h10	固定
精密传动用							
H5				f5		d8	滑动
				g5		f7	紧滑动
	H10	H7、H9		h5	a11	h8	固定
				f6		d8	固定
H6				g6		f7	紧滑动
				h6		h8	固定

矩形花键联接配合的要点：

1）花键联接采用基孔制，是为了减少拉刀、量具的数目。

2）装配形式分为滑动、紧滑动、固定三种配合。选用时要注意：当花键孔与轴工作不需要相对滑动时，选固定联接；当需要滑动，但滑动次数较少且距离较短时，可选用紧滑动联接；当滑动次数多且距离较长时，则选用间隙较大的滑动联接。

3）配合精度分为一般用和精密传动用两种，后者主要用于定心精度高或传递转矩大的情况；多数情况下采用前者。

6. 掌握矩形花键的形位公差及选择

1）小径的尺寸公差和形状公差的公差原则采用包容要求。

2）花键的位置度公差遵守最大实体要求。

3）键和键槽的对称度公差和等分度公差遵守独立原则。小批量生产时，要分别规定花键的对称度和等分度，长花键可规定键（槽）侧面对小径轴线的平行度；大批量生产时，只规定位置度，综合控制各项形位误差。

7. 熟练掌握矩形花键的图样标注

注意：前面标注矩形花键符号 $\prod$，后面标注代号，其顺序为 $N \times d \times D \times B$，公差带写在各自的代号后，最后标注 GB/T 1144—2001。

四、了解键和花键的检测方法

单键的公差项目及检测方法列于表 11-4 中，矩形花键的公差项目及检测方法列于表 11-5 中。

表 11-4　单键的检测

生产类型	项 目		检 测 方 法
单件小批量	尺寸公差		用通用计量器具（游标卡尺、千分尺等）
	形位公差	对称度	在槽中放入量块组，平板、V 形块用打表法测量
		平行度	
大批量	尺寸公差		极限量规（板式塞规、深度量规等）
	形位公差	对称度	极限量规（对称性量规等）
		平行度	

表 11-5　矩形花键的检测

生产类型	项 目		公差数值	遵守公差原则	检 测 方 法
单件小批量	尺寸公差		查表	小径采用包容要求	用通用计量器具或光滑极限量规
	形位公差	对称度	查表	独立原则	用通用计量器具
		等分度	同对称度	独立原则	
		平行度	未规定	独立原则	
大批量	尺寸公差		查表	小径采用包容要求	用花键量规控制小径、大径、键宽的体外作用尺寸不超过其最大实体实效尺寸，并用单项止规控制小径、大径、键宽的实际尺寸不超过其最小实体尺寸
	形位公差	位置度	查表	最大实体要求	

第十二章　圆柱齿轮传动的互换性

一、基本内容

在机械产品中，齿轮传动应用相当广泛，它可以用来传递运动、传递转矩和分度。掌握齿轮公差与检测方面的基本知识，对机械类专业的学生来说是必需的。

本章是本课程的难点和重点。

由于齿轮公差所涉及的国家标准多、内容多、项目多、符号多、检测方法多，这"五多"造成学生在学习时比较困难，尤其是当前正处于新旧标准交替时期，教材中着重介绍新国家标准，同时考虑目前技术资料、手册、图样等还在使用旧国家标准，所以又简要介绍了旧标准。学生在学习本章时应在学习方法上注意几点：①把握重点，着重掌握标准中规定的每一个必检项目，对其他可以采用的项目及检测方法只进行一般了解。②采用"对比总结法"学习，理解各公差项目的异同及联系，把握各公差项目能控制哪一类误差对象，总结出大致的规律。③学完本章基本内容后，进行一个完整的齿轮精度设计，以便全面系统地掌握本章基本知识的运用。

本章主要介绍七大部分内容：①齿轮传动的要求和齿轮的加工误差。②齿轮的应检精度指标、侧隙指标及检测。③齿轮的应检精度指标以外的其他指标及检测。④齿轮精度指标的公差规定。⑤齿轮副的误差及公差。⑥齿轮的齿厚极限偏差、公法线长度极限偏差和齿轮坯公差。⑦圆柱齿轮精度设计方法和应用。

二、了解齿轮传动的要求和齿轮的加工误差

（1）明确齿轮传动的四项基本要求

1）传递运动的准确性　即要求传递运动或分度准确可靠。

2）传动的平稳性　即要求齿轮传动瞬时的传动比变化尽量小。

3）载荷分布的均匀性　即工作齿面的接触区域不能小于允许范围，确保承载能力和寿命。

4）合理的传动侧隙　指非工作齿面间有合适间隙以存储润滑油及补偿变形。

（2）了解齿轮的常见加工误差　齿轮的加工方法有多种，按齿廓形成原理可分为仿形法和展成法。教材中以滚齿加工为例，分析产生齿轮加工误差的主要原因。现将常见齿轮加工误差的项目、对传动的影响、误差的来源与特点归纳在表 12-1 中。

表 12-1　常见齿轮加工误差

误差项目		对传动的影响	误差的来源与特点
偏心	几何偏心	传动的准确性	齿轮坯基准孔与机床心轴之间有安装偏心。长周期误差
	运动偏心	传动的准确性	机床工作台分度蜗轮与主轴的偏心。长周期误差
机床传动链的高频误差		传动的平稳性	分度蜗杆的安装偏心和轴向窜动，短周期误差

（续）

误差项目	对传动的影响	误差的来源与特点
滚刀的加工误差	传动的平稳性	滚刀本身的基节、齿形误差。短周期误差
滚刀的安装误差	载荷分布均匀性	滚刀刀架或齿轮坯轴线相对工作台轴线倾斜及轴向窜动
齿厚偏差	侧隙	安装偏心、刀具进刀位置误差

三、掌握齿轮的应检精度指标、侧隙指标

新国家标准规定的齿轮的应检精度指标是齿轮加工制造中的必检项目。表 12-2 列出齿轮应检精度指标和侧隙指标的名称、代号、对齿轮传动性能的影响及常用的检测方法。

表 12-2　齿轮的应检精度指标和侧隙指标

项目名称		代号	对传动性能的主要影响	常用检测方法
齿距累积总偏差		F_P	传动准确性	在齿距仪或万能测齿仪上用相对法测量
单个齿距偏差		f_{pt}	传动平稳性	
齿廓总偏差		F_α	传动平稳性	在渐开线测量仪上用展成法检测
螺旋线总偏差		F_β	载荷分布均匀性	直齿轮可用径向跳动测量仪等检测，斜齿轮在螺旋线测量仪上用展成法检测
侧隙指标	齿厚偏差	E_{sn}	侧隙	用游标测齿卡尺或光学测齿卡尺测量
	公法线长度偏差	W（W_n）	侧隙	用公法线千分尺或万能测齿仪测量

应理解、注意的几个要点：

1）齿轮的应检精度指标数量虽然少，但它们能全面评定齿轮传动四个方面的基本要求。其中齿距累积总偏差是评定传动准确性的综合指标，它既能反映切向误差又能反映径向误差；齿廓总偏差和单个齿距偏差分别反映一对轮齿在啮合过程中以及交替啮合时瞬时传动比的变化，能较全面地反映传动平稳性；螺旋线总偏差直接影响轮齿在齿宽方向的接触好坏，是评定载荷分布均匀性的指标。

2）侧隙指标可以用齿厚偏差或公法线长度偏差两个指标中的一个来评定，两个指标均能控制合理的侧隙。齿轮副侧隙的大小与齿轮齿厚的减薄量有密切关系，在中心距一定的情况下，齿厚减薄越多，侧隙越大，所以一般是用单个齿轮的齿厚偏差来评定侧隙。但也可用单个齿轮公法线长度偏差来代替齿厚偏差来评定侧隙，因为公法线的检测比齿厚的检测更加简便准确。

3）齿轮的应检精度指标和侧隙指标在齿轮设计时必需标注，在齿轮加工后必需检验。其他的精度指标则可以根据齿轮的制造及使用等情况决定是否采用及检验。

四、掌握齿轮评定时可采用的其他指标

齿轮的应检精度指标以外的其他精度指标（或称非必检项目）列于表 12-3 中。

表 12-3　评定齿轮精度时的非必检项目

项目名称	代号	对传动性能的主要影响	常用检测方法
齿距累积偏差	F_{pk}	传动平稳性	在齿距仪或万能测齿仪上用相对法测量

（续）

项目名称	代号	对传动性能的主要影响	常用检测方法
齿廓形状偏差	$f_{f\alpha}$	传动平稳性	在渐开线测量仪上用展成法测量
齿廓倾斜偏差	$f_{H\alpha}$	传动平稳性	
螺旋线形状偏差	$f_{f\beta}$	载荷分布均匀性	直齿轮可用径向跳动测量仪等检测，斜齿轮在螺旋线测量仪上用展成法检测
螺旋线倾斜偏差	$f_{H\beta}$	载荷分布均匀性	
切向综合总偏差	F_i'	传动准确性	在单面啮合仪上检测
一齿切向综合偏差	f_i'	传动平稳性	
径向综合总偏差	F_i''	传动准确性	在双面啮合仪上检测
一齿径向综合偏差	f_i''	传动平稳性	
径向跳动	F_r	传递运动准确性	在径向跳动测量仪或万能测齿仪上检测

应注意下面几点：

1）切向综合总偏差能较好地反映切向、径向的长周期误差，是评定传动准确性的综合指标，可以代替齿距累积偏差；一齿切向综合偏差能全面反映一对轮齿在啮合过程中以及交替啮合时瞬时传动比的变化情况，是评定传动平稳性的综合指标，可以代替齿廓总偏差和单个齿距偏差。切向综合总偏差和一齿切向综合偏差都是在单面啮合仪上测量的，检测方便快捷。

2）规定齿距累积偏差是为了限制在较小的齿距上的齿距累积偏差过大，从而避免产生很大的加速度和冲击现象，影响传动平稳性，主要用于高速齿轮中。

3）齿廓形状偏差、齿廓倾斜偏差、螺旋线形状偏差、螺旋线倾斜偏差这四项，主要用于工艺分析或其他某些目的，通常较少采用。

4）径向综合总偏差只反映径向的误差，不如切向综合总偏差全面。因为使用的检测仪器（双面啮合仪）简单、检测效率高，所以常作为辅助检测项目。即在批量生产中，用必检项目对首批生产的齿轮进行检验，若符合要求，对后面接着生产的齿轮，就可以只检查径向综合总偏差。径向综合偏差揭示由于齿轮加工时安装偏心等原因造成的径向方面的误差。

5）径向圆跳动与径向综合总偏差的性质相同，可以互相替代。

6）对齿轮各项误差的检测，由于齿轮误差项目多、检测的仪器和方法也多，且有的误差项目可用许多方法检测，故只要求学生简单了解常用的检测方法，某些检测中较详细的仪器原理、检测步骤、操作方法可通过本课程的实验加以学习和训练。

五、了解、掌握齿轮精度指标的公差规定

1. 新的齿轮精度标准的体系和特点

（1）新齿轮精度标准的体系 目前我国的齿轮精度新标准是一个标准体系，如表12-4所示。它由两个标准和四个标准化指导性技术文件组成，而旧标准只有一项精度标准。新国家标准等同采用国际标准 ISO 1328—1997《圆柱齿轮 ISO 精度制》，其技术内容与 ISO 1328—1997 完全相同。

GB/T 10095—2001《渐开线圆柱齿轮 精度》中明确指出：本标准的每个使用者，都

应非常熟悉 GB/Z 18620—2002《圆柱齿轮　检验实施规范》所叙述的方法和步骤。在本标准的限制范围内，使用其他的技术是不适宜的。

表 12-4　齿轮精度新标准的构成

项 目		代 号	名 称	采用 ISO 标准情况
新标准	标准	GB/T 10095.1—2001	渐开线圆柱齿轮　精度　第1部分：轮齿同侧齿面偏差的定义和允许值	等同采用
		GB/T 10095.2—2001	渐开线圆柱齿轮　精度　第2部分：径向综合偏差与径向跳动的定义和允许值	
	指导性技术文件	GB/Z 18620.1—2002	圆柱齿轮　检验实施规范　第1部分：轮齿同侧齿面的检验	
		GB/Z 18620.2—2002	圆柱齿轮　检验实施规范　第2部分：径向综合偏差、径向跳动、齿厚和侧隙的检验	
		GB/Z 18620.3—2002	圆柱齿轮　检验实施规范　第3部分：齿轮坯、轴中心距和轴线平行度	
		GB/Z 18620.4—2002	圆柱齿轮　检验实施规范　第4部分：表面结构和轮齿接触斑点的检验	
旧标准		GB/T 10095—1998	渐开线圆柱齿轮精度	等效采用

检验实施规范中，全面、详细地提供了齿轮各个偏差项目的检测方法和测量结果的分析方法。它不仅对生产有直接指导作用，而且对齿轮检测结果评价有统一标准，对生产技术发展起到了很好的推动作用。

（2）新齿轮精度标准的特点

1）及时等同采用了国际标准组织（ISO）最新颁布的国际标准，有利于技术上与国际接轨，促进技术进步和国际技术交流。

2）新国家标准概念明确、严密、规律性强，给出了明确的公式化内容。

3）使用范围更加广泛，根据实际工作需要，可按标准规定进行延伸。

4）增加了详细的齿轮检验方法的说明和建议，使产品检验的方法统一，确保产品质量。

2. 掌握国家标准中规定的精度等级

国家标准对齿轮大部分的精度指标规定了 13 个精度等级，即 0～12 级，0 级最高；对少数精度指标（齿轮径向综合总公差、齿轮一齿径向综合公差）规定了 9 个精度等级，即 4～12 级，4 级最高。

3. 掌握齿轮精度等级的选择

（1）精度等级选择的基本方法　有类比法和计算法两种。

注意：常用的方法是类比法。计算法主要用于精密齿轮传动系统。通常用的精度等级为 6～9 级，它能满足大多数机械产品的使用。在选择中，各项目公差可以选同级或不同级，但精度等级不可相差过大（一般情况下，差别≤2 级）。

（2）学会查找确定齿轮精度的表格　教材中和有关手册中列举了某些机器中齿轮采用

的精度等级、齿轮某些精度等级的应用范围等表格，在选择精度等级时要会运用这些知识，以便于简捷、合理地选择精度等级。

（3）熟练应用齿轮差表确定公差值　确定齿轮各项精度指标的公差值或极限偏差值一般是用查表确定，而对教材中介绍的齿轮各精度指标任一等级的公差值的计算公式只作一般了解。

4. 熟练掌握齿轮精度的标注

单个齿轮的检验项目、精度等级以及各项目允许值等要正确标注在齿轮零件图样的参数表中，要认真领会教材中实例的标注。

六、理解齿轮副的误差及公差项目

1. 齿轮副的主要公差项目　齿轮副的安装状况对齿轮的工作精度有很大影响。将齿轮副的主要公差项目的名称、代号及对齿轮传动的影响列于表12-5中。

表12-5　齿轮副的主要公差项目

项目名称	代　　号	对齿轮传动的影响
中心距极限偏差	$\pm f_{\alpha}$	侧隙
轴线平行度公差	$f_{\Sigma\delta}$，$f_{\Sigma\beta}$	侧隙，载荷分布均匀性
接触斑点	—	载荷分布均匀性，传动平稳性

2. 应该注意的几个要点

1）对控制运动用的齿轮，其侧隙必须严格控制。当齿轮负荷经常反向时，中心距公差更应严格控制。选择中心距偏差时应考虑轴、箱体和轴承的偏斜、安装误差、轴承跳动、温度影响、旋转件离心伸张等因素的影响。

中心距极限偏差新国家标准中没有规定具体数值，而仅有说明。教材中参考性地列出了GB/T 10095—1988中的中心距极限偏差数值。

2）轴线的平行度误差分垂直平面上和轴线平面上两个方向的平行度误差。一定量的垂直平面上的偏差将比同样大小轴线平面上的偏差导致的啮合偏差大2～3倍。因此，新国家标准对上述两种不同方向的轴线平行度推荐了不同的平行度公差值：

$$f_{\Sigma\delta} = (L/b)F_{\beta}, \ f_{\Sigma\beta} = 0.5(L/b)F_{\beta} = 0.5f_{\Sigma\delta}$$

3）齿轮副沿齿长方向的接触斑点主要影响齿轮副的承载能力，沿齿高方向的接触斑点主要影响工作平稳性。新国家标准推荐了接触斑点的数值，按齿轮精度查表。

轮齿接触斑点的检验方法是：将准备测试的齿轮用清洁剂彻底清洗干净，然后将小齿轮的三个或更多轮齿齿面上涂上一层薄的印痕涂料（红丹或蓝油等），涂层要薄而均匀。将被测两齿轮按装配位置安装好。测量时可按下述两种方法进行：

①静态测量：用手转动小齿轮使其有涂料的轮齿和大齿轮相啮合，此时应在大齿轮上施加一个足够的反力矩以保证齿面接触，然后把齿轮反转至原位。上述操作至少要在大齿轮三个等距离位置重复进行，以显示因摆动或其他周期性误差所产生接触斑点的变异。最后根据被测齿面上印痕接触斑点检测结果与规定作比较。

②动态测量：给齿轮副一个载荷增量（典型载荷增量为5%、25%、50%、75%和100%），作短时间运行后停止，将其接触斑点记录下来。在彻底清洗干净轮齿后，再在下

一个载荷增量下重复检测。整个操作过程应至少在三个不同载荷上重复进行。

七、掌握齿轮侧隙指标公差的确定并理解齿轮坯公差及各表面的粗糙度要求

1. 掌握齿厚极限偏差的确定

为保证齿轮在工作中保持合理间隙，通常要给出齿厚极限偏差，即确定齿厚的上偏差和下偏差。新国家标准中没有给出齿厚极限偏差的规定值，要由设计人员按其使用情况确定。在确定涉及到的方法步骤中有下面几个要点：

（1）确定最小法向侧隙 j_{bnmin}　其方法有：

①类比法。参考同类产品确定。

②计算法。用教材中所列的公式（主要考虑工作温度和润滑方式）进行计算。

③查表法。新国家标准 GB/Z 18620—2002 在附录中所列推荐表，可参考。

（2）确定齿厚上偏差 E_{sns}，其方法有：

①类比法。参考同类产品或有关资料（各种机械设计手册等）的推荐选取齿厚上偏差（和下偏差）。

②计算法。除保证齿轮副所需的最小法向侧隙外，还要补偿齿轮及齿轮箱体的制造误差和安装误差所引起的侧隙减少量。用教材中详细的计算公式进行计算，要求会运用公式。

（3）确定齿厚下偏差 E_{sni} 和齿厚公差 T_{sn}　齿厚公差由切齿径向进刀公差 b_r 和径向圆跳动公差 F_r 计算

$$T_{sn} = 2\tan\alpha_n \sqrt{b_r^2 + F_r^2}$$

齿厚下偏差计算式：

$$E_{sni} = E_{sns} - T_{sn}$$

（4）齿轮副的最大侧隙　齿轮副的最大侧隙是在齿轮精度等级和齿厚极限偏差确定后自然形成的，一般不必验算。

2. 掌握公法线长度极限偏差的确定

由于公法线长度测量比较简单，故生产中常用它来评定。在学习中应注意几点：

1）公法线长度的上偏差、下偏差分别由齿厚上偏差、下偏差、径向圆跳动公差换算得到，要求能理解教材中公式的含义，并能进行计算。

2）模数、齿数、标准压力角分别相同的内、外齿轮的公称公法线长度相同。内、外齿轮的公法线长度极限偏差互成倒影关系。

3）因为公法线长度变动 ΔF_w 测量没有以齿轮旋转轴线为基准，所以它不能反映齿轮的径向误差，只能反映齿轮的切向误差。

4）用公法线长度极限偏差也能控制齿轮副的侧隙。

3. 理解并掌握齿轮坯的公差要求

（1）理解齿轮坯精度的重要作用　齿轮坯的尺寸和形位误差对齿轮副的工作情况有重要影响。切齿前齿轮坯基准表面的精度对齿轮的加工精度和安装精度的影响很大，故用控制齿轮坯精度来保证和提高齿轮的加工精度是一项有效的技术措施。

国家标准提出了齿轮坯表面上的误差，如图 12-1 所示。

①带孔齿轮的孔（或轴齿轮的轴颈）基准，其直径尺寸偏差和形状误差过大，将使齿

轮径向圆跳动 F_r 增大,进而影响传动质量。

②齿轮轴的轴向基准面 S_i 的端面圆跳动误差过大,使齿轮安装歪斜。加工后的齿轮螺旋线误差增大,接触斑点减少或位置不当,造成回转摇摆影响承载能力,甚至断齿。

③径向基准面 S_r 或齿顶圆柱面直径偏差和径向圆跳动,导致齿轮加工或检验的安装基准和测量基准发生变化,使加工误差和测量误差(如齿厚)加大。

(2)齿轮坯公差项目及数值的选择

①常见的齿轮结构是盘形齿轮和齿轮轴,它们各自的公差项目主要有:

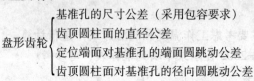

图 12-1　基准轴线和基准面

盘形齿轮 {
基准孔的尺寸公差(采用包容要求)
齿顶圆柱面的直径公差
定位端面对基准孔的端面圆跳动公差
齿顶圆柱面对基准孔的径向圆跳动公差
}

齿轮轴 {
两个轴颈的直径公差(采用包容要求)
两个轴颈分别对它们的公共轴线的径向圆跳动公差
}

②基准面与安装面的形状误差。若工作安装面被选择为基准面,可直接选用表 12-6 中的基准面与安装面的形状公差。当基准轴线与工作轴线不重合时,则工作安装面相对于基准轴线的公差在齿轮零件图样上予以控制,其跳动公差不大于表 12-7 中规定的数值。

表 12-6　基准面与安装面的形状公差(摘自 GB/Z 18620—2002)

确定轴线的基准面	公 差 项 目		
	圆　度	圆 柱 度	平 面 度
两个"短的"圆柱或圆锥形基准面	0.04 (L/b) F_β 或 0.1F_p 取两者中小值		
一个"长的"圆柱或圆锥形基准面		0.04 (L/b) F_β 或 0.1F_p 取两者中之小值	
一个短的圆柱面和一个端面	0.06F_p		0.06 (D_d/b) F_β

注:1. 齿轮坯的公差应减至能经济地制造的最小值。

2. D_d 为基准面直径。

3. L 为两轴承跨距的大值。

4. b 为齿宽。

表 12-7　安装面的跳动公差(摘自 GB/Z 18620—2002)

确定轴线的基准面	跳动量(总的指示幅度)	
	径　向	轴　向
仅圆柱或圆锥形基准面	0.15 (L/b) F_β 或 0.3F_p 取两者中之大值	
一圆柱基准面和一端面基准面	0.3F_p	0.2 (D_d/b) F_β

注:见表 12-6 注。

③齿顶圆直径的公差。为保证设计重合度、顶隙,把齿顶圆柱面作基准面时,表 12-7 中数值可用作尺寸公差;表 12-6 中数值可用作其形状公差。

④为适应新旧标准的过渡与转化,对齿坯的尺寸和形状公差、齿坯基准面径向和端面圆跳动公差,可用 GB/T 10095—1988 查取。

4. 掌握齿轮齿面和基准面的表面粗糙度的选取

按推荐表选取齿轮齿面、盘形齿轮的基准孔、齿轮轴的轴颈、基准端面、径向找正用的圆柱面和作为测量基准的齿顶圆柱面的表面粗糙度数值。

注意：以上各项要求，都标注在齿轮零件工作图样上。

八、掌握齿轮精度的设计方法

对本章的基本内容进行系统学习后，最终目的是掌握齿轮精度的设计方法，并能实际运用，这也是对本章内容的系统总结。

圆柱齿轮精度设计的一般步骤是：

①选择齿轮的精度等级。

②确定齿轮的精度检验项目的公差或极限偏差。

③确定齿轮的侧隙指标及其极限偏差。

④确定齿轮坯公差。

⑤确定各表面的表面粗糙度。

⑥将各项精度要求正确地标注在齿轮零件工作图上。

教材中列举了齿轮精度设计的实例，可参阅。

第二篇 互换性与测量技术基础习题

第一章 绪 论 习 题

一、思考题

1-1 什么叫互换性？互换性分哪几类？

1-2 互换性在机械制造中有何重要意义？

1-3 互换性的优越性有哪些？实现互换性的条件是什么？

1-4 完全互换与不完全互换有何区别？各应用于什么场合？

1-5 什么是标准？什么是标准化？

1-6 按照标准化对象的特性，标准可分为哪些类型？

1-7 公差、检测、标准化与互换性有何关系？

1-8 为什么我国制定的国家标准要尽量向国际标准靠拢？

1-9 ISO 代表什么？

1-10 按标准颁发的级别分类，我国标准有哪几种？

1-11 为什么要规定优先数系？

1-12 优先数系形成的规律是什么？

1-13 优先数的主要优点是什么？

1-14 派生系列是如何形成的？为何要用派生系列？

1-15 在单件生产中，如果只做一台机器，是否会涉及互换性的应用？为什么？

二、习题

（一）填空题

1-16 互换性分为_____和_____。

1-17 对标准部件，互换性还可以分为_____和_____。

1-18 _____是互换性的前提条件，而保证标准化的手段是_____。

1-19 互换性的意义_____。

1-20 完全互换适用于_____。

1-21 对机械零件的测量是保证_____的一个重要手段。

1-22 制定公差的目的是为了控制_____，通过_____判定零件的合格性，就能满足_____要求。

1-23 分组装配法属于典型的_____互换性。其方法是零件加工后，根据零件_____，将制成的零件_____，然后对_____零件进行装配。

1-24 优先数系由一些_____数列构成，代号为_____。

1-25 优先数系 R5、R10、R20、R40 为_____。

1-26 R10/3 的公比是_____。

1-27 优先数的基本系列有、_____、_____、_____和_____，它们的公比分别约为_____、_____、_____和_____。

1-28 我国标准按颁发级别分为_____、_____和_____。

（二）判断题

1-29 为了实现互换性，同规格零件的几何参数应完全一致。（   ）

1-30 互换性是针对大批量生产提出的，对单件小批量生产，零件无互换性可言。（   ）

1-31 优先数系 R5、R10、R20、R40，它们的优先数之间并无联系，各自独立。（   ）

1-32 优先数系中的任何一个数都是优先数。（   ）

1-33 不经挑选和修配就能相互替换、装配的零件，就是具有互换性的零件。（   ）

1-34 互换性原则只适用于大批量生产。（   ）

1-35 不一定在任何情况下都要按完全互换性的原则组织生产。（   ）

1-36 为了实现互换性，零件的公差规定得越小越好。（   ）

1-37 国家标准中强制性标准是必须执行的，而推荐性标准执行与否无所谓。（   ）

1-38 企业标准比国家标准层次低，在标准要求上可稍低于国家标准。（   ）

1-39 互换性要求零件具有一定的加工精度。（   ）

1-40 为了使零件的几何参数具有互换性，必须把零件的加工误差控制在给定的公差范围内。（   ）

1-41 凡是合格的零件一定具有互换性。（   ）

1-42 凡是具有互换性的零件必为合格品。（   ）

1-43 完全互换性的装配效率一定高于不完全互换性的装配效率。（   ）

1-44 零件的互换性程度越高越好。（   ）

（三）术语解释

1-45 互换性。

1-46 标准。

1-47 标准化。

1-48 优先数。

1-49 优先数系。

（四）单项选择题

1-50 在滚动轴承中，其外圈与滚动体之间的互换性为_____。

A. 外互换   B. 内互换

1-51 在我国颁发的下列标准中，_____标准的层次最高。

A. 国家标准   B. 行业标准   C. 企业标准

1-52 下列数系中，_____是补充系列。

A. R40   B. R10/3   C. R80

（五）计算题

1-53 第一个数为 10，按 R10 系列确定其后五项优先数。

1-54 写出符合下列条件的优先数系：1 ~ 40 按 R5，40 ~ 100 按 R10，100 ~ 200 按 R20。

1-55 设首项为 100，按 R10 系列确定后八项优先数。

1-56 下面三列数据属于哪种系列？公比为多少？

（1）电动机转速有（单位为 r/min）：375、750、1500、3000、…。

（2）摇臂钻床的主参数（最大钻孔直径，单位为 mm）：25、40、63、80、100、125、…。

（3）国家标准规定的从 IT6 级开始的公差等级系数为：10、16、25、40、64、100、…。

（六）简述题

1-57 简述互换性的技术经济意义。

1-58 按标准颁发的级别分类，我国标准有哪几种？如何表示？

1-59 公差、检测、标准化与互换性有什么关系？

第二章 光滑圆柱体结合的极限与配合习题

一、思考题

2-1 标准公差、基本偏差、误差及公差等级的区别和联系有哪些?

2-2 基本尺寸、极限尺寸、极限偏差和尺寸公差的含义是什么? 它们之间的相互关系如何? 在公差带图上怎样表示?

2-3 作用尺寸和实际尺寸的区别是什么? 工件在什么情况下, 其作用尺寸和实际尺寸相同?

2-4 什么是标准公差因子? 在尺寸至 500mm 范围内、IT5 ~ IT8 的标准公差因子是如何规定的?

2-5 什么是标准公差? 国家标准中规定了多少个公差等级? 怎样表达?

2-6 怎样解释偏差和基本偏差? 为什么要规定基本偏差? 国家标准中规定了哪些基本偏差系列? 如何表示? 轴和孔的基本偏差是如何确定的?

2-7 为什么说公差带图是解决公差问题的一个有用的工具?

2-8 国家标准对所选用的公差带与配合作必要限制的原因是什么? 选用时的顺序是什么?

2-9 什么叫配合? 有哪几类配合? 各类配合是如何定义的? 各用于什么场合?

2-10 什么是基孔制配合和基轴制配合? 优先采用基孔制配合的原因是什么?

2-11 什么情况下应选用基轴制配合?

2-12 间隙配合、过渡配合、过盈配合的区别是什么? 每类配合在选定松紧程度时应考虑哪些因素?

2-13 以轴的基本偏差为依据, 计算孔的基本偏差为何有通用规则和特殊规则之分?

2-14 选用极限与配合主要应解决哪三方面的问题? 解决问题的基本方法和原则是什么?

2-15 国家标准中为什么要规定一般、常用和优先公差带与配合?

2-16 在高等级精度情况下, 为什么通常选孔的公差比轴的公差低一级?

2-17 什么是线性尺寸的一般公差? 它分为几个公差等级? 其极限偏差如何确定? 线性尺寸的一般公差表示方法是怎样的?

二、习题

(一) 填空题

2-18 ＿＿＿＿＿反映组成机器的零件之间的关系, ＿＿＿＿＿主要反映机器零件使用要求与制造要求的矛盾。

2-19 尺寸由＿＿＿＿＿和＿＿＿＿＿两部分组成, 如 30mm、60μm 等。

2-20 通过测量获得的某一孔、轴的尺寸称为＿＿＿＿＿。由于测量误差的存在, 实际尺寸并非尺寸的_____。

2-21 在配合面全长上,与配合孔内接的最大理想轴的尺寸是_____。与实际轴外接的最小理想孔的尺寸是_____。

2-22 实际尺寸是通过测量所得的尺寸,它的特点是_____和_____。

2-23 某一尺寸减去其_____所得的代数差称为尺寸偏差,又简称_____。尺寸偏差可分为_____和_____两种,而_____又有_____偏差和_____偏差之分。

2-24 零件的尺寸合格时,其实际尺寸在_____和_____之间,其_____在上偏差和下偏差之间。

2-25 允许尺寸变化的两个界限值分别是_____和_____,它们是以基本尺寸为基数来确定的。

2-26 尺寸公差在数值上等于_____减_____之差。它是尺寸允许的_____,因而用_____定义。

2-27 尺寸偏差是_____,因而有正、负的区别。而尺寸公差是用绝对值来定义的,因而在数值前不能_____。

2-28 当最大极限尺寸等于基本尺寸时,其_____偏差等于零。当零件的实际尺寸等于其基本尺寸时,其_____偏差等于零。

2-29 从加工的角度看,基本尺寸相同的零件,公差值越_____,加工就越_____。

2-30 在公差带图中,表示基本尺寸的一条直线为_____。在此线以上的偏差为_____,在此线以下的偏差为_____。

2-31 在公差带图中,决定公差带大小的是_____,离零线最近的那个偏差是_____。

2-32 在公差带图中,孔公差带与轴公差带相互重叠的那种配合是_____配合。

2-33 在间隙配合、过渡配合和过盈配合中,配合公差 T_f 的通式为_____。

2-34 孔的尺寸减去相配合的轴的尺寸之差为_____时是间隙,为_____时是过盈。

2-35 按照孔公差带和轴公差带相对位置不同,配合可以分为_____配合、_____配合和_____配合三种。

2-36 零件的实际尺寸减其基本尺寸所得的代数差为实际偏差,当此代数差在_____确定的范围内时,尺寸为合格。

2-37 零件装配后,其结合处形成包容与被包容的关系,凡_____统称为孔,_____统称为轴。

2-38 用加工形成的结果区分孔和轴:在切削过程中尺寸由大变小的为_____,尺寸由小变大的为_____。

2-39 最大间隙和最小间隙统称为_____间隙。最大间隙是_____配合或_____配合中处于最松状态时的间隙,最小间隙是间隙配合中处于_____状态时的间隙。

2-40 孔、轴配合时,如果 ES = ei,那么此配合是_____配合。如果 ES = es,那么这种配合是_____配合。如果 EI = ei,那么这种配合是_____配合。

2-41 配合公差为组成配合的_____公差与_____公差之和,它是_____或

_____的允许变动量。

2-42　配合精度的高低是由相互结合的_____和_____的精度决定的。

2-43　配合公差和尺寸公差一样，其数值不可能为_____。

2-44　配合公差是对配合的_____程度给出的允许值。配合公差越大，则配合时形成的间隙或过盈可能出现的差别_____，配合的精度_____。

2-45　标准规定孔的下偏差为零时所表示的是_____制配合，轴的上偏差为零时所表示的是_____制配合。

2-46　基孔制配合中的孔称为_____。其基本偏差为_____偏差，代号为_____，数值为_____。其另一极限偏差为_____偏差。

2-47　基轴制配合中的轴称为_____。其基本偏差为_____偏差，代号为_____，数值为_____。其另一极限偏差为_____偏差。

2-48　基准孔的最小极限尺寸等于其_____尺寸，而基准轴的_____尺寸等于其基本尺寸。

2-49　标准公差是由_____的乘积值决定的，国家标准规定的标准公差分为_____个等级。

2-50　标准公差值与两个因素有关，它们分别是_____和_____。

2-51　同一公差等级对所有基本尺寸的一组公差，被认为具有_____的精确程度，但却有_____的公差数值_____。

2-52　在同一尺寸段内，尽管基本尺寸不同，但只要公差等级相同，其标准公差值就_____。

2-53　一般来说，在公差等级相同的情况下，不同的尺寸段，基本尺寸越大，公差值越_____。

2-54　基本偏差确定了_____的位置，从而确定了_____。

2-55　基本偏差代号用_____表示。孔和轴各有_____个基本偏差代号。

2-56　孔和轴同字母的基本偏差相对零线呈_____分布。

2-57　轴的基本偏差从_____到_____为上偏差，它们的绝对值依次逐渐_____；从_____到_____为下偏差，其绝对值依次逐渐_____。

2-58　孔的基本偏差从_____到_____为下偏差，它们的绝对值依次逐渐_____；从_____到_____为上偏差，其绝对值依次逐渐_____。

2-59　公差带对称零线分布的基本偏差代号为_____，它们的基本偏差值公式表示为_____。

2-60　在轴的基本偏差中，_____用于间隙配合，_____为过渡配合，_____按过盈配合来规定。

2-61　孔、轴的公差带代号由_____代号和_____数字组成。

2-62　在满足生产实际需求和考虑技术发展需要的前提下，标准规定了_____、_____和_____。

2-63　选择基准制时，应优先选用_____，原因是_____。

2-64　已知基准孔的公差为 0.013mm，则它的下偏差为_____mm，上偏差为_____mm。

63

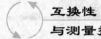

2-65　$\phi 50\text{mm}$ 的基孔制孔、轴配合，已知其最小间隙为 0.05mm，则轴的上偏差是 _____ mm。

2-66　在常用尺寸段，国家标准对轴用公差带规定了一般的有 _____ 种，常用的有 _____ 种，优先的有 _____ 种；对孔用公差带规定了一般用途的有 _____ 种，常用的有 _____ 种，优先的有 _____ 种。

2-67　正确选择公差带，一般、常用、优先等种类的顺序是 _____、_____、_____。

2-68　在大尺寸段的极限与配合中，一般选用公差等级的范围是 _____，并推荐孔的公差等级和轴的公差等级应 _____。

2-69　配制配合具有的优点是 _____。

2-70　配合制的选择中，应优先选择 _____ 制配合，如果在一个轴上要装配若干个松紧程度不同的零件时，应考虑选择 _____ 制配合。

2-71　IT12 ~ IT18 公差等级用于 _____ 尺寸公差的尺寸精度以及 _____ 尺寸的公差。

2-72　在一般加工情况下，车削能达到的公差等级范围是 _____，磨削能达到的公差等级范围是 _____，冲压能达到的公差等级范围是 _____。

2-73　一般选用配合的方法有 _____、_____、_____；广泛应用的是 _____。

2-74　用于精确定位并要求拆卸的相对静止的连接应当选择 _____ 配合。

2-75　配合长度较大、配合面形位误差较大时，对间隙和过盈的影响是 _____，过盈应当 _____，间隙应当 _____。

2-76　孔、轴的 ES < ei 的配合属于 _____ 配合，EI > es 的配合属于 _____ 配合。

2-77　线性尺寸的一般公差规定的 4 个公差等级是 _____、_____、_____、_____。

2-78　有一个低精度的非配合尺寸，选用最粗级的，按国家标准规定的线性尺寸的一般公差表示为 _____。

2-79　选用公差等级的原则是：在 _____ 使用要求的条件下，尽量选取 _____ 公差等级。

2-80　某孔、轴配合的最大过盈为 $-60\mu\text{m}$，配合公差为 $40\mu\text{m}$，可以判断该配合属于 _____ 配合。

（二）判断题

2-81　从极限与配合的基本术语及定义看，孔、轴只是指圆形的。（　　）

2-82　极限偏差影响配合的松紧程度，也影响配合的精度。（　　）

2-83　一般情况上偏差的绝对值总是大于下偏差的绝对值。（　　）

2-84　零件的实际尺寸就是零件的真实尺寸。（　　）

2-85　基本尺寸不同的零件，只要它们的公差值相同，就可以说明它们的精度相同。（　　）

2-86　最大实体尺寸主要用于限制实际尺寸，而最小实体尺寸主要用于限制作用尺寸。（　　）

2-87　基本尺寸是设计时给定的尺寸，因而零件的实际尺寸越接近基本尺寸，其加工误

差就越小。（　　）

2-88　基本尺寸必须小于或等于最大极限尺寸，而大于或等于最小极限尺寸。（　　）

2-89　尺寸偏差可为正值、负值或零。（　　）

2-90　由于上偏差一定大于下偏差，因而在一般情况下，上偏差为正值，下偏差为负值。（　　）

2-91　尺寸公差是尺寸允许的变动量，是用绝对值来定义的，因而它没有正、负的含义。（　　）

2-92　尺寸公差等于最大极限尺寸减最小极限尺寸之代数差的绝对值，也等于上偏差与下偏差代数差的绝对值。（　　）

2-93　尺寸公差也可以说是零件尺寸允许的最大偏差。（　　）

2-94　基本偏差可以是上偏差或下偏差，因而一个公差带的基本偏差可能出现两个数值。（　　）

2-95　基本偏差的绝对值一定比另一个极限偏差的绝对值小。（　　）

2-96　标准公差数值与两个因素有关，即标准公差等级和基本尺寸分段。（　　）

2-97　标准公差中的基本尺寸分段，主要是为了减少标准公差的数目，统一公差值以及简化公差表格，便于实际应用。（　　）

2-98　相互配合的孔和轴，其基本尺寸必须相同。（　　）

2-99　只要孔和轴装配在一起，就必然形成配合。（　　）

2-100　在过盈配合中，轴的公差带在孔的公差带上方；而在间隙配合中，轴的公差带在孔的公差带下方。（　　）

2-101　轴的公差带在公差带图上的位置越靠零线下方，则配合就会越松。（　　）

2-102　一般来说，特殊规则用于较高等级的极限与配合中，而通用规则大多数情况下用于普通等级的极限与配合中。（　　）

2-103　在间隙配合中，$X_{min} \geq 0$；在过盈配合中，$|Y_{min}| \geq 0$。（　　）

2-104　凡在配合中可能出现间隙的，其配合性质一定是属于间隙配合。（　　）

2-105　在孔、轴的配合中若 $EI \geq es$，则此配合必为间隙配合。（　　）

2-106　在实际生产中，允许根据需要采用非基准孔和非基准轴相配合。（　　）

2-107　基孔制是先加工孔、后加工轴以获得所需配合的制度。（　　）

2-108　基孔制是孔的基本偏差一定，而通过改变轴的基本偏差而形成各种配合的一种制度。（　　）

2-109　影响大尺寸加工误差的主要因素是测量误差。（　　）

2-110　配制公差可以用于大批量生产、尺寸较大、公差等级较高的场合。（　　）

2-111　与滚动轴承内圈相配合的轴，应选用基轴制配合，与滚动轴承外圈相配合的孔，应选用基孔制配合。（　　）

2-112　与齿轮孔相配合的轴的公差等级选择中，不必考虑齿轮本身的精度等级。（　　）

2-113　设计工作中，在配合的选用时必须选用优先配合和常用配合。（　　）

2-114　可以看出 H7/u6 这对配合是过盈配合，而且过盈量还比较大。（　　）

2-115　不论公差数值是否相等，只要公差等级相同，则尺寸的精度就相同。（　　）

2-116 基本偏差确定公差带的位置，标准公差数值确定公差带的大小。（　　）

2-117 过盈配合中，若最大过盈与最小过盈相差很大，则说明相配的孔、轴精度很低。（　　）

2-118 基本偏差确定公差带的位置，因而基本偏差越小，公差带距零线越近。（　　）

2-119 公差带代号是由基本偏差代号和公差等级数字组成的。（　　）

2-120 选用公差带时，应按常用、优先、一般公差带的顺序选取。（　　）

2-121 线性尺寸的一般公差是在车间普通工艺条件下可能经济地获得精度的公差，它一般不需要检验。（　　）

2-122 一般情况下，优先选用基孔制主要是从加工和检验的工艺性方面考虑的。（　　）

2-123 公差等级选用的原则是在满足使用要求的条件下，尽量选择低的公差等级。（　　）

2-124 基本偏差 A～H 的孔与基轴制的轴配合时，其中 H 配合最紧。（　　）

2-125 基轴制过渡配合的孔，其下偏差必小于零。（　　）

2-126 配合公差总是大于孔或轴的尺寸公差。（　　）

2-127 图样上没有标注公差的尺寸就是自由尺寸，它们无公差要求。（　　）

（三）术语解释

2-128 孔。

2-129 轴。

2-130 尺寸。

2-131 基本尺寸。

2-132 实际尺寸。

2-133 极限尺寸。

2-134 最大实体状态、最大实体尺寸。

2-135 最小实体状态、最小实体尺寸。

2-136 尺寸偏差。

2-137 上偏差、下偏差。

2-138 实际偏差。

2-139 尺寸公差。

2-140 零线。

2-141 公差带。

2-142 基本偏差。

2-143 配合。

2-144 间隙配合。

2-145 过盈配合。

2-146 过渡配合。

2-147 基孔制。

2-148 基轴制。

2-149 配合公差。

（四）单项选择题

2-150　对孔来说，最大实体尺寸和最大极限尺寸之间的关系是（　　）。

A. 最大实体尺寸大于最大极限尺寸　　B. 最大实体尺寸小于最大极限尺寸

C. 两者相等

2-151　在过渡配合中，最小间隙和最小过盈的特点是（　　）。

A. 不存在　　　　　　　B. 存在但不等值　　　C. 都等于零

2-152　基本偏差代号为 J、K、M 的孔与基本偏差代号为 h 的轴可以构成（　　）。

A. 间隙配合　　　B. 间隙或过渡配合　　　C. 过渡配合　　　D. 过盈配合

2-153　配合的松紧程度取决于（　　）。

A. 基本尺寸　　　　B. 极限尺寸　　　　C. 基本偏差　　　　D. 极限偏差

2-154　作用尺寸是（　　）。

A. 设计给定的　　　B. 加工后形成的　　　C. 测量得到的　　　D. 装配时形成的

2-155　基本尺寸是（　　）。

A. 测量得到的　　　B. 加工时得到的　　　C. 加工后得到的　　　D. 设计时给定的

2-156　选择滚动轴承与相配件配合时，首先要考虑的因素是（　　）。

A. 轴承的间隙　　　　　　　　　　B. 套圈旋转状态和负荷大小

C. 生产批量　　　　　　　　　　　D. 轴和外壳孔的结构和材料

2-157　最大极限尺寸与基本尺寸的关系是（　　）。

A. 前者大于后者　　　　　　　　　B. 前者小于后者

C. 前者等于后者　　　　　　　　　D. 两者之间大小无法确定

2-158　最小极限尺寸减其基本尺寸所得的代数差为（　　）。

A. 上偏差　　　　B. 下偏差　　　　C. 基本偏差　　　D. 实际偏差

2-159　极限偏差是（　　）。

A. 加工后测量得到的　　　　　　　B. 实际尺寸减基本尺寸的代数差

C. 设计时确定的　　　　　　　　　D. 最大极限尺寸与最小极限尺寸之差

2-160　实际偏差是（　　）。

A. 设计时给定的　　　　　　　　　B. 直接测量得到的

C. 通过测量、计算得到的　　　　　D. 最大极限尺寸与最小极限尺寸之代数差

2-161　当上偏差或下偏差为零值时，在图样上（　　）。

A. 必须标出零值　　　　　　　　　B. 不能标出零值

C. 标或不标零值皆可　　　　　　　D. 视具体情况而定

2-162　尺寸公差带图的零线表示（　　）。

A. 最大极限尺寸　　　B. 最小极限尺寸　　　C. 基本尺寸　　　D. 实际尺寸

2-163　基本偏差是（　　）。

A. 上偏差　　　　　　　　　　　　B. 下偏差

C. 实际偏差　　　　　　　　　　　D. 上偏差或下偏差中靠近零线的那个偏差

2-164　当孔的最大极限尺寸与轴的最小极限尺寸之代数差为正值时，此代数差称为（　　）。

A. 最大间隙　　　B. 最小间隙　　　C. 最大过盈　　　D. 最小过盈

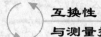

2-165 当孔的最小极限尺寸与轴的最大极限尺寸之代数差为负值时，此代数差称为（　　）。

A. 最大间隙　　　　　B. 最小间隙　　　　　C. 最大过盈　　　　　D. 最小过盈

2-166 当孔的下偏差大于相配合的轴的上偏差时，此配合的性质是（　　）。

A. 间隙配合　　　　　B. 过渡配合　　　　　C. 过盈配合　　　　　D. 无法确定

2-167 当孔的上偏差小于相配合的轴的下偏差时，此配合的性质是（　　）。

A. 间隙配合　　　　　B. 过渡配合　　　　　C. 过盈配合　　　　　D. 无法确定

2-168 当孔的上偏差大于相配合的轴的下偏差时，此配合的性质是（　　）。

A. 间隙配合　　　　　B. 过渡配合　　　　　C. 过盈配合　　　　　D. 无法确定

2-169 当孔的上偏差小于相配合的轴的下偏差，而大于其下偏差时，此配合的性质是（　　）。

A. 间隙配合　　　　　B. 过渡配合　　　　　C. 过盈配合　　　　　D. 无法确定

2-170 在尺寸至18mm 小尺寸段的极限与配合中，孔和轴加工难易比较是（　　）。

A. 轴加工困难　　　　B. 孔加工困难　　　　C. 同样困难

2-171 当基本尺寸为100mm，孔公差为 IT8 时，按标准推荐轴的公差应采用（　　）。

A. IT9　　　　　　　B. IT8　　　　　　　C. IT7

2-172 公差带的大小由（　　）确定。

A. 基本偏差　　　　　B. 标准公差数值　　　C. 基本尺寸　　　　　D. 公差等级

2-173 确定尺寸精确程度的标准公差共有（　　）级。

A. 12　　　　　　　　B. 16　　　　　　　　C. 18　　　　　　　　D. 20

2-174 $\phi20^{+0.033}_{0}$mm 与 $\phi200^{+0.072}_{0}$mm 相比，其尺寸精确程度（　　）。

A. 相同　　　　B. 前者高，后者低　　C. 前者低、后者高　　D. 无法比较

2-175 当轴的基本偏差为（　　）时与 H 基准孔形成间隙配合。

A. a～h　　　　　　　B. j～n　　　　　　　C. p～zc

2-176 关于配合公差，下列说法中错误的是（　　）。

A. 配合公差反映了配合的松紧程度

B. 配合公差是对配合松紧变动程度所给定的允许值

C. 配合公差等于相配的孔公差与轴公差之和

D. 配合公差等于极限盈隙的代数差的绝对值

2-177 下列各关系式中，能确定孔与轴的配合为过渡配合的是（　　）。

A. EI≥es　　　　　B. ES≤ei　　　　　C. EI＞ei　　　　　D. EI＜ei＜ES

2-178 在基孔制配合中，当基准孔的公差带确定后，配合的最小间隙或最小过盈由轴的（　　）确定。

A. 基本偏差　　　　　B. 公差等级　　　　　C. 公差数值　　　　　D. 实际偏差

2-179 国家标准规定优先选用基孔制的原因是（　　）。

A. 孔比轴难加工　　　　　　　　　　　B. 减少定尺寸孔用刀具、量具的规格和数量

C. 减少孔和轴的公差带数量　　　　　　D. 从工艺上讲，应先加工孔，后加工轴

（五）多项选择题

2-180 下列关于基本偏差的正确论述有（　　）。

A. 基本偏差数值大小取决于基本偏差代号　B. 轴的基本偏差为下偏差

C. 基本偏差的数值与公差等级无关　　　　D. 孔的基本偏差为上偏差

2-181　下列配合零件应优先选用基轴制的有（　　　）。

A. 滚动轴承内圈与轴的配合　　　　　B. 同一轴与多孔相配，且有不同配合性质

C. 滚动轴承外圈与外壳孔的配合　　　D. 轴为冷拉圆钢，不需要再加工

2-182　以下各情况中应选用间隙配合的有（　　　）。

A. 要求定心精度高　　　　　　　　　B. 工作时无相对运动

C. 不可拆卸　　　　　　　　　　　　D. 转动、移动或复合运动

2-183　下列配合零件应选用过盈配合的有（　　　）。

A. 需传递足够大的转矩　　　　　　　B. 不可拆联接

C. 有轴向运动　　　　　　　　　　　D. 要求定心且常拆卸

2-184　下列有关公差等级的论述正确的有（　　　）。

A. 公差等级高，则公差带宽

B. 孔、轴相配合，均为同级配合

C. 在满足要求的前提下，应尽量选用高的公差等级

D. 公差等级的高低，影响公差带的大小，决定配合的精度

2-185　下列关于极限与配合的选择的论述正确的有（　　　）。

A. 从经济上考虑应优先选用基孔制

B. 在任何情况下应尽量选用低的公差等级

C. 从结构上考虑应该优先选用基轴制

D. 配合的选择方法一般有计算法和类比法

2-186　关于零件尺寸合格的条件，下列说法中正确的是（　　　）。

A. 基本尺寸在最大极限尺寸和最小极限尺寸之间

B. 实际尺寸在最大极限尺寸和最小极限尺寸之间

C. 实际尺寸在公差范围内

D. 实际偏差在上偏差和下偏差之间

2-187　下列孔与基准轴配合，组成间隙配合的孔是（　　　）。

A. 孔的两个极限尺寸都大于基本尺寸

B. 孔的两个极限尺寸都小于基本尺寸

C. 孔的最大极限尺寸大于基本尺寸，最小极限尺寸小于基本尺寸

D. 孔的最大极限尺寸大于基本尺寸，最小极限尺寸等于基本尺寸

2-188　在常用配合中，公差等级为 IT8 的孔可与（　　　）配合。

A. IT8 的轴　　　　B. IT9 的轴　　　　C. IT7 的轴　　　　D. IT6 的轴

2-189　间隙配合中的最大间隙等于（　　　）。

A. 孔的最大极限尺寸减轴的最小极限尺寸

B. 孔的最小极限尺寸减轴的最大极限尺寸

C. 孔的实际尺寸减轴的实际尺寸

D. 孔的上偏差减轴的下偏差

（六）综合与计算题

2-190　用已知数值，确定下列习题表 2-1 中的各项数值。

习题表 2-1　填表　　　　　　　　　　　　　　　　（单位：mm）

孔或轴	最大极限尺寸	最小极限尺寸	上偏差	下偏差	公　差	尺寸标注
孔：$\phi10$	9.985	9.970				
孔：$\phi18$						$\phi18^{+0.017}_{0}$
孔：$\phi30$			+0.012		0.021	
轴：$\phi40$			-0.050	-0.112		
轴：$\phi60$	60.041				0.030	
轴：$\phi85$		84.978			0.022	

2-191　用已知数值，确定下列习题表 2-2 中的各项数值。

习题表 2-2　填表　　　　　　　　　　　　　　　　（单位：mm）

基本尺寸	孔			轴			最大间隙或最小过盈	最小间隙或最大过盈	平均间隙或过盈	配合公差	配合性质
	上偏差	下偏差	公差	上偏差	下偏差	公差					
$\phi25$		0				0.021	+0.074		+0.057		
$\phi14$		0				0.010		-0.012	+0.0025		
$\phi45$			0.025		0			-0.050	-0.295		

2-192　根据习题表 2-3 中的数据填表。

习题表 2-3　填表　　　　　　　　　　　　　　　　（单位：mm）

基本尺寸	孔			轴			X_{max} 或 Y_{min}	X_{min} 或 Y_{max}	X_{av} 或 Y_{av}	T_f
	ES	EI	T_h	es	ei	T_s				
$\phi25$		0				0.021	+0.074		+0.057	
$\phi14$		0				0.010		-0.012	+0.0025	
$\phi45$			0.025		0			-0.050	-0.0295	

2-193　已知下列 6 对孔、轴相配合。要求：

（1）分别计算 3 对配合的最大与最小间隙（X_{max}，X_{min}）或过盈（Y_{max}，Y_{min}）及配合公差。

（2）分别绘出公差带图，并说明它们的配合类别。

1）孔：$\phi20^{+0.033}_{0}$ 　　　　　　　　轴：$\phi20^{-0.065}_{-0.098}$

2）孔：$\phi55^{+0.030}_{0}$ 　　　　　　　　轴：$\phi55^{+0.060}_{+0.041}$

3）孔：$\phi35^{+0.007}_{-0.018}$ 　　　　　　　轴：$\phi35^{0}_{-0.016}$

4）孔：$\phi40^{+0.039}_{0}$ 　　　　　　　　轴：$\phi40^{+0.027}_{+0.002}$

5）孔：$\phi60^{+0.074}_{0}$ 　　　　　　　　轴：$\phi60^{-0.030}_{-0.140}$

6）孔：$\phi80^{+0.009}_{-0.021}$ 　　　　　　　轴：$\phi80^{0}_{-0.019}$

2-194　下列配合中，它们分别属于哪种基准制和哪类配合，并确定孔和轴的最大间隙或最小过盈、最小间隙或最大过盈。

1）$\phi50H8/f7$ 　　　　　　　　2）$\phi80G10/h10$

3) $\phi30K7/h6$ 4) $\phi140H8/r8$

5) $\phi180H7/u6$ 6) $\phi18M6/h5$

7) $\phi50H7/js6$ 8) $\phi100H7/k6$

9) $\phi30H7/n6$ 10) $\phi50K7/h6$

2-195 已知孔 $\phi40^{+0.030}_{0}$ mm，轴 $\phi40^{+0.020}_{+0.005}$ mm，求 X_{max}、Y_{max} 及 T_{f}。

2-196 已知下列各组相配的孔和轴的基本尺寸、公差带代号。查表确定孔、轴的公差数值和基本偏差数值，计算另一极限偏差，并计算孔、轴的极限尺寸，画出尺寸公差带图，然后确定配合种类，求配合的极限盈隙和配合公差。

1) $\phi50J7/f9$

2) $\phi80H6/t5$

3) $\phi85H7/f6$

2-197 分析习题图 2-1 中孔、轴配合属于哪一种基准制及哪一类配合，并在图中标出极限盈隙。

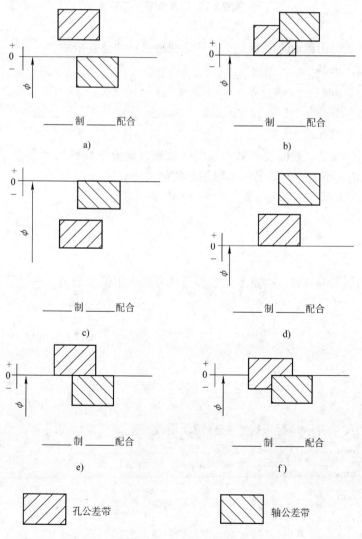

习题图 2-1 公差带图（一）

2-198　一轴的尺寸公差带如习题图 2-2 所示，请回答下列问题：

1）轴的尺寸公差是多少？

2）轴的基本偏差是多少？

3）计算轴的最大、最小极限尺寸及尺寸公差。

4）如果该轴与公差带相同的基准孔相配合，试确定配合的性质。

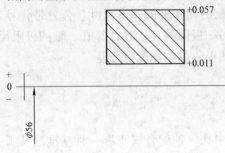

习题图 2-2　公差带图（二）

2-199　计算下列孔和轴的尺寸公差，并分别画出尺寸公差带图。

1）孔 $\phi50^{+0.039}_{0}$ mm

2）轴 $\phi65^{-0.060}_{-0.254}$ mm

3）孔 $\phi120^{+0.034}_{-0.022}$ mm

4）轴 $\phi80 \pm 0.023$ mm

2-200　利用标准公差数值表和基本偏差数值表，确定下列各尺寸公差带代号的公差值大小和基本偏差值大小，并计算另一极限偏差值的大小。

1）$\phi125B9$

2）$\phi70R8$

3）$\phi60f6$

4）$\phi40js5$

2-201　利用极限偏差表，确定下列公差带代号的极限偏差数值，并计算其公差值。

1）$\phi8b10$

2）$\phi36f7$

3）$\phi12C11$

4）$\phi60n7$

5）$\phi65H4$

6）$\phi50js7$

2-202　下列尺寸表示是否正确？如有错误请改正。

1）$\phi20^{+0.015}_{+0.021}$ mm

2）$\phi30^{+0.033}_{0}$ mm

3）$\phi35^{-0.025}_{0}$ mm

4）$\phi50^{-0.041}_{-0.025}$ mm

5）$\phi70^{+0.046}$ mm

6）$\phi45^{+0.042}_{+0.017}$mm

7）$\phi25^{-0.052}$mm

8）$\phi25^{-0.008}_{-0.013}$mm

9）$\phi50^{+0.009}_{+0.048}$mm

2-203　已知：1）孔 $\phi50^{+0.025}_{0}$mm，轴 $\phi50^{+0.025}_{0}$mm；2）孔 $\phi50^{+0.025}_{0}$mm，轴 $\phi50^{+0.018}_{+0.002}$mm 的配合。求配合的极限间隙或极限过盈、配合公差，说明配合性质，并画出公差带图。

2-204　将下列基孔（轴）制配合性质改换成配合性质相同的基轴（孔）制配合，并查表确定改换后的极限偏差。

1）$\phi60$H9/d9　　　　2）$\phi30$H8/f8　　　　3）$\phi50$K7/h6

4）$\phi30$S7/h6　　　　5）$\phi50$H7/u6

2-205　已知两根轴，第一根轴直径为 $\phi10$mm，公差值为 22μm，第二根轴直径为 $\phi70$mm，公差值为 30μm，试比较两根轴加工的难易程度。

2-206　设有一孔、轴结合，基本尺寸为 40mm，要求配合的间隙为 $0.025\sim0.066$mm，试确定基准制以及孔、轴公差等级和配合种类。

2-207　有下列三组孔与轴相配合，根据给定的数值，试分别确定它们的公差等级，并选用适当的配合。

1）配合的基本尺寸为 25mm，$X_{max}=+0.086$mm，$X_{min}=+0.020$mm。

2）配合的基本尺寸为 40mm，$Y_{max}=-0.076$mm，$Y_{min}=-0.035$mm。

3）配合的基本尺寸为 60mm，$Y_{max}=-0.032$mm，$X_{max}=+0.046$mm。

2-208　有一孔、轴配合，基本尺寸为 $\phi100$mm，要求配合的过盈或间隙在 $-0.048\sim+0.041$mm范围内。试确定此配合的孔、轴公差带和配合代号。

2-209　已知：基本尺寸为 $\phi30$mm，基孔制的孔轴同级配合，$T_f=0.066$mm，$Y_{max}=-0.081$mm，求孔、轴的上下偏差。

2-210　基本尺寸为 $\phi56$mm 的基轴制配合，已知其配合公差 $T_f=0.049$mm，ei $=-0.019$mm，孔的最大极限尺寸 $D_{max}=55.945$mm。问轴的精度高还是孔的精度高？试分别写出孔、轴的公差标注形式，计算配合的极限盈隙。

2-211　基本尺寸为 $\phi50$mm 的基孔制配合。已知孔、轴的公差等级相同，配合公差 $T_f=0.078$mm，配合的最大间隙 $X_{max}=+0.103$mm。试确定孔、轴的极限偏差及另一极限盈隙。

2-212　基本尺寸为 $\phi80$mm 的基孔制配合，已知其配合公差 $T_f=0.049$mm，配合的最大间隙 $X_{max}=+0.019$mm，轴的下偏差 ei $=+0.011$mm。试确定另一极限盈隙和孔、轴的极限偏差。

2-213　分别作出满足下列各题要求的孔、轴的尺寸公差带图。

1）基孔制配合，且满足 $|X_{max}|=T_f$。

2）基轴制配合，且满足 $|X_{max}|>T_f$。

3）基孔制配合，且满足 $|Y_{max}|<T_f$。

4）基孔制配合，且满足 $|Y_{max}|>T_f$。

2-214　用查表法确定下列各配合的孔、轴的极限偏差，计算极限间隙或过盈、平均间隙或过盈、配合公差和配合类别，画出公差带图。

1）$\phi30$M8/h7　　　　2）$\phi20$H8/f7

3）$\phi45JS6/h5$　　　　4）$\phi14H7/r6$

2-215　已知基本尺寸为80mm的一对孔、轴配合，要求过盈在 − 0.025 ~ − 0.110mm 之间，采用基孔制，试确定孔、轴的公差带代号。

2-216　若某配合孔的尺寸为 $\phi30^{+0.033}_{0}$（H8），轴的尺寸为 $\phi30^{-0.020}_{-0.041}$（f7），试分别计算其极限尺寸、极限偏差、公差、极限间隙、配合公差，并画出其尺寸公差带图，说明配合类别。

2-217　习题图2-3 所示为钻床夹具简图。根据习题表2-4 列的已知条件选择配合种类，并填入表中。

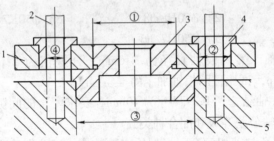

习题图 2-3　钻床夹具简图

1—钻模板　2—钻头　3—定位套　4—钻套　5—工件

习题表 2-4　填表

配合部位	已知条件	配合种类
①	有定心要求,不可拆联接	
②	有定心要求,可拆联接(钻套磨损后可更换)	
③	有定心要求,安装和取出定位套时有轴向移动	
④	有导向要求,且钻头能在转动状态下进入钻套	

2-218　习题图2-4 为车床溜板箱手动机构的部分结构简图。转动手轮3 通过键带动轴4 及轴4 上的小齿轮、再通过轴7 右端的齿轮1、轴7 以及其左端的齿轮与床身齿条（未画出）啮合，使溜板箱沿导轨作纵向移动。各配合面的基本尺寸（单位：mm）为①$\phi40$；②$\phi28$；③$\phi28$；④$\phi46$；⑤$\phi32$；⑥$\phi32$；⑦$\phi18$。试选择它们的基准制、公差等级及配合种类。

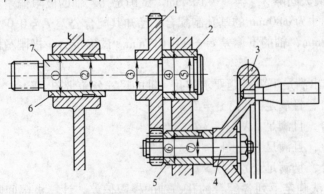

习题图 2-4　车床溜板箱手动机构简图

1—齿轮　2、5、6—套　3—手轮　4、7—轴

2-219　习题图 2-5 为一机床传动轴配合简图，齿轮 1 与轴 2 用键联接，与轴承 4 内圈配合的轴采用 $\phi 50k6$，与轴承外圈配合的基座 6 采用 $\phi 110J7$，试选用①、②、③处的配合代号，填入习题表 2-5 中。

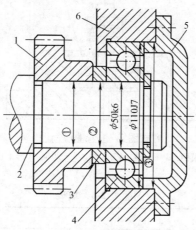

习题图 2-5　机床传动轴配合简图
1—齿轮　2—轴　3—挡环　4—轴承　5—端盖　6—基座

习题表 2-5　填表

配 合 部 位	配 合 代 号	选择理由简述
①		
②		
③		

2-220　参看习题图 2-6，根据结构要求，黄铜套与玻璃透镜间在工作温度 $t = -50℃$ 时，应有 $0.009 \sim 0.075mm$ 的间隙量。如果设计者选择 $\phi 50H8/f7$ 的配合，并在 20℃ 时进行装配，试问所选配合是否合适？如不合适，应选哪种配合？（注：线膨胀系数 $\alpha_{黄铜} = 19.5 \times 10^{-6}/℃$，$\alpha_{玻璃} = 8 \times 10^{-6}/℃$）。

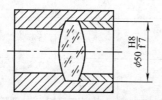

习题图 2-6　黄铜套与玻璃透镜的装配

2-221　试验确定活塞与气缸壁之间在工作时的间隙应在 $0.04 \sim 0.097mm$ 范围内。假设在工作时活塞的温度 $t_s = 150℃$，气缸的温度 $t_h = 100℃$，装配温度 $t = 20℃$。气缸的线膨胀系数为 $\alpha_h = 12 \times 10^{-6}/℃$，活塞的线膨胀系数为 $\alpha_s = 22 \times 10^{-6}/℃$，活塞与气缸的基本尺寸为 95mm。试求活塞与气缸的装配间隙，并根据装配间隙确定合适的配合及孔、轴的极限偏差。

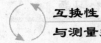
2-222 习题图 2-7 为弯曲模简图，试选①、②、③、④处的配合种类，并填写习题表 2-6。

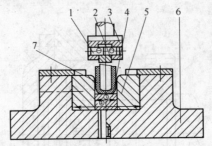

习题图 2-7 弯曲模简图

1—圆柱销 2—模柄 3—凸模 4—工件 5—凹模 6—下模座 7—顶件板

习题表 2-6 填表 （单位：mm）

配合部位	工作要求	基本尺寸	配合种类
①	凸模 3 与圆柱销 1 要求采用间隙配合	φ12	
②	模柄 2 与圆柱销 1 要求采用过渡配合	φ12	
③	顶件板 7 在凹模 5 中可作上下滑动，以便顶出工件 4	30	
④	凹模 5 靠内六角螺钉与下模座 6 联接，其配合处不能过紧，但也不宜太松	100	

2-223 设有一基本尺寸为 φ25mm 的配合，为保证装拆方便和对中心的要求，其最大间隙和最大过盈均不得大于 20μm。试确定此配合的孔、轴公差带代号，并画出其尺寸公差带图。

2-224 根据已经提供的数据，填写习题表 2-7。

习题表 2-7 填表

	零件图样的要求					测量结果		结 论
序号	基本尺寸 /mm	极限尺寸 /mm	极限偏差 /μm	公差值 /μm	尺寸标注 /mm	实际尺寸 /mm	实际偏差 /μm	是否合格
1	轴 φ30		$es = -20$ $ei = -33$			29.975		
2	轴 φ40		$es =$ $ei =$		$\phi40^{-0.009}_{-0.034}$		0	
3	轴 φ50	50.015 49.990	$es =$ $ei =$				−10	
4	孔 φ60		$ES =$ $EI = 0$	60		60.020		
5	孔 φ70	70.015 69.985	$ES =$ $EI =$				10	
6	孔 φ90		$ES =$ $EI = +36$	35			72	

2-225　习题图 2-8 是一钻床夹具简图。已知：1）配合尺寸 a 和 d 的结合面处分别都有定心要求，需要过盈量不大的固定联接；2）配合尺寸 b 的结合面处有定心要求，安装和取出夹具时需要轴向移动；3）配合尺寸 c 的结合面处有导向要求，钻头能够在转动状态下伸入钻套。试选择以上各配合面的配合种类。

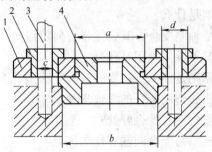

习题图 2-8　钻床夹具简图

1—钻模底板　2—定位套　3—钻头　4—钻套

（七）简述题

2-226　为什么现代化生产必须按互换性原则进行？

2-227　基本尺寸是如何确定的？

2-228　尺寸公差与极限尺寸或极限偏差之间有何关系？（写出计算关系式）

2-229　孔和轴各有哪些基本偏差代号？

2-230　孔和轴的公差代号是怎样组成的？试举例说明。

2-231　标注尺寸公差时可采用哪几种形式？各举例说明。

2-232　如何判断或区别孔和轴？试分析习题图 2-9 所示零件中哪些为孔类尺寸？哪些为轴类尺寸？

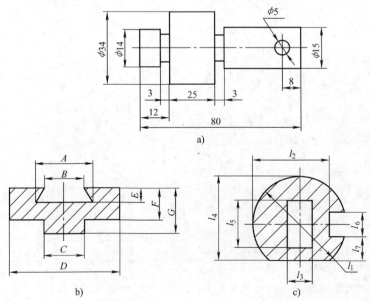

习题图 2-9　零件图

2-233 什么叫标准公差？标准公差的数值与哪些因素有关？

2-234 基本偏差的数值与哪些因素有关？

2-235 配合分哪几类？各是如何定义的？各类配合中其孔、轴的公差带相互位置怎样？

2-236 什么叫配合公差？试写出几种配合公差的计算公式。

2-237 基准制选用的原则是什么？

2-238 什么是基孔制、基轴制配合，其公差带有何特点？

2-239 为什么在一般情况下优先采用基孔制？

2-240 公差等级选用的原则是什么？主要的选用方法是什么？

2-241 简要叙述采用类比法选用配合的大致步骤。

2-242 采用线性尺寸一般公差有什么好处？

2-243 用公差带图分析极限与配合问题有什么优点？

第三章　测量技术基础习题

一、思考题

3-1　测量的定义是什么？机械制造技术测量包含哪几个问题？技术测量的基本任务是什么？

3-2　一个完整的测量过程包括哪四个要素？

3-3　何谓尺寸传递系统？建立尺寸传递系统有什么意义？

3-4　量块是怎样分级、分等的？使用时有何区别？

3-5　计量器具的基本度量指标有哪些？其含义是什么？

3-6　分度值、刻度间距、灵敏度三者有何关系？试以百分表为例说明。

3-7　测量方法有哪些分类？各有何特点？

3-8　试举例说明什么是绝对测量和相对测量、直接测量和间接测量。

3-9　什么叫测量误差？其主要来源有哪些？

3-10　通过对工件的多次重复测量求得测量结果，可减少哪些误差？为什么？

3-11　测量误差按性质可分为哪三类？各有什么特征？

3-12　系统误差、随机误差和粗大误差三者有何区别？如何进行处理？

3-13　用两种方法分别测量尺寸为 100mm 和 80mm 的零件，其测量绝对误差分别为 $8\mu m$ 和 $7\mu m$，试问此两种测量方法哪种测量精度高？为什么？

3-14　随机误差有哪些基本特征？

3-15　在间接测量列的数据处理中，为何首先要正确建立欲测量和被测量之间的函数关系式？

二、习题

（一）填空题

3-16　测量过程包括_____、_____、_____、_____四个要素。

3-17　我国法定计量单位是以_____为基础确定的。

3-18　量块按制造精度分_____级。分级主要是根据_____等指标来划分的。

3-19　量块按检定精度分_____等，其主要根据是_____。

3-20　计量器具按结构特点可分为_____、_____、_____和_____四类。

3-21　所谓测量，就是把被测量与_____进行比较，从而确定被测量的过程。

3-22　计量器具的分度值是指_____，百分表的分度值是_____ mm。

3-23　计量器具的示值范围是指计量器具标尺或刻度盘内全部刻线所代表的_____

的范围。

3-24 检验是确定被测几何量是否在规定的_____之内，从而判断被测对象是否合格，而无需得出_____。

3-25 量仪与量具在结构上最主要的区别是_____，前者一般具有_____系统，而后者没有此系统。

3-26 示值误差是指计量器具的指示值与被测尺寸_____之差，它由仪器_____等因素产生。

3-27 分度值均为 0.001mm 的齿轮式千分表与扭簧比较仪，它们的灵敏度_____，但前者灵敏阈_____。

3-28 间接测量是指通过测量与被测尺寸有一定_____的其他尺寸，然后通过_____获得被测尺寸量值的方法。

3-29 间接测量法存在_____误差，故仅用在不能或不宜采用_____的场合。

3-30 综合测量能得到工件上几个有关几何量的_____，以判断工件是否_____，因而实质上综合测量一般属于_____。

3-31 等精度测量与不等精度测量的主要区别在于_____。

3-32 接触测量时，计量器具的测量元件与工件表面_____，并有机械作用的_____，会使被测表面和计量器具的有关部分产生_____而影响测量精度。

3-33 根据在加工过程中_____，测量可以分为主动测量与被动测量。主动测量的目的是_____、被动测量的目的是_____。

3-34 对于静态测量，被测量的量值是_____的；对于动态测量，被测量的量值是_____的。

3-35 动态测量可测出工件某些参数_____的情况，经常用于测量工件的_____参数。

3-36 测量范围是指计量器具能够测出的被测量尺寸的_____值到_____值的范围。

3-37 校正值与示值误差的大小_____，符号_____。

3-38 测量力会引起被测工件表面和计量器具的有关部分_____；测量力可能降低_____的可靠性。

3-39 _____误差的大小只能评定同一尺寸的不同测量的精确度，_____误差的大小才能评定不同尺寸测量的精确度。

3-40 测量误差从产生的原因上来分析，包括_____误差、_____误差、_____误差和_____误差。

3-41 测量误差按其特性可分为_____误差、_____误差和_____误差。

3-42 系统误差可分为_____误差和_____误差。

3-43 不同尺寸测量时，判断其测量精度的误差应当用_____而不是_____。

3-44 单次测量之间误差无确定的规律，而多次重复测量它们的误差又有一定的规律，这种测量误差称为_____。

3-45 消除系统误差的常用方法有_____。

3-46 拉依达准则也称_____准则，其表达式为_____。

3-47　粗大误差是指超出 ＿＿＿＿＿＿＿ 的误差。测量时必须根据判断粗大误差的 ＿＿＿＿＿＿＿ 予以确定，然后给予 ＿＿＿＿＿＿＿。

3-48　随机误差是在同一条件下，多次测量同一量值时，＿＿＿＿＿＿＿ 和 ＿＿＿＿＿＿＿ 以 ＿＿＿＿＿＿＿ 的方式变化着的误差。

3-49　随机误差符合统计学规律，其分布具有如下特征，即 ＿＿＿＿＿＿＿ 性、＿＿＿＿＿＿＿ 性、＿＿＿＿＿＿＿ 性和 ＿＿＿＿＿＿＿ 性。

3-50　在一般要求的测量中，只要能确定测量的数值中不含有 ＿＿＿＿＿＿＿，就可以将此测量值作为测量的结果。

3-51　量块在相对测量中用来 ＿＿＿＿＿＿＿ 量具和量仪的 ＿＿＿＿＿＿＿。

3-52　常用外径千分尺的测量范围为 ＿＿＿＿＿＿＿ mm、＿＿＿＿＿＿＿ mm 和 ＿＿＿＿＿＿＿ mm。

3-53　分度值为 0.02/1000mm 的水平仪，表示气泡移动 1 格时，在 ＿＿＿＿＿＿＿ mm 距离上的高度差为 ＿＿＿＿＿＿＿ mm。如以倾斜角表示，则角度为 ＿＿＿＿＿＿＿。

3-54　游标卡尺通常用来测量 ＿＿＿＿＿＿＿、＿＿＿＿＿＿＿、＿＿＿＿＿＿＿、＿＿＿＿＿＿＿ 及深度等。

3-55　游标卡尺的刻线原理是利用 ＿＿＿＿＿＿＿ 刻线间距和 ＿＿＿＿＿＿＿ 刻线间距 ＿＿＿＿＿＿＿ 来进行 ＿＿＿＿＿＿＿ 读数。

3-56　使用游标卡尺时易发生判断错误而产生测量误差，就测量误差的分类来讲，此误差属于 ＿＿＿＿＿＿＿。

3-57　千分尺的制造精度主要由它的 ＿＿＿＿＿＿＿ 和 ＿＿＿＿＿＿＿ 的大小来决定，其制造精度有 ＿＿＿＿＿＿＿ 和 ＿＿＿＿＿＿＿ 两种。

3-58　机械式量仪是借助 ＿＿＿＿＿＿＿、＿＿＿＿＿＿＿、＿＿＿＿＿＿＿ 的传动，将测量杆微小的 ＿＿＿＿＿＿＿ 经传动放大机构转变成表盘上指针的 ＿＿＿＿＿＿＿，从而指出相应的示值。

3-59　内径百分表由 ＿＿＿＿＿＿＿ 和 ＿＿＿＿＿＿＿ 组成，用以测量孔的 ＿＿＿＿＿＿＿ 和孔的 ＿＿＿＿＿＿＿。

3-60　测微螺旋量具是利用 ＿＿＿＿＿＿＿ 进行测量和读数的一种测微量具，按其用途可分为 ＿＿＿＿＿＿＿、＿＿＿＿＿＿＿ 和 ＿＿＿＿＿＿＿。

3-61　根据函数关系式和各直接测得值来计算测量的数据处理的方法是 ＿＿＿＿＿＿＿。

（二）判断题

3-62　精确的计量器具可以测得被测量的真值。（　　）

3-63　一个长方形量块，其上六个面的平面度的公差等级都应一致。（　　）

3-64　最高级的量块和最高等的量块都制得一样精确，可以互相代替。（　　）

3-65　我国的法定计量单位是以国际单位制为基础确定的。（　　）

3-66　通常所说的测量误差，一般是指相对误差。（　　）

3-67　量具和量仪最主要的区别是：量具没有传动放大系统，而量仪一般有此系统。（　　）

3-68　量规是指没有刻度的专用计量器具。量块没有刻度，因而量块属于量规类的计量器具。（　　）

3-69　极限量规可以直接检测出被测对象的具体测量值。（　　）

3-70　有些计量器具的测量范围和示值范围是一样的，而有些计量器具的测量范围和示值范围是不一样的。（　　）

3-71　当测量条件一定时，多次测量取平均的方法可以减弱系统误差对测量结果的影响。（　　）

3-72　在进行精密测量时，往往对测量的环境、温度、灰尘、振动、气压等有较严格的要求，以保证测量结果的准确性。（　　）

3-73　使用的量块数越多，组合出的尺寸越准确。（　　）

3-74　用多次测量的算术平均值表示测量结果，可以减少示值误差数值。（　　）

3-75　测量方法是指测量时所采用的计量器具、各种辅助设备及测量程序，而与测量条件无关。（　　）

3-76　分度值为 0.02mm 的游标卡尺，尺身上的刻度间距比游标上的刻度间距大 0.02mm。（　　）

3-77　游标卡尺是一种用途广泛的通用量具，无论何种游标卡尺均不能用于划线，以免影响其测量精度。（　　）

3-78　测量精度和测量误差是两个相对的概念，精度高，则误差小；精度低，则误差大。（　　）

3-79　根据测量方法分类的定义可知：绝对测量一般也同时为直接测量。相对测量一般也同时为间接测量。（　　）

3-80　量具一般只能用于接触测量、静态测量或被动测量；量仪能够用来进行动态测量、主动测量或非接触测量。（　　）

3-81　多数随机误差是服从正态分布规律的。（　　）

3-82　由于绝对测量法被测量的全值可以从计量器具的读数装置中直接获得，因而在相同的测量条件下，绝对测量法比相对测量法的测量精度高。（　　）

3-83　测量结果中如果随机误差较大，则测量的精密度和正确度都不高。（　　）

3-84　综合测量一般属于检验，如用螺纹通规检验螺纹的作用中径是否合格就属于综合测量。（　　）

3-85　示值误差和示值稳定性是两个相关的概念。通常，示值误差大则示值稳定性差，示值误差小则示值稳定性好。（　　）

3-86　计量器具的校正值等于计量器具的示值误差。（　　）

3-87　在刻度间距一定的情况下，分度值越小，灵敏度越高；在分度值一定的情况下，刻度间距越大，灵敏度越高。（　　）

3-88　精密测量的测量结果等于被测几何量的真值。（　　）

3-89　绝对测量和相对测量的单位应同被测量值的单位一致。（　　）

3-90　由于变值系统误差采取技术措施减小到最低程度后可按随机误差来处理，因而变值系统误差和随机误差的特性相同。（　　）

3-91　定值系统误差的大小和符号均保持不变，变值系统误差按一定规律变化。（　　）

3-92　由于随机误差产生的因素多具有偶然性和不稳定性，因而在较高精度的测量中，只能将此误差忽略不计。（　　）

3-93　大量重复测量时，随机误差的平均值趋近于零。（　　）

3-94　随着重复测量次数的增加，其测量结果的算术平均值趋近于真值，因此其测量结果的随机误差也趋近于零。（　　）

3-95　粗大误差和定值系统误差对测量结果的影响有办法消除；而变值系统误差和随机误差对测量结果的影响只能想办法减小。（　　）

3-96　量块测量时不可能得到被测尺寸的具体数值，只能确定零件合格与否。（　　）

3-97　各种千分尺的分度值均为千分之一毫米。（　　）

3-98　外径千分尺是利用螺旋副运动原理进行测量的，因而测量精度高，主要用于高精度测量。（　　）

3-99　外径千分尺上棘轮的作用是更快地转动外径千分尺的微分筒。（　　）

3-100　用百分表测量长度尺寸时，采用的是相对测量法。（　　）

3-101　正弦规虽然结构简单，但其尺寸精度和几何精度均很高，因而一般作精密测量。（　　）

3-102　万能角度尺的刻度原理与游标卡尺相同。（　　）

（三）术语解释

3-103　测量。

3-104　量具。

3-105　单值量具。

3-106　多值量具。

3-107　量规。

3-108　计量仪器。

3-109　机械式量仪。

3-110　光学式量仪。

3-111　气动式量仪。

3-112　电动式量仪。

3-113　专用计量器具。

3-114　检验夹具。

3-115　刻度间距。

3-116　分度值。

3-117　示值误差。

3-118　示值范围。

3-119　测量范围。

3-120　校正值。

3-121　灵敏度。

3-122　测量力。

3-123　直接测量。

3-124　间接测量。

3-125　绝对测量。

3-126　相对测量。

3-127　单项测量。

3-128 综合测量。

3-129 接触测量。

3-130 非接触测量。

3-131 主动测量。

3-132 被动测量。

3-133 静态测量。

3-134 动态测量。

3-135 等精度测量。

3-136 不等精度测量。

3-137 绝对测量。

3-138 相对误差。

3-139 随机误差。

3-140 粗大误差。

3-141 系统误差。

（四）单项选择题

3-142 一种计量器具要测量的读数越精确，就要求它的哪一个度量指标越小。（　　）

A. 刻度间距　　　　B. 分度值　　　　C. 稳定度

3-143 用游标卡尺测量一个零件的平面上两个轴线平行的孔的中心距时，其测量方法是（　　）。

A. 绝对测量　　　　B. 直接测量　　　　C. 间接测量

3-144 在加工完毕后对被测零件几何量进行测量，此方法称为（　　）。

A. 接触测量　　　　B. 静态测量　　　　C. 综合测量　　　　D. 被动测量

3-145 下列测量器具中不符合阿贝原则的是（　　）。

A. 机械比较仪　　　B. 螺旋测微仪　　　C. 游标卡尺　　　D. 卧式测长仪

3-146 使螺旋测微器的测微螺杆与测砧相接触，发现微分筒的零线与固定套筒的中线没有对齐，则表明存在（　　）。

A. 系统误差　　　B. 随机误差　　　C. 粗大误差　　　D. 相对误差

3-147 哪一类测量误差在数据处理时必须对其对应的测量值进行剔除。（　　）

A. 粗大误差　　　　B. 系统误差　　　　C. 随机误差

3-148 随机误差和系统误差都很小的测量，哪一种测量精度高。（　　）

A. 精密度　　　　B. 正确度　　　　C. 精确度

3-149 在随机误差的评定中，能反映测得值精度高低的指标是（　　）

A. 算术平均值　　　B. 标准偏差　　　C. 残余误差

3-150 抽检一批零件，若对测量结果分析后显示系统误差和随机误差都很小，假定已剔除了粗大误差，则可认为这批零件（　　）。

A. 精密度高　　　B. 正确度高　　　C. 准确度高　　　D. 精确度高

3-151 在等精度精密测量中，多次重复测量同一量值是为了减小（　　）影响。

A. 系统误差　　　B. 随机误差　　　C. 粗大误差　　　D. 绝对误差

3-152 关于间接测量方法，下列说法中错误的是（　　）。

A. 测量的是与被测尺寸有一定函数关系的其他尺寸

B. 计量器具的测量装置不直接和被测工件表面接触

C. 必须通过计算获得被测尺寸的量值

D. 存在基准不重合误差

3-153　关于综合测量方法，下列说法中错误的是（　　　）。

A. 综合测量能同时测量工件上几个几何量的数值

B. 综合测量能得到工件上几个有关几何量的综合结果

C. 综合测量一般属于检验

D. 综合测量的效率比单项测量高

3-154　关于主动测量方法，下列说法中错误的是（　　　）。

A. 是在加工过程中对工件的测量

B. 测量的目的是发现并剔除废品

C. 常用在生产线上

D. 能最大限度地提高生产率和产品合格率

3-155　用游标卡尺测量工件的轴颈尺寸属于（　　　）。

A. 间接测量　　　　B. 相对测量　　　　C. 动态测量　　　D. 绝对测量

3-156　计量器具能准确读出的最小单位数值应等于计量器具的（　　　）。

A. 刻度间距　　　　B. 示值范围　　　　C. 分度值　　　D. 灵敏度

3-157　一个完整的测量过程应包括的四个方面是（　　　）。

A. 测量对象、计量器具、计量单位和测量方法

B. 测量对象、计量单位、测量方法和测量精度

C. 计量器具、计量单位、计量方法和测量条件

D. 测量对象、计量器具、测量方法和测量精度

3-158　检验和测量相比最主要的特点是（　　　）。

A. 检验适合大批量生产

B. 检验所使用的计量器具比较简单

C. 检验只判断被测几何量的合格性，不需得出具体的量值

D. 检验的精度比测量低

3-159　下列量具中属于标准量具的是（　　　）。

A. 钢直尺　　　　　B. 量块　　　　　　C. 游标卡尺　　　D. 光滑极限量规

3-160　下列计量器具中不属于量仪类的是（　　　）。

A. 扭簧比较仪　　　B. 工具显微镜　　　C. 外径千分尺　　D. 杠杆千分尺

3-161　刻度间距和分度值之间的关系是（　　　）。

A. 分度值越大，则刻度间距越大

B. 分度值越小，则刻度间距越大

C. 分度值大小和刻度间距大小无直接关系

D. 分度值与刻度间距成反比关系

3-162　关于计量器具的示值误差和测量精度之间的关系，下列说法中正确的是(　　　)。

A. 测量精度与示值误差无关

B. 测量精度完全由示值误差确定，而与其他因素无关

C. 在其他条件相同的情况下，示值误差越小，测量精度越低

D. 在其他条件相同的情况下，示值误差越小，测量精度越高

3-163　关于灵敏度的概念，下列说法中错误的是（　　）。

A. 灵敏度是指计量器具反映被测量变化的能力

B. 当指示量与被测量为同一类量时，灵敏度也称放大比

C. 灵敏度相同的计量器具，其灵敏阈一定相同

D. 灵敏度和灵敏阈是两个不同的概念

3-164　关于测量误差的概念，下列说法中正确的是（　　）。

A. 任何测量方法都存在着测量误差

B. 对同一被测几何量重复进行多次测量，其测得值均不相同

C. 用绝对误差来评定测量误差比用相对误差评定准确

D. 相对误差的单位应与被测量的单位相同

3-165　下列各项中，不属于方法误差的因素是（　　）。

A. 计算公式不准确　　　　　　　B. 测量方法选择不当

C. 使用计量器具的方法不正确　　D. 工件安装定位不准确

3-166　关于随机误差的特点，下列说法中错误的是（　　）。

A. 误差的大小和方向预先是无法知道的

B. 随机误差完全符合统计学规律

C. 随机误差的大小和符号按一确定规律变化

D. 随机误差的分布具有单峰性、对称性、有界性和抵偿性

3-167　在精密测量中，对同一被测几何量作多次重复测量，其目的是为了减小（　　）对测量结果的影响。

A. 随机误差　　　B. 系统误差　　　C. 粗大误差　　　D. 绝对误差

3-168　下列所述的各种因素中，不属于产生随机误差的因素是（　　）。

A. 测量机构间隙的变动　　　　　B. 测量机构运动件摩擦力的变化

C. 计量器具标尺的刻度不准确　　D. 测量力的变化

3-169　利用百分表测量工件的长度尺寸，所采用的方法是（　　）。

A. 绝对测量　　　B. 相对测量　　　C. 间接测量　　　D. 动态测量

3-170　下列计量器具中，测量精度最高的是（　　）。

A. 游标卡尺　　　B. 外径千分尺　　C. 杠杆千分尺　　D. 杠杆百分表

3-171　外径千分尺的分度值是（　　）。

A. 0.5mm　　　　B. 0.01mm　　　C. 0.05mm　　　D. 0.001mm

3-172　下列测量中精度最高的是（　　）。

A. 真值为40mm，测量值为40.02mm

B. 真值为40mm，测量值为39.95mm

C. 真值为100mm，测量值为99.5mm

D. 真值为100mm，测量值为100.03mm

3-173　量块是一种精密量具，应用较为广泛，但它不能用于（　　）。

A. 长度测量时作为比较测量的标准　　B. 检验其他计量器具

C. 精密机床的调整　　　　　　　　D. 评定表面粗糙度

3-174　为了保证测量过程中计量单位的统一，我国法定计量单位的基础是（　　）。

A. 公制　　　　　B. 国际单位制　　　C. 公制和英制　　D. 公制和市制

3-175　读数值为 0.02mm 的游标卡尺，当此卡尺读数为 42.18mm，游标上第 9 格刻线应对齐尺身上的第（　　）刻线。

A. 51mm　　　　B. 42mm　　　　C. 60mm　　　　D. 24mm

（五）多项选择题

3-176　应该按仪器的（　　）来选择计量器具。

A. 示值范围　　　B. 分度值　　　　C. 灵敏度　　　　D. 不确定度

3-177　产生测量误差的因素主要有（　　）。

A. 计量器具的误差　　　　　　　　B. 测量方法误差

C. 安装定位误差　　　　　　　　　D. 环境条件所引起的误差

3-178　用立式光学比较仪测量轴的直径，属于（　　）。

A. 直接测量　　　B. 间接测量　　　C. 绝对测量　　　D. 相对测量

3-179　用万能测长仪测量内孔的直径，属于（　　）。

A. 直接测量　　　B. 间接测量　　　C. 绝对测量　　　D. 相对测量

3-180　为了提高测量精度，应选用（　　）。

A. 间接测量　　　B. 绝对测量　　　C. 相对测量　　　D 非接触式测量

3-181　由于测量器具零位不准而出现的误差属于（　　）。

A. 随机误差　　　B. 粗大误差　　　D. 系统误差

3-182　由于测量误差的存在而对被测几何量不能肯定的程度称为（　　）。

A. 灵敏度　　　　B. 精确度　　　　C. 不确定度　　　D. 精密度

3-183　用电眼法测量内孔的直径属于（　　）。

A. 直接测量　　　B. 单项测量　　　C. 非接触测量　　D. 主动测量

3-184　下列因素中引起系统误差的有（　　）。

A. 测量人员的视差　　　　　　　　B. 光学比较仪的示值误差

C. 测量过程中温度的波动　　　　　D. 千分尺测微螺杆的螺距误差

3-185　关于量块，正确论述有（　　）。

A. 量块只能作为标准器具进行长度量值传递

B. 量块的形状大多数为圆柱体

C. 量块具有研合性

D. 量块按"等"使用比按"级"使用精度高

（六）综合与计算题

3-186　试从 83 块一套的量块中组合下列尺寸（单位：mm）：

　　　　29.875，48.98，40.79，10.56。

3-187　试从 91 块一套的量块中组合下列尺寸（单位：mm）：

　　　　48.283，12.419。

3-188　仪器读数在 20mm 处的示值误差为 +0.002mm，当用它测量工件时，读数正好为20mm，问工件的实际尺寸是多少？

3-189　用名义尺寸为20mm的量块调整机械比较仪零位后测量一塞规的尺寸，指示表的读数为+6μm。若量块的实际尺寸为19.9995mm，不计仪器的示值误差，试确定该仪器的调零误差（系统误差）和修正值，并求该塞规的实际尺寸。

3-190　用两种不同的方法分别测量两个尺寸，若测量结果分别为（20±0.001）mm和（300±0.01）mm，问哪种测量方法的精度高？

3-191　某一测量范围为0～25μm的外径千分尺，当活动测杆与测砧可靠接触时，其读数为+0.02mm。若用此千分尺测量工件尺寸时，读数是19.95mm，试求其系统误差的值和修正后的测量结果。

3-192　用两种方法分别测量两个尺寸，设它们的真值分别为$L_1 = 50$mm，$L_2 = 80$mm，若测得值分别为50.004mm和80.006mm，试评定哪一种测量方法精度较高。

3-193　读出习题图3-1、习题图3-2所示游标卡尺和千分尺所示的读数。

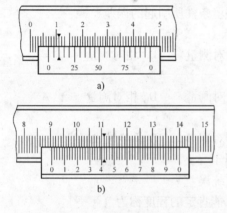

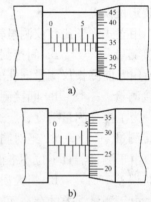

习题图3-1　游标卡尺读数图　　　　　习题图3-2　千分尺读数图

3-194　分别画出分度值为0.05mm、读数为41.55mm的游标卡尺所表示的尺寸刻线图；分度值为0.02mm、读数为0.24mm的游标卡尺所表示的尺寸刻线图；分度值为0.01mm、读数为12.19mm的千分尺所表示的尺寸刻线图；分度值为0.01mm、读数为32.65mm的千分尺所表示的尺寸刻线图。

3-195　用读数值为0.02mm/1000mm（4″）的水平仪测量长度为1200mm的导轨工作面的倾斜程度。如气泡移动1.5格，试求导轨工作面对水平面的倾斜角度及导轨两端的高度差。

3-196　现测量得到ϕ15H7孔的值$l_1 = 15.015$mm，ϕ34.42H8孔的值$l_2 = 34.456$mm，并已知$\delta_1 = 0.003$mm，$\delta_2 = 0.006$mm。试比较两者的测量精度。

3-197　利用GB/T 6093—1985规定的91块成套量块，选择组成尺寸为ϕ58d6的两极限尺寸的量块组。（提示：先确定极限尺寸的大小）

3-198　现有三种游标卡尺，它们的刻线情况如下：

1）尺身每小格1mm，游标20格与尺身39mm长度对齐。

2）尺身每小格1mm，游标50格与尺身49mm长度对齐。

3）尺身每小格1mm，游标10格与尺身19mm长度对齐。

试问：

（1）三种游标卡尺的读数值各是多少？为什么？

（2）下面所列尺寸分别用哪种游标卡尺测量较为妥当？为什么？

$$5.05mm，3.34mm，4.2mm。$$

3-199　画出下列游标卡尺所表示的尺寸的刻线图。

（1）游标卡尺的读数值为0.05mm，显示的被测尺寸为7.35mm；

（2）游标卡尺的读数值为0.02mm，显示的被测尺寸为14.34mm。

3-200　说明万能角度尺的读数方法，并读出习题图3-3所示角度的数值。

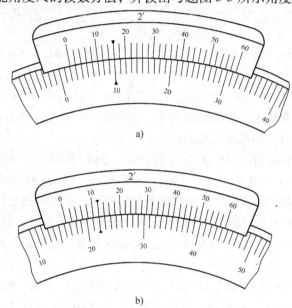

习题图3-3　万能角度尺读数图

3-201　习题图3-4所示为用百分表配合量块测量轴颈尺寸的示意图。若轴颈尺寸为$\phi70_{-0.19}^{0}$mm，试回答下列问题并计算。

1）该测量方法属于绝对测量还是相对测量？简述其测量步骤。

2）量块组的尺寸数值为多少？

3）如果使用46块一套的量块组成量块组，量块的尺寸分别是多少？

4）测量一轴颈，若百分表指针指向第12格刻线，问该轴是否合格，其尺寸是多少？

3-202　用200mm中心距的正弦规测量锥角为8°32′的圆锥形零件，试求量块组高度h（$\sin8°32′=0.1484$）。若用该正弦规测量一样板的角度，量块组所垫高度刚好等于50mm，试求样板的顶角。

3-203　用中心距$L=100mm$的正弦规测量锥度塞规，其基本圆锥角为3°0′52.4″（3.014554°），按习题图3-5所示的方法测量。试确定：

（1）量块组的尺寸。

（2）测量时，千分表两测量点相距$l=80mm$，两点的读数差$n=0.008mm$，且a点比b点低（即a点的读数比b点小），试确定该锥度塞规的锥度误差。

（3）实际锥角的大小。

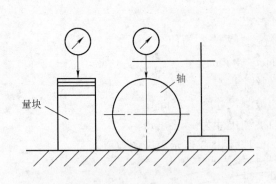

习题图 3-4　百分表测量轴颈图

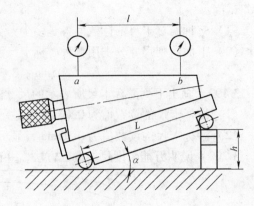

习题图 3-5　正弦规测量锥度塞规图

3-204　说明合像水平仪的使用方法。用读数值为 0.01mm/1000mm 的光学合像水平仪测量长度为 1600mm 的导轨工作面的倾斜程度，如果 mm/m 刻度窗口的读数为 1 格，微分盘上的格数为 8 格，试求导轨两端的高度差。

3-205　对某几何量进行了 15 次等精度测量，测得值如下（单位：mm）：30.742、30.743、30.740、30.741、30.739、30.740、30.739、30.741、30.742、30.743、30.739、30.740、30.743、30.742、30.741。求单次测量的标准偏差和极限误差。

3-206　用某一测量方法在等精度情况下对某一试件测量了 4 次，其测得值如下（单位：mm）：20.001、20.002、20.000、19.999。若已知单次测量的标准偏差为 1μm，求测量结果及极限误差。

3-207　对某一尺寸进行 10 次等精度测量，各次的测量值按顺序记录为（单位：mm）：10.012、10.010、10.012、10.014、10.016、10.011、10.012、10.012、10.016、10.013。

1）判断有无粗大误差。

2）求出测量列任一测得值的标准偏差。

3）求出测量列总体算术平均值的标准偏差。

4）分别求出第五次测量值表示的测量结果和用算术平均值表示的测量结果。

3-208　用两种方法分别测量尺寸为 100mm 和 200mm 的两种零件，已求出它们的测量极限误差分别为 ±4μm 和 ±6μm。试比较这两种测量方法的准确度哪一种高，并将理由填入习题表 3-1 的空格中。

习题表 3-1　填　　表

测量尺寸/mm	测量极限误差/μm	相对误差/%	理由简述
100	±4		
200	±6		

3-209　对某一尺寸进行 10 次等精度测量，测得值列于习题表 3-2 中，试判断有无系统误差和粗大误差，并分别求出用第 5 次测量值和算术平均值表示的测量结果，填入该表的空格内。

习题表 3-2　填　　表

序　号	测得值 x_i/mm	残差 v_i/mm	v_i^2/μm²	备　注
1	10.012			
2	10.010			
3	10.013			
4	10.12			
5	10.014			
6	10.013			
7	10.012			
8	10.011			
9	10.011			
10	10.012			
$\bar{x} =$		$\sum\limits_{i=1}^{n} v_i =$	$\sum\limits_{i=1}^{n} v_i^2 =$	
$S =$			有无系统误差	
$\sigma_x =$			有无粗大误差	
$\delta_{\lim} =$			$x_5' =$	
$\delta_{\lim}(\bar{x}) =$			$x_\delta =$	

3-210　对某轴颈进行 15 次重复测量，测得值为（单位：mm）：30.42、30.43、30.40、30.43、30.42、30.43、30.39、30.30、30.40、30.43、30.42、30.41、30.39、30.39、30.40。设数据中无定值系统误差，试求测量结果。

3-211　已知某仪器的测量极限误差 $\delta_{\lim} = \pm 3\sigma = \pm 0.004$mm，用该仪器测量工件。

（1）如果测量 1 次，测得值为 10.365mm，写出测量结果。

（2）如果重复测量 4 次，测得值分别为 10.367mm、10.368mm、10.367mm、10.366mm，写出测量结果。

（3）要使测量结果的极限误差 $\delta_{\lim \bar{L}}$ 不超过 ± 0.001mm，应重复测量多少次？

3-212　对某一尺寸进行等精度测量 100 次，测得最大值为 50.015mm，最小值为 49.985mm。假设测量误差符合正态分布，求测得值落在 49.995~50.010mm 之间的概率是多少？

3-213　三个量块的实际尺寸和检定时的极限误差分别为 20±0.0003mm、1.005±0.0003mm、1.48±0.0003mm，试计算这三个量块组合后的尺寸和极限误差。

3-214　需要测出习题图 3-6 所示阶梯零件的尺寸 N。现用千分尺测量尺寸 A_1 和 A_2，测得 $N = A_1 - A_2$。若千分尺的测量极限误差为 ± 5μm，问测得尺寸 N 的测量极限误差是多少？

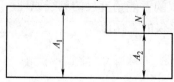

习题图 3-6　阶梯零件

3-215 在万能显微镜上用影像法测量圆弧样板（习题图3-7），测得弦长 L 为 95mm，弓高 h 为 30mm，测量弦长的测量极限误差 δ_{limL} 为 $\pm2.5\mu m$，测得弓高的测量极限误差 δ_{limh} 为 $\pm2\mu m$，试确定圆弦的半径及其测量极限误差。

3-216 用游标卡尺测量箱体孔的中心距（习题图3-8），有如下三种方案：①测量孔径 d_1、d_2 和孔边距 L_1；②测量孔径 d_1、d_2 和孔边距 L_2；③测量孔边距 L_1 和 L_2。若已知它们的测量极限误差 $\delta_{limd_1} = \delta_{limd_2} = \pm40\mu m$，$\delta_{limL_1} = \pm60\mu m$，$\delta_{limL_2} = \pm70\mu m$，试计算三种测量方案的测量极限误差。

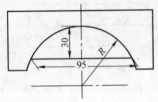

习题图3-7 圆弧样板

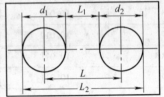

习题图3-8 箱体零件图

（七）简述题

3-217 测量的实质是什么？一个完整的测量过程应该包括哪些基本要素？

3-218 计量器具有哪些基本度量指标？

3-219 什么是量具？什么是量仪？它们之间有何区别？

3-220 说明示值范围与测量范围的区别。

3-221 举例说明绝对测量与相对测量的区别。

3-222 直接测量和间接测量有什么区别？

3-223 为什么要建立尺寸传递系统？并说明用什么方法可以保证计量器具的量值统一？

3-224 什么叫主动测量？什么叫被动测量？测量的目的各是什么？

3-225 试说明游标卡尺的读数原理及其快速读数的方法。

3-226 试说明千分尺的工作原理及其读数方法。

3-227 杠杆百分表的应用特点是什么？

3-228 简要说明百分表的使用方法。

3-229 请分别说明系统误差、随机误差和粗大误差的特性。

3-230 简述测量误差产生的主要原因。

3-231 为什么要用多次重复测量的算术平均值来表示测量结果？用这种方式表示测量结果可以减少哪一类测量误差对测量结果的影响？

3-232 如何从不同方面对测量分类？

3-233 使用游标卡尺时应注意哪些事项？

3-234 简要说明读数值为 $2'$ 的万能角度尺的刻线原理。

3-235 简要说明水准或水平仪的工作原理。

第四章　形状和位置公差及检测习题

一、思考题

4-1　形位公差带由哪四个要素构成？分析比较各项形状公差带和位置公差带的特点。

4-2　形位公差的项目有多少？其名称和符号是什么？

4-3　形位公差的公差带有哪几种主要形式？形位公差带由什么组成？

4-4　为什么说径向全跳动未超差，则被测表面的圆柱度误差就不会超过径向全跳动公差？

4-5　基准的形式通常有几种？位置度为何提出三基面体系要求？基准标注不同，对公差带有何影响？

4-6　评定形位误差的最小条件是什么？

4-7　理论正确尺寸是什么？在图样上如何表示？在形位公差中它起什么作用？

4-8　公差原则有哪几种？其使用情况有何差异？

4-9　最大实体状态和最大实体实效状态的区别是什么？

4-10　当被测要素遵守包容要求或最大实体要求后其实际尺寸的合格性如何判断？

4-11　形位公差值选择原则是什么？选择时考虑哪些情况？

4-12　端面对轴线的垂直度和端面圆跳动、同轴度和径向圆跳动、圆柱度和径向全跳动各有何区别？如何选用？

4-13　什么是局部实际尺寸与最大（最小）实体尺寸？什么是作用尺寸与实效尺寸？它们之间有何联系与区别？

4-14　说明如何应用最小条件或最小包容区域法来评定形位误差。

4-15　按最小包容区域法评定平面度误差时应用哪几个准则？其名称和含义是什么？

4-16　国家标准对未注形位公差值有哪些规定？形位公差的未注公差值在图样上如何表示？

二、习题

（一）填空题

4-17　国家标准对零件规定的形位公差是用以限制_____的。

4-18　在研究形位公差时，要涉及到_____三类要素。

4-19　形位公差带从形位意义上看它表示的是实际被测要素_____，它的主要形状有_____种。

4-20　局部尺寸是指在实际要素的任意正截面上，两测量点之间_____距离。

4-21　关联要素的作用尺寸是_____和_____的综合结果。

4-22　标准规定形位公差共有_____个项目，其中形状公差_____个项目，位置公差_____个项目。

4-23 位置公差又分为＿＿＿＿＿＿种，它们分别是＿＿＿＿＿＿、＿＿＿＿＿＿和＿＿＿＿＿＿。

4-24 被测要素可分为单一要素和关联要素。＿＿＿＿＿＿要素只能给出形状公差要求；＿＿＿＿＿＿要素可以给出位置公差要求。

4-25 单一要素与零件上的其他要素＿＿＿＿＿＿功能关系；而关联要素与零件上的其他要素＿＿＿＿＿＿功能关系。

4-26 零件上的中心要素不能为人们所＿＿＿＿＿＿，但它能够通过相应的轮廓要素＿＿＿＿＿＿。

4-27 在形位公差框格中，第一格标注＿＿＿＿＿＿，第二格标注＿＿＿＿＿＿，第三格标注＿＿＿＿＿＿，指引线的箭头一般指向＿＿＿＿＿＿。

4-28 平面度公差带的形状是＿＿＿＿＿＿。

4-29 在形位公差值前加注 ϕ，此时公差带的形状是＿＿＿＿＿＿。

4-30 在线轮廓度中，有基准要求的理想轮廓用＿＿＿＿＿＿来控制，此时理想轮廓线的理想位置不能＿＿＿＿＿＿。

4-31 平行度中有一种公差带的形状是两平行平面，它和平面度公差带的形状的主要区别在于＿＿＿＿＿＿。

4-32 直线度公差带的形状有＿＿＿＿＿＿、＿＿＿＿＿＿和＿＿＿＿＿＿，具有这几种公差带形状的位置公差项目有＿＿＿＿＿＿。

4-33 形状公差带的实际方向由＿＿＿＿＿＿决定，而位置公差带的实际方向应与基准的＿＿＿＿＿＿保持正确的方向关系。

4-34 平面度的公差带为＿＿＿＿＿＿内的区域，公差带的实际方向由＿＿＿＿＿＿确定。

4-35 圆柱度公差是一个综合性的形状公差，它可以同时控制＿＿＿＿＿＿、素线和轴线的＿＿＿＿＿＿，以及同一轴截面内两条素线的＿＿＿＿＿＿等项目的误差。圆柱度公差带是＿＿＿＿＿＿之间的区域。

4-36 位置度公差中有＿＿＿＿＿＿、＿＿＿＿＿＿、＿＿＿＿＿＿三种类型。

4-37 全跳动和圆跳动都是控制最大跳动量的，但全跳动和圆跳动相比，它的特点是＿＿＿＿＿＿。

4-38 线、面轮廓度为形状或位置公差类。当其为形状公差时不标注＿＿＿＿＿＿，其公差带位置是＿＿＿＿＿＿的，它由＿＿＿＿＿＿和＿＿＿＿＿＿确定。

4-39 理论正确尺寸与具有一般公差的线性尺寸在标注上的区别是：理论正确尺寸数字外面应加上＿＿＿＿＿＿。

4-40 公差原则中相关原则的实质在于，在一定条件下＿＿＿＿＿＿公差与＿＿＿＿＿＿公差可以互相补偿。

4-41 包容要求遵守＿＿＿＿＿＿边界，最大实体要求遵守＿＿＿＿＿＿边界。

4-42 一个孔的尺寸公差是 $\phi 40^{+0.05}_{0}$ mm，其圆度公差值为 0.03mm，该孔的最大实体实效尺寸是＿＿＿＿＿＿mm。

4-43 对图样上给定的形位公差与尺寸公差采取彼此无关的处理准则，称为＿＿＿＿＿＿，反之称为＿＿＿＿＿＿。

4-44 当图样上无附加任何表示相互关系的符号或说明时，则表示遵守＿＿＿＿＿＿。

4-45 理想边界为设计所给定，按其功能要求可分为_____和_____两种。

4-46 独立原则一般用于_____，或对形状和位置要求_____，而对尺寸精度要求_____的场合。

4-47 遵守独立原则的要素，只有_____和_____分别合格，被测要素才_____。

4-48 包容要求适用于_____，一般用于机器零件上的配合性质要求_____的表面。

4-49 采用包容要求的被测要素，标注时在尺寸极限偏差或公差带代号后面加注_____。

4-50 采用包容要求的要素，当被测实际要素的实际尺寸为最大实体尺寸时，形位误差允许值为_____，此时的实际要素具备_____形状，而形位误差的最大补偿值为_____。

4-51 采用最大实体要求，当被测要素的实际尺寸偏离_____尺寸时，允许其形位误差值超出其给定的_____。形位误差可以出现的最大值为_____与_____之和。

4-52 最大实体要求适用于对零件配合性质要求_____，但要求顺利保证零件可_____的场合。

4-53 最大实体要求不仅可以用于_____，也可以用于_____。

4-54 对于孔，其最大实体实效尺寸等于最小极限尺寸_____中心要素的形位公差。

4-55 形位公差值选择总的原则是_____。

4-56 国家标准规定的形位公差等级大部分项目都是 12 级，只有_____、_____为 13 级。

4-57 图样上没有标注形位公差值的要素，其形位精度要求由_____来控制。

4-58 确定理想要素方位的常用方法为_____，应用最小包容区域法评定形位误差是完全满足_____条件的。

4-59 在一个平面内用测量不同方位的直线度误差来近似表示平面度误差，这一方法属于应用形位误差的检测原则中的_____。

4-60 用打表法测量平面度误差时，应用的三个准则是_____、_____、_____。

4-61 对称度是限制被测_____偏离_____的一项指标。

4-62 采用直线度来限制圆柱体的轴线时，其公差带是_____。

4-63 形状误差小于、等于_____和（或）位置误差小于、等于_____时，被测要素合格，反之为不合格。

4-64 跳动分为_____和_____。

4-65 定位公差有_____、_____和位置度三个项目。

4-66 与理想要素比较原则是检测形位误差原则中的一条_____原则，其中理想要素大多用_____方法获得。

4-67 适宜测量形状复杂表面的形位误差的原则是_____原则，而测量跳动原则仅限于测量_____零件。

4-68　必须按照最小条件的要求来确定_____。

（二）判断题

4-69　实际要素即为被测要素，基准要素即为理想要素。（　　）

4-70　由于形状误差是单一要素，故所有形状公差项目的标注均不得使用基准。（　　）

4-71　平面度误差包含了直线度误差，直线度误差反映了平面度误差。（　　）

4-72　圆度和同轴度都用于控制回转体零件的实际要素，故二者可互换使用。（　　）

4-73　圆柱度公差带与径向全跳动公差带的形状是相同的，只是前者的轴线与基准轴线同轴，后者的轴线是浮动的。（　　）

4-74　有位置公差要求的被测要素都不是单一要素。（　　）

4-75　在位置公差中基准只有一个。（　　）

4-76　给定相互垂直的两个方向的垂直度要求时，公差带形状是一个四棱柱。（　　）

4-77　定向公差带具有确定的位置，还具有综合控制被测要素的方向和形状的职能。（　　）

4-78　三基面体系中的三个平面是相互垂直的。（　　）

4-79　径向圆跳动中，在测量时测量仪器可以在圆柱面上来回移动。（　　）

4-80　径向全跳动与圆柱度的公差带形状一样，故含义也一样。（　　）

4-81　基准选择时，主要考虑基准统一原则，再兼顾设计要求及装配要求。（　　）

4-82　平行度和垂直度可以认为是倾斜度的极限状态。（　　）

4-83　对称度的被测要素和基准要素都应为中心要素。（　　）

4-84　位置公差就是位置度公差的简称，故位置度公差可以控制所有的位置误差。（　　）

4-85　实效尺寸是唯一的，当给定了尺寸公差和形位公差值后，它就是一个定值。（　　）

4-86　径向圆跳动公差带与圆度公差带的区别是两者在形状方面不同。（　　）

4-87　径向全跳动公差可以综合控制圆柱度和同轴度误差。（　　）

4-88　规定形位公差的目的是为了限制形位误差，从而保证零件的使用性能。（　　）

4-89　在图样上只给出形状公差要求的要素均为单一要素。（　　）

4-90　形状公差一般用于单一要素，因而对关联要素在图样上不能给出形状公差要求。（　　）

4-91　形位公差是指限制被测实际要素变动的区域。（　　）

4-92　形位公差带比尺寸公差带形状复杂，且种类较多，其主要原因是形位公差所限制的形位要素类型多，且要求的检测方向各不相同。（　　）

4-93　形位公差带形状占据二维或三维空间，而尺寸公差带形状为一维空间。（　　）

4-94　公差带的大小，一般指公差带的宽度和直径尺寸的大小。（　　）

4-95　图样上虽未用代号注出，但仍有一定要求的形位公差称为形位未注公差。形位未注公差分三个公差等级。（　　）

4-96　圆度公差的被测要素可以是圆柱面也可以是圆锥面。（　　）

4-97　判断线轮廓度和面轮廓度是属于形状公差还是位置公差的主要依据是看图样上是否标注出基准，标出基准的为位置公差，反之为形状公差。（　　）

4-98　定位公差带具有综合控制被测要素位置、方向和形状的功能。（　　）

4-99　同轴度公差和对称度公差的被测要素和基准要素可以是轮廓要素，也可以是中心要素。（　　）

4-100　圆跳动和全跳动的划分是按被测要素的大小而定的，当被测要素面积较大时为全跳动，反之为圆跳动。（　　）

4-101　只要统一要素有一个以上的公差特征项目要求时，就可将一个公差框格放在另一个公差框格的下面，用同一指引线指向被测要素。（　　）

4-102　最大极限尺寸的状态就是最大实体状态。（　　）

4-103　最大实体尺寸一定大于最小实体尺寸。（　　）

4-104　最大实体状态下的被测实际要素一定具有理想形状。（　　）

4-105　采用零形位公差，指在任何情况下被测要素的形位公差总是零。（　　）

4-106　最大实体要求应用于被测要素又应用于基准要素时，公差值只能从被测要素或基准要素一处得到补偿。（　　）

4-107　在满足功能要求的前提下，形位公差项目的选择应尽量选测量简单的项目。（　　）

4-108　在保证关联作用尺寸不超越最大实体尺寸的场合下，最好在选择公差原则时选最大实体要求。（　　）

4-109　国家标准对位置度公差直接规定了具体等级和数值。（　　）

4-110　国家标准对形位公差的未注公差值均未规定公差等级和数值。（　　）

4-111　包容要求是要求实际要素处处不超越最小实体边界的一种公差原则。（　　）

4-112　最大实体要求下关联要素的形位公差不能为零。（　　）

4-113　在图样上给出形状公差要求的要素均为单一要素。（　　）

4-114　中心要素只能作为基准要素，而不能作为被测要素。（　　）

4-115　对关联要素一般均给出位置公差要求。（　　）

4-116　采用独立原则的要素的尺寸公差和形位公差不能互相补偿。（　　）

4-117　采用包容和最大实体要求的被测要素，形位误差可以从尺寸公差上获得一定的补偿。（　　）

4-118　液压缸与活塞的配合一般采用独立原则。（　　）

4-119　滑动轴承的内孔与相配合的轴颈一般采用包容要求。（　　）

4-120　采用最大实体要求后，既可保证零件之间的可装配性，又能达到良好的经济效益。（　　）

4-121　由于形状公差带的方向和位置均是浮动的，因而确定形状公差带的因素只有形状和大小两个。（　　）

4-122　公差带的方向是指组成公差的形位要素的延伸方向，因而它与代号的指引线箭头方向一致。（　　）

4-123　形状公差的公差带位置浮动，而位置公差的公差带位置固定。（　　）

4-124　线对面的垂直度公差，根据给定的检测方向的不同可分为三种情况，因而其公差带的形状也有三种。（　　）

4-125　用于理想要素比较原则测量形位公差时，理想要素要绝对精确，不能用模拟法

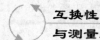

互换性
与测量技术基础学习指导及习题集与解答

获得。（　　）

4-126　用两点法测量圆度误差时，只能得到近似的测量结果。（　　）

4-127　理想要素的位置由图样上的标注确定，而与被测实际要素无关。（　　）

4-128　形位公差带的形状与被测要素的形位特征有关，只要被测要素的形位特征相同，则公差带的形状必然相同。（　　）

4-129　全跳动和圆跳动误差的测量方法基本相似。（　　）

4-130　测量同轴度误差时的基准轴线是用模拟方法获得的。（　　）

4-131　评定给定平面直线度误差时，包容线与实际要素至少有两点接触。（　　）

4-132　用百分表三点法测量圆度误差时，适用于测奇数棱形误差。（　　）

4-133　用图解法评定直线度误差时，必须沿坐标轴方向选取一段距离。（　　）

（三）术语解释

4-134　形状误差。

4-135　形状公差。

4-136　位置误差。

4-137　位置公差。

4-138　轮廓要素。

4-139　中心要素。

4-140　实际要素。

4-141　理想要素。

4-142　被测要素。

4-143　基准要素。

4-144　单一要素。

4-145　关联要素。

4-146　基准。

4-147　基准体系。

4-148　定向误差。

4-149　定位误差。

4-150　理论正确尺寸。

4-151　圆跳动。

4-152　全跳动。

4-153　直线度。

4-154　平面度。

4-155　圆度公差带。

4-156　圆柱度公差带。

4-157　公差原则。

4-158　独立原则。

4-159　包容要求。

4-160　最大实体要求。

4-161　局部实际尺寸。

98

4-162 体外作用尺寸。

4-163 体内作用尺寸。

4-164 最大实体状态和最大实体尺寸。

4-165 理想边界。

4-166 可逆要求。

4-167 零形位公差。

4-168 最小条件。

4-169 最小包容区域法。

（四）单项选择题

4-170 当形位公差框格的指引线箭头与直径尺寸线对齐时，所表示的被测要素是（　　）。

A. 轮廓要素　　　　B. 中心要素　　　　C. 基准要素

4-171 当基准要素是轮廓或表面时，基准符号中心线不能标在（　　）。

A. 尺寸线一致位置　B. 轮廓上位置　　　C. 表面上位置

4-172 当需要对一个圆柱形轴类零件的圆度及轮廓的各种形状误差进行综合控制时，最好选择的公差项目是（　　）。

A. 圆度　　　　　　B. 直线度　　　　　C. 圆柱度

4-173 定向公差带可以综合控制被测要素的（　　）。

A. 形状误差和位置误差　　　　　B. 方向误差和位置误差

C. 方向误差和尺寸误差　　　　　D. 形状误差和方向误差

4-174 形位公差带的形状决定于（　　）。

A. 公差项目　　　　　　　　　　B. 被测要素的理想形状、公差项目和标注形式

C. 被测要素的理想形状　　　　　D. 形位公差的标注形式

4-175 在图样上标注形位公差，当公差值前面加注 ϕ 时，该被测要素的公差带形状应为（　　）。

A. 两同心圆　　　B. 两同轴圆柱　　C. 圆形或球形　　D. 圆形或圆柱形

4-176 零件上的被测要素可以是（　　）。

A. 理想要素和实际要素　　　　　B. 理想要素和轮廓要素

C. 轮廓要素和中心要素　　　　　D. 中心要素和理想要素

4-177 形状和位置公差带是指限制实际要素变动的（　　）。

A. 范围　　　　　B. 大小　　　　　C. 位置　　　　　D. 区域

4-178 形位公差的基准代号中的字母（　　）。

A. 按垂直方向书写　　　　　　　B. 按水平方向书写

C. 书写方向应和基准符号的方向一致　D. 按任一方向书写均可

4-179 关于被测要素，下列说法错误的是（　　）。

A. 零件上给出了形位公差要求的要素称为被测要素

B. 被测要素按功能关系可分为单一要素和关联要素

C. 被测要素只能是轮廓要素而不能是中心要素

D. 被测要素只能是实际要素

4-180　关于基准要素，下列说法错误的是（　　　）。

A. 确定被测要素方向或（和）位置的要素称为基准要素

B. 基准要素只能是中心要素

C. 基准要素可分为单一基准要素和组合基准要素

D. 图样上标注出的基准要素是理想基准要素，简称基准

4-181　有形状误差的孔、轴相配时，其配合状态要比实际尺寸相同的没有形状误差的孔、轴的配合状态（　　　）。

A. 要紧些　　　　　B. 要松些　　　　　　　C. 相同　　D. 变化情况无法确定

4-182　关于公差带的方向，下列说法中错误的是（　　　）。

A. 公差带的方向是指组成公差带的形位要素的延伸方向

B. 形状公差的公差带方向浮动，而位置公差的公差带方向固定

C. 公差带方向理论上应与图样中公差框格的指引线箭头方向一致

D. 形状公差带的实际方向由最小条件确定，位置公差带的实际方向应与基准要素的理想要素保持正确的方向关系

4-183　关于公差带的位置，下列说法中错误的是（　　　）。

A. 形位公差带的位置分为浮动和固定两种

B. 形状公差带的位置浮动，位置公差带的位置固定

C. 公差带的固定位置由图样上给定的基准和理论正确尺寸确定

D. 同轴度、对称度公差的理论正确尺寸为零

4-184　尺寸公差与形位公差不能互相补偿的原则或要求是（　　　）。

A. 独立原则　　　　　B. 最大实体要求　　　　　C. 包容要求

4-185　一般情况下，如要求平行的两个平面，其平面度公差值和平行度公差值的关系是（　　　）。

A. 平面度大于平行度　　B. 平面度小于平行度　　　C. 两者相等

4-186　一般情况下，圆柱形零件的形状公差值（轴线的直线度除外）与尺寸公差值的关系应是（　　　）。

A. 形状公差值小于尺寸公差值

B. 形状公差值大于尺寸公差值

C. 两者相等

4-187　设计时形位公差值选择的原则是（　　　）。

A. 在满足零件功能要求的前提下选择最经济的公差值

B. 公差值越小越好，因为能更好地满足使用功能要求

C. 公差值越大越好，因为可降低加工成本

D. 尽量多地采用未注公差

4-188　形状公差带（　　　）。

A. 方向和位置均是固定的　　　　　　　　B. 方向浮动，位置固定

C. 方向固定，位置浮动　　　　　　　　　D. 方向和位置一般是浮动的

4-189　孔和轴的轴线的直线度公差带形状一般是（　　　）。

A. 两平行直线　　　B. 圆柱面　　　　　C. 一组平行平面　　D. 两组平行平面

4-190　直线度公差带的情况比平面度公差带的情况要复杂，其主要原因是（　　）。

A. 就几何要素来讲，线比面要简单一些

B. 直线度公差的被测方向的种类比平面度公差多

C. 直线在空间的位置比平面复杂

D. 被测直线可为轮廓要素，也可为中心要素，而被测平面只能为轮廓要素

4-191　圆度公差和圆柱度公差间的关系是（　　）。

A. 两者均控制圆柱体类零件的轮廓形状，故两者可替代使用

B. 两者公差带形状不同，因而两者相互独立，没有关系

C. 圆度公差可以控制圆柱度误差

D. 圆柱度公差可以控制圆度误差

4-192　对于零件上配合精度要求较高的配合表面一般采用（　　）。

A. 独立原则　　　　　B. 包容要求　　　　　C. 最大实体要求　　　　　D. 最小实体要求

4-193　当最大实体要求应用于被测要素，被测要素的形位公差能够得到补偿的条件是（　　）。

A. 实际尺寸偏离最大实体尺寸

B. 实际尺寸偏离最大实体实效尺寸

C. 体外作用尺寸偏离最大实体尺寸

D. 体外作用尺寸偏离最大实体实效尺寸

4-194　当包容要求用于被测要素，被测要素的形位公差能够得到补偿的条件是（　　）。

A. 实际尺寸偏离最大实体尺寸

B. 实际尺寸偏离最大实体实效尺寸

C. 体外作用尺寸偏离最大实体尺寸

D. 体外作用尺寸偏离最大实体实效尺寸

4-195　仅反映单个测量面内被测要素的轮廓误差的是（　　）。

A. 圆跳动　　　　　B. 全跳动　　　　　C. 线轮廓度　　　　　D. 面轮廓度

4-196　生产实际中可用检测（　　）的方法测量同轴度。

A. 圆度　　　　　B. 径向全跳动　　　　　C. 圆柱度　　　　　D. 端面全跳动

4-197　在直线度误差检测中，将被测长度分为若干小段，用仪器测出每一小段的相对读数，最后通过数据处理求出直线度误差的方法是（　　）。

A. 贴切法　　　　　B. 测微法　　　　　C. 节距法

4-198　测量孔的轴线的平行度和垂直度的模拟被测心轴应选（　　）心轴。

A. 可胀式　　　　　B. 小间隙配合　　　　　C. 大间隙配合　　　　　D. 无间隙配合

4-199　评定圆度误差时，两同心包容圆与实际要素至少有（　　）个点内外相间地接触。

A. 2　　　　　B. 3　　　　　C. 4　　　　　D. 5

4-200　如某被测直线的直线度公差带是两平行直线内的区域，则被测要素的功能是在（　　）提出来的。

A. 给定平面内　　　　　B. 给定一个方向上

C. 给定相互垂直的两个方向上　　　　　D. 任意方向上

4-201 面的位置度公差与面的倾斜度公差的最大区别在于（　　　）。

A. 对被测要素的形状精度要求不同

B. 对基准要素的形状精度要求不同

C. 公差带的形状不同

D. 面的位置度公差比面的倾斜度公差多一个确定公差带位置的基准和理论正确尺寸

4-202 同轴度公差和对称度公差的相同点是（　　　）。

A. 确定公差带位置的理论正确尺寸均为零

B. 被测要素相同

C. 基准要素相同

D. 公差带形状相同

（五）多项选择题

4-203 定位公差包括有（　　　）。

A. 同轴度　　　　　　B. 平行度　　　　　　C. 对称度　　　　　　D. 位置度

4-204 定向公差包括有（　　　）。

A. 平行度　　　　　　B. 平面度　　　　　　C. 垂直度　　　　　　D. 倾斜度

4-205 形位公差所描述的区域所具有的特征是（　　　）。

A. 大小　　　　　　　B. 方向　　　　　　　C. 形状　　　　　　　D. 位置

4-206 倾斜度公差属于（　　　）。

A. 形位公差　　　　　B. 定位公差　　　　　C. 定向公差　　　　　D. 跳动公差

4-207 端面全跳动公差属于（　　　）。

A. 形位公差　　　　　B. 定位公差　　　　　C. 定向公差　　　　　D. 跳动公差

4-208 关于被测要素，下列说法中正确的是（　　　）。

A. 零件上给出了形位公差要求的要素称为被测要素

B. 被测要素按功能关系可分为单一要素和关联要素

C. 被测要素只能是轮廓要素而不能是中心要素

D. 被测要素只能是实际要素

4-209 公差带形状同属于两同心圆柱之间的区域有（　　　）。

A. 径向全跳动　　　B. 任意方向直线度　　C. 圆柱度　　　　　　D. 同轴度

4-210 公差带形状是两同心圆之间区域的有（　　　）。

A. 圆度　　　　　　　B. 圆柱度　　　　　　C. 径向圆跳动　　　　D. 端面全跳动

4-211 公差带形状是圆柱面内区域的有（　　　）。

A. 径向全跳动　　　　　　　　　　　B. 任意方向线位置度

C. 同轴度　　　　　　　　　　　　　D. 任意方向线对线的平行度

4-212 关于公差带的方向，下列说法中正确的是（　　　）。

A. 公差带的方向是指组成公差带的几何要素的延伸方向

B. 形状公差的公差带方向浮动，而位置公差的公差带方向固定

C. 公差带的方向理论上应与图样中指引线箭头方向一致

D. 形状公差带的实际方向由最小条件确定

4-213 公差带形状属于两平行平面之间区域有（　　　）。

A. 平面度　　　　　B. 面对面的平行度　C. 面对线的垂直度　　　D. 对称度

4-214　关于基准要素，下列说法中正确的是（　　　）。

A. 确定被测要素方向或（和）位置的要素称为基准要素

B. 基准要素只能是中心要素

C. 基准要素可分为单一基准要素和组合基准要素

D. 图样上标出的基准要素是理想基准要素，简称基准

4-215　直线度误差测量的方法有（　　　）。

A. 节距法　　　　　B. 平晶测量法　　　　C. 测微法　　　　　　D. 贴切法

（六）综合与计算题

4-216　在习题图 4-1 所示销轴的三种形位公差标注中，它们的公差带有何不同？

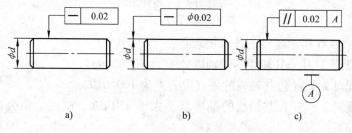

习题图 4-1　销轴

4-217　习题图 4-2 所示零件标注的位置公差不同，它们所要控制的位置误差区别何在？试加以分析说明。

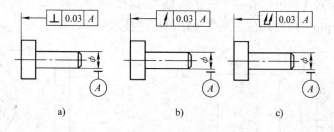

习题图 4-2　零件图

4-218　习题图 4-3 所示的两种零件，标注了不同的位置公差，它们的要求有何不同？

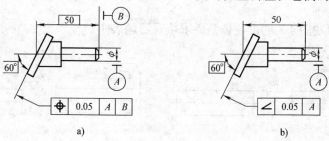

习题图 4-3　零件图

4-219 在底边的边角上有一孔，要求位置度公差为 φ0.1mm，习题图 4-4 所示的四种标注方法，哪种标注方法正确？为什么另一些标注方法不正确？

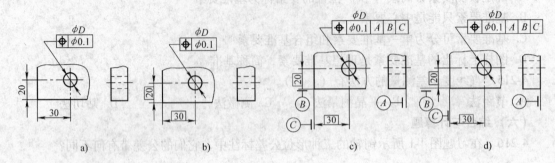

习题图 4-4 零件图

4-220 习题图 4-5 所示零件的技术要求是：

（1）2×φd 轴线对其公共轴线的同轴度公差为 φ0.02mm；

（2）φD 轴线对 2×φd 公共轴线的垂直度公差为 100∶0.02；

（3）φD 轴线对 2×φd 公共轴线的偏离量不大于 ±10μm。试用形位公差代号标出这些要求。

4-221 习题图 4-6 所示零件的技术要求是：

（1）法兰盘端面 A 对 φ18H8 孔的轴线的垂直度公差为 0.015mm；

（2）φ35mm 圆周上均匀分布的 4×φ8H8 孔，要求以 φ18H8 孔的轴线和法兰盘端面 A 为基准能互换装配，位置度公差为 φ0.05mm；

（3）4×φ8H8 四孔组中，有一个孔的轴线与 φ4H8 孔的轴线应在同一平面内，它的偏离量不得大于 ±10μm。试用形位公差代号标出这些技术要求。

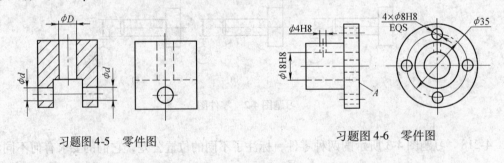

习题图 4-5 零件图　　　　习题图 4-6 零件图

4-222 试按习题图 4-7 的形位公差要求填写习题表 4-1。

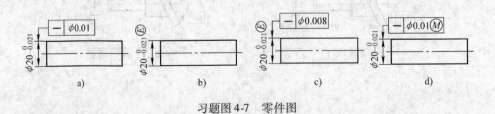

习题图 4-7 零件图

习题表 4-1　填　表

图样序号	采用的公差原则	理想边界及边界尺寸/mm	允许最大形状公差值/mm	实际尺寸合格范围/mm
a)				
b)				
c)				
d)				

4-223　请用形位公差带，分别比较习题图 4-8 中各组标注的异同点。

（1）圆度和径向圆跳动；

（2）垂直度与位置度。

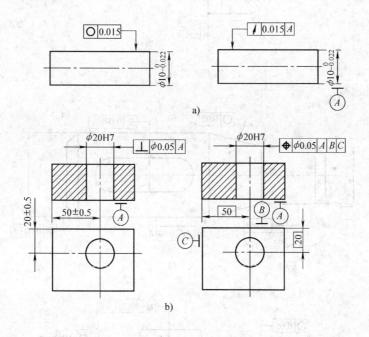

习题图 4-8　零件图

4-224　请指出习题图 4-9a、b、c 中标注的错误，并改正。

4-225　比较习题图 4-10 中四种垂直度标注方法的区别。

4-226　某零件表面的平面度公差为 0.02mm，经实测，实际表面上的九点对测量基准的读数（单位：μm）如习题图 4-11 所示，问该表面的平面度误差是否合格？

4-227　改正习题图 4-12 中的标注错误。

4-228　试将下列技术要求标注在习题图 4-13 上。

（1）$\phi30K7$ 孔和 $\phi50M7$ 孔采用包容要求；

（2）底面 F 的平面度公差 0.02mm，$\phi30K7$ 孔和 $\phi50M7$ 孔的内端面对它们的公共轴线的圆跳动公差为 0.04mm；

（3）$\phi30$K7 孔和 $\phi50$M7 孔对它们的公共轴线的同轴度公差为 0.03mm；

（4）$6 \times \phi11$ 对 $\phi50$M7 孔的轴线和 F 面的位置度公差为 0.05mm，基准要素的尺寸和被测要素的位置度公差的关系用最大实体要求。

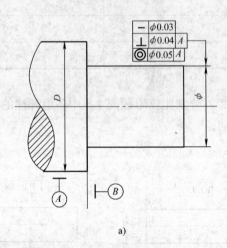

a)

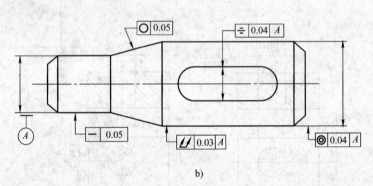

b)

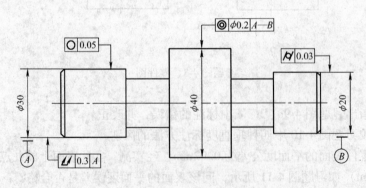

c)

习题图 4-9　零件图

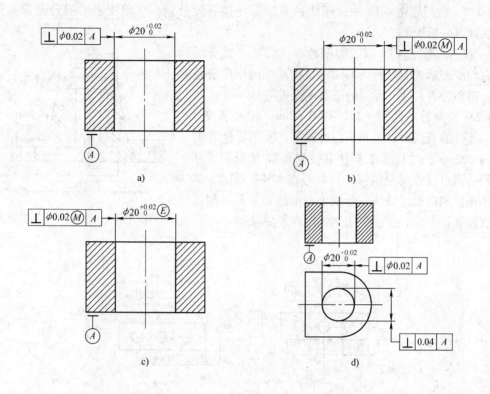

习题图 4-10　零件图

−8	−9	−2
−1	−12	+4
−8	+9	0

习题图 4-11　某零件表面平面度公差图

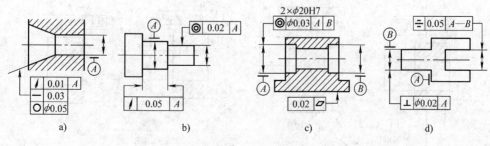

习题图 4-12　零件图

4-229　在习题图 4-14 中，用四种方法标注位置度公差，它们所表示的公差带有何不同？试加以分析说明。

4-230　习题图 4-15 所示为四种标注方法，试分析说明它们所表示的要求有何不同（包括采用的形位公差原则、理想边界尺寸、允许的垂直度误差等）？

4-231　参看习题图 4-16，用 0.02mm/m 水平仪 A 测量一零件的直线度误差和平行度误差，所用桥板 B 的跨距为 200mm，对基准要素 D 和被测要素 M 分别测量后，得各测点读数（单位：格）如习题表 4-2 所示。试按最小条件和两端连线法，分别求出基准要素和被测要素的直线度误差值；按适当比例画出误差曲线图。

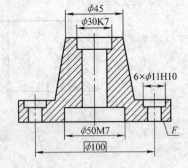

习题图 4-13　在图上标注技术要求

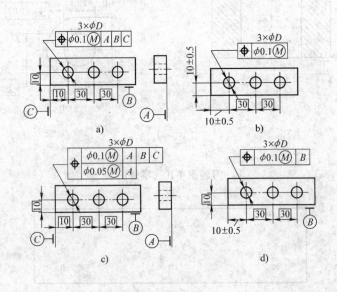

习题图 4-14　位置度公差的标注

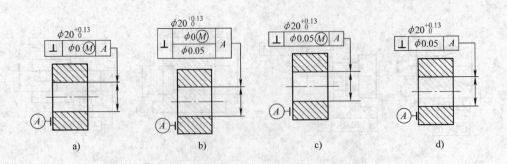

习题图 4-15　公差的标注

习题表 4-2　测量读数表　（单位：格）

测点序	0	1	2	3	4	5	6	7
被测要素读数	0	+1.5	-3	-0.5	-2	+3	+2	+1
基准要素读数	0	-2	+1.5	+3	-2.5	-1	-2	+1

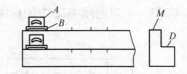

习题图 4-16　测量直线度和平行度误差

4-232　用分度值为 0.02/1000mm 的水平仪，按 "节距法" 测量习题图 4-17 所示床身导轨在垂直平面内的直线度误差，节距长度为 300mm，共测量 5 个节距和 6 个测点，其中一导轨面的 6 个测点的水平仪读数（单位：格）依次为：0、+1、+4.5、+2.5、-0.5、-1。问按习题图 4-17 标注的直线度公差，该导轨面的直线度误差是否合格？

4-233　习题图 4-17 所示机床床身导轨的导向面 A 和 B，以工字形平尺为基准（平尺调好后固定不动，如图中虚线所示），用装在专用表座上的千分表分别测量它们的直线度误差。每一表面按长度方向四等分，共测量五点，A 面的测得值（单位：μm）依次为：0、+5、+15、+8、+5；B 面的测得值（单位同上）依次为：0、-15、-8、-5、+5。若平尺上、下工作面的平行度误差很小，可忽略不计，问按习题图 4-17 标注的形位公差要求，A 面的直线度误差和 B 面的平行度误差是否合格？

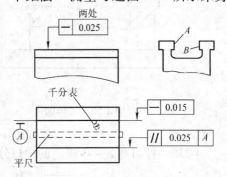

习题图 4-17　机床床身导轨

4-234　分析计算习题图 4-18 所注零件的中心距变化范围。

4-235　分析计算习题图 4-19 所注零件，求中心距变化范围。

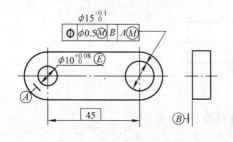

习题图 4-18　零件图

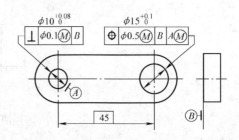

习题图 4-19　零件图

4-236　将下列形位公差要求标注在习题图 4-20 所示的零件图上。

（1）A 面的平面度公差为 0.01mm。

（2）$\phi50$ 孔的形状公差遵守包容要求，且圆柱度误差不超过 0.01mm。

（3）$\phi65$ 孔的形状公差遵守包容要求，且圆柱度误差不超过 0.013mm。

（4）$\phi50$ 和 $\phi65$ 两孔中心线分别对它们的公共孔中心线的同轴度公差为 $\phi0.02$mm。

（5）$\phi50$ 和 $\phi65$ 两孔中心线分别对 A 面的平行度公差为 $\phi0.015$mm。

109

4-237 把习题图 4-21 中的标注错误改正过来（不可改变形位公差项目）。

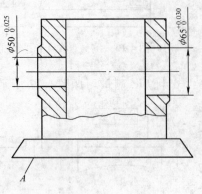

习题图 4-20 零件图

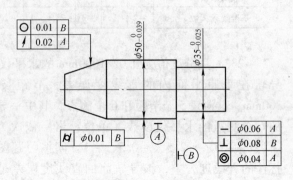

习题图 4-21 零件图

4-238 按习题表 4-3 规定的栏目分别填写图 4-22 所示五个图样的解释。

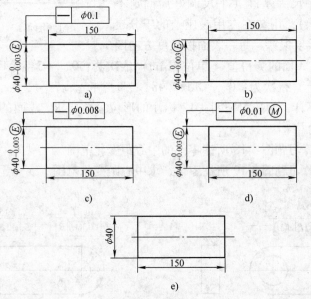

习题图 4-22 零件图

习题表 4-3 填　表

图样序号	采用的公差要求	理想边界名称 及边界尺寸/mm	允许的最大形状 公差值/mm	实际尺寸合格范例 /mm	检测方法
a					
b					
c					
d					
e					

4-239　试说明习题图 4-23 所示曲轴图样中形位公差标注的意义，并填习题表4-4。

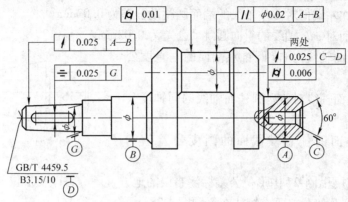

习题图 4-23　曲轴

习题表 4-4　填　　表

序号	项目的名称	被测要素	基准要素	公差带形状	公差带大小/mm	公差带方向	公差带位置
1							
2							
3							
4							
5							
6							

4-240　将下列形位公差要求标注在习题图 4-24 上。

（1）圆锥面圆度公差为 0.006mm。

（2）圆锥素线直线度公差为 7 级（$L = 50$mm），并且只允许材料向外凸起。

（3）$\phi80H7$ 遵守包容要求，其孔表面的圆柱度公差为 0.005mm。

（4）圆锥面对 $\phi80H7$ 轴线的斜向圆跳动公差为 0.02mm。

（5）右端面对左端面的平行度公差为 0.005mm。

（6）其余形位公差按 GB/T 1184—1996 中 k 级制造。

4-241　试说明习题图 4-25 所示图样中形位公差标注的意义。

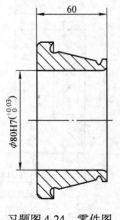

习题图 4-24　零件图

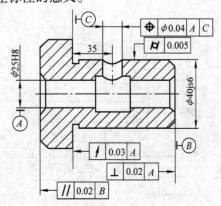

习题图 4-25　零件图

111

4-242 将下列形位公差要求标注在习题图 4-26 所示的图样上。

（1）ϕd 圆锥在左端面对 ϕd_1 轴线的端面圆跳动公差为 0.02mm。

（2）ϕd 圆锥面对 ϕd_1 轴线的斜向圆跳动公差为 0.02mm。

（3）ϕd_2 圆柱面轴线对 ϕd 圆锥左端面的垂直度公差值为 $\phi 0.015mm$。

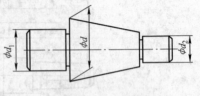

习题图 4-26 零件图

（4）ϕd_2 圆柱面轴线对 ϕd_1 圆柱面轴线的同轴度公差值为 $\phi 0.03mm$。

（5）ϕd 圆锥面的任意横截面的圆度公差值为 0.006mm。

4-243 改正习题图 4-27 中形位公差标注错误的地方（不允许改变形位公差项目）。

4-244 把下列几何公差要求标注在习题图 4-28 上。

（1）$\phi 40h8$ 圆柱面对两 $\phi 25h7$ 公共轴线的径向圆跳动公差为 0.015mm。

（2）两 $\phi 25h7$ 轴颈的圆度公差为 0.01mm。

（3）$\phi 40h8$ 左右端面对两 $\phi 25h7$ 公共轴线的端面圆跳动公差为 0.02mm。

（4）键槽 10H9 中心平面对 $\phi 40h8$ 轴线的对称度公差为 0.015mm。

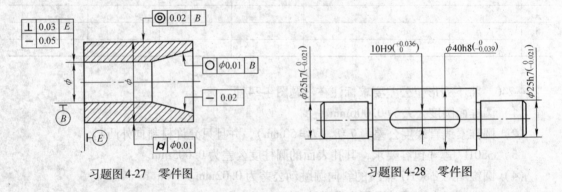

习题图 4-27 零件图　　　　　　　　　　习题图 4-28 零件图

4-245 指出习题图 4-29 中形位公差标注的错误，并改正（不允许改变几何公差项目）。

4-246 指出习题图 4-30 中形位公差标注的错误，并改正（不允许改变几何公差项目）。

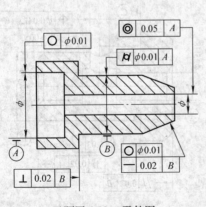

习题图 4-29 零件图

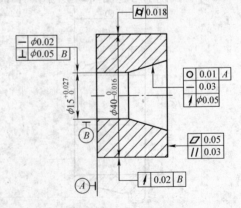

习题图 4-30 零件图

4-247　如习题图 4-31 所示，若实测零件的圆柱直径为 $\phi19.97\text{mm}$，其轴线对基准平面的垂直度误差为 $\phi0.04\text{mm}$，试判断其垂直度是否合格？为什么？

4-248　如习题图 4-32 所示，试分析轴套零件图上 $\phi60_{-0.03}^{\ 0}\text{mm}$ 及 $\phi90_{-0.035}^{\ 0}\text{mm}$ 轴线，对基准 $\phi30_{\ 0}^{+0.021}\text{mm}$ 轴线的同轴度误差的检验方法。

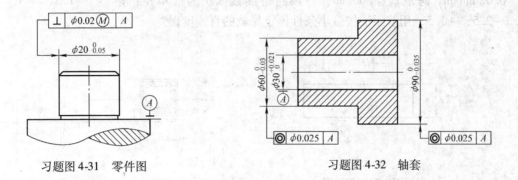

习题图 4-31　零件图　　　　　　　　　习题图 4-32　轴套

4-249　根据习题图 4-33 的标注填习题表 4-5，并画出动态公差带图。

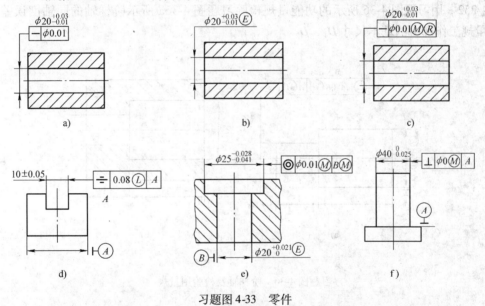

习题图 4-33　零件

习题表 4-5　填　　表

图号	采用的公差原则(要求)	遵守的理想边界	边界尺寸/mm	最大实体状态时的形位公差/mm	最小实体状态时的形位公差/mm	局部实际尺寸的合格范围/mm
a						
b						
c						
d						
e						
f						

4-250　习题图4-34给出了面对面的平行度公差，未给出被测表面的平面度公差，如何解释对平面度的要求？若用两点法测量尺寸 h，实际尺寸的最大差值为0.03mm，能否说平行度误差一定不会超差？

4-251　用水平仪测量某导轨的直线度误差，如习题图4-35所示，水平仪的分度值为0.02mm/m，跨距 L 为200mm，各段测得读数依次为（单位：格）：-1.5、$+3$、$+0.5$、-2.5、$+1.5$，用节距法按最小条件评定导轨的直线度误差。

习题图4-34　零件图　　　　　　　　　　习题图4-35　导轨直线度测量

4-252　用习题图4-36所示的功能量规检验习题图4-36a所示阶梯轴的同轴度误差，试确定量规工作部分的基本尺寸 D_1、D_2。

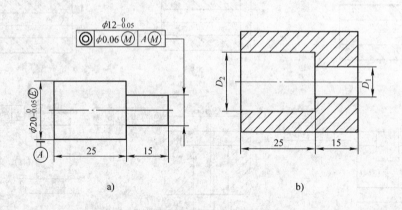

a)　　　　　　　　　　b)

习题图4-36　阶梯轴及检验用量规

4-253　指出习题图4-37中各图注出的形位公差的被测要素与基准要素，并分析形位公差带的四因素。

4-254　试对习题图4-38所示的两个图样上标注的形位公差作出解释，要求指明：公差项目名称、被测要素、基准要素、公差带形状和大小、公差带相对于基准的方位关系。

4-255　将下列形位公差要求用形位公差代号标注在习题图4-39所示的零件图上。

（1）对称度公差：120°V型槽的中心平面必须位于相对距离为 $60_{-0.030}^{\ 0}$ mm 的对称配置的两平行平面之间，且公差值0.040mm。

（2）平面度公差：两处表面 b 必须位于距离为公差值0.010mm 的两平行平面之间。

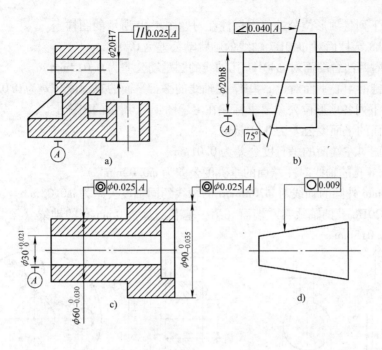

习题图 4-37 零件图

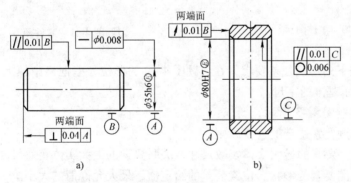

习题图 4-38 零件图

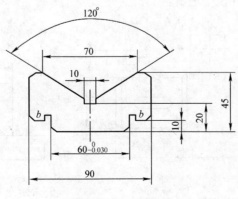

习题图 4-39 零件图

4-256 将下列各项形位公差要求标注在习题图 4-40 所示的图样上。

(1) ϕ100h8 圆柱面对 ϕ40H7 轴线的圆跳动公差为 0.018mm。

(2) 左、右两凸台端面对 ϕ40H7 孔轴线的圆跳动公差为 0.012mm。

(3) 轮毂键槽中心平面对过 ϕ40H7 孔轴线的平行平面的对称度公差为 0.02mm。

4-257 将下列各项形位公差要求标注在习题图 4-41 所示的图样上。

(1) 左端面的平面度公差为 0.01mm。

(2) 右端面对左端面的平行度公差为 0.01mm。

(3) ϕ70mm 孔的轴线对左端面的垂直度公差为 ϕ0.02mm。

(4) ϕ210mm 外圆的轴线对 ϕ70mm 孔的轴线的同轴度公差为 ϕ0.03mm。

(5) $4 \times \phi$20H8 孔的轴线对左端面（第一基准）及 ϕ70mm 孔的轴线（第二基准）的位置度公差为 ϕ0.015mm。

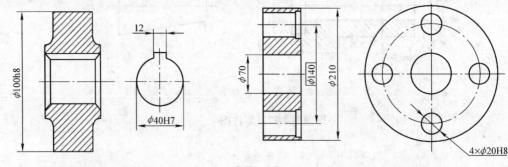

习题图 4-40 零件图

习题图 4-41 零件图

4-258 根据下列形位公差要求，在习题图 4-42 的形位公差框格中填上合适的公差项目符号、数值及表示基准的字母。

4-259 如习题图 4-43 所示，要求：

(1) 指出被测要素遵守的公差原则。

(2) 求出单一要素的最大实体实效尺寸，关联要素的最大实体实效尺寸。

(3) 求出被测要素的形状、位置公差的给定值，最大允许值的大小。

(4) 若被测要素实际尺寸处处为 ϕ19.97mm，轴线对基准 A 的垂直度误差为 ϕ0.09mm，判断其垂直度的合格性，并说明理由。

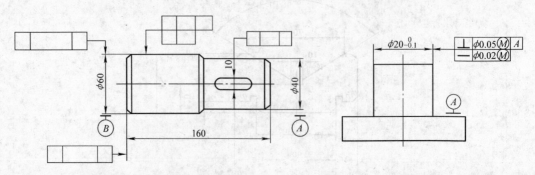

习题图 4-42 零件图形位公差标注

习题图 4-43 零件图

（七）简述题

4-260　用表格形式说明形位公差有哪些项目，它们的符号各代表什么？

4-261　简述理想要素与实际要素的区别。

4-262　简述位置误差与位置公差的区别。

4-263　为什么要提出形位未注公差？采用形位未注公差有何优点？

4-264　遵守包容要求的要素的合格条件是什么？

4-265　遵守最大实体要求的要素的合格条件是什么？

4-266　遵守独立原则的要素的合格条件是什么？

4-267　独立原则、包容要求、最大实体要求各用于什么场合？

4-268　形位误差检测的目的和要求是什么？

4-269　形位误差检测的原则有哪些？各用于什么场合？

4-270　形位误差的检测一般包括哪几个步骤？

4-271　最小条件的含义是什么？

4-272　形位误差在生产中有什么样的作用？

4-273　形位误差检测基本规则有哪些规定？

4-274　测量直线度误差常用哪几种方法？

4-275　什么是平面度误差间接测量法？

4-276　怎样检测端面跳动误差？

4-277　什么是形位公差带？形位公差带和尺寸公差带有什么主要区别？

4-278　公差带的位置有哪两种情况？各是如何定义的？分别应用在哪些形位公差项目中？

4-279　定向公差带和定位公差带有哪些相同点与不同点？

4-280　为什么说跳动公差带可以综合控制被测要素的位置、方向或形状误差？试举例说明。

4-281　说明下列每组中两个公差带的区别与联系。

（1）圆度和圆柱度。

（2）圆度和径向圆跳动。

（3）圆柱度和径向全跳动。

（4）端面全跳动和端面对轴线的垂直度。

第五章　表面粗糙度习题

一、思考题

5-1　表面粗糙度属于什么误差？对零件的使用性能有哪些影响？

5-2　为什么要规定取样长度和评定长度？两者的区别何在？关系如何？

5-3　试分别论述评定表面粗糙度特征参数的含义。

5-4　Ra 和 Rz 的区别何在？各自的常用范围如何？

5-5　国家标准规定了哪些表面粗糙度评定参数？各评定参数的含义及代号是什么？

5-6　选择表面粗糙度的原则和注意的问题是什么？

5-7　在同样的工况下使用，试比较尺寸 $\phi60H7$ 和 $\phi15H7$，哪个表面应选用较高的表面粗糙度？为什么？

5-8　在同样的工况下使用，试比较尺寸 $\phi60H6/f5$ 和 $\phi15H6/s5$，哪个表面应选用较高的表面粗糙度？为什么？

5-9　选择表面粗糙度值，是否越小越好？

5-10　常用的表面粗糙度测量方法有哪些？它们各适用于哪些评定参数？

5-11　表面粗糙度值和表面形状公差值、尺寸公差值有无对应关系？

5-12　在实际生产中，最常用哪个表面粗糙度评定参数进行图样标注？为什么？

二、习题

（一）填空题

5-13　表面粗糙度属于_____误差。

5-14　取样长度是指评定表面粗糙度时所规定的一段_____长度。

5-15　测量表面粗糙度时，规定和选择取样长度，主要是为了限制和削弱_____对表面粗糙度测量结果的影响。

5-16　表面粗糙度的评定参数中，Ra、Rz、Ry 为_____，Sm、S、t_p 为_____。

5-17　表面粗糙度中，轮廓的高度特征参数有_____、_____、_____三个。一般情况下，应优先选用_____。

5-18　评定表面粗糙度的主参数是_____参数，附加评定参数是_____参数和_____参数，它们也有_____、_____、_____三个。

5-19　取样长度过长，有可能将_____的成分引入到表面粗糙度的结果中；取样长度过短，则不能反映待测表面粗糙度的_____。

5-20　确定取样长度的数值时，在取样长度范围内，一般不少于_____个以上的轮廓峰和轮廓谷。

5-21　评定长度可以包括_____取样长度。确定评定长度的目的是为了减小被测表面上表面粗糙度的_____对测量结果的影响。

5-22　最小二乘中线是一条_____线，在取样长度内轮廓上各点到此线距离的_____。

5-23　在取样长度内将轮廓划分为面积相等的上下两部分的一条假想线称为轮廓的_____线。

5-24　横向轮廓是指_____于表面加工纹理的平面与表面相交所得的轮廓线；纵向轮廓是指_____于表面加工纹理的平面与表面相交所得的轮廓线。

5-25　表面粗糙度的_____是基本参数。

5-26　零件被加工表面上的微观几何形状误差主要是由加工过程中刀具和零件表面间的_____、切屑分离时表面金属层的_____及工艺系统的_____等原因形成的。

5-27　对于间隙配合，如果孔、轴的表面过于粗糙，则容易_____，使间隙很快地_____，从而引起_____的改变。

5-28　对于过盈配合，如果孔、轴的表面过于粗糙，会减小实际_____，从而降低_____。

5-29　在加工中要特别注意提高零件沟槽和台阶圆角处的表面质量，以消除或减小_____，增强零件的_____。

5-30　表面越粗糙，表面间的实际接触面积就_____，单位面积上的受力就_____，这就会使峰顶处的塑性变形_____，降低_____。

5-31　表面粗糙度是指加工表面所具有的_____间距和_____峰谷不平度。

5-32　表面粗糙度常用的检测方法有_____、_____、_____和_____。

5-33　标准推荐优先选用 Ra，因为测 Ra 参数通常是用效率很高的_____进行连续测量，其所测 Ra 值的范围为_____。

5-34　表面粗糙度值的选择应遵循既要满足零件_____，也要考虑到_____的原则，一般用_____法确定。

5-35　轮廓算术平均偏差是指在取样长度内_____的算术平均值，其数学表达式近似为_____。

5-36　微观不平度十点平均高度是指在取样长度内_____个最大的_____的平均值与_____个最大的_____的平均值之和，其数学表达式为_____。

5-37　轮廓最大高度是指在取样长度内轮廓_____和_____之间的距离，其数学表达式为_____。

5-38　取样长度与高度特性参数之间有一定的联系，一般情况下，高度特性参数值越大，取样长度值_____。

5-39　提出评定长度的原因是由于加工表面的粗糙度存在_____性。

5-40　微观不平度的间距是指_____的一段中线的长度。

5-41　选用轮廓支承长度率参数时必须同时给出_____的数值。

5-42　比较法_____，适合_____使用，主要用于评定表面粗糙度要求_____的表面。

5-43　光切法是利用_____测量表面粗糙度的一种方法，常用的仪器是_____，其

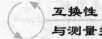

测量范围为_____，适用于_____和_____参数的评定。

5-44 标注表面粗糙度的代号时，该代号的尖端指向可见_____、_____线、引出线或它们的延长线上。

5-45 电动轮廓仪是利用_____法来测量表面粗糙度的。

5-46 在常用数值（$Ra = 0.025 \sim 6.3\mu m$）内，用_____可较方便测出 Ra 的实际值。

（二）判断题

5-47 表面粗糙度值越小，表面越光滑，使用性能越好，所以表面粗糙度值越小越好。（　　）

5-48 在表面粗糙度评定参数中，能间接评价表面峰、谷尖锐程度的参数为 Ry。（　　）

5-49 表面粗糙度评定参数 Ra，不适合评定太软的材料。（　　）

5-50 只要材料不是太软，在任何情况下都可以选 Ra 作为评定参数。（　　）

5-51 配合性质相同，零件尺寸越小则表面粗糙度值应越小。（　　）

5-52 一般尺寸精度高时，表面粗糙度值也小，所以，表面粗糙度值小，零件的尺寸精度一定很高。（　　）

5-53 表面粗糙度标准中规定了参数 Ra、Rz 值，在加工后，同一表面测得的 Ra 和 Rz 值应相等。（　　）

5-54 在间隙配合中，由于表面粗糙不平，会因磨损而使间隙迅速增大。（　　）

5-55 表面越粗糙，取样长度应越小。（　　）

5-56 Rz 值因测量点少，不能充分反映表面状况，所以应用很少。（　　）

5-57 国家标准规定采用中线制来评定表面粗糙度，粗糙度的评定参数一般要从 Ra、Rz、Ry 中选取。（　　）

5-58 基准线的走向与轮廓的总的走向一致。（　　）

5-59 中线有两种。标准规定，一般以轮廓的最小二乘中线为基准线，但在轮廓图形上，常用轮廓的算术平均中线代替最小二乘中线。（　　）

5-60 标准推荐优先选用轮廓算术平均偏差 Ra，是因为其测量方法简单。（　　）

5-61 评定表面轮廓粗糙度所必需的一段长度称取样长度，它可以包含几个评定长度。（　　）。

5-62 Rz 参数在反映微观几何形状高度方面的特性不如 Ra 参数充分。（　　）

5-63 在同一取样长度内测量 Ra、Rz、Ry 三项高度参数，其数值间必保持如下关系：$Ra \geqslant Rz \geqslant Ry$。（　　）

5-64 在 Ra、Rz、Ry 三项参数中，Ra 能充分反映表面微观几何形状高度方面的特性。（　　）

5-65 取样长度与高度特性参数之间有一定的联系。一般情况下，高度特性参数值越小，取样长度值越大；反之，高度特性参数值越大，取样长度值越小。（　　）

5-66 评定长度和取样长度之间的数值关系由被测表面的均匀性确定，一般情况下取 $l_n = 5l$。（　　）

5-67 轮廓支承长度率是指在取样长度内一平行中线与轮廓相截所得到的各段截线长度

之和。（　　）

5-68 轮廓支承长度率能反映表面的耐磨性。一般情况下其值越大，零件表面的耐磨性越好。（　　）

5-69 由于间距参数影响零件表面的使用性能，因而在进行表面粗糙度标注时，除了要标注高度参数外，还必须标注间距参数。（　　）

5-70 用双管显微镜测量表面粗糙度，既可测得 Rz，又可测得 Ra。（　　）

5-71 双管显微镜测量表面粗糙度采用的是光切原理。（　　）

5-72 干涉显微镜通常用于测量表面粗糙度 Rz 和 Ry。（　　）

5-73 在图样上标注表面粗糙度符号、代号时，一般应将其标注在可见轮廓线、尺寸界线、引出线或它们的延长线上。（　　）

5-74 要求耐腐蚀的零件表面，粗糙度数值应小一些。（　　）

5-75 尺寸精度和形状精度要求高的表面，粗糙度值应小一些。（　　）

5-76 用比较法评定表面粗糙度能精确得出被检验表面的粗糙度值。（　　）

5-77 测量表面粗糙度时，规定取样长度是为了限制和减弱宏观几何形状误差的影响。（　　）

5-78 摩擦表面应比非摩擦表面的表面粗糙度值小。（　　）

5-79 要求配合精度高的零件，其表面粗糙度值应大。（　　）

5-80 受交变载荷的零件，其表面粗糙度值应小。（　　）

5-81 在确定表面粗糙度的评定参数值时，取样长度可以任意选定。（　　）

5-82 提高零件沟槽和台阶圆角处的表面质量，可以提高零件的抗疲劳强度。（　　）

5-83 当表面粗糙度比较均匀时，可在取样长度内测量参数值；当表面粗糙度不均匀时，应在评定长度内测量参数值。（　　）

5-84 在代号中，某高度参数只注写一个数值时，则此数值表示此高度参数的上限值。（　　）

5-85 加工余量可标注在表面粗糙度符号的右侧，而加工纹理方向符号标注在左侧。（　　）

5-86 由于滑动摩擦因数比滚动摩擦因数大，因而滑动摩擦表面要比滚动摩擦表面的表面粗糙度值大。（　　）

5-87 采用比较法检测表面粗糙度的高度值时，应使样块与被检表面的加工纹理方向保持一致。（　　）

（三）术语解释

5-88 微观几何形状误差。

5-89 表面粗糙度。

5-90 取样长度。

5-91 评定长度。

5-92 基准线。

5-93 轮廓最小二乘中线。

5-94 轮廓算术平均中线。

5-95 实际轮廓。

互换性
与测量技术基础学习指导及习题集与解答

5-96　轮廓算术平均偏差。

5-97　轮廓最大高度。

5-98　轮廓支承长度。

5-99　轮廓支承长度率。

5-100　轮廓单元的平均宽度。

5-101　光切法。

5-102　比较法。

5-103　干涉法。

5-104　印模法。

5-105　针描法。

（四）单项选择题

5-106　在表面粗糙度评定参数中，反映表面接触刚度和耐磨性的参数是（　　　）。

A. t_p　　　　　　B. Ra　　　　　　C. Ry

5-107　表面粗糙度所研究的是波距在（　　　）范围的几何形状误差。

A. 1～10mm　　　B. ＜1mm　　　　　C. ＞10mm

5-108　表面粗糙度参数中，当需要控制表面细密度时应加选（　　　），当需要控制表面接触刚度时应加选（　　　）。

A. Rz　　　　　　B. Rmr（C）　　　C. Ra　　　　　　D. RSm

5-109　能客观地反映表面微观几何形状特征的参数是（　　　）。

A. Ra　　　　　　B. Rz　　　　　　C. Ry

5-110　表面粗糙度参数选择时，应优先选用（　　　）。

A. Ra 和 Rz　　　B. Ra　　　　　　C. Ry

5-111　表面粗糙度的波形起伏间距与幅度的比值一般应取（　　　）。

A. 40　　　　　　B. 40～1000　　　C. ＞1000　　　　D. ＞2400

5-112　表面粗糙度反映的是零件加工表面上的（　　　）。

A. 宏观几何形状误差　　　　　　　　B. 微观几何形状误差

C. 宏观相对位置误差　　　　　　　　D. 微观相对位置误差

5-113　零件加工时，产生表面粗糙度的主要原因是（　　　）。

A. 刀具装夹不准确而形成的误差

B. 机床的几何精度方面的误差

C. 机床—刀具—工件系统的振动、发热和运动不平衡

D. 刀具和工件表面间的摩擦、切屑分离时表面层的塑性变形及工艺系统的高频振动

5-114　评定表面轮廓粗糙度时，一般在横向轮廓上评定，理由是（　　　）。

A. 横向轮廓比纵向轮廓的可观察性好

B. 横向轮廓上表面粗糙度比较均匀

C. 在横向轮廓上可得到高度参数的最小值

D. 在横向轮廓上可得到高度参数的最大值

5-115　用以判别具有表面粗糙度特性的一段基准线长度称为（　　　）。

A. 基本长度　　　B. 评定长度　　　C. 取样长度　　　D. 轮廓长度

122

5-116　关于表面粗糙度和零件的摩擦与磨损的关系，下列说法中正确的是（　　）。

A. 表面粗糙度的状况和零件的摩擦与磨损没有直接的关系

B. 由于表面越粗糙，摩擦阻力越大，故表面粗糙度数值越小越好

C. 只有选取合适的表面粗糙度，才能有效地减小零件的摩擦与磨损

D. 对于滑动摩擦，为避免形成干摩擦，表面粗糙度值应越大越好

5-117　表面粗糙度参数中，采用触针法测量的是（　　）。

A. Ra　　　　　　B. Rz　　　　　　C. Ry

5-118　当测量面积很小，例如顶尖、刀具的刃部等表面，通常选（　　）作为测量表面粗糙度的参数。

A. Ra　　　　　　B. Rz　　　　　　C. Ry

5-119　在表面粗糙度三个主要评定参数中，能反映表面峰、谷尖锐程度的参数是（　　）。

A. Ra　　　　　　B. Rz　　　　　　C. Ry

5-120　在表面粗糙度参数中，能反映表面外观质量和涂装性的是（　　）。

A. Sm　　　　　　B. t_p　　　　　　C. Rz

5-121　关于表面粗糙度对零件使用性能的影响，下列说法中错误的是（　　）。

A. 零件表面质量影响间隙配合的稳定性或过盈配合的联接强度

B. 零件的表面越粗糙，越易形成表面锈蚀

C. 表面越粗糙，表面接触受力时，峰顶处塑性变形越大，越降低零件强度

D. 降低表面粗糙度值，可提高零件的密封性能

5-122　测量表面粗糙度值，必须确定评定长度的理由是（　　）。

A. 考虑到零件加工表面的不均匀性

B. 减少表面波度对测量结果的影响

C. 减少形状误差对测量结果的影响

D. 使测量工作方便简捷

5-123　关于中线的概念，下列说法中错误的是（　　）。

A. 中线即评定表面粗糙度参数的基准线

B. 中线是在评定长度内确定的

C. 最小二乘中线必须满足轮廓上各点至中线距离的平方和为最小

D. 可以用算术平均中线代替最小二乘中线

5-124　关于表面粗糙度三个高度参数的应用特点，下列说法中错误的是（　　）。

A. 对零件的某一确定表面只能采用一个高度参数

B. Ra 参数能充分反映表面微观几何形状高度方面的特性，因而标准推荐优先选用

C. Rz 参数测量方法较为直观，计算公式较为简单，因而是应用较多的参数

D. Ry 参数常用于受交变应力作用的工作表面及被测面积很小的表面

5-125　表面粗糙度值越小，则零件的（　　）。

A. 耐磨性好　　B. 配合精度高　　C. 抗疲劳强度差　　D. 传动灵敏性差

5-126　选择表面粗糙度评定参数值时，下列论述正确的有（　　）。

A. 同一零件上工作表面应比非工作表面参数值大

B. 摩擦表面应比非摩擦表面的参数值小

C. 配合质量要求高，参数值应大

D. 尺寸精度要求高，参数值应大

5-127 下列论述正确的有（   ）。

A. 表面粗糙度属于表面微观性质的形状误差

B. 表面粗糙度属于表面宏观性质的形状误差

C. 表面粗糙度属于表面波纹度误差

D. 磨削加工后比车削加工后的表面粗糙度值大

5-128 电动轮廓仪是根据（   ）原理制成的。

A. 针描　　　　　B. 印模　　　　　C. 干涉　　　　　D. 光切

5-129 车间生产中评定表面粗糙度最常用的方法是（   ）。

A. 光切法　　　　B. 针描法　　　　C. 干涉法　　　　D. 比较法

5-130 双管显微镜是根据（   ）原理制成的。

A. 针描　　　　　B. 印模　　　　　C. 干涉　　　　　D. 光切

5-131 某轴的尺寸为 ϕ60h7，其表面粗糙度 Ra 值可选（   ）μm。

A. 0.8 ~ 1.6　　B. 0.2 ~ 0.4　　C. 1.6 ~ 3.2　　D. 3.2 ~ 6.3

5-132 关于表面粗糙度符号、代号在图样上的标注，下列说法中错误的是（   ）。

A. 符号的尖端必须由材料内指向表面

B. 代号中数字的注写方向必须与尺寸数字方向一致

C. 同一图样上，每一表面一般只标注一次符号、代号

D. 表面粗糙度符号、代号在图上一般注在可见轮廓线、尺寸线、引出线或它们的延长线上

5-133 对于配合性质要求高的表面，应取较小的表面粗糙度值，其主要理由是（   ）。

A. 使零件表面有较好的外观

B. 保证间隙配合的稳定性或过盈配合的联接强度

C. 便于零件的装拆

D. 提高加工的经济性能

5-134 在一般情况下，铣削加工方法能保证的常用的表面粗糙度 Ra 参数值的范围为（   ）。

A. 1.6 ~ 12.5μm　　　　　　　　B. 0.8 ~ 6.3μm

C. 0.8 ~ 12.5μm　　　　　　　　D. 0.1 ~ 1.6μm

（五）多项选择题

5-135 表面越粗糙，零件的（   ）。

A. 应力集中越甚　　B. 配合精度高　　C. 接触刚度增加　　D. 抗腐蚀性好

5-136 关于 Ra、Rz、Ry 的应用，正确的论述是（   ）。

A. Ry 常用于允许有较深加工痕迹的表面

B. Ry 可用于因表面很小不宜采用 Ra、Rz 评定的表面

C. Rz 由于测量计算简单故应用较多

D. Ra 不能全面反映被检验表面的状况

5-137 关于表面粗糙度的标注的正确论述有（   ）。

A. 所有表面具有相同的粗糙度时，可在零件图的左上角标注粗糙度代号

B. 标注螺纹的粗糙度时，应标注在顶径处

C. 图样上没有画齿形的齿轮、花键，粗糙度代号应注在节圆上

D. 同一表面上各部位有不同表面粗糙度要求时，应以细实线画出界线

5-138 选择表面粗糙度评定参数时，下列论述正确的有（　　）。

A. 受交变载荷的表面，参数值应大

B. 配合表面的粗糙度数值应小于非配合表面

C. 摩擦表面应比非摩擦表面参数值小

D. 配合质量要求高，参数值应小

5-139 表面粗糙度 $\overset{6.3}{\bigtriangledown}$ 符号表示（　　）。

A. $Ra6.3\mu m$
B. $Rz6.3\mu m$

C. 以机加工方法获得的表面
D. 小于等于 $Ra6.3\mu m$

（六）综合与计算题

5-140 有一轴，其尺寸为 $\phi40^{+0.016}_{+0.002}mm$，圆柱度公差为 $2.5\mu m$，试参照尺寸公差和几何公差确定该轴的表面粗糙度评定参数 Ra 的数值。

5-141 解释下列表面粗糙度标注的含义

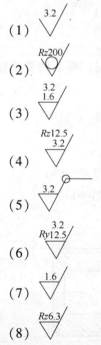

(1)

(2)

(3)

(4)

(5)

(6)

(7)

(8)

5-142 如习题图 5-1 所示，是某机械齿轮传动示意图，试用类比法确定轴和衬套各个表面的粗糙度要求，并将其标注在习题图 5-2 所示的零件图上。

5-143 将习题图 5-3 所示轴承套标注的表面粗糙度的错误改正过来。

5-144 一加工表面的要求如习题图 5-4 所示，解释表面粗糙度标注中各字符的含义。

125

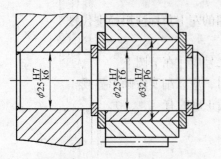

习题图 5-1 齿轮传动示意图

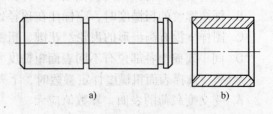

习题图 5-2 零件图

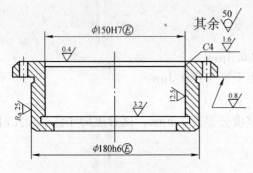

习题图 5-3 轴承套

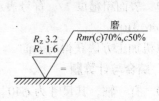

习题图 5-4 标注

5-145 判断习题图 5-5 中各图标注是否正确。

5-146 如习题图 5-6 所示，零件的各加工面均由去除材料方法获得，将下列要求标注在图上。

（1）直径为 $\phi50$ 的圆柱外表面粗糙度 Ra 的上限值为 $3.2\mu m$；

（2）左端面的表面粗糙度 Ra 的上限值为 $1.6\mu m$；

（3）直径为 $\phi50$ 的圆柱的右端面的表面粗糙度 Ra 的上限值为 $3.2\mu m$；

（4）直径为 $\phi20$ 的内孔表面粗糙度 Rz 的上限值为 $0.8\mu m$，下限值为 $0.4\mu m$；

（5）螺纹工作面的表面粗糙度 Ra 的最大值为 $1.6\mu m$，最小值为 $0.8\mu m$；

（6）其余各加工面的表面粗糙度 Ra 的上限值为 $25\mu m$。

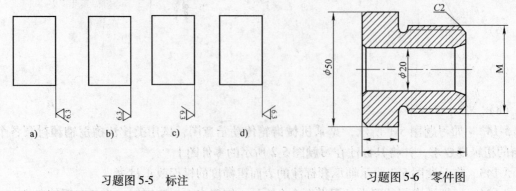

习题图 5-5 标注   习题图 5-6 零件图

5-147 判断下列各对配合使用性能相同时，哪一个表面粗糙度的要求高？说明理由。

（1）$\phi50H7$ f6 与 $\phi50H7$ /h6。

（2）$\phi20h7$ 与 $\phi80h7$。

（3）$\phi20H7$ /e6 与 $\phi20H7$ /r6。

（4）$\phi30g6$ 与 $\phi30G6$。

5-148　在一般情况下，圆柱度公差分别为 0.01mm 和 0.02mm 的两个 $\phi45H7$ 孔相比较，哪个孔选用较小的表面粗糙度轮廓幅度参数值？

5-149　指出习题图 5-7 螺栓表面部分粗糙度的错误标注，并加以改正。

（七）简述题

5-150　什么是表面粗糙度？表面粗糙度对零件的使用性能有什么影响？

5-151　什么是评定长度？试说明评定长度的作用及评定长度与取样长度在数值上的关系。

5-152　为减少零件表面的摩擦与磨损，是否零件的表面越光滑越好？为什么？

5-153　表面粗糙度常用的检测方法有几种？

5-154　表面粗糙度与形状误差有何区别？

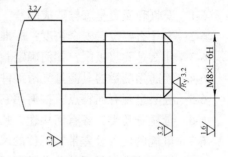

习题图 5-7　零件图

5-155　什么是表面粗糙度代号？画图简要说明标准规定的各参数在代号上所标注的位置。

5-156　试说明最大值、最小值与上限值、下限值在含义和标注上的区别。

5-157　表面粗糙度的选用一般采取什么方法？遵循的总的原则是什么？

5-158　选择表面粗糙度值时是如何考虑其与尺寸公差、形状公差的关系的？

第六章 光滑工件尺寸的检测习题

一、思考题

6-1 误收和误废是怎样造成的?

6-2 为什么要设置安全裕度? 标准公差、生产公差、保证公差三者有何区别?

6-3 什么是验收极限? 如何确定验收极限?

6-4 用通用测量器具测量光滑工件尺寸,测量器具的选用原则是什么?

6-5 极限量规有何特点? 如何用它判断工件的合格性?

6-6 量规分几类? 各有何用途? 孔用工作量规为何没有校对量规?

6-7 量规的尺寸公差带与工件的尺寸公差带有何关系?

6-8 国家标准对量规的公差带有何规定? 为什么要这样规定?

6-9 为何通规要规定磨损储备量而止规不规定?

6-10 什么是泰勒原则? 量规测量面形式偏离泰勒原则对测量结果有什么影响? 此时应采取什么措施?

6-11 光滑极限量规常用的结构形式有哪些? 其应用场合是什么?

6-12 检验光滑工件尺寸,什么情况下应该使用功能量规?

6-13 功能量规的功用是什么? 功能量规有哪几种?

二、习题

(一) 填空题

6-14 确定检测光滑工件尺寸的计量器具时,测量多采用_____,检验多采用_____。

6-15 生产公差一般应_____标准公差,生产公差过大,可能产生_____,生产公差过小,则会造成生产成本的_____。

6-16 选择验收极限方式时要考虑的因素是_____、_____、_____和_____等。

6-17 确定工件尺寸的验收极限有_____方案和_____方案。

6-18 通规的形状为_____,止规的形状为_____。

6-19 按内缩方案验收工件可使_____大大减少。

6-20 合格工件可能的_____公差叫生产公差,而合格工件可能的_____公差叫保证公差。

6-21 用普通计量器具测量 $\phi 50^{+0.025}_{-0.180}$ mm 的轴,若安全裕度 $A = 0.019$mm,则该轴的下验收极限为_____ mm。

6-22 选择计量器具时,应使计量器具的不确定度_____计量器具不确定度的允许值。

6-23　量规是没有_____的专用测量工具，不能测出_____的大小，而只能确定被测工件尺寸是否在_____范围内，从而判断工件是否_____。

6-24　量规按用途可分为_____、_____和_____。

6-25　轴用量规其校对量规是_____形的。

6-26　光滑极限量规的止规是控制被检测零件的_____不超出其最小实体尺寸。

6-27　已知通规公差为0.008mm，通规公差带中心到工件（孔 $\phi50^{+0.054}_{-0.020}$ mm）最小极限尺寸的距离为0.011mm，则此孔用工作量规的最大极限尺寸为_____mm。

6-28　光滑极限量规检验工件的依据是_____原则。

6-29　无论是塞规还是卡规均由_____量规和_____量规成对组成。前者控制孔或轴的_____尺寸，后者控制孔或轴的_____尺寸。

6-30　利用卡规检验轴时，通规若能通过，说明轴的体外作用尺寸_____。止规若不能通过，则说明轴的局部实际尺寸_____。

6-31　国家标准中规定的验收原则是：所用验收方法应只接受_____的工件。

6-32　安全裕度数值的大小由_____确定。

6-33　光滑极限量规分为_____和_____两种。_____用来检验轴，_____用来检验孔。

6-34　通规的基本尺寸等于_____尺寸，止规的基本尺寸等于_____尺寸。

6-35　量规通规的磨损极限即为工件的_____尺寸。

6-36　光滑极限量规结构_____，使用_____，且检验_____，适于_____的场合。

6-37　量规工作部分的结构形式必须符合_____的要求，即理论上通规应为_____，止规应为_____。

6-38　量规对其理论形状偏离的前提条件是：在加工时应由_____及_____等保证工件的_____，不致影响配合性质。

6-39　工作量规公差带的配置采用_____的原则，即量规的公差带在_____内。

6-40　止规的公差带紧靠在工件的_____上。通规的公差带的中心线距_____有一段距离。

6-41　量规通规规定位置要素 Z 是为了_____。

6-42　测量 $\phi60^{+0.010}_{0}$ mm ⒠孔用工作量规的最大极限尺寸为_____。（已知量规制造公差 $T=6\mu m$，位置要素 $Z=9\mu m$）

6-43　测量 $\phi60^{0}_{-0.019}$ mm ⒠轴用工作止规的最大极限尺寸为_____。（已知量规制造公差 $T=6\mu m$，位置要素 $Z=9\mu m$）

6-44　光滑工件尺寸的检测方法使用较多的有两种：一是_____，多用于零件的要素遵守_____时；二是_____，多用于零件的要素遵守_____时。

6-45　用示值误差为 $\pm4\mu m$ 的千分尺验收 $\phi40h6$（$^{0}_{-0.016}$）的轴颈时，若轴颈的实际偏差在 $-20\mu m\sim<-16\mu m$ 之间，而千分尺的测量误差为 $+4\mu m$，则会导致_____。

6-46　误收不利于质量的_____，误废不利于成本的_____。

6-47　在车间实际情况下，工件合格与否，只按＿＿＿＿＿来判断。

6-48　测量不确定度由＿＿＿＿＿的测量不确定度和＿＿＿＿＿＿＿＿＿＿等因素所引起的测量不确定度组成。

6-49　工作量规的制造公差 T 和公差带位置要素 Z 与被测工件的＿＿＿＿＿和＿＿＿＿＿有关。

6-50　量规工作表面的形位公差与尺寸公差之间应遵守＿＿＿＿＿。

6-51　按内缩方案验收工件，可使＿＿＿＿＿上升，但从统计规律来看，其数量与总产量相比毕竟是少量。

6-52　校对量规有＿＿＿＿＿、＿＿＿＿＿和＿＿＿＿＿三种，其代号分别为＿＿＿＿＿、＿＿＿＿＿和＿＿＿＿＿。

6-53　量规的测量部位可用＿＿＿＿＿钢、＿＿＿＿＿钢、＿＿＿＿＿钢或＿＿＿＿＿等耐磨材料。

6-54　通常用淬硬钢制造的量规，其测量面的硬度应为＿＿＿＿＿HRC。

6-55　功能量规的工作部分由三部分组成，它们是＿＿＿＿＿部分、＿＿＿＿＿部分和＿＿＿＿＿部分。

6-56　功能量规检验部分与被测零件的＿＿＿＿＿相对应；功能量规定位部分与被测零件的＿＿＿＿＿相对应。

（二）判断题

6-57　安全裕度越大，产生误收的可能性也越大。（　　）

6-58　规定内缩的验收极限，既可防止误收，也可防止误废。（　　）

6-59　生产公差是在生产中采用的公差，为保证零件的误差不超出公差的范围，采用的生产公差越大越好。（　　）

6-60　生产公差一定要小于标准公差，而保证公差必须大于标准公差。（　　）

6-61　测量多用于零件的要素遵守相关要求时。（　　）

6-62　由于任何测量过程都存在着测量误差，因而无论采取何种测量方法，在测量过程中都必定会出现误差。（　　）

6-63　标准规定"所用验收方法应只接受位于规定的尺寸极限之内的工件"，是为了尽量减少误废。（　　）

6-64　提出"安全裕度"的目的是为了防止因测量不确定度的影响而导致验收工件时的误判。（　　）

6-65　光滑极限量规的磨损极限尺寸，就是被检测零件的最大实体尺寸。（　　）

6-66　测量孔与轴的极限量规，其通规的作用是控制工件作用尺寸不超越最大实体尺寸。（　　）

6-67　测量轴的量规，其校对量规是轴状的。（　　）

6-68　用光滑极限量规检验孔，通规是控制孔的最小极限尺寸，止规是控制孔的最小实体尺寸。（　　）

6-69　用实际尺寸大于 d_{min} 的止规检验轴，则可能造成误收。（　　）

6-70　检验孔的通规其基本尺寸为孔的最小极限尺寸。（　　）

6-71　检验轴的通规其基本尺寸为轴的最小极限尺寸。（　　）

6-72　通规控制工件的体外作用尺寸不超出最大极限尺寸，止规控制工件的局部实际尺寸不超出最小极限尺寸。（　　　）

6-73　通规控制工件的体外作用尺寸不超出最大实体尺寸，止规控制工件的局部实际尺寸不超出最小实体尺寸。（　　　）

6-74　光滑极限量规成对使用，只有在通规通过工件的同时止规不能通过工件，才能判断工件是合格的。（　　　）

6-75　用光滑极限量规检验工件时，只要通规能通过被检工件，就能保证工件的可装配性，该工件便合格。（　　　）

6-76　对轴用量规规定了校对量规，对孔用量规未规定校对量规。（　　　）

6-77　光滑极限量规由于结构简单，因而一般只用于检验精度较低的工件。（　　　）

6-78　光滑极限量规由于检验效率较高，因而适合大批量生产的场合。（　　　）

6-79　关于量规工作部分的结构形式，通规理论上应是全形的，止规理论上应是不全形的。（　　　）

6-80　工作量规尺寸公差和位置要素的值与被检工件的基本尺寸和公差等级有关。（　　　）

6-81　检验孔的尺寸是否合格的量规是通规，检验轴的尺寸是否合格的量规是止规。（　　　）

6-82　用于检验工作量规的量规是校对量规。（　　　）

6-83　塞规的工作面是全形的，卡规的工作面是点状的。（　　　）

6-84　国家标准规定，工作量规采用内缩极限。（　　　）

6-85　验收极限是工件最大极限尺寸和最小极限尺寸分别减去一个安全裕度 A。（　　　）

6-86　止规理论上要求为不全形的，主要是为了避免检验时产生误判而形成误收。（　　　）

6-87　使用量规时要注意量规上的标记，只要标记上的基本尺寸与被检工件的基本尺寸相同就可正常使用。（　　　）

6-88　检验多用于零件的要素遵守相关要求时；测量多用于零件的要素遵守独立原则时。（　　　）

6-89　由于测量误差的存在，因此不管采用什么测量方法，在测量过程中都必定会出现误收和误废。（　　　）

6-90　为保证验收的质量，检验部门或用户验收产品时使用的验收量规应是新的或磨损较少的通规。（　　　）

6-91　由于轴或孔用的通规在使用过程中均可能产生磨损和变形，因而塞规和卡规（环规）均应定期用校对量规进行校对。（　　　）

6-92　通规应是全形的，其最主要的原因是：通规在检验过程中频繁通过工件，易于磨损，而做成全形后，由于接触面积增大，使耐磨性提高。（　　　）

6-93　标准规定：工作量规公差带位置的配置采用不超越工件极限的原则。其目的是为了尽量减少误废。（　　　）

6-94　工作量规尺寸公差和位置要素的值由被检工件的尺寸公差的大小确定。（　　　）

6-95　按测量不确定度的允许值选择计量器具时，应使所选用的测量器具的不确定度数

值远远小于标准中表列的测量不确定度的允许值。（　　）

6-96　每一种通用计量器具都有测量不确定度数值。（　　）

6-97　量规设计中，量规形式的选择可参照国家标准推荐的形式。（　　）

6-98　最大实体要求应用于被测要素和基准要素时，它们的实际尺寸和几何误差的综合结果应该使用功能量规检验。（　　）

（三）术语解释

6-99　生产公差。

6-100　保证公差。

6-101　误收。

6-102　误废。

6-103　验收极限。

6-104　安全裕度。

6-105　内缩方案。

6-106　测量中总的不确定度。

6-107　计量器具的测量不确定度允许值。

6-108　光滑极限量规。

6-109　通规。

6-110　止规。

6-111　工作量规。

6-112　验收量规。

6-113　校对量规。

6-114　全形量规。

6-115　泰勒原则。

6-116　量规公差。

6-117　位置要素。

6-118　"校通—通"塞规。

6-119　"校通—损"塞规。

6-120　"校止—通"塞规。

6-121　量规形式。

6-122　量规公差带图。

6-123　功能量规。

（四）单项选择题

6-124　按国家标准，工作量规公差带放置在工件公差带之内，其目的是防止（　　）。

A. 误收　　　　　B. 误废　　　　　C. 误收和误废

6-125　通规做成不全形时，可能出现（　　）。

A. 误收　　　　　B. 误废　　　　　C. 误收和误废

6-126　光滑极限量规通规的基本尺寸应为工件的（　　）尺寸，止规的基本尺寸应为工件的（　　）。

A. 最大极限尺寸　　　　　　　　B. 最小极限尺寸

C. 最大实体尺寸　　　　　　　　　　D. 最小实体尺寸

6-127　光滑极限量规的通规用来控制工件的（　　　）尺寸。

A. 最大实体尺寸　　　　　　　　　　B. 最小实体尺寸

C. 作用尺寸　　　　　　　　　　　　D. 实际尺寸

6-128　光滑极限量规的止规用来控制工件的（　　　）尺寸。

A. 最大实体尺寸　　　　　　　　　　B. 最小实体尺寸

C. 作用尺寸　　　　　　　　　　　　D. 实际尺寸

6-129　符合泰勒原则的通规形式应为（　　　）量规。

A. 双头　　　　　　B. 不全形　　　　　　C. 单头　　　　　　D. 全形

6-130　符合泰勒原则的止规形式应为（　　　）量规。

A. 双头　　　　　　B. 不全形　　　　　　C. 单头　　　　　　D. 全形

6-131　验收量规的通规尺寸应接近工件的（　　　）尺寸。

A. 最大极限尺寸　　　　　　　　　　B. 最小极限尺寸

C. 最大实体尺寸　　　　　　　　　　D. 最小实体尺寸

6-132　验收量规的止规尺寸应接近工件的（　　　）尺寸。

A. 最大极限尺寸　　　　　　　　　　B. 最小极限尺寸

C. 最大实体尺寸　　　　　　　　　　D. 最小实体尺寸

6-133　关于光滑极限量规，下列说法中错误的是（　　　）。

A. 塞规用来检验孔，卡规用来检验轴

B. 通规控制工件的最大实体尺寸，止规控制工件的最小实体尺寸

C. 通规控制工件的体外作用尺寸，止规控制工件的局部实际尺寸

D. 通规通过工件，同时止规不通过工件，则工件合格

6-134　光滑极限量规的通规用来控制被测孔或轴的体外作用尺寸不得超出其（　　　）。

A. 最大极限尺寸　　　　　　　　　　B. 最小极限尺寸

C. 最小实体尺寸　　　　　　　　　　D. 最大实体尺寸

6-135　通规若能通过所测工件，则说明工件的体外作用尺寸（　　　）。

A. 不超出工件的最大实体尺寸　　　　B. 大于工件的最大实体尺寸

C. 大于工件的最小实体尺寸　　　　　D. 小于工件的最大实体尺寸

6-136　关于校对量规，下列说法中错误的是（　　　）。

A. 校对量规是用来校对工作量规的

B. 轴用量规的通规和止规均应有校对量规

C. 一般情况下，轴的精度要求比孔的精度要求高，因而轴用量规有校对量规，而孔用
　　量规无校对量规

D. 轴用量规的校对量规的结构形式与工作量规的塞规相似

6-137　光滑极限量规的制造公差 T 和位置要素 Z 与被测工件的（　　　）有关。

A. 基本偏差　　　　B. 公差等级　　　　C. 公差等级和基本尺寸

6-138　光滑极限量规主要适用于（　　　）级的工件。

A. IT01 ~ IT18　　B. IT10 ~ IT18　　C. IT6 ~ IT16　　　　D. IT1 ~ IT6

6-139　工件为（　　　）时需要校对量规。

A. 轴   B. 孔   C. 孔和轴

6-140　光滑极限量规的通规，理论上要求为全形量规，其主要原因是（　　）。

A. 全形量规接触面积大，耐磨损，寿命长

B. 通规控制的是工件的体外作用尺寸

C. 减小形状误差对测量结果的影响

D. 通规控制的是工件的局部实际尺寸

6-141　允许量规结构形式在一定条件下偏离极限尺寸的判断原则的依据是（　　）。

A. 工作量规在使用和制造上的限制

B. 工件的加工精度有时要求比较低

C. 机床设备的精度较好

D. 检验时使用正确的操作方法

6-142　工作量规的公差带应在工件的公差带内，止规公差带紧靠在工件的（　　）。

A. 最大实体尺寸线上   B. 最大极限尺寸线上

C. 最小实体尺寸线上   D. 最小极限尺寸线上

6-143　工作量规的公差带应在工件的公差带内，通规公差带应（　　）。

A. 紧靠工件的最大实体尺寸线上

B. 距工件的最大实体尺寸线有一段距离

C. 紧靠工件的最大极限尺寸线上

D. 距工件的最小实体尺寸线有一段距离

6-144　工作量规制造公差 T 和位置要素 Z 的数值（　　）。

A. 由被检工件尺寸公差的大小确定

B. 由被检工件的基本尺寸确定

C. 由被检工件的公差等级确定

D. 与被检工件的基本尺寸和公差等级有关

6-145　用测量误差为 $\pm 4\mu m$ 的外径千分尺验收 $\phi 40h6$（$^{\ 0}_{-0.016}$）的轴颈。下列情况中产生误收的是（　　）。

A. 轴颈的实际偏差在 $-16 \sim -20\mu m$ 之间，千分尺的测量误差为 $+4\mu m$

B. 轴颈的实际偏差在 $-16 \sim -20\mu m$ 之间，千分尺的测量误差为 $-4\mu m$

C. 轴颈的实际偏差在 $-12 \sim -16\mu m$ 之间，千分尺的测量误差为 $-4\mu m$

D. 轴颈的实际偏差在 $0 \sim +4\mu m$ 之间，千分尺的测量误差为 $+4\mu m$

6-146　关于测量和检验的区别，下列说法中错误的是（　　）。

A. 所使用的计量器具不相同

B. 测量的精度比检验的精度高

C. 测量能得到工件的具体尺寸，而检验只能确定工件是否超出规定的极限范围

D. 测量多用于要素要求遵守独立原则，检验多用于要素遵守相关要求

6-147　标准公差、生产公差和保证公差三者之间的关系通常是（　　）。

A. 生产公差＞标准公差＞保证公差

B. 标准公差＞生产公差＞保证公差

C. 保证公差＞生产公差＞标准公差

D. 保证公差 > 标准公差 > 生产公差

6-148　关于计量器具的测量不确定度允许值，下列说法中错误的是（　　）。

A. 计量器具的测量不确定度允许值与计量器具本身的测量精度有关

B. 计量器具的测量不确定度允许值与被测工件的公差数值有关

C. 计量器具的测量不确定度允许值约为测量不确定度的 0.9 倍

D. 计量器具的测量不确定度允许值的分档：对于 IT6 ~ IT11 分为三档，对于 IT12 ~ IT18 分为两档

6-149　根据检验零件的实际尺寸和形位误差的综合结果，应该使用功能量规的情况是（　　）。

A. 被测要素采用独立原则时

B. 被测要素采用包容要求时

C. 最大实体要求应用于被测要素时

D. 最大实体要求应用于基准要素和被测要素时

6-150　功能量规工作部分由（　　）组成。

A. 检验部分和定位部分　　　　B. 检验部分和导向部分

C. 定位部分和导向部分　　　　D. 检验部分、定位部分和导向部分

6-151　功能量规的结构形式为（　　）。

A. 固定式　　　B. 活动式　　　C. 固定式和活动式

（五）多项选择题

6-152　下列论述正确的有（　　）。

A. 量规通规的长度应等于配合长度

B. 量规止规的长度应比通规短

C. 量规的结构必须完全符合泰勒原则

D. 小直径孔用量规的止规允许做成全形

6-153　检验轴用量规，属于（　　）。

A. 止规　　　　B. 卡规　　　　C. 验收量规

D. 塞规　　　　E. 该量规通端可防止轴的作用尺寸大于轴的最大极限尺寸

6-154　对检验 $\phi 25 H7$（$^{+0.021}_{0}$）mm 孔用量规，下列说法中正确的是（　　）。

A. 该量规称为塞规

B. 该量规通规最大极限尺寸为 $\phi 25.021$mm

C. 该量规通规最大极限尺寸为 $\phi 25$mm

D. 该量规止规最小极限尺寸为 $\phi 25$mm

E. 该量规止规最小极限尺寸为 $\phi 25.021$mm

6-155　关于量规的作用，正确的论述是（　　）。

A. 塞规通端是防止孔的作用尺寸小于孔的最小极限尺寸

B. 塞规止端是防止孔的作用尺寸小于孔的最小极限尺寸

C. 卡规通端是防止轴的作用尺寸小于轴的最大极限尺寸

D. 卡规止端是防止轴的作用尺寸小于轴的最小极限尺寸

6-156　量规通规规定位置要素是为了（　　）。

A. 防止量规在制造时的误差超差

B. 防止量规在使用时表面磨损而报废

C. 防止使用不当造成浪费

D. 防止通规与止规混淆

6-157 下列结论正确的有（　　）。

A. 验收量规是用来验收工作量规的

B. 验收量规一般不单独制造，而用同一形式且已磨损较多的量规代替

C. 用户在用量规验收工件时，通规应接近工件的最大实体尺寸

D. 量规尺寸公差采用"内缩工件极限"时，不利于被检验工件的互换性，因为它实际上缩小了被检验工件的尺寸公差

6-158 对检验 $\phi30P7$ ⑥孔用量规，下列说法中正确的有（　　）。

A. 该量规称通规　　　　B. 该量规称卡规　　C. 该量规属校对量规

D. 该量规属工作量规　　E. 该量规包括通端和止端

6-159 对检验 $\phi40f6$ $\left(\begin{smallmatrix}-0.025\\-0.041\end{smallmatrix}\right)$ ⑥轴用量规，下列说法正确的有（　　）。（已知量规制造公差 $T=2.4\mu m$，位置要素 $Z=2.8\mu m$）

A. 通规下偏差为 $-0.029mm$　　　　B. 通规上偏差为 $-0.025mm$

C. 止规上偏差为 $-0.0386mm$　　　　D. 止规最小极限尺寸为 $\phi39.959mm$

E. 磨损极限尺寸为 $\phi40mm$

6-160 关于标准中表列的计量器具的测量不确定度允许值（u_1）与要选用的测量器具的不确定度数值之间的关系，下列说法中错误的是（　　）。

A. 测量器具的不确定度数值大于 u_1

B. 测量器具的不确定度数值等于 u_1

C. 测量器具的不确定度数值应远远小于 u_1

D. 测量器具的不确定度数值等于或小于 u_1

（六）综合与计算题

6-161 测量如下工件，选择适当的计量器具，并确定验收极限：

（1）$\phi60H10$。　　（2）$\phi30f7$。　　（3）$\phi60F8$。　　（4）$\phi125T9$。

6-162 计算检验 $\phi80K8$、$\phi30H7$ 孔用工作量规的极限尺寸，并画出量规公差带图。

6-163 计算检验 $\phi18p7$、$\phi60f7$ 轴用工作量规及校对量规的工作尺寸，并画出量规的公差带图。

6-164 计算检验 $\phi50H7/f6$ 用工作量规及轴用校对量规的工作尺寸，并画出量规的公差带图。

6-165 有一配合 $\phi50H8\left(\begin{smallmatrix}+0.039\\0\end{smallmatrix}\right)/f7\left(\begin{smallmatrix}-0.025\\-0.050\end{smallmatrix}\right)$，试按泰勒原则分别写出孔、轴尺寸合格的条件。

6-166 试确定用普通计量器具测量工件 $\phi25h10$ 时的验收极限并选择计量器具。

6-167 加工习题图 6-1a、b 所示的轴、孔，实测数据如下：①轴直径 $\phi9.99mm$；②轴的轴线直线度误差 $\phi0.012mm$；③孔径 $\phi10.01mm$；④孔

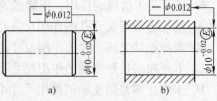

习题图 6-1 零件图

136

的轴线直线度误差 $\phi 0.012\text{mm}$。试分别确定该孔、轴是否合格？

6-168　习题图 6-2 所示是具有同轴度要求的零件，试查表并计算同轴度量规工作部位的尺寸，并填写习题表 6-1，把有关要求标注在习题图 6-3 中。

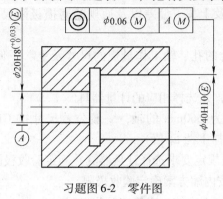

习题图 6-2　零件图

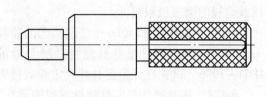

习题图 6-3　零件图

习题表 6-1　填　　表

综合公差 / 工作部位		$T_{t定位} =$		$T_{t测量} =$
定位部位	公差或偏差	T_P	检验类型 选择理由	
		W_P		
		F_P		
	极限尺寸	d_{BP}	公差带图	
		d_{LP}		
		d_{WP}		
测量部位	公差或偏差	T_M	位置公差 选择说明	
		W_M		
		F_M		
	极限尺寸	d_{BM}	公差带图	
		d_{LM}		
		d_{WM}		
导向部位	公差或偏差	T_G	结构型式 选择说明	
		W_G		
		C_{min}		
	极限尺寸	d_{BG}	公差带图	
		d_{LG}		
		d_{WG}		

6-169　设计检验遵守包容要求的 $\phi 25K7/h6$ 工件的光滑极限量规的工作量规。

（1）计算工作量规的极限尺寸及通规磨损极限尺寸。

（2）绘出量规简图，并标出技术要求。

6-170　计算检验 $\phi 45K6$ ⑥工件的光滑极限量规工作量规的极限尺寸和通规的磨损极限

尺寸，并绘出量规工作图。

6-171 计算 $\phi40H8/g7$ 孔和轴用各种量规的极限偏差和工作尺寸。

6-172 试计算 $\phi50H7/e6$ 配合的孔、轴工作量规的极限偏差，并画出公差带图。

6-173 试计算 $\phi25K6$ ⑥孔的工作量规的尺寸及上、下偏差以及通规的磨损极限尺寸，并画出量规简图。

6-174 试计算遵守包容要求的 $\phi40H7/n6$ 配合的孔、轴工作量规的尺寸及上、下偏差以及通规的磨损极限尺寸。

6-175 试确定 $\phi240h6$ ($^{0}_{-0.029}$) ⑥的验收极限，并选择相应的计量器具。

6-176 用普通计量器具测量一般公差的尺寸为 $\phi60mm$ 的轴，一般公差尺寸按 GB/T 1804—1996。试选择计量器具并确定验收极限（选择Ⅰ档 u_1 值）。

6-177 用普通计量器具测量下列轴和孔。试按规定要求选择计量器具并确定验收极限。

(1) $\phi80h6$ ($^{0}_{-0.019}$)，按Ⅰ档选择计量器具，按内缩方案确定验收极限。

(2) $\phi50f12$ ($^{-0.025}_{-0.275}$)，按Ⅰ档选择计量器具，按不内缩方案确定验收极限。

(3) $\phi200H8$ ($^{+0.072}_{0}$)，按Ⅰ档选择计量器具，按内缩方案确定验收极限。

(4) $\phi140JS9$ (±0.050)，按Ⅰ档选择计量器具，按内缩方案确定验收极限。

(5) $\phi150mm$ 的孔，未注公差尺寸按 GB/T 1804—1996，按Ⅰ档选择计量器具并确定验收极限。

6-178 设计检验 $\phi30H8$ ($^{+0.033}_{0}$) ⑥和 $\phi30f7$ ($^{-0.020}_{-0.041}$) ⑥的工作量规。

（七）简述题

6-179 计量器具的选择原则是什么？

6-180 检测光滑工件尺寸使用较多的有哪两种方法？它们各自应用在什么场合？

6-181 光滑圆柱工件所遵循的极限尺寸判断原则（泰勒原则）的内容是什么？

6-182 量规分为哪几类？各有何用途？

6-183 简述光滑极限量规的工作特点。如何用它判断工件的合格性？

6-184 如何使用光滑极限量规检验工件？

6-185 为什么光滑极限量规一般都成对使用？为什么通规要规定磨损储量而止规不规定？

6-186 为什么要规定用较旧的或磨损较多的量规作验收量规？为什么孔用量规没有校对量规？

6-187 量规的通规和止规按工件的哪个实体尺寸制造？各控制工件的哪个极限尺寸？

6-188 孔、轴用工作量规的公差带是如何划分的，其特点是什么？

6-189 选择量规的结构形式主要应考虑哪些问题？

6-190 设计量规一般有哪几个步骤？

6-191 简要叙述量规的主要技术要求。

6-192 使用光滑极限量规时要注意哪些事项？

6-193 功能量规的功用是什么？有哪些种类？

6-194 功能量规的工作部分有哪几部分组成？对各部分有什么要求？

6-195 设计功能量规时，除了结构设计以外，还要确定功能量规的哪些内容？

6-196 功能量规的设计计算通常有哪几个步骤？

6-197 误收和误废是怎样造成的？

第七章　滚动轴承与孔、轴结合的互换性习题

一、思考题

7-1　滚动轴承的互换性有何特点？

7-2　滚动轴承的精度是根据什么划分的？共有几级？代号是什么？

7-3　滚动轴承各级精度分别应用于什么场合？

7-4　滚动轴承内圈与轴颈、外圈与外壳孔的配合，分别采用何种基准制？有什么特点？

7-5　滚动轴承的内径公差带分布有何特点？为什么？

7-6　选择滚动轴承与轴颈、外壳孔配合时主要考虑哪些因素？

7-7　与滚动轴承配合时，负荷大小对配合的松紧影响如何？

7-8　旋转精度和速度对滚动轴承的配合有什么影响？怎样选用？

7-9　径向游隙对滚动轴承配合的影响是什么？

7-10　滚动轴承与轴颈、外壳孔的配合需满足的两项要求是什么？

7-11　标准为什么要推荐与滚动轴承各级精度相配合的轴和壳体孔的公差带？

二、习题

（一）填空题

7-12　滚动轴承的精度是以_____精度和_____精度划分的，共分_____级。

7-13　滚动轴承内圈公差带有_____特点，其互换性包括_____和_____。

7-14　在装配图上，滚动轴承与轴颈的配合只标注_____公差带代号。由于内圈的公差带采用了_____布置，所以，若轴颈选用 h6 公差带，其实是_____配合性质。

7-15　滚动轴承一般由_____、_____和_____所组成。

7-16　滚动轴承内圈与轴颈的配合以及外圈与孔座的配合为_____。

7-17　滚动轴承国家标准对内圈内径的公差带规定在零线的下方，在多数情况下，轴承内圈随轴一起转动，两者之间的配合必须有一定的_____。

7-18　轴承工作时，由于摩擦发热和其他热源的影响，套圈的温度高于相配合零件的温度，在热膨胀的作用下，内圈与轴颈的配合变_____，外圈与外壳孔的配合会变_____。

7-19　当滚动轴承的旋转速度较高，又在冲击振动负荷下工作时，轴承与轴颈和外壳孔的配合最好选用_____配合，轴颈和外壳孔的精度随轴承_____的提高而相应提高。

7-20　在装配图上标注滚动轴承与轴和外壳孔的配合时，只需标注_____和_____的公差带代号。

7-21　作用在轴承上的径向负荷可以分为_____、_____和_____三类。

7-22　滚动轴承在使用中具有_____、_____、_____以及_____等优点。

7-23　滚动轴承按其承受负荷的方向，分为_____轴承、_____轴承和_____轴

承。

7-24 滚动轴承按其滚动体形状，分为_____、_____和_____等轴承。

7-25 滚动轴承的公差等级由轴承的_____和_____决定。

7-26 滚动轴承径向游隙和轴向游隙过大，就会引起轴承较大的_____和_____，引起转轴较大的径向圆跳动和轴向窜动。

7-27 滚动轴承是标准件，其外圈与壳体孔的配合应采用_____制，其内圈与轴颈的配合应采用_____制。

7-28 多数情况下，轴承内圈与轴颈的配合要求具有一定的过盈。但由于内圈是薄壁零件，过盈量不能_____。

7-29 在滚动轴承中，内径相同而外径不同的变化叫做_____系列。

7-30 正确地选择轴承配合，对保证机器的_____，提高_____关系很大。

7-31 选择轴承配合时，应主要考虑的几个因素是_____、_____、_____、_____和_____等。

7-32 承受局部负荷的套圈与壳体孔或轴的配合，一般选_____配合。

7-33 承受循环负荷的套圈与轴或壳体孔的配合，一般选_____配合。

7-34 额定负荷 C 即滚动轴承能够旋转 10^6 次而不发生点蚀破坏的概率为_____%时的载荷值。

7-35 一般把径向负荷 $P \leqslant$ _____ C 的称为轻负荷，$P >$ _____ C 的称为重负荷。

7-36 国家标准规定，向心轴承的径向游隙共分_____组，分别是_____、_____、_____、_____、_____组，游隙的大小依次由小到大。

7-37 滚动轴承工作温度一般应低于_____℃，在高于此温度下工作的轴承，应将所选用的配合适当_____。

7-38 滚动轴承的尺寸越_____，选用的配合应越_____。但对于重型机械上特别大尺寸的轴承例外。

7-39 空心轴颈比实心轴颈、薄壁壳体比厚壁壳体采用的配合要_____。

7-40 剖分式壳体比整体式壳体采用的配合要_____。

7-41 要求轴承的内圈或外圈能沿轴向游动时，该内圈与轴或外圈与壳体孔的配合，应选_____配合。

（二）判断题

7-42 滚动轴承外圈与外壳孔的配合采用基轴制，而内圈与轴颈的配合采用基孔制。（　）

7-43 滚动轴承的基孔制不同于一般的基孔制，内圈公差带分布于零线下方，上偏差为零，下偏差为负。（　）

7-44 B级轴承用于旋转精度和速度很高的旋转机构中。（　）

7-45 滚动轴承外圈旋转，内圈不旋转，且径向负荷与外圈同步转动，因此内圈与轴颈的配合应松些；（　）而外圈与外壳孔的配合应紧些。（　）

7-46 滚动轴承内圈与轴的配合为基孔制配合，因此内圈的公差带位于零线的上方。（　）

7-47 对滚动轴承的精度要求是基本尺寸精度。（　）

7-48 滚动轴承外圈与外壳孔的配合采用基轴制，而内圈与轴颈的配合采用基孔制。它们配合的松紧程度，主要应考虑套圈与负荷之间的关系，负荷大小以及工作温度来确定。（   ）

7-49 空心轴颈与轴承内圈的配合比实心轴颈与内圈的配合要紧些。（   ）

7-50 国家标准对滚动轴承规定了两种尺寸公差和一种形状公差。（   ）

7-51 滚动轴承的尺寸越大，选用的配合应越紧。因此，重型机械上使用的特别大尺寸的轴承，应采用较紧的配合。（   ）

7-52 滚动轴承国家标准中，G、E、D、C、B级精度依次提高。（   ）

7-53 滚动轴承内圈与轴的配合，采用间隙配合。（   ）

7-54 滚动轴承的基本尺寸主要指轴承内径、外径和宽度。（   ）

7-55 滚动轴承的旋转精度包括成套轴承内、外圈的径向圆跳动、成套轴承内、外圈端面对滚道的跳动，内圈基准端面对内孔的跳动等。（   ）

7-56 滚动轴承的精度等级，新国家标准中的0、6、5、4、2级和旧国家标准中的G、E、D、C、B级基本上成对应关系。（   ）

7-57 径向游隙和轴向游隙的大小对轴承的使用寿命没有影响。（   ）

7-58 在轴承工作时期内，外圈和端面的跳动会引起振动和噪声。（   ）

7-59 任何情况下，滚动轴承外圈与外壳孔的配合都不允许有间隙。（   ）

7-60 多数情况下，轴承内圈与轴一起旋转，为防止它们配合面间相对滑动而产生磨损，要求其配合面的过盈量必须很大。（   ）

7-61 凡是合格的滚动轴承，应同时满足尺寸公差和形状公差的要求。（   ）

7-62 滚动轴承中，外径相同而内径不同的变化叫做直径系列。（   ）

7-63 国家标准对与滚动轴承配合的轴和壳体孔分别推荐了公差带，其中，轴的公差带包括间隙配合、过渡配合、过盈配合的公差带。（   ）

7-64 国家标准对与滚动轴承配合的轴和壳体孔所推荐的公差带适用于任何工作情况。（   ）

7-65 作用于轴承上的合成径向负荷如为循环负荷，通常应选用间隙配合或较松的过渡配合。（   ）

7-66 作用于轴承上的合成径向负荷如为摆动负荷，通常其配合要求与循环负荷相同或略松一些。（   ）

7-67 承受较重的负荷或冲击负荷时，滚动轴承与轴或壳体孔的配合面间应选较小的过盈配合。（   ）

7-68 超过轴承的额定负荷80%以上，称为重负荷。（   ）

7-69 径向游隙过大，只会使转轴产生较大的径向圆跳动，而不会产生轴向跳动。（   ）

7-70 轴承的工作温度一般应低于150℃，高于此温度，应将所选用的配合适当修正。（   ）

7-71 对于有较高旋转精度要求、负荷较大的轴承，应避免采用间隙配合。（   ）

（三）术语解释

7-72 内互换。

7-73　外互换。

7-74　滚动轴承的旋转精度。

7-75　径向游隙。

7-76　轴向游隙。

7-77　轴承单一内径。

7-78　轴承单一外径。

7-79　轴承单一径向平面。

7-80　直径系列。

7-81　公差带单向制分布。

7-82　局部负荷。

7-83　循环负荷。

7-84　摆动负荷。

7-85　径向负荷。

7-86　额定负荷。

7-87　轻负荷。

7-88　轴承工作温度。

7-89　空心轴颈。

7-90　剖分式壳体。

7-91　向心轴承。

7-92　推力轴承。

7-93　滚动轴承基本尺寸。

（四）单项选择题

7-94　滚动轴承内圈与基本偏差为 h 的轴颈形成（　　）配合。

A. 间隙　　　　　　　B. 过盈　　　　　　　C. 过渡

7-95　滚动轴承外圈与基本偏差为 H 的外壳孔形成（　　）配合。

A. 间隙　　　　　　　B. 过盈　　　　　　　C. 过渡

7-96　作用于轴承上的合成径向负荷顺次地作用在套圈滚道的整个圆周上，该套圈所承受的负荷称为（　　）。

A. 局部负荷　　　　B. 循环负荷　　　　C. 摆动负荷

7-97　作用于轴承上的合成径向负荷与套圈相对静止，该种情况下应用（　　）配合。

A. 较松的过渡配合　　　　　　　　B. 较小的间隙配合

C. 较松的过渡配合或较小的间隙配合均可

7-98　当滚动轴承所承受的负荷 $P > 0.15C$ 时应选用（　　）的过盈配合。

A. 较大　　　　　　　B. 较小　　　　　　　C. 较大或较小均可

7-99　规定滚动轴承单一内（外）径的极限偏差主要是为了（　　）。

A. 限制变形量过大　　B. 方便检测　　　　C. 控制配合性质

7-100　规定滚动轴承单一平面平均内（外）径的极限偏差主要是为了（　　）。

A. 限制变形量过大　　B. 方便检测　　　　C. 控制配合性质

7-101　滚动轴承内圈在与轴配合时，采用（　　），其单一平面平均直径公差带布置在零线的（　　　）。

A. 基孔制　　　B. 基轴制　　　C. 上方　　　D. 下方　　　E. 两侧

7-102　滚动轴承外圈与箱体孔的配合采用（　　），其单一平面平均直径公差带布置在零线的（　　　）。

A. 基孔制　　　B. 基轴制　　　C. 上方　　　D. 下方　　　E. 两侧

7-103　承受重负荷的滚动轴承套圈与轴（孔）的配合应比承受轻负荷的配合（　　　）。

A. 松些　　　　　B. 紧些　　　　　C. 松紧程度一样

7-104　滚动轴承承受循环负荷的配合应比承受局部负荷的配合（　　　）。

A. 松些　　　　　B. 紧些　　　　　C. 松紧程度一样

7-105　滚动轴承承受平稳负荷的配合应比承受冲击负荷的配合（　　　）。

A. 松些　　　　　B. 紧些　　　　　C. 松紧程度一样

7-106　滚动轴承内圈与轴颈的配合以及外圈与孔座的配合为（　　　）。

A. 内互换　　　　B. 外互换　　　　C. 内互换或外互换均不是

7-107　滚动轴承中滚动体与轴承内、外圈的配合为（　　　）。

A. 内互换　　　　B. 外互换　　　　C. 内互换或外互换均不是

7-108　滚动轴承中滚动体与套圈之间应该（　　　）。

A. 只有合适的径向游隙　　　　　　　B. 只有合适的轴向游隙

C. 有合适的径向游隙和轴向游隙

7-109　国家标准规定滚动轴承的公差等级分为（　　　）。

A. 6 级　　　　　B. 5 级　　　　　C. 4 级

7-110　多数情况下，滚动轴承为防止内圈和轴颈的配合面产生磨损，要求配合具有（　　　）。

A. 较小的间隙　　　B. 较大的间隙　　　C. 较小的过盈　　　D. 较大的过盈

7-111　为控制轴承的变形程度、轴承与轴和壳体孔配合的尺寸精度，滚动轴承公差国家标准规定了（　　　）。

A. 两种尺寸公差　　　　　　　　B. 两种形状公差

C. 两种尺寸公差和一种形状公差　　D. 两种尺寸公差和两种形状公差

7-112　国家标准推荐的与滚动轴承相配合的轴的公差带中，只有用于（　　　）的公差带。

A. 间隙配合和过渡配合　　　　　B. 间隙配合和过盈配合

C. 过渡配合和过盈配合　　　　　D. 间隙配合、过渡配合和过盈配合

7-113　与滚动轴承配合的选择方法一般用（　　　）。

A. 计算法　　　B. 实验法　　　C. 类比法

7-114　对于重型机械上使用的特别大尺寸的滚动轴承，应选用（　　　）。

A. 较大的过盈配合　　　　　　　B. 较小的过盈配合

C. 过渡配合　　　　　　　　　　D. 间隙配合

（五）多项选择题

7-115　滚动轴承的基本尺寸包括（　　　）。

A. 轴承内径 d　　B. 轴承外径 D　　C. 套圈宽度 B　　D. 滚动体直径

143

7-116　滚动体的旋转精度项目包括有（　　）。

A. 轴承内、外圈的径向圆跳动允许值

B. 轴承内、外圈的径向全跳动允许值

C. 外圈宽度偏差允许值

D. 内圈两端面的平行度公差值

7-117　滚动轴承承受局部负荷的套圈应选（　　）配合。

A. 较松的过渡配合　　　　B. 较紧的间隙配合

C. 过盈配合　　　　　　　D. 较紧的过渡配合

7-118　滚动轴承承受循环负荷的套圈应选（　　）配合。

A. 较松的过渡配合　　　　B. 较紧的间隙配合

C. 过盈配合　　　　　　　D. 较紧的过渡配合

7-119　正确地选择滚动轴承的配合，需要考虑的主要因素有（　　）。

A. 负荷类型和大小　　　　B. 工作温度的影响

C. 滚动轴承的类型　　　　D. 轴承的尺寸大小

7-120　对负荷很大、有较高旋转精度要求的轴承，可以采用（　　）配合。

A. 较小的过盈配合　　　　B. 较松的过渡配合

C. 较紧的过渡配合　　　　D. 间隙配合

7-121　关于滚动轴承的公差带的位置，下列说法中正确的是（　　）。

A. 滚动轴承内径公差带在零线下侧分布

B. 滚动轴承外径公差带在零线上侧分布

C. 滚动轴承外径公差带在零线下侧分布

D. 滚动轴承内径公差带在零线两侧对称分布

7-122　国家标准推荐的与滚动轴承相配合的轴和壳体孔公差带适用的条件有（　　）。

A. 对轴承的旋转精度和运转平稳性无特殊要求

B. 轴为实心或厚壁钢制

C. 轴的工作温度大于 100℃ 的使用场合

D. 外壳为铸钢或铸铁制

7-123　关于滚动轴承，下列说法中错误的有（　　）。

A. 国家标准推荐有轴颈和外壳孔的几何公差值

B. 国家标准未推荐轴颈和外壳孔的表面粗糙度轮廓幅度参数 Ra 值

C. 旋转速度较高，又在冲击负荷下工作的轴承，其配合最好选过渡配合

D. 高于 100℃ 工作的轴承，应适当修正所选用的配合

（六）综合与计算题

7-124　有一 E208 轻系列滚动轴承（E 级精度，公称内径为 40mm，公称外径为 90mm），测得内、外圈的单一内径尺寸为：$d_{smax1} = 40mm$，$d_{smax2} = 40.003mm$，$d_{smin1} = 39.992mm$，$d_{smin2} = 39.997mm$；单一外径尺寸为：$D_{smax1} = 90mm$，$D_{smax2} = 89.987mm$，$D_{smin1} = 89.996mm$，$D_{smin2} = 89.985$。试确定该轴承内外圈是否合格？

7-125　如习题图 7-1 所示，有一 G 级 207 滚动轴承（内径 35mm，外径 72mm，额定动负荷 C 为 19700N），应用于闭式传动的减速器中。其工作情况为：外壳固定，轴旋转，转速

为 980r/min，承受的定向径向载荷为 1300N。

试确定：

（1）轴颈和外壳孔的公差带，并将公差带代号标注在装配图上（ϕ35j6，ϕ72H7）；

（2）轴颈和外壳孔的尺寸极限偏差以及它们和滚动轴承配合的有关表面的形位公差、表面粗糙度值，并将它们标注在零件图上。

7-126 有一 D306 滚动轴承（公称内径 $d = 30$mm，公称外径 $D = 72$mm），轴与轴承内圈配合为 js5，壳体孔与轴承外圈配合为 J6，试画出公差带图，并计算出它们的配合间隙与过盈以及平均间隙或过盈。

7-127 已知减速器的功率为 5kW，从动轴转速为 83r/min，其两端的轴承为 6211 深沟球轴承（$d = 55$mm，$D = 100$mm），轴上安装齿轮的模数为 3mm，齿数为 79。试确定轴颈和外壳孔的公差带、形位公差值和表面粗糙度值，并标注在图样上（由机械零件设计已算得的 $P_r / C_r = 0.01$）。

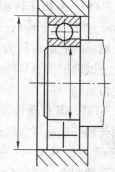

习题图 7-1 标注形位公差和表面粗糙度

7-128 通用的一级圆柱齿轮减速器，齿轮轴 2 为输入轴，轴 4 为输出轴，功率为 5kW，高速轴为 572r/min，传动比为 3.95（参见习题图 7-2）。减速器中主要配合尺寸的精度，较多的采用孔为 IT7 级，轴为 IT6 级。而滚动轴承大多采用 P0 级，对高速减速器中的滚动轴承可用 P6 级。试对其减速器主要件的极限与配合进行选择。

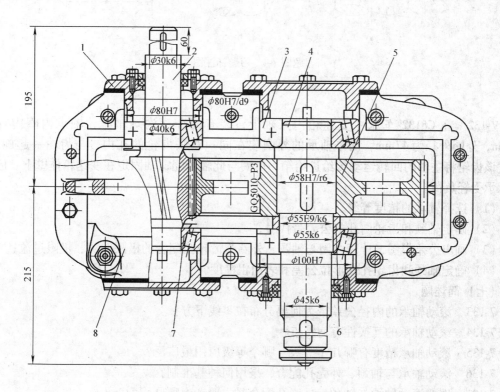

习题图 7-2 圆柱齿轮减速器

145

7-129 某机床主轴箱内装有两个 P0 级深沟球轴承（6204），外圈与齿轮一起旋转，内圈固定在轴上不转，其装配结构及轴承内、外圈尺寸如习题图7-3所示。外圈承受的是循环负荷，内圈承受的是局部负荷，且 $F_r < 0.07C_r$，试确定孔、轴的公差、形位公差及表面粗糙度。

7-130 某机床转轴上安装 6308/P6 深沟球轴承，内径为 40mm，外径为 90mm，该轴承受着一个 4000N 的定向径向负荷，轴承的额定负荷为 31400N，内圈随轴一起转动，而外圈静止。试确定轴颈与外壳孔的极限偏差、形位公差值和表面粗糙度值。

7-131 某自动包装机传动轴上安装的滚动轴承外圈固定，内圈与轴一起旋转，转速为 1000r/min。轴上承受的合成径向负荷 F_r 为 2.5kN。试确定轴承的精度等级，选择轴承与轴和外壳孔的配合、形位公差、表面粗糙度，并标注在习题图7-4中。

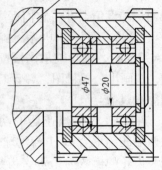

习题图7-3　轴承装配结构图

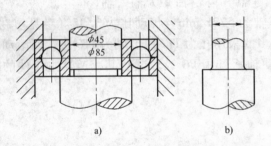
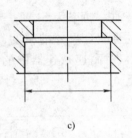

a)　　　　　　b)　　　　　　c)

习题图7-4　习题标注图

7-132 在 C6132 车床主变速箱内某轴上，装有两个深沟球轴承，轴承内圈内径为 20mm，外圈外径为 47mm，两个轴承的外圈装在同一双联齿轮的孔内，与齿轮一起旋转，通过该齿轮将主轴的回转运动传给进给箱；内圈与此轴相配，轴固定在变速箱体壁上。已知轴承承受轻负荷。

（1）选择轴承的精度等级；
（2）确定轴颈和齿轮内孔的公差带代号；
（3）画出公差带图，计算内圈与轴颈、外圈与齿轮孔配合的极限间隙、极限过盈；
（4）确定轴颈和齿轮孔的形位公差和表面粗糙度。

（七）简述题

7-133 滚动轴承的内径公差带为何要分布在零线下方？
7-134 滚动轴承的互换性有何特点？
7-135 滚动轴承精度有哪几个等级？哪个等级应用最广泛？
7-136 滚动轴承与轴颈、外壳孔配合，采用何种基准制？
7-137 选择滚动轴承与轴颈、外壳孔配合时主要考虑哪些因素？
7-138 选择滚动轴承精度等级应考虑哪些因素？各级精度的轴承各使用在什么场合？

7-139　简要叙述滚动轴承在使用中具有的优点。

7-140　为什么滚动轴承的滚动体与套圈之间要有合适的径向游隙和轴向游隙?

7-141　简要叙述内圈与轴颈的配合不能是间隙配合的原因。它要求其配合具有一定的过盈，但为何过盈量又不能太大?

7-142　简要叙述作用于轴承上的合成径向负荷分哪几种，各种类型的负荷存在时如何选择配合面的松紧程度?

第八章 尺寸链习题

一、思考题

8-1 什么叫尺寸链？如何确定封闭环、增环和减环？

8-2 解尺寸链的目的是什么？

8-3 解算尺寸链主要是解决哪几类问题？

8-4 解尺寸链的方法有几种？分别用在什么场合？

8-5 尺寸链在产品设计（装配图）中和零件设计（零件图）中各如何应用？怎样确定其封闭环？

8-6 正计算、反计算的特点和应用场合是什么？

8-7 使用概率法和极值法解尺寸链的效果有何不同？

8-8 在分配各零件公差时，"等精度法"和"等公差法"各适用于什么情况下？

8-9 完全互换法、概率法、分组装配法、调整法和修配法各有何特点？分别适用于何种场合？

8-10 为什么在分组装配条件下，配合要素的尺寸与形位公差之间要求遵守独立原则？

8-11 用完全互换法解尺寸链，考虑问题的出发点是什么？

8-12 为什么封闭环公差比任何一个组成环公差都大？设计时应遵循什么原则？

8-13 "入体原则"的含义是什么？

二、习题

（一）填空题

8-14 尺寸链是指互相联系的尺寸按照一定顺序连接成的一个_____。

8-15 尺寸链有两个特征，一是_____，二是_____。

8-16 尺寸链由组成环和_____构成，组成环包含_____和_____。

8-17 尺寸链应遵循_____原则，其目的是_____。

8-18 当增环、减环的判断比较困难时，可以采用_____进行判断。

8-19 封闭环的上偏差等于所有_____之和减去所有_____之和。

8-20 所谓减环是指，当它增大时封闭环_____，当它减小时封闭环_____。

8-21 尺寸链的特点是它具有_____。

8-22 当所有减环都是_____，而所有的增环都是_____时，封闭环必为最大极限尺寸。

8-23 用_____法解尺寸链能保证零部件的完全互换性。

8-24 在计算尺寸链中预先选定组成环中某一环，通过改变此环尺寸和位置，使封闭环达到规定要求，此环称为_____环。

8-25 各组成环对封闭环影响大小的系数称为_____。

8-26　按应用范围分，尺寸链有_____、_____和_____。

8-27　按各环在空间中的位置分，尺寸链有_____、_____和_____。

8-28　空间尺寸链和平面尺寸链，可用_____法分解为线性尺寸链，然后按线性尺寸链分析计算。

8-29　按尺寸链组合形式分，尺寸链有_____、_____和_____。

8-30　按几何特征分，尺寸链有_____和_____。

8-31　尺寸链计算的目的主要是进行_____计算和_____计算。

8-32　封闭环公差等于_____。

8-33　在尺寸链计算中进行公差校核计算，主要是验证_____是否符合设计要求。

8-34　零件尺寸链中的_____应根据加工顺序确定。

8-35　在装配尺寸链中，每个独立尺寸的_____都将影响_____。

8-36　表示分布曲线不对称程度的系数称为_____。当分布是正态分布时，其系数值为_____。

8-37　相对分布系数是任意分布的相对标准差与_____时的相对标准差之比，它表征尺寸分布_____的程度。

8-38　反计算是已知_____的尺寸和极限偏差，计算_____的公差与极限偏差。

8-39　对线性尺寸链，完全互换法中计算封闭环最大极限尺寸的公式为_____。

8-40　根据已给定的组成环的尺寸和极限偏差，计算封闭环的公差与极限偏差的是_____。

8-41　用等公差法先计算出各组成环的公差后，还应当根据各环尺寸大小和加工难易程度对各环公差进行_____。

8-42　等精度法的特点是_____。

8-43　概率法也称_____完全互换法。用此法可将_____公差放大，这样使零件易于加工，同时又能满足封闭环的技术要求。

8-44　用概率法计算确定的组成环公差值比用完全互换法要_____，而实际上出现不合格的可能性很_____。

8-45　分组装配法的主要缺点是_____，故此法只适用于_____的零件。

8-46　当尺寸链的环数较多而封闭环精度又要求较高时可采用_____法。应用此法可将_____环精度降低，对加工有利。

8-47　调整法是将尺寸链组成环的基本尺寸，按_____精度的要求给定公差值。

8-48　在调整法中用于调整的补偿环分为两种：_____和_____。

（二）判断题

8-49　尺寸链只应用于机器的装配中，而不应用于零件的加工中。（　　）

8-50　尺寸链指互相联系的尺寸按照一定顺序连接成的一个封闭尺寸系统。（　　）

8-51　列入尺寸链中的每一个尺寸都为环。（　　）

8-52　当组成尺寸链的尺寸较多时，一条尺寸链中的封闭环可以有两个或两个以上。（　　）

8-53　封闭环是在装配过程中或加工过程中最早形成的一环。（　　）

8-54　封闭环在尺寸标注时一般不注出。（　　）

8-55　减环是指它增大时封闭环减小，它减小时封闭环增大。（　　）

8-56　在工艺尺寸链中，封闭环按加工顺序确定，加工顺序改变，封闭环将随之改变。（　　）

8-57　封闭环的公差值不一定大于任何一个组成环的公差值。（　　）

8-58　封闭环的中间偏差等于各组成环中间偏差的平均值。（　　）

8-59　封闭环基本尺寸等于或大于各组成环基本尺寸的代数和。（　　）

8-60　在计算尺寸链中，补偿环不需要预先选定。（　　）

8-61　在平面尺寸链和空间尺寸链的计算中，需要用到传递系数。（　　）

8-62　在混合尺寸链中，既有串联尺寸链又有并联尺寸链。（　　）

8-63　封闭环的最小极限尺寸等于所有组成环的最小极限尺寸之和。（　　）

8-64　零件工艺尺寸链一般选择最重要的环作为封闭环。（　　）

8-65　尺寸链的本质是最后形成封闭环。（　　）

8-66　尺寸链封闭环公差值确定后，组成环越多，每一环分配的公差值就越大。（　　）

8-67　在不考虑结构的情况下，认为各组成环有相同的精度和相同的加工难易程度，会提高整体的制造成本。（　　）

8-68　同样的零件不管其加工方法如何，其封闭环是唯一的。（　　）

8-69　尺寸链中全部尺寸偏差的平均值称为平均偏差，它表明尺寸偏差变动的中心位置。（　　）

8-70　不论偏差是什么种类的分布，中间偏差都等于平均偏差。（　　）

8-71　标准差与二分之一公差之比为相对标准差。（　　）

8-72　相对不对称系数与相对分布系数的取值不取决于加工工艺过程。（　　）

8-73　正计算用于产品设计、加工和装配工艺等方面。（　　）

8-74　根据已给定的组成环的尺寸和极限偏差，计算封闭环的公差与极限偏差是反计算。（　　）

8-75　按极值法计算的尺寸来加工工件各组成环的尺寸，完全满足互换性的要求。（　　）

8-76　按概率法计算的尺寸来加工工件各组成环的尺寸，100%满足互换性的要求。（　　）

8-77　用等公差法计算出的各组成环公差都是相等的，最后确定的公差也一定相等。（　　）

8-78　用等精度法计算出的各组成环公差等级都是相等的。（　　）

8-79　分组装配法不允许将组成环的公差值进行扩大，只允许按尺寸大小分组进行按组装配。（　　）

8-80　修配法可以将组成环的公差值扩大，但此法的互换性较差。（　　）

8-81　调整法可达到很高的装配精度，而且互换性也很好。（　　）

8-82　补偿环是指通过改变其大小或位置，使封闭环达到规定要求的某一组成环。（　　）

8-83　在装配尺寸链中，每个独立尺寸的偏差都将影响装配精度。（　　）

8-84　组成环是指尺寸链中对封闭环没有影响的全部环。（　　）

8-85　要提高封闭环的精确度，就要增大各组成环的公差值。（　　　）

（三）术语解释

8-86　尺寸链。

8-87　封闭性。

8-88　关联性。

8-89　环。

8-90　组成环。

8-91　增环。

8-92　减环。

8-93　封闭环。

8-94　补偿环。

8-95　传递系数。

8-96　装配尺寸链。

8-97　零件尺寸链。

8-98　工艺尺寸链。

8-99　线性尺寸链。

8-100　平面尺寸链。

8-101　并联尺寸链。

8-102　串联尺寸链。

8-103　混合尺寸链。

8-104　平均偏差。

8-105　中间偏差。

8-106　相对不对称系数。

8-107　相对标准差。

8-108　相对分布系数。

8-109　最短尺寸链原则。

8-110　正计算。

8-111　反计算。

8-112　概率法。

8-113　完全互换法。

8-114　分组装配法。

8-115　调整法。

8-116　修配法。

（四）单项选择题

8-117　在加工或装配过程中最后自然形成的那个尺寸为（　　　）。

A. 组成环　　　　　B. 增环　　　　　C. 减环　　　　　D. 封闭环

8-118　在尺寸链计算中，下列论述正确的有（　　　）。

A. 封闭环是根据尺寸是否重要来确定的

B. 零件中最易加工的那一环即封闭环

C. 封闭环是零件加工中最后形成的那一环

D. 增环、减环都是最大极限尺寸时，封闭环的尺寸最小

8-119　一般不考虑使用传递系数的尺寸链是（　　　）。

A. 线性尺寸链　　　　B. 平面尺寸链　　　　C. 空间尺寸链

8-120　补偿环不使用在（　　　）中。

A. 调整法　　　　　　B. 修配法　　　　　　C. 极值法

8-121　用以表征尺寸分布分散程度的参数是（　　　）。

A. 平均偏差　　　　　B. 相对不对称系数

C. 相对标准差　　　　D. 相对分布系数

8-122　相对分布系数为 1 的分布是（　　　）。

A. 正态分布　　　B. 三角分布　　　C. 均匀分布　　　D. 瑞利分布

8-123　在尺寸链计算中，能实现完全互换的方法是（　　　）。

A. 极值法　　　　　　B. 修配法　　　　　　C. 分组装配法

8-124　所有的增环为最小极限尺寸，所用的减环为最大极限尺寸，计算得出封闭环的尺寸是（　　　）。

A. 最大极限尺寸　　　B. 最小极限尺寸　　　C. 任何情况下都是基本尺寸

8-125　等公差法和等精度法是用于（　　　）。

A. 正计算　　　　　　B. 反计算　　　　　　C. 正计算和反计算

8-126　用（　　　）法计算确定的组成环公差值比用极值法要大，且工作效率又高，出现不合格的可能性也很小。

A. 调整法　　　　　　B. 修配法　　　　　　C. 概率法

8-127　确定零件的极限偏差时，（　　　）符合向体原则。

A. 孔取上偏差为零　　B. 轴取下偏差为零　　C. 孔取下偏差为零

8-128　采用分组装配法，一般情况下，分组数为（　　　）。

A. 2～4 组　　　　B. 4～6 组　　　　C. 6～8 组　　　　D. 8～10 组

（五）多项选择题

8-129　对于尺寸链封闭环的确定，下列论述正确的有（　　　）。

A. 图样中未注尺寸的那一环　　　　　　　B. 在装配过程中最后形成的一环

C. 精度最高的那一环　　　　　　　　　　D. 在零件加工过程中最后形成的一环

8-130　对于正计算问题，下列论述正确的有（　　　）。

A. 正计算是已知各组成环的基本尺寸和公差，求封闭环的基本尺寸和公差

B. 正计算主要用于检验设计的正确性和求工序间的加工余量

C. 正计算是已知封闭环的基本尺寸和公差，求各组成环的公差

D. 在正计算问题中，求封闭环公差时，采用等公差法求解

8-131　在每一个尺寸链中，必定包含有（　　　）。

A. 增环　　　　　　　B. 减环　　　　　　　C. 补偿环　　　　　　D. 封闭环

8-132　在（　　　）中，一般的计算表达式中应考虑传递系数。

A. 线性尺寸链　　　　B. 平面尺寸链　　　　C. 空间尺寸链

8-133　补偿环用于尺寸链的（　　　）计算法中。

A. 极值法　　　　B. 概率法　　　　C. 修配法　　　　D. 调整法

8-134　如习题图 8-1 所示尺寸链，属于增环的有（　　）。

A. A_1　　　　B. A_2　　　　C. A_3　　　　D. A_4　　　　E. A_5

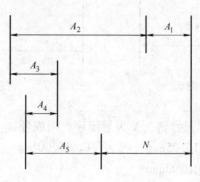

习题图 8-1　尺寸链图

8-135　如习题图 8-1 所示尺寸链，属于减环的有（　　）。

A. A_1　　　　B. A_2　　　　C. A_3　　　　D. A_4　　　　E. A_5

8-136　如习题图 8-2 所示尺寸链，属于减环的有（　　）。

A. A_1　　　　B. A_2　　　　C. A_3　　　　D. A_4　　　　E. A_5

8-137　如习题图 8-3 所示尺寸链，封闭环 N 合格的尺寸有（　　）。

A. 6.10mm　　　B. 5.90mm　　　C. 5.70mm

D. 5.10mm　　　E. 6.20mm

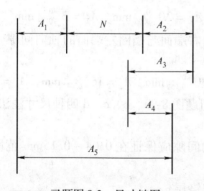

习题图 8-2　尺寸链图

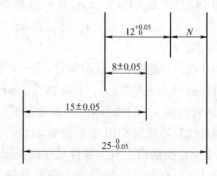

习题图 8-3　尺寸链图

8-138　如习题图 8-4 所示尺寸链，封闭环 N 合格的尺寸有（　　）。

A. 20.05mm　　　B. 20.10mm　　　C. 19.50mm

D. 20.00mm　　　E. 19.75mm

8-139　如习题图 8-5 所示尺寸链，N 为封闭环，组成环 A_1 合格的尺寸有（　　）。

A. 15.40mm　　　B. 14.90mm　　　C. 15.00mm

D. 15.30mm　　　E. 20.40mm

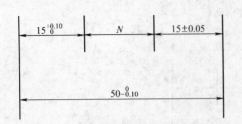

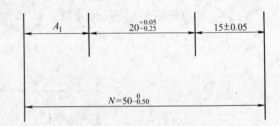

习题图8-4　尺寸链图　　　　　　　　　　　　　习题图8-5　尺寸链图

8-140　如习题图8-6所示尺寸链，N为封闭环，组成环A_1合格的尺寸有（　　　）。

A. 20.10mm　　　　B. 15.05mm　　　　C. 15.00mm

D. 15.10mm　　　　E. 10.00mm

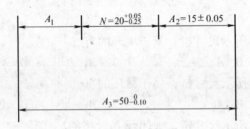

习题图8-6　尺寸链图

（六）综合与计算题

8-141　习题图8-7所示为一齿轮机构，已知$A_1 = 30_{-0.06}^{\ 0}$mm，$A_2 = 5_{-0.04}^{\ 0}$mm，$A_3 = 43_{+0.10}^{+0.16}$mm，$A_4 = 3_{-0.05}^{\ 0}$mm，$A_5 = 5_{-0.04}^{\ 0}$mm，试计算齿轮右端面与档圈左端面的轴向间隙A_Σ的变动范围。

8-142　习题图8-8所示零件上各尺寸为：$A_1 = 30_{-0.052}^{\ 0}$mm，$A_2 = 16_{-0.043}^{\ 0}$mm，$A_3 = 14 \pm 0.021$mm，$A_4 = 6_{0}^{+0.048}$mm，$A_5 = 24_{-0.084}^{\ 0}$mm，试分析习题图8-9a、b、c、d四种尺寸注法中哪种注法可以使A_6（封闭环）的变动范围最小？

8-143　习题图8-10所示齿轮端面与垫圈之间的间隙应保证在0.04～0.15mm范围内，试用完全互换法确定有关零件尺寸的极限偏差。

8-144　有一孔、轴配合，装配前轴需镀铬，镀铬层厚度为$10 \pm 2\mu m$，镀铬后配合要求为$\phi 50H8/f7$，试确定轴在镀铬前应按什么极限尺寸加工。

8-145　习题图8-11所示为液压操纵系统中的电气推杆活塞，活塞座的端盖螺母压在轴套上，从而控制活塞行程为12 ± 0.4mm，试用完全互换法确定有关零件尺寸的极限偏差。

提示：活塞行程12 ± 0.4mm为封闭环，以限制活塞行程的端盖螺母内壁作为基准线，查明尺寸链的组成环。

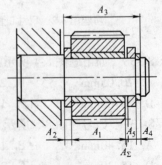

习题图8-7　齿轮机构

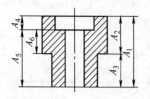

习题图 8-8　零件图

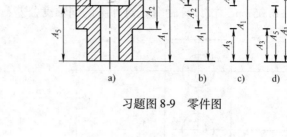

习题图 8-9　零件图

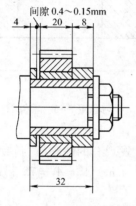

间隙 0.4~0.15mm

习题图 8-10　确定极限偏差

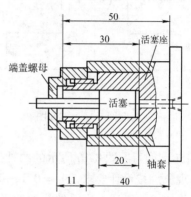

端盖螺母

活塞座

活塞

轴套

习题图 8-11　电气推杆活塞

8-146　加工习题图 8-12 所示钻套时，先按 $\phi30^{+0.041}_{+0.020}$mm 磨内孔，再按 $\phi42^{+0.033}_{+0.017}$mm 磨外圆，外圆对内孔的同轴度公差为 $\phi0.012$mm，试计算该钻套壁厚的尺寸变动范围。

8-147　如习题图 8-13 所示是齿轮箱的一部分，根据使用要求，封闭环间隙 A_0 应在 1 ~ 1.75mm 范围内，若已知 $A_1 = 140$mm，$A_2 = A_5 = 5$mm，$A_3 = 101$mm，$A_4 = 50$mm，试用等公差法进行公差设计计算。

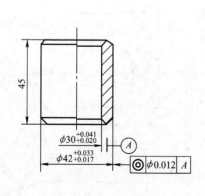

$\phi30^{+0.041}_{+0.020}$

$\phi42^{+0.033}_{+0.017}$

$\bigcirc \phi0.012 \ A$

习题图 8-12　钻套

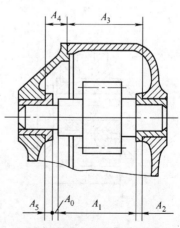

习题图 8-13　齿轮箱局部图

8-148　如习题图 8-14 所示，两个孔均以底面定位，求孔 1 对底面的尺寸 A 应在多大范围内才能保证尺寸 60 ± 0.060mm？

155

8-149 加工如习题图 8-15 所示轴套。加工工序顺序为：车外圆、车内孔，要求保证壁厚为 10 ± 0.05mm，试计算轴套孔对外圆的同轴度公差，并标注在图样上。

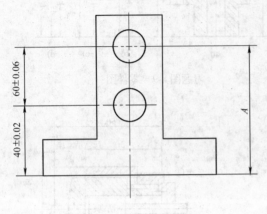

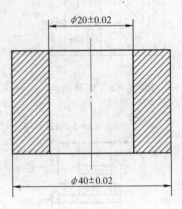

习题图 8-14 零件图　　　　　　　　　　习题图 8-15 零件图

8-150 如习题图 8-16 所示的曲轴部件，经调试运转，发现有的曲轴肩与轴承衬套端面有划伤现象。按设计要求，$A_0 = 0.1 \sim 0.2$mm，$A_1 = 150^{+0.018}_{0}$mm，$A_2 = A_3 = 75^{-0.02}_{-0.08}$mm，试用完全互换法验算上述给定零件尺寸的极限偏差是否合理？

8-151 如习题图 8-17 所示零件的加工工序为：

（1）镗孔至 $\phi 40^{+0.1}_{0}$mm。

（2）插键槽保证尺寸 A_2。

（3）热处理。

（4）磨孔至 $\phi 40.6^{+0.06}_{0}$mm。

最后要求得到尺寸 $A_2 = 50^{+0.3}_{0}$mm，求工序尺寸 A_2。

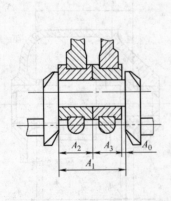

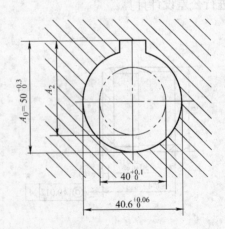

习题图 8-16 曲轴部件　　　　　　　　　习题图 8-17 零件图

8-152 按习题图 8-18 所示间距尺寸加工孔。用尺寸链求解孔 1 和孔 2、孔 3 间尺寸变化的范围？

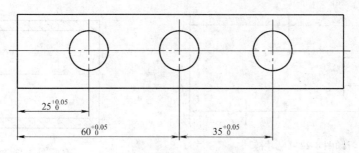

习题图 8-18　零件图

8-153　如习题图 8-19 所示的链轮部件及其支架，要求装配后间隙 $A_0 = 0.2 \sim 0.5\text{mm}$，设备组成环实际尺寸都按正态规律分布，且分布范围与公差带宽度一致，分布中心与公差带中心重合，试用概率法确定各零件的有关尺寸公差和极限偏差。

8-154　习题图 8-20 为锥齿轮减速器装配图的一部分（小齿轮套环结构），轴承盖左端与右轴承有轴向间隙。试找出该间隙和对该间隙有直接影响的全部尺寸连接成尺寸链，并画出尺寸链图，判别封闭环、增环和减环。

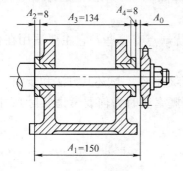

习题图 8-19　链轮部件

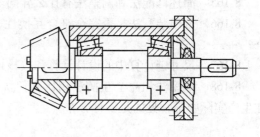

习题图 8-20　锥齿轮减速器部件

8-155　如习题图 8-21 所示某轴上铣一键槽，加工顺序为车外圆 $A_1 = \phi70.5_{-0.10}^{0}\text{mm}$，铣键深 A_2，磨外圆 $A_3 = \phi70_{-0.06}^{0}\text{mm}$，要求磨外圆后保证键深 $A_0 = 62_{-0.30}^{0}\text{mm}$，求铣键槽深度 A_2 应为多少？

8-156　如习题图 8-13 所示齿轮箱，根据使用要求应保证间隙 A_0 在 $1 \sim 1.75\text{mm}$。已知各零件的基本尺寸 $A_1 = 140\text{mm}$，$A_2 = A_5 = 5\text{mm}$，$A_3 = 101\text{mm}$，$A_4 = 50\text{mm}$，试用概率法中的"等精度法"求各环的极限偏差。假设各组成环和封闭环为正态分布，且分布范围与公差宽度一致，分布中心与公差带中心重合。

8-157　在如习题图 8-22 所示尺寸链中，A_0 为封闭环，试分析各组成环中，哪些是增环，哪些是减环？

8-158　如习题图 8-23 所示的轴套，按 $A_1 = \phi65\text{h}11$ 加工外圆，按 $A_2 = \phi50\text{H}11$ 镗孔，内、外圆同轴度误差可略去不计，求壁厚的基本尺寸及极限偏差。

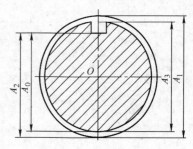

习题图 8-21　零件图

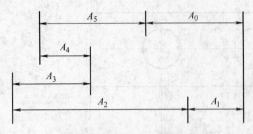

习题图 8-22　尺寸链

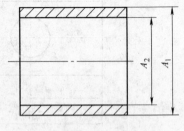

习题图 8-23　轴套

（七）简述题

8-159　尺寸链的两个基本特征是什么？

8-160　如何确定一个尺寸链的封闭环？

8-161　为什么封闭环公差比任何一个组成环公差都要大？在设计时应遵循什么原则？

8-162　什么是尺寸链的最短原则？试述此原则的重要性。

8-163　尺寸链的计算分哪几种类型？它们的目的分别是什么？

8-164　简述"等公差法"和"等精度法"有什么异同。

8-165　简述修配法和调整法有什么异同。

8-166　分组装配法是否完全符合互换性，此法的优缺点有哪些？它主要适用在什么场合？

8-167　尺寸链计算中的设计计算和校核计算的内容是什么？试述其方法和步骤。

8-168　概率法和完全互换法相比有何优点？应用概率法时为何要考虑实际尺寸分布？在生产实际中最常见的是哪种分布？

第九章　圆锥结合的互换性习题

一、思考题

9-1　圆锥配合与光滑圆柱体配合比较有何特点？

9-2　确定圆锥公差的方法有哪几种？各适用于什么场合？

9-3　圆锥的锥角一般有几种分法？

9-4　圆锥的配合分哪几类？

9-5　为什么钻头、铰刀、铣刀等的尾柄与机床主轴孔联接多采用圆锥结合的方式？从使用要求出发，这些工具锥体应有哪些要求？

9-6　圆锥结合有哪些优点？对圆锥结合有哪些基本要求？

9-7　圆锥及其结合有哪些主要参数？

9-8　圆锥直径公差与给定截面的圆锥直径公差有何不同？

9-9　圆锥配合通常用在哪些地方？

9-10　圆锥公差如何在图样上标注？

9-11　对某一圆锥工件，是否需要对国家标准规定的全部圆锥公差项目全部给出？

9-12　用圆锥塞规检验内圆锥时，根据接触点的分布情况，如何判断圆锥角偏差是正值还是负值？

9-13　常用的检测圆锥角（锥度）的方法有哪些？

9-14　在选择圆锥直径公差时，对结构型圆锥和位移型圆锥有什么不同？

二、习题

（一）填空题

9-15　可以自由调整_____是圆锥配合的一个显著特点。

9-16　圆锥配合的基本要求是_____和_____。

9-17　角度未注公差分为_____、_____和_____三个公差等级，金属切削加工的零件通常选用_____级。

9-18　对于有配合要求的内外圆锥，其基本偏差按_____制选用。

9-19　为了减少定值刀具、量规的规格和数量，应优先选用_____制配合。

9-20　圆锥素线直线度公差是指_____。

9-21　圆锥表面粗糙度公差值根据_____和_____给出。

9-22　圆锥配合的种类可分为_____、_____和_____三种。

9-23　通过圆锥轴线的截面内两条素线间的夹角称为_____。

9-24　_____，通常将内、外圆锥面成对研磨。

9-25　用圆锥塞规检验圆锥时，若着色被均匀地擦去，则说明_____。

9-26　有一外圆锥，已知最大圆锥直径为 20mm，最小圆锥直径为 15mm，圆锥长度为

159

互换性

与测量技术基础学习指导及习题集与解答

100mm，则圆锥角等于_____。

9-27 对于一般用途的圆锥，通常只给出具有综合性的圆锥直径公差_____，对于配合要求较高的圆锥零件，还应考虑给出_____。

9-28 常用的圆锥标准有_____和_____两种，其中_____广泛应用于机床制造和工具制造。

9-29 在图样标注中，锥度 C 常写成分数或_____形式，例如 $C=1/20$，可写成_____。

9-30 圆锥直径公差数值一般以_____为基本尺寸。

9-31 角度公差分为两种，一种是_____，另一种是_____。

9-32 基本圆锥长度为 118mm，圆锥角公差为 500μrad，则此圆锥角的线值公差等于_____。

9-33 有一位移型圆锥配合，锥度 $C=1:10$，要求装配后得到间隙配合。已知最小间隙为 +0.020mm，最大间隙为 +0.074mm，则轴向位移公差等于_____。

9-34 已知莫氏 3 号工具内锥的大端直径为 23.825mm，小端直径为 20.20mm，锥度 $C=1:19.922$。设内圆锥直径公差为 H8，由直径公差所能限制的最大圆锥角误差为_____。

9-35 对圆锥体的检验，是检验_____、_____圆锥表面形状要求的合格性。检验外圆锥用的圆锥量规叫做_____。

9-36 圆锥结合的主要参数有_____、_____、_____和_____。

9-37 外圆锥基面与内圆锥基面之间的距离称为_____。

9-38 _____公差是根据圆锥配合的具体功能确定的。

9-39 圆锥角公差有两种表示形式，分别是_____和_____。

9-40 由内、外圆锥本身的结构或基面距，来确定装配后的最终轴向相对位置而获得的配合是_____配合。

（二）判断题

9-41 圆锥配合具有较高的同轴度、配合自锁性好和密封性好等特点。（　　）

9-42 圆锥配合中的间隙量或过盈量是不能自由调整的。（　　）

9-43 一般情况下，圆锥公差只给定圆锥直径公差。（　　）

9-44 车床主轴的圆锥轴颈与圆锥轴衬套的配合是过渡配合。（　　）

9-45 圆锥一般以大端直径为基本尺寸。（　　）

9-46 圆锥锥角公差是指圆锥角的允许变动量。（　　）

9-47 圆锥配合是通过相互配合的内、外锥所规定的轴向位置来形成间隙或过盈的。（　　）

9-48 结构型圆锥配合只有基轴制配合。（　　）

9-49 位移型圆锥配合的内、外锥直径公差带不影响配合性质。（　　）

9-50 锥度是两个垂直圆锥轴线的截面的圆锥半径差与该两截面间的轴向距离之比。（　　）

9-51 基面距的位置按圆锥的基本直径而定，若以外圆锥最小的圆锥直径为基本直径，则基面距在圆锥的大端。（　　）

9-52 如果斜角误差较大，则接触面小，故传递转矩将急剧减少。（　　）

9-53　一般情况下，直径误差和斜角误差不会同时存在。（　　）

9-54　莫氏锥度在工具行业中应用很广，有关参数、尺寸及公差已标准化。（　　）

9-55　圆锥直径公差带有专门的标准规定，它和圆柱体极限与配合标准符号不同。（　　）

9-56　AT_α 与圆锥长度有关，圆锥长度越长，AT_α 值越大。（　　）

9-57　用正弦尺测量圆锥量规属于直接测量法。（　　）

9-58　圆锥的形状公差包括圆锥素线直线度公差，但不包括截面圆度公差。（　　）

9-59　用给定圆锥直径公差方法通常适用于非配合要求的内外锥体。（　　）

9-60　圆锥截面直径公差和圆锥角度公差是在圆锥素线为理想直线情况下给定的。（　　）

9-61　位移型圆锥其装配的终止位置是固定的。（　　）

9-62　结构型圆锥其圆锥直径公差带影响初始位置和接触质量。（　　）

9-63　圆锥公差的标注可以只标注圆锥某一线值尺寸的公差，将锥度和其他的有关尺寸作为标准尺寸。（　　）

9-64　相配合的圆锥的公差标注，标注尺寸公差的圆锥直径的基本尺寸可以不一致。（　　）

9-65　对于非配合圆锥，其基本偏差应选用 JS 或 js。（　　）

9-66　圆锥配合是基本圆锥相同的内、外圆锥直径之间，由于结合不同所形成的相互关系。（　　）

9-67　圆锥的极限偏差必须是不对称的双向取值。（　　）

9-68　圆锥素线直线度的公差带是指在给定截面上距离为公差值的两平行直线间的区域。（　　）

（三）**术语解释**

9-69　圆锥直径。

9-70　圆锥长度。

9-71　圆锥角。

9-72　锥度。

9-73　圆锥。

9-74　圆锥表面。

9-75　基面距。

9-76　基本圆锥。

9-77　圆锥角公差。

9-78　直径公差。

9-79　给定截面圆锥直径公差。

9-80　圆锥直径公差。

9-81　极限初始位置。

9-82　实际初始位置。

9-83　终止位置。

9-84　极限轴向位移。

9-85 轴向位移公差。

9-86 圆锥配合。

9-87 结构型圆锥配合。

9-88 位移型圆锥配合。

(四)单项选择题

9-89 关于圆锥配合的特点，下列说法中错误的是（　　　）。

A. 有较高的同轴度　　　　　　　　B. 配合自锁性不好

C. 有较好的密封性　　　　　　　　D. 可自由调整间隙和过盈

9-90 对基面距没有影响的因素是（　　　）。

A. 圆锥直径误差　　　B. 斜角误差　　　C. 圆锥表面的硬度

9-91 GB/T 157—2001 标准中对一般用途的锥度和锥角规定了（　　　）个基本值系列。

A. 18　　　　　　B. 20　　　　　　C. 21　　　　　　D. 24

9-92 GB/T 157—2001 标准中对特殊用途圆锥的锥度和锥角规定了（　　　）个基本值系列。

A. 18　　　　　　B. 20　　　　　　C. 21　　　　　　D. 24

9-93 关于莫氏锥度，下列说法中错误的是（　　　）。

A. 在工具行业中应用很广

B. 它的有关参数、尺寸已标准化

C. 它的有关参数、尺寸没有标准化

9-94 对于有配合要求的圆锥，推荐采用（　　　）制。

A. 基轴制　　　　　　B. 基孔制　　　　　　C. 非基准制

9-95 对于没有配合要求的内、外圆锥，最好选用的基本偏差是（　　　）。

A. H 和 h　　　　　　B. F 和 f　　　　　　C. JS 和 js

9-96 圆锥角各级公差值之间的公比为（　　　）。

A. 1. 12　　　　　B. 1. 25　　　　　C. 1. 6　　　　　D. 2. 5

9-97 圆锥的形状公差要求通常不包括（　　　）。

A. 圆锥素线直线度公差

B. 截面圆度公差

C. 圆锥中心线直线度公差

9-98 当圆锥工件的给定截面有较高精度要求时，要给定的圆锥公差是（　　　）。

A. 只给定圆锥直径公差

B. 只给定圆锥角公差

C. 给定圆锥截面直径公差和圆锥角公差

(五)多项选择题

9-99 圆锥配合与圆柱配合相比，其特点有（　　　）。

A. 自动定心好　　　　　　　　　　B. 装拆不方便

C. 能调整装配间隙大小　　　　　　D. 密封性好

9-100 圆锥配合有（　　　）。

A. 间隙配合　　　B. 过盈配合　　　C. 过渡配合

9-101　圆锥的主要几何参数有（　　　）。

A. 圆锥角　　　　B. 圆锥直径　　　　C. 圆锥长度　　　　D. 锥度

9-102　影响基面距的因素有（　　　）。

A. 斜角误差　　　　　　　　　　B. 圆锥直径误差

C. 圆锥表面的硬度　　　　　　　D. 圆锥表面粗糙度

9-103　下列用于圆锥和角度的检测器具中，属于比较测量法的有（　　　）。

A. 正弦规　　　　B. 万能角度尺　　　　C. 角度量块　　　　D. 锥度样板

9-104　扩孔钻的锥柄与机床主轴锥孔的配合是属于（　　　）。

A. 间隙配合　　　　B. 过盈配合　　　　C. 过渡配合

9-105　下列圆锥和角度的检测器具中，属于相对测量法的有（　　　）。

A. 角度量块　　　　B. 万能角度尺　　　　C. 圆锥量块

D. 正弦规　　　　E. 光学分度头

9-106　下列检测器具中，属于间接测量法的有（　　　）。

A. 正弦规　　　　B. 万能角度尺　　　　C. 圆锥量块　　　　D. 角度量块

9-107　圆锥角公差共分为（　　　）个公差等级。

A. 10　　　　B. 12　　　　C. 16　　　　D. 18

9-108　圆锥公差包括（　　　）。

A. 圆锥直径公差　　　　B. 锥角公差　　　　C. 圆锥形状公差

D. 截面直径公差　　　　E. 圆锥结合长度公差

9-109　圆锥的面轮廓度公差能控制（　　　）。

A. 素线直线度误差　　B. 截面圆度误差　　C. 直径误差　　　D. 圆锥角误差

9-110　圆锥在图样上应标注的项目有（　　　）。

A. 尺寸标注　　　　　　　　　　B. 锥度标注

C. 圆锥公差标注　　　　　　　　D. 装配终止位置标注

（六）综合与计算题

9-111　有一圆锥配合，其锥度 $C = 1:20$，结合长度 $H = 80\text{mm}$，内外圆锥角的公差等级均为 IT9，试按下列不同情况确定内、外圆锥直径的极限偏差：

（1）内外圆锥直径公差带均按单向分布，且内圆锥直径下偏差 EI = 0，外圆锥直径上偏差 es = 0；

（2）内外圆锥直径公差带均对称于零线分布。

9-112　铣床主轴端部锥孔及刀杆锥体以锥孔最大圆锥直径 $\phi70\text{mm}$ 为配合直径，锥度 $C = 7:24$，配合长度 $H = 106\text{mm}$，基面距 $b = 3\text{mm}$，基面距极限偏差 $\Delta b = \pm 4\text{mm}$，试确定直径和圆锥角的极限偏差。

9-113　习题图 9-1 所示为简易组合测量示意图，被测外圆锥锥度 $C = 1:50$，锥体长度为 90mm，标准圆锥直径 $d = \phi10\text{mm}$，试合理确定量块组 L、h 的尺寸。设 a 点读数为 36μm，b 点读数为 32μm，试确定该锥体的锥角偏差。

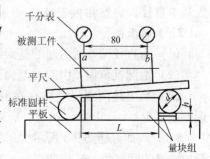

习题图 9-1　简易组合测量示意图

9-114 已知内圆锥的最大圆锥直径是 23.825mm，最小圆锥直径是 20.2mm，锥度为 1:19.922。设内圆锥直径公差带为 H8，试计算因直径公差所产生的锥角公差。

9-115 有一外圆锥，已知最大圆锥直径为 20mm，最小圆锥直径为 5mm，圆锥长度为 100mm，试求其锥度及圆锥角。

9-116 某车床尾座顶尖套与顶尖结合采用莫氏锥度 No4，顶尖圆锥长度 $L=118mm$，圆锥角公差等级为 $AT8$，试查出圆锥角 α 和锥度 C，以及圆锥角公差的数值（AT_α 和 AT_D）。

9-117 如习题图 9-2 所示为用两对不同直径的圆柱测量外圆锥角的示例，试列出用这种方法得出圆锥角的计算式。

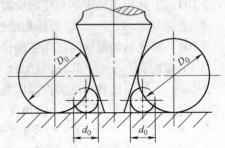

9-118 已知内圆锥锥度为 1:10，圆锥长度为 100mm，最大圆锥的直径为 30mm，圆锥直径公差带代号为 H8，采用包容要求。确定该圆锥完工后圆锥角在什么范围内才能合格？

习题图 9-2 用圆柱测量外锥角

9-119 某结构型圆锥根据传递转矩的需要，最大过盈量 $\delta_{max}=159\mu m$，最小过盈量 $\delta_{min}=70\mu m$，基本直径为 100mm，锥度 $C=1:50$，试确定其内、外圆锥的直径公差带代号。

9-120 某外圆锥的锥角为 10°，最大圆锥直径为 30mm，圆锥长度为 50mm，圆锥直径公差带代号为 H7。试确定圆锥直径极限偏差并按包容要求标注在图样上。

9-121 某圆锥最大直径为 100mm，最小直径为 95mm，圆锥长度为 100mm，试确定圆锥角、圆锥素线角和锥度。

9-122 某圆锥孔与圆锥轴相配合，锥度 C 为 1:5，圆锥孔大端直径为 $\phi25H8$，圆锥轴大端直径为 $\phi25.4b8$，设圆锥角无误差，试计算基面距的基本尺寸及其极限偏差。

9-123 有一外圆锥，最大直径为 200mm，圆锥长度为 400mm，圆锥直径公差等级为 IT8 级，求直径公差所能限定的最大圆锥角误差。

9-124 某减速器从动轴的伸出端锥度 C 为 1:10，用平键与联轴器锥孔联接。大端直径为 $\phi35h8$，联轴器锥孔大端直径为 $\phi34.5H8$。若圆锥角无误差，试计算基面距的变动范围是多少？

9-125 有一位移型圆锥配合，锥度 C 为 1:30，内、外圆锥的基本直径为 60mm，要求装配后得到 H7/u6 的配合性质。试计算极限轴向位移并确定轴向位移公差。

9-126 一圆锥联接，锥度 $C=1:20$，内锥大端直径偏差 $\Delta D_k=+0.1mm$，外锥大端直径偏差 $\Delta D_z=+0.05mm$，结合长度 $L_p=80mm$，以内锥大端直径为基本直径，内锥角偏差 $\Delta\alpha_k=+2'10''$，外锥角偏差 $\Delta\alpha_k=+1'22''$，试求：

(1) 由直径偏差所引起的基面距误差是多少？

(2) 由圆锥角偏差引起的基面距误差是多少？

(3) 当上述两项误差均存在时，可能引起的最大基面距误差是多少？

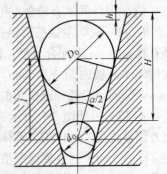

9-127 如习题图 9-3 所示为采用间接测量法用标准钢球测量内圆锥的圆锥角。试按照图示给出的 D_0、d_0、H、h 求出圆锥角 α 的表达式。

习题图 9-3 用钢球测量内锥角

（七）简述题

9-128　有一圆锥体，其尺寸参数为 D、d、L、C、α，试说明在零件图上是否需要把这些参数的尺寸和极限偏差都标注出来，为什么？

9-129　对圆锥的配合有什么要求？

9-130　简述圆锥配合的种类和特点。

9-131　常见的圆锥公差给定方法有几种？分别是什么？

9-132　圆锥的轴向位移公差和初始位置公差的区别是什么？

9-133　常见圆锥公差项目有几种？分别是什么？

9-134　简述位移型圆锥配合中直径公差带的选择。

9-135　圆锥公差在图样上标注有什么需要注意的地方？

9-136　常见的角度和锥度的测量有几种方式？分别简要说明。

9-137　常见的角度和锥度的检验有几种方式？分别简要说明。

9-138　简述结构型圆锥配合时直径公差带的选择。

9-139　简述结构型圆锥配合和位移型圆锥配合在特点上有什么不同之处。

第十章 螺纹结合的互换性习题

一、思考题

10-1 螺纹中径、单一中径和作用中径三者有何区别和联系？

10-2 普通螺纹结合中，内、外螺纹中径公差是如何构成的？如何判断中径的合格性？

10-3 对普通紧固螺纹，标准中为什么不单独规定螺距公差与牙型半角公差？

10-4 普通螺纹的实际中径在中径极限尺寸内，中径是否就合格？为什么？

10-5 为什么要把螺距误差和牙型半角误差折算成中径上的当量值？其计算关系如何？

10-6 影响螺纹互换性的参数有哪几项？

10-7 国家标准对普通螺纹规定了哪些基本偏差代号？

10-8 普通内、外螺纹的中径公差等级相同时，它们的公差数值相同吗？为什么？

10-9 普通螺纹的基本几何参数有哪些？

10-10 为何规定了螺纹的公差等级后，还要规定螺纹的精度等级？

10-11 对普通螺纹应如何选用极限与配合？

10-12 梯形螺纹和普通螺纹相比，其基本尺寸有何特点？

10-13 国家标准对梯形螺纹规定了哪些尺寸公差种类和基本偏差种类？

10-14 螺纹常用哪些检测方法？螺纹量规的通端、止端的牙型和长度有何不同？为什么？

二、习题

（一）填空题

10-15 外螺纹的作用中径关系式为_____。

10-16 对于普通螺纹，螺母中径的合格条件是_____不大于最大的极限中径，且_____不小于最小的极限中径。

10-17 螺纹的公差带沿_____分布，螺母的作用中径的计算式为_____。实验中测量螺纹螺距，左侧测一螺距、右侧测一螺距，其目的是为消除_____误差。

10-18 外螺纹的基本偏差是_____，内螺纹的基本偏差是_____。

10-19 外螺纹的基本偏差代号是_____，内螺纹的基本偏差代号是_____。

10-20 螺纹中径公差同时限制_____、_____及_____三个要素的误差。

10-21 影响螺纹互换性的参数有_____、_____、_____、_____和_____。

10-22 要使一对内外螺纹正确旋合，应使_____。

10-23 螺纹按其牙型分类，可分为_____螺纹、_____螺纹、_____螺纹和_____螺纹等。

10-24 螺纹按用途分类，可分为_____螺纹、_____螺纹和_____螺纹。

10-25　普通螺纹结合的两个基本要求：一是满足内、外螺纹装配时的_____性；二是保证内、外螺纹旋合后的_____性。

10-26　原始三角形高度_____牙型高度，螺纹接触高度_____牙型高度。

10-27　导程是指在_____上相邻两牙在_____线上对应两点间的轴向距离。

10-28　当没有螺距误差时，单一中径的数值_____中径的数值。当螺距误差为正值时，单一中径的数值_____中径的数值。当螺距误差为负值时，单一中径的数值_____中径的数值。

10-29　普通螺纹的大径是指与外螺纹_____或内螺纹相切的_____的直径。对外螺纹而言，大径为_____，用字母_____表示；对内螺纹而言，大径为_____，用字母_____表示。

10-30　在实际生产中采用将外螺纹中径_____或内螺纹中径_____的方法，以抵消螺距误差的影响，保证螺纹顺利_____。

10-31　螺距误差使内、外螺纹的旋合发生_____、影响螺纹的_____性，在螺纹旋合长度内使_____减少，影响螺纹的_____性。

10-32　螺纹的牙型角误差是由于_____误差或_____误差的存在，使左、右牙型角不相等形成的。

10-33　由于螺距和牙型角误差可换算成_____来处理，所以螺纹中径是影响螺纹结合互换性的_____。

10-34　决定螺纹作用中径大小的因素是_____、_____。

10-35　螺纹的公差带与旋合长度组成螺纹精度等级，螺纹精度分为_____、_____和_____三项。

10-36　螺纹公差带是_____公差带，是在_____方向上计量大、中、小径的偏差和公差，公差带由其相对于基本牙型的_____因素和_____因素组成。

10-37　国家标准对普通螺纹规定的公差带位置中，对外螺纹，其基本偏差数值为零的是_____，为负值的是_____。对内螺纹，其基本偏差为零的是_____，为正值的是_____。

10-38　标准将螺纹旋合长度分为三组，同一组旋合长度中，由于螺纹的_____和_____不同，其长度值也不相同。

10-39　内、外螺纹的基本偏差数值，除 H、h 为零外均与_____有关。

10-40　螺纹顶径的公差值与_____和_____有关，而螺纹中径的公差值与上述两参数有关外，还与螺纹的_____有关。

10-41　Tr40 × 6—7H 的含义：Tr 表示_____，40 表示_____，6 表示_____，7H 表示_____。

10-42　完整的螺纹标记包括_____、_____和_____。

10-43　检验外螺纹所用的工作量规有光滑极限卡规和螺纹环规。光滑极限卡规检验外螺纹_____尺寸。螺纹环规的通规用于检验外螺纹的_____尺寸和_____尺寸。螺纹环规的止规用于检验外螺纹的_____尺寸。

10-44　通端螺纹工作环规应有_____的牙型。止端螺纹工作环规应有_____的牙型。

10-45 螺纹的综合检验是指_____，采用的量具是_____。

10-46 螺纹的极限量规是成对使用的。一是按螺纹的_____做成的_____螺纹量规，以检验螺纹的_____性。二是按螺纹的_____做成的_____螺纹量规，以控制螺纹的_____性。

10-47 选取最佳量针可减小或消除螺纹的_____误差对测量结果的影响。

10-48 大型工具显微镜属于_____量仪，可分别检验螺纹的_____。

10-49 止端螺纹工作环规只是用来检验外螺纹的_____一个参数。

10-50 在丝杠与螺母结合中主要是_____配合。

10-51 对梯形螺纹，标准对内螺纹的大、中、小径规定基本偏差是_____；对外螺纹的中径规定的基本偏差是_____，对大、小径规定的基本偏差是_____。

（二）判断题

10-52 螺纹的基本牙型指没有任何误差的理想牙型。（　　　）

10-53 影响螺纹互换性的主要因素是螺距误差、牙型半角误差和中径误差。（　　　）

10-54 普通螺纹中径的标称位置在原始三角形高 H/2 处。（　　　）

10-55 作用中径是指螺纹配合中实际起作用的中径。（　　　）

10-56 单一中径是指圆柱的母线通过牙体宽度等于基本螺距的地方。（　　　）

10-57 普通螺纹公差标准中，除了规定中径和顶径的公差和基本偏差外，还规定了螺距和牙型半角公差。（　　　）

10-58 中径公差等级相同的内外螺纹，其公差值相同。（　　　）

10-59 国家标准中，对螺纹的螺距误差和牙型半角误差规定用中径公差来限制。（　　　）

10-60 普通螺纹是通过判断单一中径是否合格来判断该螺纹合格性的。（　　　）

10-61 螺纹的精度仅取决于螺纹公差等级。（　　　）

10-62 同一公差等级的螺纹，若它们的旋合长度不同，则螺纹的精度就不同。（　　　）

10-63 在同样的公差等级中，内螺纹的中径公差比外螺纹中径公差小。（　　　）

10-64 螺纹的五个基本参数都影响螺纹的配合性质。（　　　）

10-65 由于作用中径综合了螺距误差与牙型半角误差对螺纹配合性质的影响，因而作用中径的数值应大于单一中径的数值。（　　　）

10-66 牙型半角误差是由牙型角大小误差或（和）牙型角位置误差这两个因素形成的。（　　　）

10-67 对螺距误差没有规定公差的主要原因是在加工中可利用机床丝杠精度来控制螺距误差。（　　　）

10-68 内、外螺纹的旋合性，必须满足内螺纹的作用中径大于或等于外螺纹的作用中径。（　　　）

10-69 保证螺纹互换性的条件是：其作用中径不能大于最大极限中径，其任一部位的单一中径不能小于最小极限中径。（　　　）

10-70 和光滑圆柱形结合的公差相似，螺纹中径和顶径公差的大小，由公差带的宽度即两平行线间的垂直距离确定。（　　　）

10-71 螺纹公差带代号包括中径公差带代号和大径公差带代号。（　　　）

10-72　螺纹的公差带代号是由表示公差等级的数字和表示基本偏差的字母组成与尺寸公差的公差带代号完全相同。（　　）

10-73　选择螺纹公差等级时不需要考虑旋合长度的影响。（　　）

10-74　螺纹在图样上的标记内容包括螺纹代号、螺纹公差带代号和螺纹旋合长度。（　　）

10-75　由于螺纹的大径为螺纹的公称直径，因而在一般情况下，均应对内、外螺纹的大径规定合适的公差。（　　）

10-76　螺纹的精度分为精密、中等和粗糙三级，其分级不仅与公差带的大小有关，而且与螺纹的旋合长度有关。公差带大小相同时，旋合长度大的，其精度等级高。（　　）

10-77　螺纹的综合检验就是同时测量出多个参数的数值，综合起来判断螺纹是否合格。（　　）

10-78　内、外梯形螺纹的大径、小径的基本尺寸相同。（　　）

10-79　标准对梯形螺纹规定了精密、中等和粗糙三种精度。（　　）

10-80　作用中径反映了实际螺纹的中径偏差、螺距偏差和牙型半角偏差的综合作用。（　　）

10-81　普通螺纹一般以螺纹的顶径作为螺纹的公称直径。（　　）

10-82　标准对螺纹的顶径即内螺纹的小径和外螺纹的大径规定了公差。（　　）

10-83　梯形螺纹的主要用途是传递运动和力。（　　）

10-84　梯形螺纹的牙型为等腰三角形，其牙型角为60°。（　　）

10-85　螺纹光滑极限卡规的通端和止端分别用来检验外螺纹的大径和小径的合格性。（　　）

10-86　牙型角的数值应等于牙型半角或牙侧角的数值的两倍。（　　）

10-87　螺纹升角是指在中径圆柱上，螺旋线的切线与垂直螺纹轴线的平面的夹角。（　　）

10-88　用三针法测量中径时，由于量针是放在螺纹的沟槽中进行测量的，因而所测量的是螺纹的单一中径。（　　）

（三）术语解释

10-89　可旋合性。

10-90　联接可靠性。

10-91　大径。

10-92　小径。

10-93　中径。

10-94　顶径。

10-95　螺距。

10-96　牙型半角。

10-97　作用中径。

10-98　单一中径。

10-99　原是三角形高度。

10-100　螺纹升角。

10-101 螺纹旋合长度。

10-102 螺纹的接触高度。

10-103 螺纹精度等级。

10-104 螺纹综合检验。

10-105 三针法。

（四）单项选择题

10-106 普通螺纹（   ）为螺纹的公称直径。

A. 大径　　　　　　　　　B. 中径　　　　　　　　　C. 小径

10-107 螺纹公差等级中，基本级为（   ）。

A. 3 级　　　　　　　　　B. 6 级　　　　　　　　　C. 9 级

10-108 螺纹配合一般选用（   ），对于经常拆卸、工作温度高或需涂镀的螺纹，通常采用（   ）或（   ）。

A. H/g　　　　　　　　　B. G/h　　　　　　　　　C. H/h

10-109 对普通螺纹联接的主要要求是（   ）。

A. 可旋合性　　　　　　　　　　　　　B. 传动准确性

C. 可旋合性和联接可靠性　　　　　　　D. 密封性

10-110 普通螺纹的中径公差可以限制（   ）。

A. 中径误差　　　　　B. 螺距和牙型半角误差　　　C. 中径、螺距和牙型半角误差

10-111 普通螺纹的主要用途是（   ）。

A. 连接和紧固零部件　　　　　　　　　B. 用于机床设备中传递运动

C. 用于管件的联接和密封　　　　　　　D. 在起重装置中传递力的作用

10-112 普通螺纹的配合精度取决于（   ）。

A. 公差等级与基本偏差　　　　　　　　B. 基本偏差与旋合长度

C. 公差等级、基本偏差和旋合长度　　　D. 公差等级和旋合长度

10-113 规定螺纹中径公差的目的是为了控制（   ）。

A. 单一中径误差

B. 单一中径和螺距累积误差

C. 单一中径和牙型半角误差

D. 单一中径、螺距累积误差和牙型半角误差

10-114 用三针法测量并经过计算得出的螺纹中径是（   ）。

A. 单一中径　　　　　　　　　　　　　B. 作用中径

C. 中径基本尺寸　　　　　　　　　　　D. 大径与小径的平均尺寸

10-115 螺纹的单一中径是（   ）。

A. 母线通过牙型上沟槽宽度和凸起宽度相等的假想圆柱的直径

B. 母线通过牙型上沟槽宽度等于基本螺距一半的地方的假想圆柱的直径

C. 大径和小径的平均值

10-116 螺纹的牙型半角是（   ）。

A. 相邻两牙侧间夹角的一半

B. 牙侧与螺纹轴线的垂线间的夹角

C. 牙侧与螺纹轴线之间的夹角

10-117　若外螺纹具有理想牙型，内螺纹仅有牙型半角误差，且 $\Delta\alpha/2$（左）= $\Delta\alpha/2$（右）>0，则内外螺纹旋合时干涉部位发生在（　　）。

A. 靠近大径处　　　　　　B. 靠近中径处　　　　　　C. 靠近小径处

10-118　关于牙型角、牙型半角和牙侧角之间的关系，下列说法中错误的是（　　）。

A. 牙型半角一定等于牙型角的 1/2

B. 牙型角等于左、右牙侧角之和

C. 牙侧角一定等于牙型角的 1/2

D. 当牙型角的角平分线垂直于螺纹轴线时，牙侧角等于牙型半角

10-119　内螺纹的作用中径与单一中径之间的关系一般是（　　）。

A. 两者必定相等　　　　　　　　　　B. 前者可能大于也可能等于后者

C. 前者必大于后者　　　　　　　　　D. 缺少条件无法确定

10-120　当外螺纹存在螺距误差时，外螺纹作用中径与单一中径之间的关系是（　　）。

A. 两者必定相等　　　　　　　　　　B. 前者必定大于后者

C. 前者必定小于后者　　　　　　　　D. 前者可能大于也可能等于后者

10-121　螺纹工作环规通端是用来检验（　　）。

A. 外螺纹大径的合格性

B. 外螺纹作用中径的合格性及控制外螺纹小径不超出其最大极限尺寸

C. 内螺纹作用中径的合格性及控制内螺纹大径不超出其最小极限尺寸

D. 外螺纹单一中径的合格性

10-122　用三针法测量并经过计算后得到的尺寸是（　　）。

A. 作用中径的尺寸　　　　　　　　　B. 中径的基本尺寸

C. 单一中径的尺寸　　　　　　　　　D. 实际中径的尺寸误差

10-123　梯形螺纹结合属于（　　）配合性质。

A. 间隙　　　　　　　B. 过渡　　　　　　　C. 过盈

10-124　梯形螺纹的特点是（　　）。

A. 内、外螺纹中径公称尺寸不同

B. 内、外螺纹大、小径公称尺寸相同

C. 内、外螺纹大、小径公称尺寸不同

（五）多项选择题

10-125　可以用普通螺纹中径公差限制（　　）。

A. 螺距累积误差　　　　B. 牙型半角误差　　　　C. 大径误差

D. 小径误差　　　　　　E. 中径误差

10-126　作用中径与（　　）误差有关。

A. 单一中径误差　　　　B. 小径误差　　　　C. 大径误差　　　　D. 螺距误差

10-127　影响螺纹配合性质的参数是（　　）。

A. 大径　　　　　　B. 牙型半角　　　　C. 螺距　　　　D. 中径

10-128　对于外螺纹保证可旋合的条件是（　　）。

A. $d_{2max} \geqslant d_{2作用}$　　　B. $d_{2min} \leqslant d_{2作用}$　　　C. $d_{2单一} \geqslant d_{2min}$　　　D. $d_{2单一} \leqslant d_{2min}$

171

10-129 国家标准对内、外螺纹规定了( )。

A. 中径公差　　　　　　B. 顶径公差　　　　　　C. 底径公差

10-130 标准对外螺纹规定的基本偏差代号是( )。

A. h　　　　　　B. g　　　　　　C. f　　　　　　D. e

10-131 标准对内螺纹规定的基本偏差代号是( )。

A. G　　　　　　B. F　　　　　　C. H　　　　　　D. K

10-132 普通螺纹的基本偏差是( )。

A. ES　　　　　　B. EI　　　　　　C. es　　　　　　D. ei

10-133 螺纹标注应标注在螺纹的( )尺寸线上。

A. 大径　　　　　　B. 小径　　　　　　C. 顶径　　　　　　D. 底径

10-134 螺纹单一中径的测量方法有( )。

A. 影像法　　　　　　B. 三针法　　　　　　C. 轴切法　　　　　　D. 单针法

10-135 下列螺纹中，属细牙，小径公差等级为 6 级的有( )。

A. M10×1—6H　　　　　　　　　　　　B. M20—5g6g

C. M10 左—5H6H—S　　　　　　　　　D. M30×2—6h

10-136 可以用丝杠中径公差限制( )。

A. 螺距累积误差　　　B. 分螺距误差　　　C. 牙型半角误差　　D. 中径误差

10-137 梯形螺纹对外螺纹中径规定了三种公差带，它们分别是( )。

A. h　　　　　　B. e　　　　　　C. g　　　　　　D. c

(六) 综合与计算题

10-138 查表确定螺母 M24×2—6H、螺栓 M24×2—6h 的小径和中径、大径和中径的极限尺寸，并画出公差带图。

10-139 有一螺栓 M24—6h，其公称螺距 $P = 3mm$，公称中径 $d_2 = 22.051mm$，加工后测得 $d_{2实际} = 21.9mm$、螺距累积误差 $\Delta P_\Sigma = +0.05mm$，牙型半角误差 $\Delta\alpha/2 = 52'$，问此螺栓的中径是否合格？

10-140 有一螺母 M20—7H，其公称螺距 $P = 2.5mm$，公称中径 $D_2 = 18.376mm$，测得其实际中径 $D_{2实际} = 18.61mm$，螺距累积误差 $\Delta P_\Sigma = +40\mu m$，牙型实际半角 $\alpha/2(左) = 30°30'$，$\alpha/2(右) = 29°10'$，问此螺母的半径是否合格？

10-141 有一 T60×12—8 (公称大径为 60mm，公称螺距为 12mm，8 级精度) 的丝杠，对它的 20 个螺纹牙的螺距进行了测量，测得值如习题表 10-1 所示，问该丝杠的单个螺距误差 ΔP 及螺距累积误差 ΔP_L 是多少？

习题表 10-1　测量数据表

螺牙序号	1	2	3	4	5	6	7	8	9	10
螺矩实际值/mm	12.003	12.005	11.995	11.998	12.003	12.003	11.990	11.995	11.998	12.005
螺牙序号	11	12	13	14	15	16	17	18	19	20
螺矩实际值/mm	12.005	11.998	12.003	11.998	12.010	12.005	11.995	11.998	12.000	11.995

10-142 试说明下列螺纹标注中各代号的含义：

(1) M24—6H　　　(2) M36×2—5g6g—20　　　(3) M30×2—6H/5g6g

10-143 用某种方法加工 M16—6g 的螺栓，已知该加工方法所产生的误差为：螺距偏差

$\Delta P_{\Sigma} = \pm 10\mu m$，牙型半角偏差 $\Delta\alpha_1 = \Delta\alpha_2 = 30'$，问单一中径应加工在什么范围内螺栓才能合格？

10-144 用三针法测量 M20 螺纹塞规，测量出实际直径为 $=21.151mm$，螺距误差 $\Delta P = +0.002mm$，牙型角误差 $\Delta\alpha = +5'$（即 $+0.0015rad$），三针直径偏差 $\Delta d_M = -0.001mm$。

已知螺纹塞规中径极限尺寸为 $\phi 18.376^{+0.015}_{+0.005}mm$，公称螺距 $P = 2.5mm$，公称中径 $d_2 = \phi 18.376mm$，问此螺纹塞规的中径是否合格？如果各参数的测量极限误差为：$\delta_{limM} = \pm 0.5\mu m$，$\delta_{limP} = \pm 1.7\mu m$，$\delta_{limd_0} = \pm 0.5\mu m$，$\delta_{lim\alpha} = \pm 0.0006rad$，求塞规实际中径的测量极

限误差。提示：$\Delta M = \Delta d_2 + \Delta d_0 \left(1 + \dfrac{1}{\sin\dfrac{\alpha}{2}}\right) - \dfrac{1}{2}\Delta P\cot\dfrac{\alpha}{2} + \dfrac{1}{2\sin^2\dfrac{\alpha}{2}} \times \left(\dfrac{P}{2} - d_0\cos\dfrac{\alpha}{2}\right)\Delta d$ 式

中，Δd 的单位为 rad。

10-145 解释下列螺纹标注中各代号的意义。

（1）M20—5g6g—3；（2）M20×1.5 左—6H。

10-146 在工具显微镜上测量一个公称大径为 24mm，螺距为 3mm，5h（公差等级为 5，基本偏差为 h）的螺栓，测得实际中径 $d_{2实际} = 21.95mm$，$\Delta P_{\Sigma} = -50\mu m$，$\Delta\alpha/2(左) = +60'$ 及 $\Delta\alpha/2(右) = +80'$，求这个螺栓的作用中径。问此螺栓是否合格？能否旋入具有理想轮廓的螺母？

10-147 实测一普通外螺纹工件 M16×1—5g 的 $\Delta P_{\Sigma} = +25\mu m$，$\Delta\alpha_1/2(左) = -25'$，$\Delta\alpha_2/2(右) = +43'$，若要保证中径合格，求实际中径允许的变动范围。

10-148 某螺纹联接，小批生产，其公称直径为 24mm，螺距为 3mm，旋合长度为 25mm，要求内、外螺纹有较高的同轴度，有较好的旋合性，且有一定的联接强度。试确定螺纹公差带代号。

10-149 根据螺纹代号 M16—6H/6g，查表确定并填写习题表 10-2 中空格的部分。

习题表 10-2 填 表 （单位：mm）

极限偏差	内螺纹		外螺纹	
	ES	EI	es	ei
大径				
中径				
小径				
极限尺寸	D_{max}	D_{min}	d_{max}	d_{min}
大径				
中径				
小径				
公差带图				

10-150 根据习题 10-149 中普通螺纹的标记代号和习题表 10-3 中的测量值，将习题表

10-3 补充完善。

习题表 10-3 填 表 （单位：mm）

	单一中径	ΔP_Σ	F_P 或 f_P	$\Delta\frac{\alpha}{2}$(左)	$\Delta\frac{\alpha}{2}$(右)	$F_{\frac{\alpha}{2}}$ 或 $f_{\frac{\alpha}{2}}$	作用中径
内螺纹	14.820	+0.030		1°10′	+1°30′		
外螺纹	14.500	−0.040		−30′	+1°		
能否满足旋合性		理由					
是否连接可靠	理由						

10-151 已知螺纹尺寸和公差要求为 M24 × 2—6g，加工后测得：实际大径 $d_{实际}$ = 23.850mm，实际中径 $d_{2实际}$ = 22.521mm，螺距累积偏差 ΔP_Σ = +0.05mm，牙型半角偏差分别为：$\Delta\alpha/2$(左) = +20′，$\Delta\alpha/2$(右) = −25′，试求顶径和中径是否合格，查出所需旋合长度的范围。

10-152 有一 M18 × 2—6H/6h 的内、外螺纹结合，测得尺寸如下：内螺纹的单一中径为 16.51mm，螺距累积误差为 +25μm，牙型半角误差 $\Delta\alpha/2$(左) = −15′，$\Delta\alpha/2$(右) = +35′；外螺纹的单一中径为 16.24mm，螺距累积误差为 +20mm，牙型半角误差 $\Delta\alpha/2$(左) = +30′，$\Delta\alpha/2$(右) = −20′，试计算中径的配合间隙。

10-153 有一螺母 M24 × 2—6H，加工后测得中径为：$D_{2实际}$ = 22.785mm，ΔP_Σ = 0.030mm，$\Delta\alpha/2$(左) = +35′，$\Delta\alpha/2$(右) = +25′，（1）试计算螺母的作用中径，判断中径是否合格；（2）画出中径公差带图。

10-154 有一螺纹副 M20—6H/5g6g，测得尺寸如习题表 10-4 所示，试计算中径的配合间隙。

习题表 10-4 测得的尺寸数据

螺纹名称	单一中径(d_2, D_2)	螺距误差(ΔP_Σ)	牙型半角误差$\left(\Delta\frac{\alpha}{2}\right)$	
			左	右
内螺纹	18.407mm	+25μm	−15′	+35′
外螺纹	18.204mm	+20μm	+30′	−20′

（七）简述题

10-155 普通螺纹可以分为几种？各应用于什么场合？

10-156 普通螺纹的基本要求是什么？

10-157 简要说明螺距误差和牙型半角误差对螺纹互换性的影响。

10-158 什么是普通螺纹的互换性要求？如何从几何精度上保证普通螺纹的互换性要求？

10-159 普通螺纹的精度是怎样分类的？试述各种精度螺纹的用途。

10-160 同一精度的螺纹，为什么旋合长度不同，中径公差等级也不同？

10-161 螺纹综合量规的通规与止规的牙型和长度有何不同？为什么？

10-162 简述用三针测量法如何进行螺纹测量。

10-163 简述综合测量法测量螺纹的方法。

10-164 当内外螺纹存在螺距误差和牙型半角误差时，其作用中径和单一中径之间存在什么关系？试用数学关系式表达。

10-165 普通螺纹的公差制是如何构成的？普通螺纹的公差带有何特点？

10-166 梯形螺纹主要应用于什么范围？

10-167 梯形螺纹在零件图和装配图中如何标注？

第十一章 键和花键的互换性习题

一、思考题

11-1 各种键联接的特点是什么？主要使用在哪些场合？

11-2 单键与轴槽、轮毂槽的配合分哪几类？如何选择？

11-3 为什么矩形花键只规定小径定心一种定心方式？其优点何在？

11-4 矩形内、外花键除规定尺寸公差外，还规定哪些位置公差？

11-5 单键联接为什么采用基轴制配合？

11-6 试按 GB/T 1144—2001 确定矩形花键 $\Pi\ 6 \times 23\dfrac{H7}{g7} \times 26\dfrac{H10}{a11} \times 6\dfrac{H11}{f9}$ 中内外花键的小径、大径、键宽、键槽宽的极限偏差和位置度公差，并指出各自应遵守的公差原则。

11-7 一般用途矩形花键和精密传动用矩形花键有哪几种装配形式？它们的公差带是如何规定的？

11-8 什么是花键的定心表面？

11-9 花键常用哪些检测方法？

11-10 平键联接为什么只对键（槽）宽规定较严的公差？键宽的配合有哪三种类型？各应用在什么场合？

11-11 试说明花键综合量规的作用。

11-12 单键联接有哪些特点？

11-13 花键联接与单键联接相比有哪些优点和缺点？

二、习题

（一）填空题

11-14 在平键联接中，配合尺寸是_____，其配合公差的特点是采用_____制。

11-15 键联接可分为_____联接和_____联接两大类。

11-16 按照配合的松紧不同，普通平键分为_____、_____和紧密联接。

11-17 平键联接中，键宽和键槽宽的配合采用_____制，矩形花键联接的配合采用_____制。

11-18 根据定心要素不同，花键分为_____种定心方式。

11-19 矩形花键国家标准规定，矩形花键用_____定心。

11-20 矩形花键的尺寸公差采用_____制，目的是_____拉刀的数目。

11-21 花键联接与单键联接相比，其主要优点是_____、_____和_____。

11-22 矩形花键有三个主要尺寸，即_____、_____和_____。

11-23 键和花键通常用于联接_____与_____、_____等，以传递转矩和运动。

11-24 在单件小批生产时，平键键槽的宽度和深度一般用_____测量，在大批量生产时，可用_____来检验。

11-25 标准对轮毂槽宽度规定了_____、_____和_____三种公差带。

11-26 普通平键主要用于_____，导向平键主要用于_____。

11-27 矩形花键联接的装配形式有_____、_____和_____三种。根据规定，花键数为偶数，有_____、_____和_____三种。

11-28 花键的检测分_____和_____两种。当花键小径定心表面采用包容原则，且位置公差与尺寸公差的关系采用最大实体原则时，一般应采用_____检测。

11-29 标准推荐平键联接的各表面粗糙度中，其键侧表面粗糙度值为_____。

11-30 半圆键的配合种类只有_____和_____两种，而没有_____。

11-31 半圆键的三个主要参数是_____、_____和_____。

11-32 对于内花键的小径、大径、键槽宽等的最大极限尺寸应用_____分别检测。

11-33 矩形花键的位置度公差应遵守_____原则，矩形花键一般采用_____来检验。

11-34 在大批量生产时，键槽对称度误差由工艺保证，加工过程中一般_____。

11-35 内外花键的配合分为_____、_____和_____三种。

11-36 矩形花键联接的配合代号为 6 × 23f7 × 26a11 × 6d10，其中 6 表示_____，23 表示_____，26 表示_____，是_____定心。

11-37 在单键联接中，_____和_____应用最广。

11-38 为了保证键宽和键槽宽之间具有足够的接触面积和避免装配困难，国家标准规定了轴键槽对轴的轴线和轮毂键槽对孔的轴线的_____公差和键的两个配合侧面的_____公差。

11-39 花键联接在图样上的标注，按顺序包括以下项目：_____、_____、_____和_____。

（二）判断题

11-40 平键配合中，键宽和轴槽宽的配合采用基孔制。（   ）

11-41 平键的工作面是上、下两面。（   ）

11-42 键槽的位置度公差主要是指轴槽侧面与底面的垂直度误差。（   ）

11-43 在平键联接中，不同的配合性质是依靠改变轴槽和轮毂槽的尺寸公差带的位置来获得的。（   ）

11-44 平键是标准件，用标准的精拔钢制造。（   ）

11-45 键代号 h8 与轴槽代号 H9 相配合为松配合。（   ）

11-46 半圆键为松联接、一般联接、较紧联接。（   ）

11-47 矩形花键有大径、小径、键与键槽宽三个主要参数，以谁定心其精度要求高些，其余两项精度可以低些。（   ）

11-48 矩形花键的公差带表示与尺寸公差相同，都是由基本偏差代号和公差等级组成。（   ）

11-49 花键联接按其键齿形状分为矩形花键、渐开线花键和三角形花键三种。（   ）

11-50　由于花键联接具有强度高，负荷分布均匀，传递扭矩大，联结可靠，导向精度高，定心性好等优点，所以比单键应用的更为广泛。（　　　）

11-51　为减少拉刀的数目，花键联接采用基轴制配合。（　　　）

11-52　花键联接采用小径定心，可以提高花键联接的定心精度。（　　　）

11-53　表面粗糙度对键配合性质的稳定性和使用寿命影响不大。（　　　）

11-54　检验内花键时，花键综合塞规通过，单项止端塞规不通过，则内花键合格。（　　　）

11-55　检验外花键时，花键综合环规不通过，单项止规卡规通过，则外花键合格。（　　　）

11-56　矩形花键的定心方式，按国家标准规定采用大径定心。（　　　）

11-57　半圆键的直径是非配合尺寸。（　　　）

11-58　与轴用半圆键联接的零件，可以作轴间移动。（　　　）

11-59　矩形花键的小径的极限尺寸应遵守最大实体要求。（　　　）

11-60　矩形花键的位置度公差应遵守包容要求。（　　　）

11-61　矩形花键的对称度公差和等分度分差均遵守独立原则。（　　　）

11-62　花键联接在图样上的标注只包括键宽、大径、小径及各公差带代号。（　　　）

11-63　国家标准对花键表面没有推荐表面粗糙度值。（　　　）

（三）术语解释

11-64　键联接。

11-65　单键联接。

11-66　花键联接。

11-67　普通平键。

11-68　半圆键。

11-69　导向平键。

11-70　花键。

11-71　花键副。

11-72　内花键。

11-73　外花键。

11-74　齿槽。

11-75　键齿。

11-76　键宽。

11-77　大径。

11-78　小径。

11-79　定心方式。

11-80　小径定心。

11-81　大径定心。

11-82　键宽定心。

11-83　花键长度。

11-84　结合长度。

11-85　松联接。

11-86　正常联接。

11-87　紧密联接。

11-88　等分度公差。

11-89　花键塞规。

11-90　花键环规。

（四）单项选择题

11-91　平键联接中，键和键槽的配合尺寸是(　　　)。

A. 键长　　　　　　　　B. 键高　　　　　　　　C. 键宽

11-92　平键联接中采用的基准制是(　　　)。

A. 基孔制　　　　　　　B. 基轴制　　　　　　　C. 基孔制和基轴制均可

11-93　矩形花键联接中采用的基准制是(　　　)。

A. 基孔制　　　　　　　B. 基轴制　　　　　　　C. 基孔制和基轴制均可

11-94　平键联接中，标准对轴槽宽度规定了(　　)种公差带。

A. 1　　　　　　　　B. 2　　　　　　　　C. 3　　　　　　　　D. 4

11-95　矩形花键联接有(　　)个主要尺寸。

A. 1　　　　　　　　B. 2　　　　　　　　C. 3　　　　　　　　D. 4

11-96　花键中(　　　)的应用最为广泛。

A. 矩形花键　　　　　　B. 三角形花键　　　　　C. 渐开线花键

11-97　内外花键的小径定心表面的形状公差遵守(　　　)原则。

A. 最大实体　　　　　　B. 包容　　　　　　　　C. 独立

11-98　平键联接的非配合尺寸中，键高和键长的公差带为(　　　)。

A. 键高 h11、键长 h14　　　　　　　　　　B. 键高 h9、键长 h14

C. 键高 h9、键长 h12　　　　　　　　　　D. 键高 js11、键长 js14

11-99　国家标准对矩形花键规定的定心方式是(　　　)。

A. 大径定心　　　　　　B. 小径定心　　　　　　C. 键宽定心

11-100　平键联接中键宽与轴（轮毂）槽宽的配合是(　　　)。

A. 过渡配合　　　　　　B. 间隙配合

C. 过盈配合　　　　　　D. 间隙配合和过渡配合都有

（五）多项选择题

11-101　键联接中非配合尺寸是指(　　　)。

A. 键高　　　　　　　B. 键宽　　　　　　　C. 键长　　　　　　　D. 轴长

11-102　轴槽和轮毂槽对轴线的(　　　)误差将直接影响平键联接的可装配性和工作接触情况。

A. 平行度　　　　　　B. 对称度　　　　　　C. 位置度　　　　　　D. 垂直度

11-103　花键联接的定心方式有(　　　)。

A. 小径定心　　　　　B. 大径定心　　　　　C. 键宽定心　　　　　D. 键长定心

11-104　花键联接与单键联接相比，有(　　　)的优点。

A. 定心精度高　　　　　　　　　　　　　B. 导向性好

C. 各部位所受负荷均匀　　　　　　　　　　D. 联结可靠

11-105　矩形花键的小径、大径和键宽的配合是(　　)。

A. 过渡配合　　　　　　　　　　　　　　　B. 间隙配合

C. 过盈配合　　　　　　　　　　　　　　　D. 间隙配合和过渡配合都有

11-106　在矩形花键的几种定心方式中，国家规定的那种定心方式主要为了(　　)。

A. 便于加工　　　　B. 便于检测　　　　　　C. 减少拉刀的数目

11-107　花键的分度误差，一般用(　　)公差来控制。

A. 等分度　　　　　B. 位置度　　　　　　　C. 对称度　　　　D. 同轴度

11-108　标准规定半圆键联接的配合种类有(　　)。

A. 松联接　　　　　B. 一般联接　　　　　　C. 较紧联接

11-109　单键检测中可以用的量具有(　　)。

A. 游标卡尺　　　　　　　　B. 塞规　　　　　　　　C. 环规

（六）综合与计算题

11-110　减速器中有一传动轴与一零件孔采用平键联接，要求键在轴槽和轮毂槽中均固定，且承受的载荷不大，轴与孔的直径为 $\phi 40mm$，现选定键的公称尺寸为 $12mm \times 8mm$。试确定槽宽及槽深的基本尺寸及其上、下偏差，并确定相应的，形位公差值和表面粗糙度值，并标注在习题图 11-1 上。

11-111　在装配图上，花键联接的标注为 $\prod 6 \times 23 \dfrac{H8}{g8} \times 26 \dfrac{H9}{a10} \times 6 \dfrac{H10}{f8}$，试指出该花键的键数和三个主要参数的基本尺寸，并查表确定内、外花键各尺寸的极限偏差。

11-112　某变速器有一个 6 级精度齿轮的花键孔与花键轴的联接采用小径定心矩形花键滑动配合，要求定心精度高，设内、外花键的键数和公称尺寸为"$8 \times 32 \times 36 \times 6$"，结合长度为 $60mm$，作用长度为 $80mm$，试确定内、外花键的公差代号、尺寸极限偏差和几何公差，并把它们分别标注在习题图 11-2a 装配图和习题图 11-2b、c 零件图中。

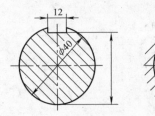
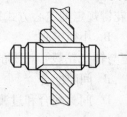
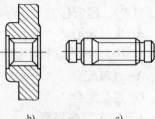

a)　　　　　　b)　　　　　　c)

习题图 11-1　轴的零件图　　　　　　　　　习题图 11-2　标注花键公差

11-113　在某减速器中，其中某一齿轮与轴采用平键正常联接，已知齿轮孔和轴的配合代号是 $\phi 40H8/k7$，键长为 $55mm$。试确定键宽 b 的基本尺寸和配合代号，查出其极限偏差值，以及相应表面的位置公差和粗糙度值，并把它们分别标注在习题图 11-3 中。

11-114　某机床变速箱中一滑移齿轮与花键轴联接，已知花键的规格为：$6 \times 26 \times 30 \times 6$，花键孔长 $30mm$，花键轴长 $75mm$，其结合部位需经常作相对移动，而且定心精度要求较高。试确定：

（1）齿轮花键孔和花键轴各主要尺寸的公差带代号和极限偏差；

（2）确定相应表面的位置公差和表面粗糙度值；

（3）将上述要求分别标注在习题图11-4中。

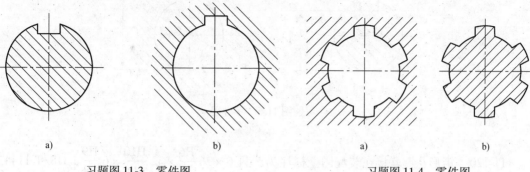

a)　　　　　　　　b)　　　　　　　　a)　　　　　　　　b)

习题图11-3　零件图　　　　　　　习题图11-4　零件图

11-115　某一矩形花键联接，内外花键需要经常相对滑动，它们的键数和各公称尺寸为 $6 \times 23 \times 26 \times 6$，精度要求一般，小批量生产，要热处理。

（1）确定各尺寸的公差带代号，并写出在装配图和零件图上的标记；

（2）确定形位公差和表面粗糙度；

（3）将上述尺寸公差、形位公差和表面粗糙度标注。

11-116　某矩形花键联接的标记代号为：$\sqcap 6 \times 26 \dfrac{H7}{g6} \times 30 \dfrac{H10}{a11} \times 6 \dfrac{H11}{f9}$，试确定内、外花键主要尺寸的极限偏差，并把它们分别标注在习题图11-5中。

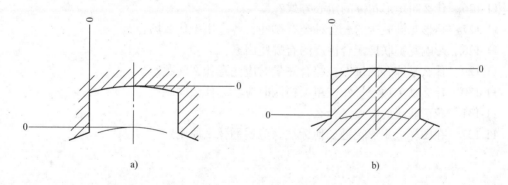

a)　　　　　　　　　　　　　　b)

习题图11-5　标注图

11-117　试说明花键标注为 $\sqcap 6 \times 23 \dfrac{H7}{g7} \times 26 \dfrac{H10}{a11} \times 6 \dfrac{H11}{f9}$ GB/T 1144—2001 的全部含义。

11-118　花键标注为 $\sqcap 6 \times 26 \dfrac{H6}{g6} \times 30 \dfrac{H10}{a11} \times 6 \dfrac{H11}{f9}$ GB/T 1144—2001，试确定其内、外花键的极限尺寸。

11-119　某一轴和齿轮孔用平键联接，键基本尺寸为"$12 \times 8 \times 30$"，要求键在轴上和轮毂槽中均固定，承受中等载荷。轴和齿轮孔配合为 $\phi 40H7/f6$。试将确定的孔、轴槽宽和槽深尺寸公差以及有关位置公差和表面粗糙度等要求标注在习题图11-6中。

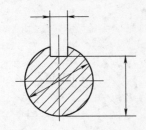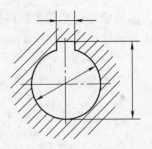

习题图 11-6　零件图

11-120　矩形花键联接在装配图上标注为：$\prod 6 \times 26 \dfrac{H6}{f6} \times 32 \dfrac{H10}{a11} \times 6 \dfrac{H9}{d8}$，GB/T 1144—2001。试确定该花键副属何系列及什么传动？试查出内、外花键主要尺寸的公差带值及键宽的对称度公差，并画出内、外花键截面图，标注尺寸公差及形位公差值。

（七）简述题

11-121　平键联接的配合种类有哪些？它们分别应用于什么场合？

11-122　在平键联接中，为什么要限制键和键槽的对称度误差？

11-123　平键联接中，键宽与键槽宽的配合采用的是什么基准制？为什么？

11-124　平键的尺寸与位置公差在单件小批量生产与成批大量生产中分别是如何检测的？

11-125　《矩形花键尺寸公差和检验》（GB/T 1144—2001）为什么只规定小径定心？

11-126　什么叫矩形花键的定心方式？

11-127　矩形花键联接的配合种类有哪些？各应用于什么场合？

11-128　影响花键联接配合性质的有哪些因素？

11-129　什么是综合测量？在综合测量时应注意什么问题？

11-130　什么是单项测量？在单项检测时应注意什么问题？

11-131　花键联接的特点是什么？

11-132　在图样上矩形花键如何标注，应遵循什么原则？

第十二章　圆柱齿轮传动的互换性习题

一、思考题

12-1　简述评定渐开线圆柱齿轮精度时的应检指标的名称、符号和定义。评定齿轮传递运动准确性和传动平稳性时，除了应检指标以外，还可以采用哪些指标？简述它们的名称、符号和定义。

12-2　为什么要规定齿坯公差？齿坯要求检验哪些精度项目？

12-3　对齿轮传动有哪些使用要求？

12-4　齿轮加工误差产生的原因有哪些？

12-5　齿轮副精度评定指标有哪些？

12-6　齿轮轮齿同侧齿面的精度检验项目有哪些？它们对齿轮传动主要有何影响？

12-7　径向综合偏差与切向综合偏差有何区别？用在什么场合？

12-8　公法线长度变动与哪些指标相结合？它能评定齿轮的什么运动精度？

12-9　何谓齿轮径向圆跳动？为什么不同模数的齿轮，测量时要选用不同直径的测头？

12-10　切向综合偏差有什么特点和作用？

12-11　如何考虑齿轮的检验项目？单个齿轮有哪些必检项目？

12-12　齿轮精度等级的选择主要有哪些方法？

12-13　对齿轮轮齿同侧齿面常用什么方法检测？

12-14　齿轮副侧隙的确定主要有哪些方法？齿厚极限偏差如何确定？

12-15　齿廓总偏差 F_α、齿廓形状偏差 $f_{f\alpha}$ 和齿廓倾斜偏差 $f_{H\alpha}$ 之间有何区别和联系？

12-16　螺旋线总偏差 F_β 螺旋线形状偏差 $f_{f\beta}$ 和螺旋线倾斜偏差 $f_{H\beta}$ 之间有何区别和联系？

12-17　国家标准（GB/T 10095—2001）对齿轮应检和可采用精度指标的公差规定了多少级精度等级？哪些是各级精度中的基础级？

二、习题

（一）填空题

12-18　一般对齿轮传动的要求有＿＿＿＿＿、＿＿＿＿＿、＿＿＿＿＿和＿＿＿＿＿。

12-19　要求啮合的非工作齿面间应留有一定的侧隙，是为了＿＿＿＿＿。

12-20　若工作齿面的实际接触面积＿＿＿＿＿，使受力不均匀，导致齿面接触应力＿＿＿＿＿，从而＿＿＿＿＿寿命。

12-21　对于测量仪器的读数机构，齿轮的＿＿＿＿＿是主要的。

12-22　齿轮传动是一种常用的机械传动形式，广泛用于传递＿＿＿＿＿和＿＿＿＿＿。

12-23　传动的平稳性就是要求瞬时传动比不变或变化不大，尽量减小＿＿＿＿＿、＿＿＿＿＿和＿＿＿＿＿。

12-24　影响渐开线圆柱齿轮精度的因素分＿＿＿＿＿、＿＿＿＿＿和＿＿＿＿＿三大类。

12-25 GB/T 10095.1~2—2001 对于渐开线圆柱齿轮精度的评定参数分为_____、_____和_____几个方面。

12-26 公法线平均长度偏差是控制齿轮副_____的指标。

12-27 评定传递运动准确性指标中，可选用一个_____指标，或两个_____指标。

12-28 传动平稳性的综合指标有_____和_____。

12-29 斜齿轮特有的误差评定指标有_____、_____和_____等三项。

12-30 齿距偏差包括_____、_____和_____。

12-31 齿廓偏差包括_____、_____和_____。

12-32   螺旋线偏差包括_____、_____和_____，其测量方法有_____和_____。_____法测量的仪器是渐开线螺旋线检查仪、_____等，_____法测量可以用_____、齿轮测量中心和三坐标测量机进行。

12-33 渐开线圆柱齿轮轮齿同侧齿面偏差的精度等级有_____个，分别是_____。其中_____级最高，_____级最低。

12-34 渐开线圆柱齿轮径向综合偏差的精度等级有_____个，分别是_____。其中_____级最高，_____级最低。

12-35 渐开线圆柱齿轮径向圆跳动的精度等级有_____个，分别是_____。其中_____级最高，_____级最低。

12-36 基节偏差是指_____与_____之差。

12-37 测量公法线长度变动最常用的量具是_____。

12-38 齿轮径向圆跳动只反映_____误差，它可以用_____来测量。

12-39 载荷分布均匀性的评定指标有_____、_____。

12-40 对于分度机构、测量仪器上的读数分度齿轮，对齿轮_____要求较高。

12-41 对传递大动力的齿轮，对齿轮_____要求较高。

12-42 对高速传动的齿轮，传递功率大，要求工作时振动、冲击和噪声要小，对齿轮_____要求较高。

12-43 滚齿时加工齿轮的误差主要来源有_____、_____、_____和_____。

12-44 加工齿轮的偏心误差可分为_____和_____。

12-45 为评定齿轮的三项精度，GB/T 10095.1—2001 规定的应检指标是_____、_____和_____。为了评定齿轮的齿厚减薄量，常用的指标是_____或_____。

12-46 评定齿轮传递运动准确性的精度的应检指标是_____，它可用_____法或_____法测量。

12-47 评定齿轮传动平稳性的精度应检指标是_____和_____。

12-48 单个齿距偏差的合格条件是_____。

12-49 评定轮齿载荷分布均匀性的精度的应检指标，在齿宽方向是_____，在齿高方向是其传动_____性的应检指标。

12-50　用某种切齿方法生产第一批齿轮时，需要按_____指标检测齿轮。检测合格后，在工艺条件不变，用同样切齿方法继续生产同样齿轮时，以及作分析研究时，可用_____、_____、_____来评定齿轮运动准确性和传动平稳性的精度。

12-51　径向综合偏差用_____来测量。

12-52　GB/T 10095.1～2—2001 对应检和可采用精度指标的公差规定了_____个精度等级，_____级精度是各级精度的基础级。

12-53　GB/T 10095.1～2—2001 规定的精度等级中，_____级属于非常高的精度等级，_____级为高精度等级，_____级为中等精度等级，_____级为低精度等级。

12-54　选择精度等级的方法有_____和_____，最常用的是_____。

12-55　同一齿轮的三项精度要求，可以取_____的精度等级，也可以取_____的精度等级。

12-56　选择精度等级的主要依据有_____、_____、_____和_____等。

12-57　图样上标注齿轮精度等级时，要标注_____和_____。

12-58　中心距偏差和轴线平行度误差对齿轮传动的使用要求都有影响。前者影响_____，后者影响_____。

12-59　沿齿长方向的接触斑点主要影响齿轮副的_____，沿齿高方向的接触斑点主要影响_____。

12-60　最小法向侧隙主要由_____和_____这两个部分组成。

12-61　当齿轮副中心距不能调整时，要得到轮齿间适当的侧隙就必须在加工齿轮时按规定的_____将轮齿切薄。

12-62　公法线长度的上、下偏差分别由_____的上、下偏差换算得到。

12-63　模数、齿数和标准压力角分别相同的内、外齿轮的公称法线_____相同。

12-64　切齿前的齿轮坯_____表面精度对齿轮加工和安装精度影响很大。

12-65　齿轮坯公差项目主要有_____、_____、_____等。

（二）判断题

12-66　公法线平均长度偏差是评定齿轮运动准确性的指标。（　　）

12-67　齿轮副的侧隙仅与齿厚有关。（　　）

12-68　运动偏心使齿轮相对于滚刀的转速不均匀而使被加工的齿轮各轮廓产生切向错移。（　　）

12-69　几何偏心使加工过程中齿坯相对于滚刀的距离产生变化，切出的齿一边短而肥，一边长而瘦。（　　）

12-70　若要求齿轮副的接触精度高，则必须使齿轮副非工作面的法向侧隙减小。（　　）

12-71　切向综合误差能全面地评定齿轮的运动精度。（　　）

12-72　采用单项指标时，应该径向指标和切向指标各选一个，以保证评定齿轮传递运动的准确性。（　　）

12-73　测量公法线长度比测量齿厚方便准确，故常用它取代齿厚极限偏差的检测。

（　　）

12-74　一齿切向综合误差的数值包含了齿形误差。（　　）

12-75　刀具误差会导致齿轮的齿形误差、基节齿距偏差。（　　）

12-76　齿轮传动的振动和噪声是由于齿轮传递运动的不准确引起的。（　　）

12-77　齿轮的接触精度等级可以低于工作平稳性精度等级。（　　）

12-78　任何一个应检精度指标都可以评定齿轮的精度，故每个应检精度指标所评定的效果是完全相同的。（　　）

12-79　规定圆柱齿轮齿坯基准端面对基准孔轴线的端面圆跳动公差的目的，是保证载荷分布均匀性。（　　）

12-80　对单件小批生产，为提高检验精度，宜选用综合性指标对其进行检测。（　　）

12-81　齿形误差是用作评定齿轮传动平稳性的综合指标。（　　）

12-82　切向综合误差是用齿轮双面啮合检查仪测量的。（　　）

12-83　双啮中心距变动主要反映了被测齿轮安装偏心所引起的径向误差。（　　）

12-84　对于精密机床的分度机构、测量仪器的计数机构等齿轮，对传递运动准确性要求很高，而对载荷分布均匀性的要求不高。（　　）

12-85　用齿厚游标卡尺测量齿轮的齿厚时，应每隔180°测量一个齿厚。（　　）

12-86　齿轮的精度越低，则齿轮副的侧隙越大。（　　）

12-87　圆柱齿轮根据不同的使用要求，对各精度指标必须选用不同的精度等级。（　　）

12-88　公法线平均长度偏差是指在齿轮转动一周过程中，实际最大公法线与最小公法线之差。（　　）

12-89　公法线长度变动和公法线平均长度偏差都是反映公法线长度方向误差的指标，所以可以互相代用。（　　）

12-90　齿轮副的接触斑点是以两啮合齿轮中擦亮痕迹面积较大的一齿作为齿轮的检验结果。（　　）

12-91　合理的传动侧隙对储藏润滑油、补偿齿轮热膨胀等都是非常必要的。（　　）

12-92　滚切加工齿轮时，滚刀偏心使被加工齿轮主要产生切向误差。（　　）

12-93　齿轮加工误差中，几何偏心和运动偏心所产生的齿轮误差以齿轮转动一周为周期，称为短周期误差。（　　）

12-94　GB/T 10095.1—2001 规定的应检指标是齿距偏差、齿廓总偏差和螺旋线总偏差。（　　）

12-95　齿距累积总偏差是评定传动平稳性的应检指标。（　　）

12-96　单个齿距偏差和齿廓总偏差是评定传递运动准确性的应检指标。（　　）

12-97　齿距偏差可以用绝对法测量而不能用相对法测量。（　　）

12-98　评定轮齿载荷分布均匀性的应检指标只有一个是螺旋线总偏差。（　　）

12-99　齿轮副侧隙的大小与齿轮齿厚减薄量密切有关。（　　）

12-100　弦齿厚通常可用普通游标卡尺或千分尺测量。（　　）

12-101　测量公法线长度时测量精度要受顶圆直径偏差的影响。（　　）

12-102　用某种切齿方法生产第一批齿轮时，需要按应检精度指标对齿轮进行检测。

（　　）

12-103　用同样切齿方法加工第二批以后的同样齿轮时，也必须用应检精度指标而不能用其他指标来评定齿轮传递运动准确性和平稳性。（　　）

12-104　测量齿轮径向圆跳动时，所用的测头尺寸为一个标准的固定值。（　　）

12-105　GB/T 10095—2001 对所有的应检和可采用精度指标的公差都分别规定了 13 个精度等级。（　　）

12-106　同一齿轮的三项精度要求必须取相同的精度等级。（　　）

12-107　选择精度等级最常用的是类比法。（　　）

12-108　图样上齿轮精度等级标注时，只标注精度等级和国家标准号，不能标注精度项目符号。（　　）

12-109　齿轮副的公差项目主要有中心距极限偏差、轴线平行度公差和接触斑点。（　　）

12-110　齿轮副的侧隙大小常用调整齿轮副中心距的方法来获得。（　　）

12-111　通过齿厚的上下偏差可以换算得到公法线长度的上、下偏差。（　　）

12-112　几何偏心对实际公法线长度有影响。（　　）

12-113　用控制齿轮坯精度来保证和提高齿轮的加工精度是非常有效的技术措施。（　　）

（三）术语解释

12-114　几何偏心。

12-115　运动偏心。

12-116　短周期误差。

12-117　应检指标。

12-118　齿距偏差。

12-119　齿廓总偏差。

12-120　螺旋线总偏差。

12-121　齿轮副侧隙。

12-122　齿厚偏差。

12-123　公法线长度变动。

12-124　公法线平均长度偏差。

12-125　切向综合总偏差。

12-126　一齿切向综合偏差。

12-127　齿轮径向圆跳动。

12-128　径向综合总偏差。

12-129　一齿径向综合偏差。

12-130　k 个齿距累积误差。

12-131　基节偏差。

12-132　齿形误差。

12-133　齿轮副中心距偏差。

12-134　齿轮副轴线平行度误差。

12-135 齿轮副的接触斑点。

12-136 最小法向侧隙。

12-137 齿轮坯公差。

12-138 齿轮坯基准表面。

（四）单项选择题

12-139 对汽车、拖拉机和机床变速箱齿轮，主要的要求是（   ）。

A. 传递运动的准确性　　　　B. 传动平稳性　　　　C. 载荷分布均匀性

12-140 对起重机械、矿山机械中的齿轮，主要的要求是（   ）。

A. 传递运动的准确性　　　　B. 传动平稳性　　　　C. 载荷分布均匀性

12-141 对精密仪器、读数装置和分度机构的齿轮，主要要求是（   ）。

A. 传递运动的准确性　　　　B. 传动平稳性　　　　C. 载荷分布均匀性

12-142 影响齿轮传动平稳性的主要误差是（   ）。

A. 基节偏差和齿形误差　　　B. 齿向误差

C. 齿距偏差　　　　　　　　D. 运动偏心

12-143 影响齿轮在齿长方向上载荷分布均匀性的误差是（   ）。

A. 基节偏差　　　　　B. 齿形误差　　　　　C. 齿向误差　　　D. 公法线长度变动

12-144 单个齿距偏差主要影响齿轮的（   ），齿距累积总偏差主要影响齿轮的（   ）。

A. 传递运动的准确性　　　　B. 传动平稳性　　　　C. 载荷分布均匀性

12-145 齿廓总偏差主要影响齿轮的（   ），螺旋线总偏差主要影响齿轮的（   ）。

A. 传递运动的准确性　　　　B. 传动平稳性　　　　C. 载荷分布均匀性

12-146 国家标准规定单个齿轮同侧齿面的精度等级为（   ），径向综合偏差的精度等级为（   ），径向圆跳动的精度等级为（   ）。

A. 1～12 级　　　　　B. 4～12 级　　　　　C. 0～12 级　　　　　D. 1～13 级

12-147 国家标准规定，齿轮径向综合偏差的精度等级与轮齿同侧齿面偏差的精度等级（   ），轮齿同侧齿面各项偏差的精度等级（   ）。

A. 相同　　　　　　　B. 不同　　　　　　　C. 可以相同也可以不同

12-148 圆柱齿轮大部分公差项目规定了 13 个精度等级，一般机械传动中，齿轮常用的精度等级是（   ）级。

A. 3～5　　　　　　　B. 6～8　　　　　　　C. 9～11　　　　　　　D. 10～12

12-149 齿轮副齿侧间隙的主要作用是（   ）。

A. 防止齿轮安装时卡死　　　　　　　B. 防止齿轮受重载时不折断

C. 减小冲击和振动　　　　　　　　　D. 储存润滑油并补偿热变形

12-150 使用齿轮双啮仪可以测量（   ）。

A. 径向综合误差　　　　　　　　　　B. 齿距累积误差

C. 切向综合误差　　　　　　　　　　D. 齿形误差

12-151 齿轮副的最小极限侧隙与齿轮精度等级的关系是（   ）。

A. 成正比关系　　　　　　　　　　　B. 成反比关系

C. 有时有关系　　　　　　　　　　　D. 没有关系

12-152　当需要齿轮正、反转可逆传动时，齿轮副侧隙应取（　　）。

A. 较大值　　　　　　　　B. 较小值　　　　　C. 为零　　　　　　　　D. 不规定

12-153　在评定齿轮传递运动准确性的精度时，若测得齿轮径向圆跳动与公法线长度变动两项误差中有一项超差，此时应该补测（　　）后再作适用性结论。

A. 径向综合误差　　　　　　　　　　　　B. 齿距累积误差

C. 切向综合误差　　　　　　　　　　　　D. 齿轮径向圆跳动

12-154　对于单个齿轮，控制齿轮副侧隙的指标是（　　）。

A. 中心距偏差　　　　　B. 齿廓总偏差　　　C. 齿厚偏差或公法线平均长度偏差

12-155　当检验了切向综合总偏差和一齿切向综合偏差时，可以不必检验（　　）。

A. 单个齿距偏差、齿距累积总偏差和齿廓总偏差

B. 螺旋线总偏差

C. 径向圆跳动

D. 单个齿距偏差和齿廓总偏差

12-156　GB/T 10095—2001 规定的应检指标不包括（　　）。

A. 齿距偏差　　　　　　　　　　　　　　B. 齿廓总偏差

C. 螺旋线总偏差　　　　　　　　　　　　D. 径向综合总偏差

12-157　几何偏心和运动偏心造成的齿轮加工误差属于（　　）误差。

A. 长周期　　　　　　　B. 短周期　　　　　C. 既不是长周期也不是短周期

12-158　齿轮副的公差不包括（　　）。

A. 中心距极限偏差　　　　　　　　　　　B. 径向圆跳动公差

C. 轴线平行度公差　　　　　　　　　　　D. 接触斑点

12-159　齿轮选择精度等级的常用方法为（　　）。

A. 计算法　　　　　　　B. 类比法　　　　　C. 试验法

12-160　保证正常润滑条件所需的法向侧隙的大小取决于（　　）。

A. 润滑方式　　　　　B. 润滑油的种类　　　C. 润滑方法和齿轮的圆周速度

12-161　齿轮齿厚的实际尺寸增大，实际公法线的长度（　　）。

A. 减小　　　　　　　　B. 增大　　　　　　C. 没有变化

（五）多项选择题

12-162　影响齿轮载荷分布均匀性的误差项目有（　　）。

A. 切向综合误差　　　　　　　　　　　　B. 齿形误差

C. 齿向误差　　　　　　　　　　　　　　D. 一齿径向综合误差

12-163　属于齿轮加工中长周期误差的有（　　）。

A. 滚刀的加工误差　　　　　　　　　　　B. 滚刀的安装误差

C. 几何偏心　　　　　　　　　　　　　　D. 运动偏心

12-164　当机床心轴与齿坯有安装偏心时，会引起齿轮的（　　）误差。

A. 齿轮径向圆跳动　　　B. 齿距误差　　　　C. 齿厚误差　　　　D. 基节偏差

12-165　对 10 级精度以下的圆柱直齿轮的传递运动准确性的使用要求，应采用（　　）评定。

A. ΔF_r　　　　　　　B. $\Delta f_i'$　　　　　　C. ΔF_β　　　　　D. Δf_{pt}

189

12-166 机床刀架导轨的倾斜会导致齿轮的(　　)误差。

A. 切向误差　　　　　　　　B. 径向误差　　　　C. 轴向误差　　　　　　　D. 综合误差

12-167 GB/T 10095.1—2001 规定的应检指标是(　　)。

A. 齿距偏差　　　　　　　　　　　　　　B. 齿廓总偏差

C. 螺旋线总偏差　　　　　　　　　　　　D. 一齿径向综合偏差

12-168 除应检指标外，还可用(　　)指标来评定齿轮传递运动准确性和传动平稳性。

A. 切向综合总偏差　　　　　　　　　　　B. 径向综合总偏差

C. 接触斑点　　　　　　　　　　　　　　D. 径向圆跳动

12-169 精密切削机床的精度等级范围是(　　)。

A. 3～5 级　　　　　　　B. 3～7 级　　　　　C. 4～8 级　　　　　D. 8 级

12-170 齿轮公法线长度变动是控制(　　)的指标。

A. 传递运动准确性　　　　　　　　　　　B. 传动平稳性

C. 载荷分布均匀性　　　　　　　　　　　D. 传动侧隙合理性

12-171 属于齿轮副的公差项目有(　　)。

A. 接触斑点　　　　　　　　　　　　　　B. 径向综合总偏差

C. 径向圆跳动　　　　　　　　　　　　　D. 中心距极限偏差

12-172 齿轮公差项目中属于综合性项目的有(　　)。

A. $\Delta F_i'$　　　　　　　　B. F_i''　　　　　　　C. f_i'　　　　　　　D. f_{pt}

12-173 GB/T 10095.1～2—2001 对应检和可采用精度指标的大部分公差项目规定了(　　)级精度等级。

A. 12　　　　　　　B. 13　　　　　　C. 10　　　　　D. 9

12-174 选择齿轮精度等级的方法有(　　)。

A. 类比法　　　　　　　B. 计算法　　　　　C. 试验法

12-175 齿轮副侧隙的大小可以通过改变(　　)来调整。

A. 齿轮副中心距　　　　B. 齿厚　　　　C. 齿轮坯外径

（六）综合与计算题

12-176 设有一直齿圆柱齿轮副，模数 = 2mm，齿数 $z_1 = 25$，$z_2 = 75$，齿宽 $b_1 = b_2 = 20$mm，精度等级 766，齿轮的工作温度 $t_1 = 50℃$，箱体的工作温度 $t_2 = 30℃$，圆周速度为 8m/s，线膨胀系数：钢齿轮 $\alpha_1 = 11.5 \times 10^{-6}$，铸铁箱体 $\alpha_2 = 10.5 \times 11^{-6}$，试计算齿轮副的最小法向侧隙（$j_{bnmin}$）及小齿轮公法线长度的上偏差（$E_{ws}$）、下偏差（$E_{wi}$）。

12-177 单级直齿圆柱齿轮减速器中相配齿轮的模数 $m = 3.5$mm，标准压力角 $\alpha = 20°$，传递功率 5kW。小齿轮和大齿轮的齿数分别为 $z_1 = 18$ 和 $z_2 = 79$，齿宽分别为 $b_1 = 55$mm，$b_2 = 50$mm，小齿轮的齿轮轴的两个轴颈皆为 $\phi40$mm，大齿轮基准孔的基本尺寸为 60mm。小齿轮的转速为 1440r/min，减速器工作时温度会增高，要求保证最小法向侧隙 $j_{bnmin} = 0.21$mm。试确定：

（1）大、小齿轮的精度等级。

（2）大、小齿轮的应检精度指标的公差或极限偏差。

（3）大、小齿轮的公称公法线长度及相应的跨齿数和极限偏差。

（4）大、小齿轮齿面的表面粗糙度轮廓幅度参数值。

（5）大、小齿轮的齿轮坯公差。

（6）大齿轮轮毂键槽宽度和深度的基本尺寸与它们的极限偏差，以及键槽中心平面对基准孔轴线的对称度公差。

（7）画出齿轮轴和大齿轮的零件图，并将上述技术要求标注在零件图上（齿轮结构可参考有关图册或手册来设计）。

12-178　某 7 级精度直齿圆柱齿轮的模数 $m = 5\text{mm}$，齿数 $z = 12$，标准压力角 $\alpha = 20°$。该齿轮加工后采用绝对法测量其各个左齿面齿距偏差，测量数据（指示表示值）列于习题表 12-1 中。试处理这些数据，确定该齿轮的齿距累积总偏差和单个齿距偏差，并按教材有关表中所列公式计算出或者查公差表格获取前者的公差和后者的极限偏差，以判断它们合格与否。

习题表 12-1　测量数据表

齿距序号	p_1	p_2	p_3	p_4	p_5	p_6	p_7	p_8	p_9	p_{10}	p_{11}	p_{12}
理论累计齿距角	30°	60°	90°	120°	150°	180°	210°	240°	270°	300°	330°	360°
指示表示值/μm	+6	+10	+16	+20	+16	+6	−1	−6	−8	−10	−4	0

注：$\Delta F_p = 30\mu\text{m}$，$\Delta f_{ptmax} = -10\mu\text{m}$。

12-179　某 8 级精度直齿圆柱齿轮的模数 $m = 5\text{mm}$，齿数 $z = 12$，标准压力角 $\alpha = 20°$。该齿轮加工后采用相对法测量其各个右齿面齿距偏差，测量数据（指示表示值）列于习题表 12-2 中。试处理这些数据，确定该齿轮的齿距累积总偏差和单个齿距偏差，并按教材有关表中所列公式计算出或者查公差表格获取前者的公差和后者的极限偏差，以判断它们合格与否。

习题表 12-2　测量数据表

齿距序号	p_1	p_2	p_3	p_4	p_5	p_6	p_7	p_8	p_9	p_{10}	p_{11}	p_{12}
指示表示值/μm	0	+8	+12	−4	−12	+20	+12	+16	0	+12	+12	−4

注：$\Delta F_p = 36\mu\text{m}$，$\Delta f_{ptmax} = -18\mu\text{m}$。

12-180　有一直齿圆柱齿轮减速器，其功率为 5kW，高速轴转速 n 为 327r/min，主、从动齿轮皆为直齿圆柱齿轮，小齿轮齿数为 $z_1 = 20$，大齿轮齿数 $z_2 = 79$，齿宽 $b = 60\text{mm}$，模数 $m = 3\text{mm}$，标准压力角 $\alpha = 20°$。该减速器小批生产，试确定小齿轮的精度等级、齿厚极限偏差的字母代号、齿坯公差以及公法线平均长度极限偏差（设箱体材料为铸铁，线膨胀系数为 $10.5 \times 11^{-6}/℃$；齿轮材料为钢，线膨胀系数为 $11.5 \times 10^{-6}/℃$，在传动工作时，齿轮的温度增至 $t_1 = 45℃$，箱体的温度增至 $t_2 = 30℃$）。

12-181　某减速器中一对直齿圆柱齿轮副，模数 $m = 6\text{mm}$，$z_1 = 36$，$z_2 = 84$，齿形角 $\alpha = 20°$，小齿轮结构如习题图 12-1 所示，其圆周速度 $v = 8\text{m/s}$，批量生产，试对小齿轮进行精度设计：

（1）确定精度等级。

（2）确定检验项目及其公差数值。

191

（3）确定齿厚上、下偏差。

（4）确定齿坯公差。

（5）确定各表面的粗糙度。

（6）将各项技术要求标注在习题图 12-1 上，完成齿轮零件工作图。

12-182 已知标准渐开线直齿圆柱齿轮副的模数 m 为 3mm，齿形角为 20°，齿宽是 30mm，小齿轮齿数为 30，齿坯孔径是 25mm，大齿轮齿数为 90，齿坯孔径是 50mm，大小齿轮的精度等级和齿厚极限偏差代号均为：6JL GB/T 10095—2001。试选择查表确定各主要检验项目的公差或极限偏差。

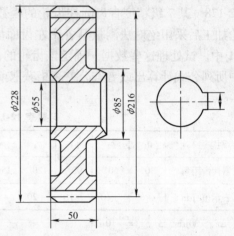

习题图 12-1 齿轮

12-183 某减速器中一直齿齿轮副，模数 $m = 3mm$，$\alpha = 20°$，中心距为 288mm，其小齿轮有关参数为：齿数 $z = 32$，齿宽 $b = 20mm$，孔径 $D = 40mm$，圆周速度 $v = 6.5m/s$，小批量生产。试确定齿轮的精度等级、齿厚偏差、检验项目及其允许值，并绘制齿轮工作图。

12-184 某车床主轴箱内传动轴上的一对直齿圆柱齿轮，齿轮 1 为主动轮，转速为 $n = 1000r/min$，齿轮 2 为从动轮；$m = 3mm$，$z_1 = 26$，$z_2 = 56$，$b_1 = 24mm$；齿轮材料为 45 号钢（$\alpha = 11.5 \times 10^{-6}/℃$）；箱体材料为铸铁（$\alpha = 10.5 \times 10^{-6}/℃$）；润滑方式为压力喷油润滑。工作中齿轮温度为 60℃，箱体为 40℃。试确定齿轮 1 的精度等级，侧隙大小，检验项目及其公差值，并画出零件工作图。

12-185 有一直齿轮，齿数 $z = 40$，模数 $m = 4mm$，齿宽 $b = 30mm$，齿形角 $\alpha = 20°$，其精度标注为 7 GB/T 10095.1—2001，查出下列项目的公差值：

（1）单个齿距偏差 f_{pt}。

（2）齿距累积总偏差 F_p。

（3）齿廓总偏差 F_α。

（4）螺旋线总偏差 F_β。

12-186 某普通车床进给系统中的一对直齿圆柱齿轮，传递功率为 3kW，主动齿轮 z_1 的最高转速 $n_1 = 700r/min$，模数 $m = 2mm$，$z_1 = 40$，$z_2 = 80$，齿宽 $b_1 = 15mm$，齿形角 $\alpha = 20°$；齿轮的材料为 45 号钢，$\alpha_1 = 11.5 \times 10^{-6}/℃$；箱体材料为铸铁，$\alpha_2 = 10.5 \times 10^{-6}/℃$；工作时，齿轮 z_1 的温度为 60℃，箱体的温度为 40℃，齿轮的润滑方式为喷油润滑；z_1 的孔径为 32mm。经供需双方商定，基圆齿距偏差的允许值为：$f_{pb1} = 13\mu m$，$f_{pb2} = 14\mu m$；中心距偏差 $f_a = 27\mu m$；齿轮需检验 f_{pt}，F_p，F_β，F_r，精度等级均为 6 级。试确定齿轮副的法向间隙、z_1 的齿厚极限偏差、检验参数的允许值和齿坯的技术要求，绘制齿轮 z_1 的工作图。

12-187 某机械中有一直齿圆柱齿轮，模数 $m = 3mm$，齿数 $z = 32$，齿宽 $b = 60mm$，压力角 $\alpha = 20°$，传递功率为 6kW，转速为 960r/min，若按中小批量生产该齿轮，试确定：

（1）齿轮精度等级。

（2）齿轮的检验项目。

（3）查出其检验项目的公差或极限偏差数值。

12-188　某直齿圆柱齿轮，传递功率为 1kW，最高转速 $n = 1280 \text{r/min}$，模数 $m = 2 \text{mm}$，齿数 $z = 40$，压力角 $\alpha = 20°$，齿宽 $b = 15 \text{mm}$，若中大批量生产，试确定：

（1）齿轮精度等级。

（2）齿轮的检验项目。

（3）查出其检验项目的公差或极限偏差数值。

12-189　已知直齿圆柱齿轮副，模数 $m = 5 \text{mm}$，齿形角 $\alpha = 20°$，齿数 $z_1 = 20$，$z_2 = 100$，内孔 $d_1 = 25 \text{mm}$，$d_2 = 80 \text{mm}$，图样标注为 6 GB/T 10095.1—2001 和 6 GB/T 10095.2—2001。

（1）计算两齿轮 f_{pt}、F_p、F_β、F_i''、f_i'' 以及 F_r 的允许值。

（2）确定大、小齿轮内孔和齿顶圆的尺寸公差、齿顶圆的径向圆跳动公差以及基准端面的端面圆跳动公差。

12-190　有一7级精度的渐开线圆柱齿轮，模数 $m = 3 \text{mm}$，齿数 $z = 30$，齿形角 $\alpha = 20°$。检测结果为 $F_r = 20 \mu\text{m}$，$F_p = 36 \mu\text{m}$。问该齿轮的两项评定指标是否满足设计要求？为什么？

12-191　用相对法测量模数 $m = 3 \text{mm}$，齿数 $z = 12$ 的直齿圆柱齿轮的齿距累积总误差和单个齿距偏差，测得数据如习题表 12-3 所示。

习题表 12-3　测量数据表

序　　号	1	2	3	4	5	6	7	8	9	10	11	12
测量读数/μm	0	+5	+5	+10	−20	−10	−20	−18	−10	−10	+15	+5

试求齿距累积总误差 F_p 和单个齿距偏差 f_{pt}。如果该齿轮的图样标注为 8 GB/T 10095.1—2001，问上述两项评定指标是否合格？

（七）简述题

12-192　齿轮加工误差产生的原因有哪些？

12-193　齿轮有哪几种加工方式？

12-194　齿轮传动的使用要求主要有哪几项？各有什么具体要求？

12-195　齿轮的齿廓曲线形状有哪三种？

12-196　简述评定渐开线圆柱齿轮精度的几项应检指标的内容。

12-197　为什么对齿轮规定了公差以后，还要对齿轮副规定公差？

12-198　齿轮接触斑点的大小应该怎样确定？

12-199　径向综合误差的定义是什么？它属于控制齿轮哪方面使用要求的指标？它综合反映哪方面的误差？

12-200　什么是齿轮的切向综合误差，它是哪几项误差的综合反映？

12-201　一齿切向综合误差与切向综合误差的区别是什么？

12-202　确定齿轮坯的基准轴线有哪几种基本方法？

12-203　影响齿轮副偏差侧隙大小的因素有哪些？

12-204　在选择齿轮精度等级时应考虑哪些因素？

12-205　简述在什么情况下可以用应检指标外的其他指标，来评定齿轮传递准确性和传动平稳性。

12-206　说明标注 7 GB/T 10095.1—2001 的含义。

12-207　说明标注 6（F_α）、7（F_p，F_β）GB/T 10095.1—2001 的含义。

12-208　简述 GB/T 10095.1～2—2001 标准与 GB/T 10095—1988 标准的差异。

12-209　齿轮精度设计包括哪些内容？请说明其设计步骤。

12-210　简述公法线长度可以用哪几种测量器具测量。

第三篇 互换性与测量技术基础习题选解

第一章 绪 论

1-16　解：完全互换，不完全互换

1-17　解：内互换，外互换

1-18　解：标准化，标准

1-20　解：要求零部件在装配时不需要挑选和辅助加工的场合

1-24　解：十进制，几何级数，R5、R10、R20、R40、R80

1-25　解：基本系列

1-26　解：2

1-29　解：×

1-30　解：×

1-31　解：×

1-32　解：✓

1-36　解：×

1-37　解：×

1-50　解：B

1-51　解：A

1-52　解：C

1-53　解：10，12.5，16，20，25，31.5

1-54　解：1，1.6，2.5，4，6.3，10，16，25，40，50，63，80，100，112，125，140，160，180，200

1-56　解：（1）属于派生系列 R10/3，公比为 2　（2）属于基本系列，其中 25 ~ 63 为 R5，公比为 1.60，63 ~ 125 为 R10，公比为 1.25　（3）属于基本系列 R5，公比为 1.60

第二章 光滑圆柱体结合的极限与配合

2-190　解：如习题解表 2-1 所示。

习题解表 2-1 填　表

孔或轴	最大极限尺寸	最小极限尺寸	上偏差	下偏差	公差	尺寸标注
孔：$\phi10$	9.985	9.970	− 0.015	− 0.030	0.015	$\phi10^{-0.015}_{-0.030}$
孔：$\phi18$	18.017	18	+ 0.017	0	0.017	$\phi18^{+0.017}_{0}$
孔：$\phi30$	30.012	29.991	+ 0.012	− 0.009	0.021	$\phi30^{+0.012}_{-0.009}$
轴：$\phi40$	39.95	39.888	− 0.050	− 0.112	0.062	$\phi40^{-0.050}_{-0.112}$

（续）

孔或轴	最大极限尺寸	最小极限尺寸	上偏差	下偏差	公差	尺寸标注
轴：$\phi 60$	60.041	60.011	$+0.041$	$+0.011$	0.030	$\phi 60^{+0.041}_{+0.011}$
轴：$\phi 85$	85	84.978	0	-0.022	0.022	$\phi 85^{\ 0}_{-0.022}$

2-193 解：

1) $X_{max} = (0.033 - (-0.098)) \text{mm} = 0.131 \text{mm}$

$X_{min} = (0 - (-0.065)) \text{mm} = 0.065 \text{mm}$

$T_f = |0.131 - 0.065| \text{mm} = 0.066 \text{mm}$

2) $Y_{max} = (0 - 0.060) \text{mm} = -0.060 \text{mm}$

$Y_{min} = (0.030 - 0.041) \text{mm} = -0.011 \text{mm}$

$T_f = |-0.060 + 0.011| \text{mm} = 0.049 \text{mm}$

3) $X_{max} = (0.007 - (-0.016)) \text{mm} = 0.023 \text{mm}$

$Y_{max} = (-0.018 - 0) \text{mm} = -0.018 \text{mm}$

$T_f = |0.023 - (-0.018)| \text{mm} = 0.041 \text{mm}$

4) $X_{max} = (0.039 - 0.002) \text{mm} = 0.037 \text{mm}$

$Y_{max} = (0 - 0.027) \text{mm} = -0.027 \text{mm}$

$T_f = |0.037 - (-0.027)| \text{mm} = 0.064 \text{mm}$

5) $X_{max} = (0.074 - (-0.140)) \text{mm} = 0.214 \text{mm}$

$X_{min} = (0 - (-0.030)) \text{mm} = +0.030 \text{mm}$

$T_f = |0.214 - 0.030| \text{mm} = 0.184 \text{mm}$

6) $X_{max} = (0.009 - (-0.019)) \text{mm} = 0.028 \text{mm}$

$Y_{max} = (-0.021 - 0) \text{mm} = -0.021 \text{mm}$

$T_f = |0.028 - (-0.021)| \text{mm} = 0.049 \text{mm}$

公差带图见习题解图 2-1。

2-194 解：

1) $\phi 50 \dfrac{H8\left(^{+0.039}_{0}\right)}{f7\left(^{-0.025}_{-0.050}\right)}$，$X_{max} = 0.089 \text{mm}$，$X_{min} = 0.025 \text{mm}$，基孔制，间隙配合

2) $\phi 80 \dfrac{G10\left(^{+0.130}_{+0.010}\right)}{h10\left(^{0}_{-0.120}\right)}$，$X_{max} = 0.250 \text{mm}$，$X_{min} = 0.010 \text{mm}$，基轴制，间隙配合

3) $\phi 30 \dfrac{K7\left(^{+0.006}_{-0.015}\right)}{h6\left(^{0}_{-0.013}\right)}$，$X_{max} = 0.019 \text{mm}$，$Y_{max} = -0.015 \text{mm}$，基轴制，过渡配合

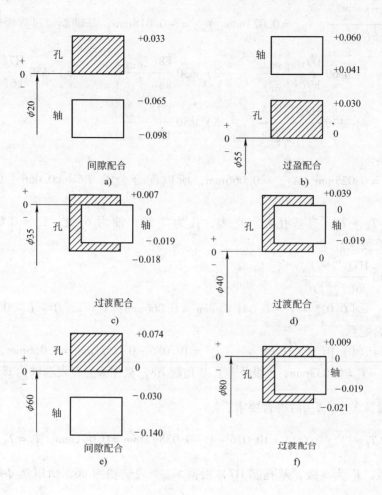

习题解图 2-1　公差带图

4）$\phi140\dfrac{\text{H8}\left(^{+0.063}_{\ 0}\right)}{\text{r8}\left(^{+0.126}_{+0.063}\right)}$，$Y_{max} = -0.126\text{mm}$，$Y_{min} = 0\text{mm}$，基孔制，过盈配合

5）$\phi180\dfrac{\text{H7}\left(^{+0.040}_{\ 0}\right)}{\text{u6}\left(^{+0.235}_{+0.210}\right)}$，$X_{max} = -0.235\text{mm}$，$Y_{min} = -0.170\text{mm}$，基孔制，过盈配合

6）$\phi18\dfrac{\text{M6}\left(^{-0.004}_{-0.015}\right)}{\text{h5}\left(^{\ 0}_{-0.008}\right)}$，$X_{max} = 0.004\text{mm}$，$Y_{max} = -0.015\text{mm}$，基轴制，过渡配合

7）$\phi50\dfrac{\text{H7}\left(^{+0.025}_{\ 0}\right)}{\text{js6}\left(^{+0.008}_{-0.008}\right)}$，$X_{max} = 0.033\text{mm}$，$Y_{max} = -0.008\text{mm}$，基孔制，过渡配合

8）$\phi100\dfrac{\text{H7}\left(^{+0.035}_{\ 0}\right)}{\text{k6}\left(^{+0.025}_{+0.003}\right)}$，$X_{max} = 0.032\text{mm}$，$Y_{max} = -0.025\text{mm}$，基孔制，过渡配合

9）$\phi30\dfrac{\text{H7}\left(^{+0.021}_{\ 0}\right)}{\text{n6}\left(^{+0.028}_{+0.015}\right)}$，$X_{max} = 0.006\text{mm}$，$Y_{max} = -0.028\text{mm}$，基孔制，过渡配合

197

10) $\phi 50 \dfrac{K7\left(^{+0.007}_{-0.018}\right)}{h6\left(^{0}_{-0.016}\right)}$, $X_{max} = 0.023mm$, $Y_{max} = -0.018mm$, 基轴制, 过渡配合

2-204 解: 1) $\phi 60 \dfrac{D9\left(^{+0.174}_{+0.100}\right)}{h9\left(^{0}_{-0.074}\right)}$ 2) $\phi 30 \dfrac{F8\left(^{+0.053}_{+0.020}\right)}{h8\left(^{0}_{-0.033}\right)}$ 3) $\phi 50 \dfrac{H7\left(^{+0.025}_{0}\right)}{k6\left(^{+0.018}_{+0.002}\right)}$

4) $\phi 30 \dfrac{H7\left(^{+0.021}_{0}\right)}{s6\left(^{+0.048}_{+0.035}\right)}$ 5) $\phi 50 \dfrac{U7\left(^{-0.061}_{-0.086}\right)}{h6\left(^{0}_{-0.016}\right)}$

2-206 解:

因为 $X_{min} = 0.025mm$, $X_{max} = 0.066mm$, 所以配合公差 $T_f = |0.066 - 0.025|mm = 0.041mm$,

因为 $T_f = T_h + T_s$, 选基孔制。查表, 孔为 7 级, 轴为 6 级, $T_h = 0.025mm$, $T_s = 0.016mm$, 符合要求。

所以选 $\phi 40 \dfrac{H7\left(^{+0.025}_{0}\right)}{f6\left(^{-0.025}_{-0.041}\right)}$。

验算: $X_{max} = [0.025 - (-0.041)]mm = 0.066mm$; $X_{min} = [0 - (-0.025)]mm = 0.025mm$, 符合题意。

2-207 解: (1) 因为 $T_f = |X_{max} - X_{min}| = |0.086 - 0.020|mm = 0.066mm$, $T_f = T_h + T_s$, 所以查表选 $T_h = T_s = 0.033mm$, 8 级公差。基孔制 H8, 根据 X_{min} 查表选轴为 f8, 所以选 $\phi 25 \dfrac{H8\left(^{+0.033}_{0}\right)}{f8\left(^{-0.020}_{-0.053}\right)}$。验算 X_{max}、X_{min} 后符合要求。

(2) 因为 $T_f = |Y_{max} - Y_{min}| = |0.076 - (-0.035)|mm = 0.041mm$, $T_f = T_h + T_s$, 所以查表选 T_h 为 7 级, T_s 为 6 级, 基孔制 H7, 根据 Y_{min} 查表选轴为 u6, 所以选 $\phi 40 \dfrac{H7\left(^{+0.025}_{0}\right)}{u6\left(^{+0.076}_{+0.060}\right)}$, 验算 Y_{max}、Y_{min} 后符合要求。

(3) 因为 $T_f = |X_{max} - Y_{max}| = |0.046 - (-0.032)|mm = 0.078mm$, $T_f = T_h + T_s$, 所以查表选 T_s 为 7 级, T_h 为 8 级, 基轴制 h7, 根据 X_{max} 和 Y_{max} 查表选孔为 K8, 所以选 $\phi 60 \dfrac{K8\left(^{+0.014}_{-0.032}\right)}{h\left(^{0}_{-0.030}\right)}$。验算 X_{max}、Y_{max} 后符合要求。

2-216 解: 相配孔、轴的基本尺寸 $D = d = \phi 30mm$

孔的上、下偏差 $ES = +0.033mm = +33\mu m$, $EI = 0$

轴的上、下偏差 $es = -0.020mm = -20\mu m$, $ei = -0.041mm = -41\mu m$

孔的极限尺寸 $D_{max} = D + ES = \phi 30.033mm$, $D_{min} = D + EI = \phi 30mm$

孔的尺寸公差 $T_h = D_{max} - D_{min} = ES - EI = 0.033mm = 33\mu m$

轴的极限尺寸 $d_{max} = d + es = \phi 29.980mm$, $d_{min} = d + ei = \phi 29.959mm$

轴的尺寸公差 $T_s = d_{max} - d_{min} = es - ei = 0.021mm = 21\mu m$

极限间隙 $X_{max} = D_{max} - d_{min} = +0.074mm = +74\mu m$

$X_{min} = D_{min} - d_{max} = +0.020mm = +20\mu m$

平均间隙 $X_{av} = (X_{max} + X_{min})/2 = +47\mu m$

配合公差　$T_f = X_{max} - X_{min} = T_h + T_s = 54\mu m$

尺寸公差带图和配合公差带图如习题解图 2-2a、b 所示，此配合为间隙配合。

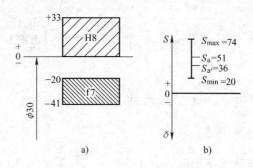

习题解图 2-2　尺寸公差带和配合公差带图

2-220　解：$\Delta l = \dfrac{50}{2}(a_{黄铜} + a_{玻璃})\Delta t = \left[\dfrac{50}{2} \times (19.5 \times 10^{-6} + 8 \times 10^{-6}) \times (20 + 50)\right]mm = 0.048mm$，

查表 $\phi 50 \dfrac{H8\binom{+0.039}{0}}{f7\binom{-0.025}{-0.050}}$，$[0.039 - (-0.050) + 0.048]mm = 0.137mm$，$[0 - (-0.025) + 0.048]mm =$

$0.073mm$，因为 $0.137 > 0.075mm$，所以原设计 $\phi 50H8/f7$ 配合不合适。

重选为 $(0.075 - 0.048)mm = 0.027mm$，$(0.009 - 0.048)mm = -0.039mm$，装配时的间

隙量应为 $-0.039 \sim 0.027mm$ 之间，所以选 $\phi 50 \dfrac{H8\binom{+0.039}{0}}{n6\binom{+0.033}{+0.017}}$，验算后满足要求。

2-221　解：

$\Delta l = \dfrac{95}{2} \times \left[22 \times (150 - 20) + 12 \times (100 - 20)\right] \times 10^{-6}mm = 0.181mm$，$(0.04 + 0.181)mm$

$= 0.221mm$，$(0.097 + 0.181)mm = 0.278mm$，所以装配间隙应为 $0.221 \sim 0.278mm$，

$T_f = |X_{max} - X_{min}| = |0.278 - 0.221|mm = 0.057mm$，$T_f = T_h + T_s$，所以查表选孔为 7 级，

轴为 6 级，基孔制 H7，根据 X_{min} 查表选轴（活塞）为 b6，选 $\phi 95 \dfrac{H7\binom{+0.035}{0}}{b6\binom{-0.220}{-0.242}}$。验算后基本

满足要求。

第三章　测量技术基础

3-186　解：　$29.875 - 1.005 - 1.37 - 7.5 = 20$，用 4 块量块组合；

$48.98 - 1.48 - 7.5 = 40$，用 3 块量块组合；

$40.79 - 1.29 - 9.5 = 30$，用 3 块量块组合；

$10.56 - 1.06 = 9.5$，用 2 块量块组合。

3-188　解：$(20 - 0.002)mm = 19.998mm$。

3-189　解：调零误差 $+0.0005mm$，修正值 $-0.0005mm$，塞规实际尺寸 $(20 + 0.006 -$

$0.0005)mm = 20.0055mm$。

3-190 解：$\delta_{r1} = \dfrac{0.001}{20} = 0.00005$，$\delta_{r2} = \dfrac{0.01}{300} = 0.000033$，$\delta_{r2} < \delta_{r1}$，第二种测量方法精度高。

3-205 解：$\bar{L} = 30.741\,\text{mm}$，$\sigma' = \sqrt{\dfrac{1}{15-1}\sum\limits_{i=1}^{n} v_i^2}\,\mu\text{m} = \sqrt{\dfrac{30}{14}}\,\mu\text{m} = 1.464\,\mu\text{m}$，$\delta_{\text{lim}} = \pm 3\sigma'$ $= \pm 4.392\,\mu\text{m}$

3-206 解：$\bar{L} = 20.0005\,\text{mm}$，$\sigma'_{\bar{L}} = \dfrac{1}{\sqrt{4}}\,\mu\text{m} = 0.5\,\mu\text{m}$，$L = \bar{L} \pm 3\sigma'_{\bar{L}} = (20.0005 \pm 0.0015)\ \text{mm}$

3-210 解：（1）计算算术平均值 $\bar{L} = \dfrac{\sum\limits_{i=1}^{n} l_i}{n} = \dfrac{1}{15}\sum\limits_{i=1}^{15} l_i = 30.404\,\text{mm}$

（2）计算残差 $v_i = l_i - \bar{L}$ 及其平方 v_i^2，填入习题解表 3-1 中。

习题解表 3-1　测量结果列表

序号	测得值 x_i/mm	剔除粗大误差前		剔除粗大误差后	
		残余误差 v_i/μm	残余误差的平方 v_i^2/(μm)^2	残余误差 v_i/μm	残余误差的平方 v_i^2/(μm)^2
1	30.42	+16	256	+9	81
2	30.43	+26	676	+19	361
3	30.40	−4	16	−11	121
4	30.43	+26	676	+19	361
5	30.42	+16	256	+9	81
6	30.43	+26	676	+19	361
7	30.39	−14	196	−21	441
8	30.30	−104	10816	—	—
9	30.40	−4	16	−11	121
10	30.43	+26	676	+19	361
11	30.42	+16	256	+9	81
12	30.41	+6	36	−1	1
13	30.39	−14	196	−21	441
14	30.39	−14	196	−21	441
15	30.40	−4	16	−11	121
	剔除粗大误差前 $\bar{x} = 30.404$ 剔除粗大误差后 $\bar{x} = 30.411$	$\sum\limits_{i=1}^{15} v_i^2 = 14960$		$\sum\limits_{i=1}^{15} v_i^2 = 3374$	

（3）根据"残差观察法"判断，测量列中残余误差大体正负相同，无明显变化规律，所以认为无变值系统误差。

（4）计算标准偏差　$\sigma' = \sqrt{\dfrac{\sum\limits_{i=1}^{n} v_i^2}{n-1}} \sqrt{\dfrac{\sum\limits_{i=1}^{15} v_i^2}{15-1}} \sqrt{\dfrac{14960}{14}} \approx 33\,\mu m$

（5）判断粗大误差

单次测量的极限误差　$\delta_{\lim} = \pm 3\sigma' = (\pm 3 \times 33)\,\mu m = \pm 99\,\mu m$

根据 3σ 准则，第 8 次测得值的残差 $|v_8| = 104 > 99$，含有粗大误差，应予剔除。

（6）剔除第 8 次测量数据后重复步骤（1）~（5）。

重新计算算术平均值　$\bar{L} = \dfrac{\sum\limits_{i=1}^{n} l_i}{n} = \dfrac{1}{14} \sum\limits_{i=1}^{14} l_i = 30.411\,mm$

重新计算残差 $v_i = l_i - \bar{L}$ 及其平方 v_i^2，填入习题解表 3-1 中。

重新计算标准偏差　$\sigma' = \sqrt{\dfrac{\sum\limits_{i=1}^{n} v_i^2}{n-1}} \sqrt{\dfrac{\sum\limits_{i=1}^{14} v_i^2}{14-1}} \sqrt{\dfrac{3374}{13}} \approx 16\,\mu m$

单次测量的极限误差　$\delta_{\lim} = \pm 3\sigma' = (\pm 3 \times 16)\,\mu m = \pm 48\,\mu m$

根据 3σ 准则，由习题解表 3-1 可知，残差均小于 3σ，因此，可以认为已无粗大误差存在。

（7）计算算术平均值的标准偏差 $\sigma'_L = \dfrac{\sigma'}{\sqrt{n}} = \dfrac{16}{\sqrt{14}}\,\mu m = 4.3\,\mu m$

（8）写出测量结果 $L_0 = \bar{L} \pm 3\sigma'_L = (30.411 \pm 3 \times 0.0043)\,mm = (30.411 \pm 0.0129)\,mm$

3-213　解：$L = L_1 + L_2 + L_3 = (20 + 1.005 + 1.485)\,mm = 22.485\,mm$

$\delta_{\lim L} = \pm \sqrt{\left(\dfrac{\partial L}{\partial L_1}\right)^2 \delta_{\lim L1}^2 + \left(\dfrac{\partial L}{\partial L_2}\right)^2 \delta_{\lim L2}^2 + \left(\dfrac{\partial L}{\partial L_3}\right)^2 \delta_{\lim L3}^2}$

$= \pm \sqrt{1^2 \times 0.3^2 + 1^2 \times 0.3 + 1^2 \times 0.3^2}\,\mu m = \pm 0.5\,\mu m$　所以 $L = (22.485 \pm 0.0005)\,mm$

3-214　解：

$N = A_1 - A_2$，$\dfrac{\partial N}{\partial A_1} = 1$，$\dfrac{\partial N}{\partial A_2} = -1$，$\delta_{\lim N} = \pm \sqrt{1^2 \times 5^2 + (-1)^2 \times 5^2}\,\mu m = \pm 5\sqrt{2}\,\mu m$

3-215　解：$R = \dfrac{L^2}{8h} + \dfrac{h}{2} = \left(\dfrac{95^2}{8 \times 30} + \dfrac{30}{2}\right)mm = 52.60\,mm$

$\delta_{\lim R} = \pm \sqrt{\left(\dfrac{\partial R}{\partial L}\right)^2 \delta_{\lim L}^2 + \left(\dfrac{\partial R}{\partial h}\right)^2 \delta_{\lim h}^2} = \pm \sqrt{\left(\dfrac{L}{4h}\right)^2 \delta_{\lim L}^2 + \left(\dfrac{1}{2} - \dfrac{L^2}{8h^2}\right)^2 \delta_{\lim h}^2}$

$= \pm \sqrt{\left(\dfrac{95}{4 \times 30}\right)^2 \times 0.0025^2 + \left(\dfrac{1}{2} - \dfrac{95^2}{8 \times 30^2}\right)^2 \times 0.002^2}\,mm = \pm 0.002\,mm$

$R = (52.60 \pm 0.002)\,mm$

3-216　解：（1）$L = L_1 + \dfrac{d_1}{2} + \dfrac{d_2}{2}$

$$\delta_{\lim L} = \pm \sqrt{\left(\frac{\partial f}{\partial d_1}\right)^2 \delta_{\lim d1}^2 + \left(\frac{\partial f}{\partial d_2}\right)^2 \delta_{\lim d2}^2 + \left(\frac{\partial f}{\partial L_1}\right)^2 \delta_{\lim L1}^2}$$

$$= \pm \sqrt{\left(\frac{1}{2}\right)^2 \times 40^2 + \left(\frac{1}{2}\right)^2 \times 40^2 + 1^2 \times 60^2} \,\mu m = \pm 66.332 \mu m$$

（2） $L = L_2 - \dfrac{d_1}{2} - \dfrac{d_2}{2}$

$$\delta_{\lim L} = \pm \sqrt{1^2 \times 70^2 + \left(-\frac{1}{2}\right)^2 \times 40^2 + \left(-\frac{1}{2}\right)^2 \times 40^2} \,\mu m = \pm 75.498 \mu m$$

（3） $L = \dfrac{L_1 + L_2}{2}$ $\qquad$ $\delta_{\lim L} = \pm \sqrt{\left(\frac{1}{2}\right)^2 \times 60^2 + \left(\frac{1}{2}\right)^2 \times 70^2} \,\mu m = \pm 46.098 \mu m$

第四章 形状和位置公差及检测

4-216 解：a）公差带是距离为 0.02mm 的两平行平面之间的区域；b）公差带是直径为 0.02mm 的圆柱面内的区域；c）公差带是距离为 0.02mm 且平行于基准 A 的平行平面之间的区域。

4-217 解：a）为垂直度公差，公差带与基准轴线相垂直。它的公差带相对于基准有确定的方向，并且公差带的位置可以浮动。它的公差带具有综合控制被测要素的方向和形状的职能。

b）为圆跳动公差，控制与基准同轴的任一半径位置的圆柱面上的位置误差。

c）为全跳动公差，控制与基准同轴的所有半径位置的圆柱面上的位置误差；跳动公差带相对于基准轴线有确定的位置，它可以综合控制被测要素的位置、方向和形状的误差。

4-218 解：a）要求斜端面对基准轴线 ϕ 成 60° 的理想方向，又要求斜端面中点在轴 ϕ 方向距离 B 面有公差要求。

b）要求斜端面对基准轴线 ϕ 成 60° 的理想方向，则公差带是距离为公差值 0.05mm，且与基准轴线成 60° 角的两平行平面之间的区域。

4-219 解：a）尺寸无公差而且也不是理论正确尺寸，无基准；b）无基准；c）基准符号标注位置不对；d）正确。

4-220 解：如习题解图 4-1 所示。

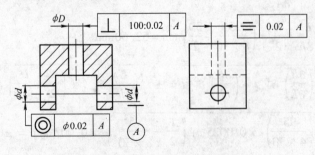

习题解图 4-1 形位公差标注

4-221 解：如习题解图 4-2 所示。

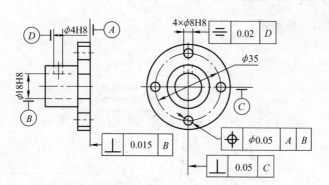

习题解图 4-2　形位公差标注

4-222　解：如习题解表 4-1 所示。

习题解表 4-1　填　　表

图样序号	采用的公差原则	理想边界及边界尺寸(mm)	允许最大形状公差值(mm)	实际尺寸合格范围(mm)
a	独立	$\phi20.01$	$\phi0.01$	$\phi19.979 \sim \phi20$
b	包容	$\phi20$	$\phi0.021$	$\phi19.979 \sim \phi20$
c	包容	$\phi20.0$	$\phi0.008$	$\phi19.979 \sim \phi20$
d	最大实体	$\phi20.01$	$\phi0.031$	$\phi19.979 \sim \phi20$

4-226　解：用三点法计算。如习题解图 4-3 所示旋转，变换数据，则

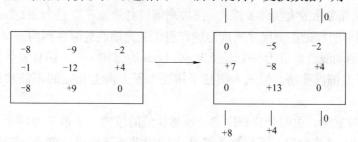

习题解图 4-3　求解平面度误差

故：平面度误差 $f = (|13| + |-8|)\mu m = 21\mu m > 20\mu m$，不合格。

4-227　解：如习题解图 4-4 所示。

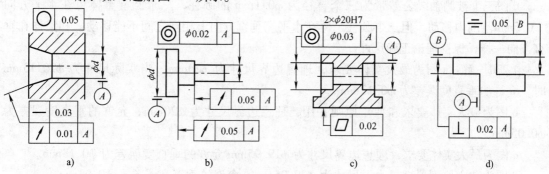

a)　　　　　　　　　b)　　　　　　　　　c)　　　　　　　　　d)

习题解图 4-4　形位公差标注

203

4-228　解：如习题解图4-5所示。

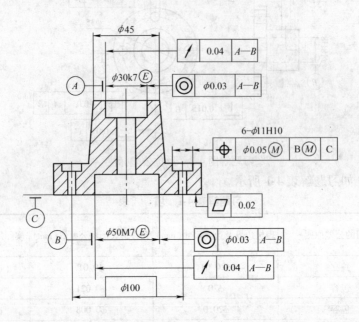

习题解图4-5　形位公差标注

4-229　解：都采用最大实体要求。a图被测轴线必须位于直径为 $\phi0.1$mm，且以相对于 A、B、C 基准表面的理论正确尺寸所确定的理想位置为轴线的圆柱面内。

b图三个被测轴线公差带为三个直径为 $\phi0.1$mm 的圆柱，三个圆柱整体上可在水平、垂直方向 ±0.5mm 范围内移动，但三个圆柱个体在水平方向上相互间不能移动，保持理论正确尺寸。

c图为复合位置度，由两个位置度联合控制孔组的位置。上框格为四个 $\phi0.1$mm 的公差带，由基准 A、B、C 来确定；下格框为各孔之间的进一步要求，四个 $\phi0.05$mm 的公差带，其几何图框仅相对于基准 A 定向，因而它可在一定范围内任意移动，孔的实际轴线必须同时符合上下框格的位置要求，即只能位于 $\phi0.1$mm 和 $\phi0.05$mm 两个圆柱形公差带的重叠部分内。

d图三个被测轴线公差带为三个直径为 $\phi0.1$mm 的圆柱，三个圆柱整体可在水平方向 ±0.5mm范围内移动，但三个圆柱个体在水平、垂直方向上相互之间不能移动，和整体在垂直方向一样，保持理论正确尺寸。

4-230　解：a图为最大实体要求，理想边界尺寸为 $\phi20$mm，当实际尺寸为 $\phi20.13$mm时，允许的垂直度误差为 $\phi0.13$mm。

b图为最大实体要求和独立原则并用，理想边界尺寸为 $\phi20$mm，允许的垂直度误差为 $\phi0.05$mm。

c图为最大实体要求，理想边界尺寸为 $\phi19.95$mm 允许的垂直度误差为 $\phi0.18$mm。

d图为独立原则，理想边界尺寸为 $\phi19.95$mm，允许的垂直度误差为 $\phi0.05$mm。

4-231　解：直线度误差数据如习题解表4-2所示。

习题解表 4-2 直线度误差数据

测点序号		0	1	2	3	4	5	6	7
M	测量读数（格）	0	+1.5	−3	−0.5	−2	+3	+2	+1
	累积（格）	0	+1.5	−1.5	−2	−4	−1	+1	+2
D	测量读数（格）	0	−2	+1.5	+3	−2.5	−1	−2	+1
	累积（格）	0	−2	−0.5	+2.5	0	−1	−3	−2

按最小条件：

M 直线度误差 $f = (200 \times 0.02 \times 5.75)\ \mu m = 23\ \mu m$

D 直线度误差 $f = (200 \times 0.02 \times 4.9)\ \mu m = 19.6\ \mu m$

按两端点连线：

M 直线度误差

$f'_m = [200 \times 0.02 \times (1.3 + 5.2)]\ \mu m$
$= 26\ \mu m$

D 直线度误差

$f'_D = [200 \times 0.02 \times (3.3 + 1.8)]\ \mu m$
$= 20.4\ \mu m$

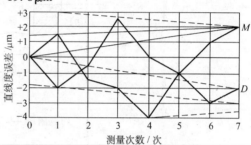

习题解图 4-6 直线度误差曲线

4-232 解：如习题解图 4-7 所示。直线度误差 $f = (300 \times 0.02 \times 4.3)\ \mu m = 25.8\ \mu m$，$25.8 > 25\ \mu m$，不合格。

4-233 解：如习题解图 4-8 所示。直线度误差 $6\ \mu m$，合格。

平行度误差 $59\ \mu m$。$59 > 25\ \mu m$，不合格。

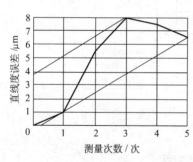

习题解图 4-7 直线度误差曲线

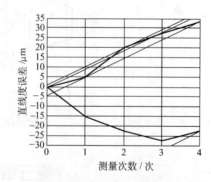

习题解图 4-8 直线度误差曲线

4-234 解：基准孔采用包容要求。被测孔采用最大实体要求并同时应用于被测要素和基准要素。基准孔沿中心距方向有 $\pm 0.04 mm$ 的变动量，被测孔沿中心距方向有 $\pm 0.05 mm$ 的变动量，位置度公差为 $0.5 mm$，所以最大中心距为 $\left(45 + 0.04 + 0.05 + \dfrac{0.5}{2}\right) mm = 45.34 mm$，最小中心距为 $\left(45 - 0.04 - 0.05 - \dfrac{0.5}{2}\right) mm = 44.66 mm$。

4-235 解：基准孔采用最大实体要求。被测孔采用最大实体要求并同时应用于被测要素和基准要素。基准孔沿中心距方向有 $\pm\dfrac{0.1+0.08}{2}$ mm $=\pm0.09$ mm 的变动量，被测孔沿中

心距方向有 $\pm\dfrac{0.5+0.1}{2}$ mm $=\pm0.3$ mm 的变动量，所以最大中心距为 $45+0.09+0.3$ mm $=$

45.39mm，最小中心距为 $(45-0.09-0.3)$ mm $=44.61$ mm。

4-236　解：标注如习题解图 4-9 所示。

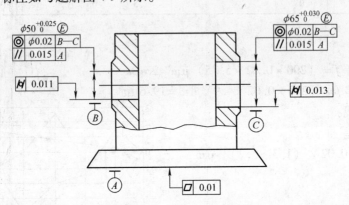

习题解图 4-9　形位公差标注

4-237　解：改正后如习题解图 4-10 所示。

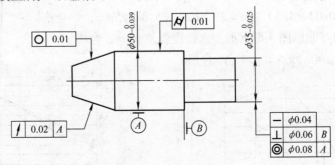

习题解图 4-10　形位公差标注

第五章　表面粗糙度

5-140　解：IT $=0.016-0.002=0.014$（尺寸公差），T $=0.0025$（圆柱度公差），T $\approx$ 0.17IT，属于 T <0.25IT 范围，Ra $\leqslant 0.15$T $=0.375\mu$m，确定 Ra 值为 0.32μm。

5-145　解：图 a 是正确的；图 b 符号的尖端指向错误；图 c 符号的尖端指向错误，且参数书写方向也错；图 d 参数和符号书写方向错误。

5-147　解：(1) ϕ50H7/h6 要求高些，因为它是小间隙配合，对表面粗糙度比大间隙配合的 ϕ50H7/f6 更敏感。

（2）ϕ20h7 要求高些，因为 ϕ80h7 尺寸较大，加工更困难，故应放松要求。

（3）ϕ20H7/r6 要求高些，因为是过盈配合，为了连接可靠、安全、应减小粗糙度，以避免装配时将微观不平的峰、谷挤平而减小实际过盈量。

（4）$\phi30$g6 要求高些，因为精度等级相同时，孔比轴难加工。

5-153　解：表面粗糙度常用的检测方法有五种：比较法、光切法、干涉法、印模法、针描法。

5-154　解：形状误差属于宏观几何形状误差。一般是由机床、刀具、工件所组成的工艺系统的误差所造成的。表面粗糙度属于微观几何形状误差。指加工后，刀具在工件表面留下波峰和波长都很小的波形。

第六章　光滑工件尺寸的检测

6-161　解：（1）上验收极限 = （60.12 - 0.012）mm = 60.108mm，下验收极限 = （60 + 0.012）mm = 60.012mm。选分度值 0.01 内径千分尺。

（2）上验收极限 = （29.98 - 0.0021）mm = 29.9779mm，下验收极限 = （29.959 + 0.0021）mm = 29.9611mm。选分度值 0.002 比较仪。

（3）上验收极限 = （60 + 0.076 - 0.0046）mm = 60.0714mm，下验收极限 = （60 + 0.03 + 0.0046）mm = 60.0346mm。选分度值 0.005 比较仪。

（4）上验收极限 = （125 - 0.122 - 0.01）mm = 124.868mm，下验收极限 = （125 - 0.222 + 0.01）mm = 124.788mm。选分度值 0.01 内径千分尺。

6-162　解：（1）$\phi80$k8

通规最大极限尺寸 = （80 - 0.032 - 0.0227）mm = 79.9453mm；

通规最小极限尺寸 = （80 - 0.032 - 0.0273）mm = 79.9407mm；

止规最大极限尺寸 = （80 + 0.014）mm = 80.014mm；

止规最小极限尺寸 = （80 + 0.014 - 0.0046）mm = 80.0094mm。

（2）$\phi30$H7

通规最大极限尺寸 = （30 + 0.0046）mm = 30.0046mm；

通规最小极限尺寸 = （30 + 0.0022）mm = 30.0022mm；

止规最大极限尺寸 = （30 + 0.021）mm = 30.021mm；

止规最小极限尺寸 = （30 + 0.0186）mm = 30.0186mm。

量规的公差带图如习题解图 6-1 所示。

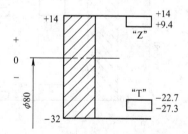

6-163　解：（1）$\phi18$p7

通规 $\phi18^{+0.0342}_{+0.0322}$mm，止规 $\phi18^{+0.020}_{+0.018}$mm；

校通—通 $\phi18^{+0.0332}_{+0.0322}$，校止—通 $\phi18^{+0.019}_{+0.018}$mm；

校通—损 $\phi18^{+0.036}_{+0.035}$mm。

（2）$\phi60$f7

通规 $\phi60^{-0.0328}_{-0.0364}$mm，止规 $\phi60^{-0.0564}_{-0.060}$mm；

校通—通 $\phi60^{-0.0346}_{-0.0364}$mm，校止—通 $\phi60^{-0.0582}_{-0.060}$mm；

校通—损 $\phi60^{-0.030}_{-0.0318}$mm。

量规的公差带图如习题解图 6-2 所示。

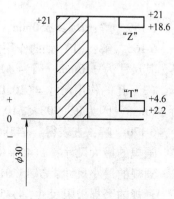

习题解图 6-1　量规公差带图

6-164　解：$\phi50$H7

通规 $\phi 50^{+0.0055}_{+0.0025}$ mm，止规 $\phi 50^{+0.025}_{+0.022}$ mm；

$\phi 50f6$

通规 $\phi 50^{-0.0266}_{-0.029}$ mm，止规 $\phi 50^{-0.0386}_{-0.041}$ mm；

校通—通 $\phi 50^{-0.0278}_{-0.029}$ mm，

校止—通 $\phi 50^{-0.0398}_{-0.041}$ mm，

校通—损 $\phi 50^{-0.025}_{-0.0262}$ mm。

量规的公差带图如习题解图 6-3 所示。

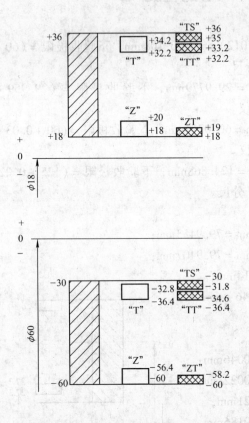

习题解图 6-2　量规公差带图

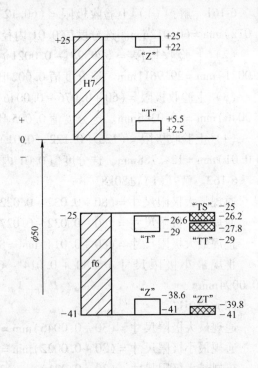

习题解图 6-3　量规公差带图

6-165　解：$D_{作}\geqslant\phi 50$mm，$D_{实}\leqslant\phi 50.039$mm，$d_{作}\leqslant\phi 49.975$mm，$d_{实}\geqslant\phi 49.95$mm。

6-166　解：（1）轴的作用尺寸 $=(9.99+0.012)$mm $=10.002$mm，要求遵守最大实体边界，其尺寸为 $\phi 10$mm，因为 $\phi 10.002>\phi 10$ 所以该轴不合格。

（2）孔的作用尺寸 $=(10.01-0.012)$mm $=9.998$mm，要求遵守最大实体边界，其尺寸为 $\phi 10$mm，因为 $\phi 9.998<\phi 10$ 所以该孔体不合格。

6-170　解：查表得 $\phi 45k6$ $\binom{+0.018}{+0.002}$ mm，$T=2.4\mu$m，$Z=2.8\mu$m。

通规的最大尺寸：$\phi(45+0.018-0.0028+0.0024/2)$mm $=\phi 45.0164$mm；

通规的最小尺寸：$\phi(45.0164-0.0024)$mm $=\phi 45.0140$mm；

通规的磨损极限尺寸：$\phi 45.018$mm；

止规的最大尺寸：$\phi(45.002+0.0024)$mm $=\phi 45.0044$mm；

止规的最小尺寸：$\phi45.002$mm。

量规的工作图如习题解图6-4所示。

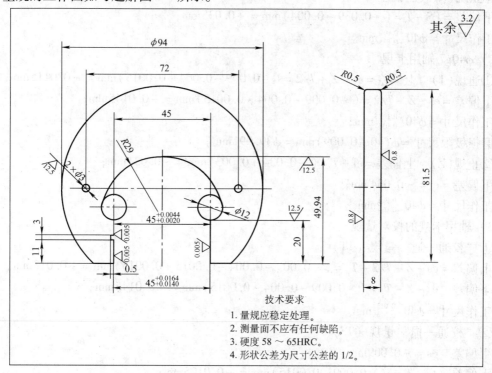

其余 3.2

技术要求

1. 量规应稳定处理。
2. 测量面不应有任何缺陷。
3. 硬度 58 ～ 65HRC。
4. 形状公差为尺寸公差的 1/2。

习题解图6-4　量规工作图

6-171　解：（1）由表查出孔与轴的上、下偏差分别为

$\phi40$H8，ES = +0.039mm，EI = 0；

$\phi40$g7，es = -0.009mm，ei = -0.034mm。

（2）由表查出 T 和 Z 的值，确定工作量规的形状公差和校对量规的尺寸公差：

塞规尺寸公差　$T = 0.004$mm，$Z = 0.006$mm；

塞规形状公差　$T/2 = 0.002$mm；

卡规尺寸公差　$T = 0.003$mm，$Z = 0.004$mm；

卡规形状公差　$T/2 = 0.0015$mm；

校对量规尺寸公差　$T_p = T/2 = 0.0015$mm。

（3）画出零件与量规公差带图，如习题解图6-5所示。

（4）计算各种量规的极限偏差和工作尺寸。

1）$\phi40$H8 孔用塞规

①通规（T），上偏差 = EI + Z + T/2 = （0 + 0.006 + 0.002）mm = +0.008mm；

下偏差 = EI + Z - T/2 = （0 + 0.006 - 0.002）mm = +0.004mm；

工作尺寸 = $\phi40^{+0.008}_{+0.004}$mm；

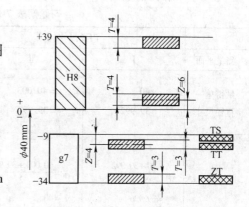

习题解图6-5　零件与量规的公差带图

磨损极限尺寸 $=\phi40\text{mm}$。

②止规（Z） 上偏差 $=\text{ES}=+0.039\text{mm}$；

下偏差 $=\text{ES}-T=(+0.039-0.004)\text{mm}=+0.035\text{mm}$；

工作尺寸 $=\phi40_{+0.035}^{+0.039}\text{mm}$。

2） $\phi40\text{g7}$ 轴用卡规

①通规（T） 上偏差 $=\text{es}-Z+T/2=(-0.009-0.004+0.0015)\text{mm}=-0.0115\text{mm}$；

下偏差 $=\text{es}-Z-T/2=(-0.009-0.004-0.0015)\text{mm}=-0.0145\text{mm}$；

工作尺寸 $=\phi40_{-0.0145}^{-0.0115}\text{mm}$；

磨损极限尺寸 $=\phi(40-0.009)\text{mm}=\phi39.991\text{mm}$。

②止规（Z） 上偏差 $=\text{ei}+T=(-0.034+0.003)\text{mm}=-0.031\text{mm}$；

下偏差 $=\text{ei}=-0.034\text{mm}$；

工作尺寸 $=\phi40_{-0.034}^{-0.031}\text{mm}$。

3） 轴用卡规的校对量规

① "校通—通" 量规（TT）

上偏差 $=\text{es}-Z-T/2+T_{\text{p}}=(-0.009-0.004-0.0015+0.0015)\text{mm}=-0.013\text{mm}$；

下偏差 $=\text{es}-Z-T_{\text{p}}=(-0.009-0.004-0.0015)\text{mm}=-0.0145\text{mm}$；

工作尺寸 $=\phi40_{-0.0145}^{-0.013}\text{mm}$。

② "校通—损" 量规（TS）

上偏差 $=\text{es}=-0.009\text{mm}$；

下偏差 $=\text{es}-T_{\text{p}}=(-0.009-0.0015)\text{mm}=-0.0105\text{mm}$；

工作尺寸 $=\phi40_{-0.0105}^{-0.009}\text{mm}$。

③ "校止—通" 量规（ZT）

上偏差 $=\text{ei}+T_{\text{p}}=(-0.034+0.0015)\text{mm}=-0.0325\text{mm}$；

下偏差 $=\text{ei}=-0.034\text{mm}$；

工作尺寸 $=\phi40_{-0.0340}^{-0.0325}\text{mm}$。

第七章　滚动轴承与孔、轴结合的互换性

7-124　解：轴承内、外径计算如习题解表 7-1 所示。

习题解表 7-1　轴承内、外径计算　　　　　　　　　　（单位：mm）

测量平面	内径尺寸（d_{s}）			外径尺寸（D_{s}）		
	I	II		I	II	
量得单一直径尺寸	$d_{\text{smax1}}=40$ $d_{\text{smin1}}=39.992$	$d_{\text{smax2}}=40.003$ $d_{\text{smin2}}=39.997$	合格	$D_{\text{smax1}}=90$ $D_{\text{smin1}}=89.996$	$D_{\text{smax2}}=89.987$ $D_{\text{smin2}}=89.985$	合格
d_{mp}	$d_{\text{mpI}}=\dfrac{40+39.992}{2}$ $=39.996$	$d_{\text{mpII}}=\dfrac{40.003+39.997}{2}$ $=40$	合格	$D_{\text{mpI}}=\dfrac{90+89.996}{2}$ $=89.998$	$D_{\text{mpII}}=\dfrac{89.987+89.985}{2}$ $=89.986$	不合格

（续）

测量平面	内径尺寸(d_s)			外径尺寸(D_s)		
	I	II		I	II	
V_{dp}	$V_{dp} = 40 - 39.992$ $= 0.008$	$V_{dp} = 40.003 - 39.997$ $= 0.003$	合格	$V_{Dp} = 90 - 89.996$ $= 0.004$	$V_{Dp} = 89.987 - 89.985$ $= 0.002$	合格
V_{dmp}	$V_{dmp} = V_{dmpII} - V_{dmpI} = 40 - 39.996$ $= 0.004$		合格	$V_{Dmp} = V_{DmpI} - V_{DmpII} = 89.998 - 89.986$ $= 0.012$		不合格
结论	内径尺寸合格			外径尺寸不合格		
	该轴承不合格					

查表 7-4、7-5 查得内径、外径的尺寸公差和形状公差

$D_{mpmax} = 40mm$，$d_{mpmin} = (40 - 0.01)mm = 39.99mm$，$V_{dp} = 0.01mm$，$V_{dmp} = 0.008mm$；
$D_{mpmax} = 90mm$，$D_{mpmin} = (90 - 0.013)mm = 89.987mm$，$V_{Dp} = 0.016mm$，$V_{Dmp} = 0.01mm$。

7-125　解：如习题解图 7-1 所示。

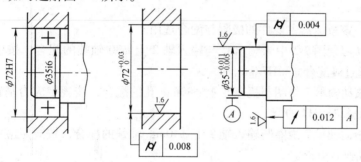

习题解图 7-1　滚动轴承配合标注

7-126　解：由表查出 D 级轴承单一平面平均内径偏差(Δd_{mp})为 $\phi 30_{-0.006}^{0}$ mm，由表查出 D 级轴承单一平面平均外径偏差(ΔD_{mp})为 $\phi 72_{-0.009}^{0}$ mm。

孔：$X_{max} = 0.022$，$Y_{max} = -0.006$，$X_{平均} = 0.008$；

轴：$X_{max} = 0.045$，$Y_{max} = -0.051$，$Y_{平均} = -0.003$。

公差带图如习题解图 7-2 所示。

7-127　解：（1）已知减速器属于一般机械，转速不高，应选 P0 级轴承。0 级，代号中省略不表示。

（2）齿轮传动时，轴承内圈与轴一起旋转，因承受负荷，应选较紧配合；外圈相对于负荷方向静止，它与外壳孔的配合应较松。由机械零件设计知 $P_r/C_r = 0.01$，小于 0.07，故轴承属于轻负荷。查表，选轴颈公差带为 j6，外壳孔公差带为 H7。

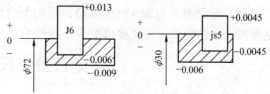

习题解图 7-2　公差带图

（3）查表，轴颈圆柱度公差 0.005mm，轴肩端面圆跳动公差 0.015mm，外壳孔圆柱度公差 0.01mm。

（4）查表中表面粗糙度数值，磨削轴取 $Ra \leqslant 0.8\mu m$；轴肩端面 $Ra \leqslant 0.015\mu m$。精车外壳孔 $Ra \leqslant 3.2\mu m$。

（5）标注如习题解图 7-3 所示。因滚动轴承是标准件，装配图上只需注出轴颈和外壳孔的公差带代号。

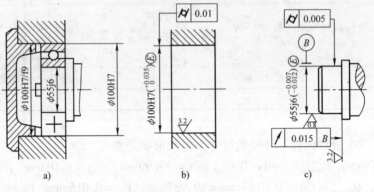

习题解图 7-3　标注图

7-128　解：该减速器主要件的极限与配合选用。

（1）带轮（习题图 7-2 中未画出）与输入轴 2 上 $\phi30$ 轴端的配合，按要求同轴度较高且可装拆，故选过渡配合 $\phi30H7/k6$。

（2）两处滚动轴承 7 外圈与机座 8 上 $\phi80mm$ 孔的配合，按规定应为基轴制，外圈受局部载荷，壳体孔选 $\phi80H7$ Ⓔ。

（3）两处滚动轴承 7 内圈与输入轴 2 上 $\phi40mm$ 轴颈的配合，按规定应为基孔制，内圈受循环负荷，轴选 $\phi40k6$ Ⓔ。

（4）端盖 1 与机座 8 上 $\phi80mm$ 孔的配合，由于端盖只起轴向定位作用，径向配合要求不高，允许间隙较大，因壳体孔与滚动轴承 7 外圈配合已选定为 $\phi80H7$ Ⓔ，所以端盖选 $\phi80d9$，即配合为 $\phi80H7/d9$。

（5）两处滚动轴承 3 外圈与机座 8 的配合，外圈受局部载荷为基轴制，壳体孔选 $\phi100H7$ Ⓔ。

（6）两处滚动轴承 3 内圈与轴 4 的配合，工作条件与第 3 条相似，为基孔制，轴选 $\phi55k6$ Ⓔ。

（7）大齿轮 15 的 $\phi58mm$ 内孔与轴 4 的配合，要求齿轮在轴上精确定心，且要传递一定转矩，又由于机座和盖是剖分式，齿轮与轴一般不拆卸，故选过盈配合 $\phi58H7/r6$。

（8）定距环 6 与轴 4 间的配合，径向配合要求不高，轴已选用 $\phi55k6$，为便于拆装和避免装配时划伤轴颈，按经验可取最小间隙为 0.03~0.05mm，可选 $\phi55E9/k6$。

第八章　尺　寸　链

8-141　解：0.1~0.35mm

8-142　解：a) $A_6 = A_5 - (A_1 - A_2) = (24 - 30 + 16)mm = 10mm$；

$ES_6 = (0 + 0 + 0.052)\,mm = +0.052\,mm;$

$EI_6 = (-0.084 - 0.043 - 0)\,mm = -0.127\,mm \quad 10^{+0.052}_{-0.127}\,mm_\circ$

b) $A_6 = A_2 - A_4 = (16 - 6)\,mm = 10\,mm;$

$ES_6 = (0 - 0)\,mm = 0\,mm;$

$EI_6 = (-0.043 - 0.048)\,mm = -0.091\,mm \quad 10^{\ 0}_{-0.091}\,mm_\circ$

c) $A_6 = A_1 - A_4 - A_3 = (30 - 6 - 14)\,mm = 10\,mm;$

$ES_6 = (0 - 0 + 0.021)\,mm = +0.021\,mm;$

$EI_6 = (-0.052 - 0.048 - 0.021)\,mm = -0.121\,mm \quad 10^{+0.021}_{-0.121}\,mm_\circ$

d) $A_6 = A_5 - A_3 = (24 - 14)\,mm = 10\,mm;$

$ES_6 = (0 + 0.021)\,mm = +0.021\,mm;$

$EI_6 = (-0.084 - 0.021)\,mm = -0.105\,mm \quad 10^{+0.021}_{-0.105}\,mm_\circ$

e) 尺寸标注中可使 A_6 的变动范围最小。

尺寸链图如习题解图 8-1 所示。

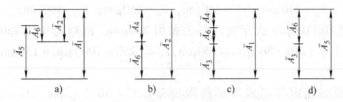

习题解图 8-1　尺寸链

8-143　解：（1）绘制尺寸链图如下 $A_1 = 32\,mm$，$A_2 = 4\,mm$，$A_3 = 20\,mm$，$A_4 = 8\,mm$，$A_0 = 0.04 \sim 0.15\,mm_\circ$

（2）$T_0 = A_{0max} - A_{0min} = (0.15 - 0.04)\,mm = 0.11\,mm = 110\,\mu m_\circ$

（3）$A_0 = (32 - 4 - 20 - 8)\,mm = 0\,mm_\circ$

（4）$a_{av} = T_0 \Big/ \sum_{i=1}^{n-1} (0.45\sqrt[3]{D_i} + 0.001D_i) = 110/(1.56 + 0.73 + 2.87 + 0.898)\,\mu m = 110/6.058\,\mu m = 18.1\,\mu m_\circ$

查表 $a_{av} = 18.1\,\mu m$ 接近 IT8 级（标准公差值等于 $25i$），查表 $T_1 = 39\,\mu m$、$T_2 = 18\,\mu m$、$T_3 = 33\,\mu m$、$T_4 = 22\,\mu m$ 组成环公差之和 $112\,\mu m$，大于封闭环公差 $110\,\mu m$，要调整容易加工的组成环 A_4 的尺寸公差，使 $T_4 = (22 - 2)\,\mu m = 20\,\mu m_\circ$

（5）按向体原则确定各组成环的极限偏差，各组成环均为轴类零件，取上偏差为零

$A_1 = 32^{\ 0}_{-0.039}\,mm$，$A_2 = 4^{\ 0}_{-0.018}\,mm$，$A_3 = 20^{\ 0}_{-0.033}\,mm$，$A_4 = 8^{\ 0}_{-0.020}\,mm$

尺寸链图如习题解图 8-2 所示。

8-144　解：孔：$\phi50^{+0.039}_{\ 0}\,mm$，轴：$\phi50^{-0.025}_{-0.050}\,mm$，

$es = [-0.025 - (0.010 + 0.002)]\,mm = -0.037\,mm$，

$ei = [-0.050 - (0.010 - 0.002)]\,mm = -0.058\,mm;$

$d_{max} = (50 - 0.037)\,mm = 49.963\,mm$，$d_{min} = (50 - 0.058)\,mm = 49.942\,mm_\circ$

8-145　解：（1）绘制尺寸链图如习题解图 8-3 所示；

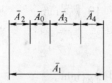

习题解图 8-2　尺寸链

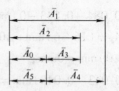

习题解图 8-3　尺寸链

（2）活塞实际长 $A_3 = [11 + 40 - (50 - 30) - 12]\text{mm} = 19\text{mm}$；

（3）A_0 为封闭环，由等精度法求组成环公差等级系数

$$a_{av} = T_0 \Big/ \sum_{i=1}^{n-1} (0.45 \sqrt[3]{D_i} + 0.001 D_i)$$

$$= (0.4 + 0.4)/(1.71 + 1.428 + 1.22 + 1.579 + 1.012)\text{mm}$$

$$= 0.8/6.949\text{mm} = 0.11512\text{mm}$$

由表查得 $a_{av} = 115\mu\text{m}$ 时接近 IT12 级（标准公差等于 160i），由表 2-4 查各组成环的公差值：$T_1 = 250\mu\text{m}$，$T_2 = 210\mu\text{m}$，$T_3 = 210\mu\text{m}$，$T_4 = 250\mu\text{m}$，$T_5 = 180\mu\text{m}$。

组成环公差之和 $1100\mu\text{m}$ 大于封闭环公差值 $800\mu\text{m}$，调整为 $T_1 = 250\mu\text{m}$，$T_2 = (210 - 100)\mu\text{m} = 110\mu\text{m}$，$T_3 = (210 - 50)\mu\text{m} = 160\mu\text{m}$，$T_4 = (250 - 100)\mu\text{m} = 150\mu\text{m}$，$T_5 = (180 - 50)\mu\text{m} = 130\mu\text{m}$。

（4）按入体原则确定各组成环的极限偏差：$A_1 = 50_{-0.250}^{0}\text{mm}$，$A_2 = 30_{0}^{+0.11}\text{mm}$，$A_3 = 19_{-0.160}^{0}\text{mm}$，$A_4 = _{-0.150}^{0}\text{mm}$，$A_5 = _{0}^{+0.130}\text{mm}$。

8-146　解：（1）绘制尺寸链图如习题解图 8-4 所示。
$A_1 = 21_{+0.0085}^{+0.0165}\text{mm}$，$A_2 = 0_{-0.03}^{+0.03}\text{mm}$，$A_3 = 15_{+0.01}^{+0.0205}\text{mm}$。

（2）$A_0 = A_1 + A_2 - A_3 = (21 + 0 - 15)\text{mm} = 6\text{mm}$；

$ES_0 = (+0.003 + 0.0165 - 0.01)\text{mm} = 0.0095\text{mm}$；

$EI_0 = (-0.003 + 0.0085 - 0.0205)\text{mm} = -0.015\text{mm}$。

钻套壁厚尺寸变动范围 $6.0095 \sim 5.985\text{mm}$。

8-155　解：画尺寸链图如习题解图 8-5 所示。A_2、$A_3/2$ 为增环，$A_1/2$ 为减环，A_0 为封闭环。

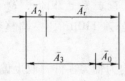

习题解图 8-4　尺寸链

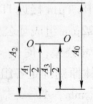

习题解图 8-5　工艺尺寸链图

$A_0 = A_2 + A_3/2 - A_1/2$，$A_2 = A_0 - A_3/2 + A_1/2 = (62 - 70/2 + 70.5/2)\text{mm} = 62.25\text{mm}$；

$ES_0 = ES_2 + ES_3/2 - EI_1/2$，$EI_0 = EI_2 + EI_3/2 - ES_1/2$；

$ES_2 = (0 - 0/2 - 0.10/2)\text{mm} = -0.05\text{mm}$，$EI_2 = (-0.30 + 0.06/2 + 0/2)\text{mm} = -0.27\text{mm}$；

$T_2 = \mathrm{ES}_2 - \mathrm{EI}_2 = [-0.05 - (-0.27)]\,\mathrm{mm} = 0.22\,\mathrm{mm}$，

则 $A_2 = 62.25^{-0.05}_{-0.27}\,\mathrm{mm}$。

8-156　解：确定 A_0 为封闭环，尺寸链线图如习题图 8-13 所示（此处不再画），计算封闭环的尺寸 $A_0 = 1^{+0.75}_{0}\,\mathrm{mm}$，公差 $T_0 = 0.75\,\mathrm{mm}$。其中 A_3、A_4 为增环，A_1、A_2、A_5 为减环。

由表中查各组成环的公差单位 $i_1 = 2.52$，$i_2 = i_5 = 0.73$，$i_3 = 2.17$，$i_4 = 1.56$。按公式得各组成环相同的公差等级系数

$$\alpha = \frac{T_0}{\sqrt{\sum_{i=1}^{m} i_i^2}} = \frac{750}{\sqrt{2.52^2 + 0.73^2 + 2.17^2 + 1.56^2 + 0.73^2}} = 196$$

查表可知，$\alpha = 196$ 在 IT12 级和 IT13 级之间。取 A_3 为 IT13 级，其余为 IT12 级。

查标准公差表的组成环的公差 $T_1 = 0.40\,\mathrm{mm}$，$T_2 = T_5 = 0.12\,\mathrm{mm}$，$T_3 = 0.54\,\mathrm{mm}$，$T_4 = 0.25\,\mathrm{mm}$。

校核封闭环公差

$$T_0 = \sqrt{\sum_{i=1}^{m} T_i^2} = \left(\sqrt{0.40^2 + 0.12^2 + 0.54^2 + 0.25^2 + 0.12^2}\right)\mathrm{mm} \approx 0.737\,\mathrm{mm} < 0.75\,\mathrm{mm}$$

故封闭环为 $1^{+0.737}_{0}\,\mathrm{mm}$。

确定各组成环的极限偏差。根据"入体原则"，由于 A_1、A_2 和 A_3 相当于被包容尺寸，故取其上偏差为零，即 $A_1 = 140^{0}_{-0.40}\,\mathrm{mm}$，$A_2 = A_5 = 5^{0}_{-0.12}\,\mathrm{mm}$。$A_3$ 和 A_4 均为同向平面间距离，留 A_4 作调整环，取 A_3 的下偏差为零，即 $A_3 = 101^{+0.54}_{0}\,\mathrm{mm}$。

各环的中间偏差为 $\Delta_1 = -0.2\,\mathrm{mm}$，$\Delta_2 = \Delta_5 = -0.06\,\mathrm{mm}$，$\Delta_3 = +0.27\,\mathrm{mm}$，$\Delta_0 = +0.369\,\mathrm{mm}$。

因　$\Delta_0 = (\Delta_3 + \Delta_4) - (\Delta_1 + \Delta_2 + \Delta_5)$，

故　$\Delta_4 = \Delta_0 + \Delta_1 + \Delta_2 + \Delta_5 - \Delta_3 = (0.369 - 0.20 - 0.06 - 0.06 - 0.27)\,\mathrm{mm} = -0.221\,\mathrm{mm}$，

$$\mathrm{ES}_4 = \Delta_4 + \frac{T_4}{2} = \left(-0.221 + \frac{0.25}{2}\right)\mathrm{mm} = -0.096\,\mathrm{mm},$$

$$\mathrm{EI}_4 = \Delta_4 - \frac{T_4}{2} = \left(-0.221 - \frac{0.25}{2}\right)\mathrm{mm} = -0.346\,\mathrm{mm}。$$

所以　$A_4 = 50^{-0.096}_{-0.346}\,\mathrm{mm}$。

最后，$A_1 = 140^{0}_{-0.40}\,\mathrm{mm}$，$A_2 = A_5 = 5^{0}_{-0.12}\,\mathrm{mm}$，$A_3 = 101^{+0.54}_{0}\,\mathrm{mm}$，$A_4 = 50^{-0.096}_{-0.346}\,\mathrm{mm}$。

第九章　圆锥结合的互换性

9-111　解：查表 $AT_\alpha = 630\,\mu\mathrm{rad}$，$AT_\mathrm{D} = AT_\alpha L \times 10^{-3} = 630 \times 80 \times 10^{-3}\,\mu\mathrm{m} = 50.4\,\mu\mathrm{m} = 0.0504\,\mathrm{mm}$。

1）内外圆锥的直径极限偏差分别是 $^{+0.0504}_{0}\,\mathrm{mm}$、$^{0}_{-0.0504}\,\mathrm{mm}$；

2）内外圆锥直径的极限偏差都为 $\pm 0.025\,\mathrm{mm}$。

9-112　假定内外圆锥角的公差等级均为 7 级，则 $AT_\alpha = 200\,\mu\mathrm{rad}$，

$AT_\mathrm{D} = AT_\alpha L \times 10^{-3} = 200 \times 106 \times 10^{-3}\,\mu\mathrm{m} = 21.2\,\mu\mathrm{m} = \Delta D_\mathrm{K} - \Delta D_\mathrm{Z}$，$\Delta D_\mathrm{K} - \Delta D_\mathrm{Z} = \pm 0.0106\,\mathrm{mm}$，

$$\Delta_1 b = \pm(\Delta D_K - \Delta D_Z)/C = \pm 0.0106 \times \frac{24}{7}\,mm = \pm 0.036\,mm,$$

$$\Delta_2 b = \Delta b - \Delta_1 b = [(\pm 0.4)-(\pm 0.036)]\,mm = \pm 0.346\,mm,$$

$$\frac{\alpha_K}{2}-\frac{\alpha_Z}{2} = \Delta_2 bC/0.0006H = \left(\pm\frac{0.0364\times\frac{7}{24}}{0.0006\times106}\right)' = \pm 1.67'.$$

直径的极限偏差 $\Delta D_K - \Delta D_Z = \pm 0.106\,mm$，圆锥角极限偏差 $\left(\dfrac{\alpha_K}{2}-\dfrac{\alpha_Z}{2}\right)=\pm1.67'$。

9-113　圆锥角偏差 $\Delta\alpha = \arctan\left(\dfrac{n}{L}\right)=\arctan\left(\dfrac{0.036-0.032}{80}\right)\,rad = 2.86\times10^{-3}\,rad =$ 2.86 μrad。

由题意：$\dfrac{h}{L+d}=\dfrac{1}{50}$，$50h=L+10$，$h=L/50+0.2$。

取 $L=100\,mm$，$h=2.2\,mm$。

9-119　解：圆锥配合公差 $T_{Dp}=\delta_{max}-\delta_{min}=(159-70)\,\mu m = 89\,\mu m$，因为 $T_{Dp}=T_{Di}+T_{De}$ 查 GB/T 1800.3—2009，IT7 + IT8 = 89 μm，一般情况下，孔的精度比轴低一级，故取内圆锥直径公差为 $\phi100H8\binom{+0.054}{0}\,mm$，外圆锥直径公差为 $\phi100u7\binom{+0.159}{+0.124}\,mm$。

9-125　解：按 $\phi60H7/u6$，可查得 $\delta_{min}=-0.057\,mm$，$\delta_{max}=-0.106\,mm$。

按式计算得

最小轴向位移 $E_{amin}=|\delta_{min}|/C = 0.057\times30\,mm = 1.71\,mm$；

最大轴向位移 $E_{amax}=|\delta_{max}|/C = 0.106\times30\,mm = 3.18\,mm$；

轴向位移公差 $T_E = E_{amax}-E_{amin}=(3.18-1.71)\,mm = 1.47\,mm$。

第十章　螺纹结合的互换性

10-138　解：由螺母 M24×2—6H 查表得 $T_{D2}=0.224\,mm$，$T_{D1}=0.375\,mm$，中径 $D_2=$ 22.701 mm，小径 $D_1=21.835\,mm$。

所以小径 $D_{1max}=(21.835+0.375)\,mm = 22.210\,mm$，$D_{1min}=21.835\,mm$；

中径 $D_{2max}=(22.701+0.224)\,mm = 22.925\,mm$，$D_{2min}=22.701\,mm$。

由螺栓 M24×2—6h 查表得 $T_{d2}=0.170\,mm$，$T_d=0.280\,mm$，中径 $d_2=22.701\,mm$ 从而得大径 $d_{max}=24\,mm$，$d_{min}=(24-0.280)\,mm = 23.720\,mm$；

中径 $d_{2max}=22.701\,mm$，$d_{2min}=(22.701-0.17)\,mm = 22.531\,mm$。

公差带图如习题解图 10-1 所示。

10-139　解：$d_{2作用}=d_{2实}+(f_p+f_{\alpha/2})=(21.9+0.0866+0.057)\,mm = 22.044\,mm$。

因为 $d_{2作用}=22.044\,mm < d_{2max}=22.051\,mm$，$d_{2单一}=21.9\,mm > d_{2min}=21.851\,mm$。

所以该螺栓合格。

10-140　解：$D_{2作用}=D_{2实}-(f_p+f_{\alpha/2})=[18.61-(0.069+0.035)]\,mm = 18.506\,mm$。

因为 $D_{2作用}=18.506\,mm > D_{2min}=18.376\,mm$，$D_{2单一}=18.61\,mm < D_{2max}=18.656\,mm$。

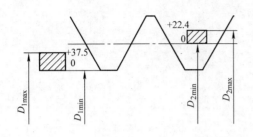

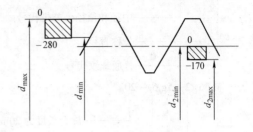

螺母公差带   螺栓公差带

习题解图 10-1 螺纹公差带

所以该螺母中径合格。

10-141 解：（1）20 次测量结果列表如习题解表 10-1 所示。

习题解表 10-1 测 量 结 果

序号	P_i	$v_i = P_i - \overline{P}$	v_i^2	序号	P_i	$v_i = P_i - \overline{P}$	v_i^2
1	12.003	+0.003	0.000009	13	12.003	+0.003	0.000009
2	12.005	+0.005	0.000025	14	11.998	−0.002	0.000004
3	11.995	−0.005	0.000025	15	12.010	+0.010	0.000100
4	11.998	−0.002	0.000004	16	12.005	+0.005	0.000025
5	12.003	+0.003	0.000009	17	11.995	−0.005	0.000025
6	12.003	+0.003	0.000009	18	11.998	−0.002	0.000004
7	11.990	−0.010	0.000100	19	12.000	0	0
8	11.995	−0.005	0.000025	20	11.995	−0.005	0.000025
9	11.998	−0.002	0.000004				
10	12.005	+0.005	0.000025	$\sum P_i = 240.002$		$\sum_{i=1}^{n} v_i = 0.002$	$\sum_{i=1}^{n} v_i^2$
11	12.005	+0.005	0.000025	$P = \dfrac{\sum P_i}{n} 12.000$			$= 0.000456$
12	11.998	−0.002	0.000004				

（2）计算单次测量的标准偏差估计值 σ'，即丝杠单个螺距误差 ΔP

$$\Delta P = \sigma' = \sqrt{\frac{\sum_{i=1}^{n} v_i^2}{N-1}} = \sqrt{\frac{0.000456}{20-1}} = 0.48 \times 10^{-2}\,\text{mm} = 0.0048\,\text{mm}$$

根据依拉达准则判断测量列中不存在粗大误差。

（3）计算测量列算术平均值的标准偏差的估计值 $\sigma'\tau$，即丝杆螺距累计误差 ΔP_L

$$\Delta P_L = \sigma'\tau = \frac{\sigma'}{\sqrt{N}} = \frac{0.0048}{\sqrt{20}}\,\text{mm} = 0.0011\,\text{mm}$$

10-142

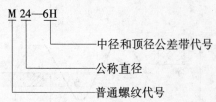

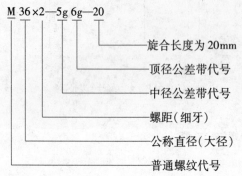

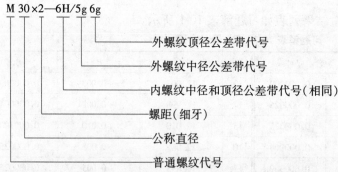

10-143 解：$d_{2\max} = (14.701 - 0.038)\text{mm} = 14.663\text{mm}$，

$d_{2\min} = (14.701 - 0.198)\text{mm} = 14.503\text{mm}$，$f_p = 0.01732\text{mm}$，$f_{\alpha/2} = 0.0219\text{mm}$。

由 $d_{2\text{作用}} = d_{2\text{单}} + (f_p + f_{\alpha/2}) \leqslant d_{2\max}$ 得 $d_{2\text{单}} \leqslant d_{2\max} - (f_p + f_{\alpha/2}) = 14.6234\text{mm}$。

所以单一中径合格的条件 $d_{\text{单}-} \geqslant d_{2\min} = 14.503$，且 $d_{2\text{单}-} \leqslant 14.623\text{mm}$。

10-144 解：（1）由 $d_2 = M - 3d_m + 0.866P$，$d_m = 0.577P$ 得

$d_2 = M - 0.865P = (21.151 - 0.865 \times 2.5)\text{mm} = 18.9885\text{mm} > d_{2\max} = 18.391\text{mm}$。

此螺纹塞规中径不合格。

（2）由 $d_2 = M - d_m\left(1 + \dfrac{1}{\sin\dfrac{\alpha}{2}}\right) + \dfrac{P}{2}\cot\dfrac{\alpha}{2}$

$$\delta_{\lim d2} = \pm\sqrt{\left(\frac{\partial d_2}{\partial M}\right)^2\delta_{\lim M}^2 + \left(\frac{\partial d_2}{\partial d_m}\right)^2\delta_{\lim dm}^2 + \left(\frac{\partial d_2}{\partial P}\right)^2\delta_{\lim P}^2 + \left(\frac{\partial d_2}{\partial \alpha}\right)^2\delta_{\lim \alpha}^2}$$

$$= \pm\sqrt{0.5^2 + 9^2 \times (-1)^2 + 0.866^2 \times (\pm1.7)^2 + (-1.634)^2 \times 0.6^2}\ \mu\text{m}$$

$$= \pm 3.51\mu\text{m} \approx \pm 0.0035\text{mm}$$

10-151 解：（1）由表查得 $d_2 = 22.701\text{mm}$。由表查得

中径 $es = -38\mu\text{m}$，$T_{d_2} = 170\mu\text{m}$；

大径 es $= -38\mu m$，$T_d = 280\mu m$。

（2）判断大径的合格性

$d_{max} = d + \text{es} = (24 - 0.38)\,mm = 23.962\,mm$，

$d_{min} = d_{max} - T_d = (23.962 - 0.28)\,mm = 23.682\,mm$，

因 $d_{max} > d_{实际} = 23.850\,mm > d_{min}$，故大径合格。

（3）判断中径的合格性

$d_{2max} = d_2 + \text{es} = (22.701 - 0.038)\,mm = 22.663\,mm$，

$d_{2min} = d_{2max} - T_{d_2} = (22.663 - 0.17)\,mm = 22.493\,mm$，

$d_{2作用} = d_{2实际} + (f_p + f_{\frac{\alpha}{2}})$。

式中　$d_{2实际} = 22.521\,mm$，$f_p = 1.732|\Delta P_\Sigma| = (1.732 \times 0.05)\,mm = 0.087\,mm$，

$f_{\frac{\alpha}{2}} = P\left(0.291\left|\Delta\frac{\alpha}{2}左\right| + 0.44\left|\Delta\frac{\alpha}{2}右\right|\right)/2$

$= 2 \times (0.291 \times 20 + 0.44 \times 25)/2\,\mu m = 16.8\,\mu m = 0.017\,mm$。

则　$d_{2作用} = 22.521\,mm + (0.087 + 0.017)\,mm = 22.625\,mm$。

按极限尺寸判断原则（泰勒原则）

$d_{2作用} = 22.625\,mm < 22.663\,mm(d_{2max})$，$d_{2实际} = 22.521\,mm < 22.493\,mm(d_{2min})$

故中径也合格。

（4）根据该螺纹尺寸 $d = 24\,mm$ 螺距 $P = 2\,mm$，查表得，采用中等旋合长度为 $8.5 \sim 25\,mm$。

第十一章　键和花键的互换性

11-110　解：如习题解图 11-1 所示。

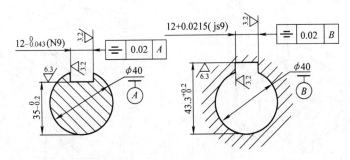

习题解图 11-1　键配合标注

11-111　解：花键数 $N = 6$，小径 $d = 23\,mm$，大径 $D = 26\,mm$，键宽 $B = 6\,mm$；

$23H8 = 23^{+0.033}_{0}\,mm$，$26H9 = 26^{+0.052}_{0}\,mm$，$6H10 = 6^{+0.048}_{0}\,mm$，$23g8 = 23^{-0.007}_{-0.040}\,mm$，

$26a10 = 26^{-0.300}_{-0.384}\,mm$，$6f8 = 6^{-0.010}_{-0.028}\,mm$。

11-112　解：内外花键联结的标注为 $8 - 32\dfrac{H7}{g7} \times 36\dfrac{H11}{a11} \times 6\dfrac{H11}{f9}$，

$32H7 = 32^{+0.025}_{0}\,mm$，$36H10 = 36^{+0.100}_{0}\,mm$；

$6H11 = 6^{+0.075}_{0}\,mm$，$32g7 = 32^{-0.009}_{-0.034}\,mm$；

$36a11 = 36_{-0.470}^{-0.310}$ mm, $6f9 = 6_{-0.040}^{-0.010}$ mm。

花键标注图如习题解图 11-2 所示。

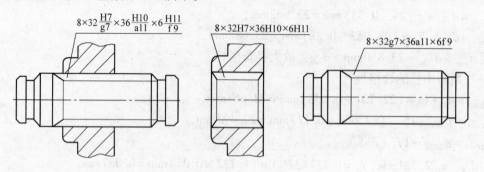

习题解图 11-2　花键标注

11-115　解:(1) 根据已知条件,一般精度,经常有相对滑动,故选一般用途的滑动联接,查表得各尺寸的配合及公差,标记是

配合: $6 \times 23\dfrac{H7}{f7} \times 26\dfrac{H10}{a11} \times 6\dfrac{H11}{d10}$　GB/T 1144—2001

外花键: $6 \times 23f7 \times 26a11 \times 6d10$　GB/T 1144—2001

内花键: $6 \times 23H7 \times 26H10 \times 6H11$　GB/T 1144—2001

(2) 选键侧中心平面对小径轴心线的对称度和等分度,它们的公差值相同,查表为 0.012mm,并根据表确定各表面的粗糙度 Ra 为

内花键: 小径 $0.8\mu m$,大径 $6.3\mu m$,键侧 $3.2\mu m$;

外花键: 小径 $0.8\mu m$,大径 $3.2\mu m$,键侧 $0.8\mu m$。

各项要求的标注见习题解图 11-3 所示。

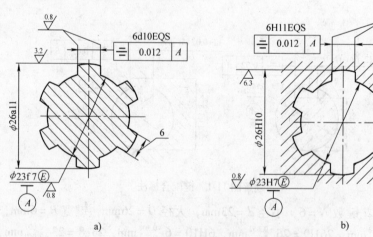

习题解图 11-3　标注图

第十二章　圆柱齿轮传动的互换性

12-176　解: 1) $j_{nmin} = J_{n1} + J_{n2} = 0.02 + 0.0164 = 0.0364$ mm。

2) 确定齿厚极限偏差

$$E'_{ss} = -\left(f_\alpha\tan\alpha + \frac{j_{n1} + j_{n2} + \sqrt{f_{pb1}^2 + f_{pb2}^2 + 2.104F_\beta^2}}{2\cos20°}\right)$$

$$= -\left(17.5\times\tan20° + \frac{0.0364 + \sqrt{9^2 + 10^2 + 2.104\times9^2}}{2\cos20°}\right)\mu m = 16.344\mu m, \frac{E'_{ss}}{f_{pt}} = 2。$$

齿厚上偏差代号为 E

$$E_{ss} = -2f_{pt} = -2\times10\mu m = -20\mu m = -0.020mm, T'_s = 2\tan20°\sqrt{36^2 + 62^2}\mu m = 52\mu m,$$

$$E'_{si} = E_{ss} - T'_s = 72\mu m, \frac{E'_{si}}{f_{pt}} = -7.2 \quad 齿厚下偏差代号为 H, E_{si} = -8f_{pt} = -80\mu m,$$

$$E_{wms} = E_{ss}\cos\alpha - 0.72F_r\sin\alpha = (-0.020\times\cos20° - 0.72\times0.036\times\sin20°)mm = -0.028mm,$$

$$E_{wmi} = E_{si}\cos\alpha + 0.72F_r\sin\alpha = (-0.08\times\cos20° + 0.72\times0.036\times\sin20°)mm = -0.066mm。$$

12-177　解：1）确定大、小齿轮的精度等级

小齿轮的分度圆直径 $d_1 = mz_1 = 3.5\times18mm = 63mm$,

大齿轮的分度圆直径 $d_2 = mz_2 = 3.5\times79mm = 276.5mm$,

公称中心距 $a = (d_1 + d_2)/2 = (63 + 276.5)/2mm = 169.75mm$,

齿轮圆周速度 $v = \pi d_1 n_1 = 3.14\times63\times1440/(1000\times60)mm = 4.75m/s$。

查表，按齿轮圆周速度，选齿轮传递运动准确性、传动平稳性、载荷分布均匀性的精度等级分别为 8 级、8 级、7 级。

2）确定大、小齿轮的应检精度指标的公差或极限偏差

查表，得大、小齿轮的四项应检精度指标的公差或极限偏差为：

齿距累积总公差 $F_{p1} = 53\mu m$, $F_{p2} = 70\mu m$;

单个齿距极限偏差 $\pm f_{pt1} = \pm17\mu m$, $\pm f_{pt2} = \pm18\mu m$;

齿廓总公差 $F_{a1} = 22\mu m$, $F_{a2} = 25\mu m$;

螺旋线总公差 $F_{\beta1} = 20\mu m$, $F_{\beta2} = 21\mu m$。

本例为普通齿轮，不需要规定 k 个齿距累积极限偏差。

3）确定公称公法线长度及相应的跨齿数和极限偏差

公称法向公法线长度 w_n 和测量时跨齿数 k 的计算：

本例直齿齿轮 $\alpha = 20°$, $inv20° = 0.014904$, 变位系数 $x = 0$,

$k_1 = z_1/9 + 0.5 = 18/9 + 0.5 = 3$(圆整为整数), $k_2 = z_2/9 + 0.5 = 79/9 + 0.5 = 9$。

$$w_1 = m\cos\alpha[\pi(k_1 - 0.5) + z_1 inv20°] + 2x\sin\alpha$$

$$= 3.5\times0.9397[3.14(3 - 0.5) + 18\times0.014904]mm = 26.700mm,$$

$$w_2 = 3.5\times0.9397[3.14(9 - 0.5) + 79\times0.014904]mm = 91.653mm。$$

确定公法线长度上、下偏差：

查表，得 $F_{r1} = 43\mu m$, $F_{r2} = 56\mu m$, 已知 $j_{bn\,min} = 0.21mm$, 取轴承跨距 $L = 125mm$, 则

$$j_{bn1} = \sqrt{1.76f_{pt1}^2 + [2 + 0.34(L/b)^2]F_{\beta1}^2} = \sqrt{1.76\times17^2 + [2 + 0.34(125/55)^2]\times20^2}\mu m$$

$$= 44.9\mu m,$$

$$j_{bn2} = \sqrt{1.76\times18^2 + [2 + 0.34(125/55)^2]\times21^2}\mu m = 47.2\mu m。$$

查表，得中心距极限偏差 $f_a = 31.5\mu m$,

$$E_{sns1} = -[(j_{bn\,min} + j_{bn1})/2\cos\alpha + f_a\tan\alpha]$$

221

$$= -[(210 + 44.9)/2 \times 0.9397 + 31.5 \times \tan 20°]\mu m = -147\mu m,$$

$$E_{sns2} = -[(j_{bn\,min} + j_{bn2})/2\cos\alpha + f_a \tan\alpha]$$

$$= -[(210 + 47.2)/2 \times 0.9397 + 31.5 \times \tan 20°]\mu m = -149\mu m。$$

查表、计算，得 $b_r = 1.26IT9$，$b_{r1} = 1.26 \times 74\mu m = 93\mu m$，$b_{r2} = 1.26 \times 130\mu m = 164\mu m$；

$$T_{sn1} = 2\tan\alpha \sqrt{b_{r1}^2 + F_{r1}^2} = 2\tan 20° \sqrt{93^2 + 43^2}\mu m = 75\mu m,$$

$$T_{sn2} = 2\tan\alpha \sqrt{b_{r2}^2 + F_{r2}^2} = 2\tan 20° \sqrt{164^2 + 56^2}\mu m = 126\mu m；$$

$$E_{sni1} = E_{sns1} - T_{sn1} = (-147 - 75)\mu m = -222\mu m,$$

$$E_{sni2} = E_{sns2} - T_{sn2} = (-149 - 126)\mu m = -275\mu m。$$

计算，得大、小齿轮公称公法线长度极限偏差

$$E_{ws1} = E_{sns1}\cos\alpha - 0.72F_{r1}\sin\alpha = (-147\cos 20° - 0.72 \times 43\sin 20°)\mu m = -149\mu m,$$

$$E_{wi1} = E_{sni1}\cos\alpha + 0.72F_{r1}\sin\alpha = (-222\cos 20° + 0.72 \times 43\sin 20°)\mu m = -196\mu m,$$

$$E_{ws2} = E_{sns2}\cos\alpha - 0.72F_{r2}\sin\alpha = (-149\cos 20° - 0.72 \times 56\sin 20°)\mu m = -154\mu m,$$

$$E_{wi2} = E_{sni2}\cos\alpha + 0.72F_{r2}\sin\alpha = (-275\cos 20° + 0.72 \times 56\sin 20°)\mu m = -244\mu m。$$

4）确定齿面的表面粗糙度轮廓幅度参数值

按齿轮的精度等级，查表得表面粗糙度轮廓幅度参数 Ra 的上限值为 $1.6\mu m$。

5）确定齿轮齿坯公差

大、小齿轮的齿顶圆直径：$d_{a1} = (63 + 7)$ mm $= 70$mm，$d_{a2} = (276.5 + 2)$ mm $= 283.5$mm。

小齿轮：查表，两个轴颈的直径公差（参考滚动轴承的公差等级确定），选为 k6，即 $\phi 40^{+0.018}_{+0.002}$mm，齿顶圆柱面的直径公差，选为 h8，即 $\phi 70^{\,0}_{-0.046}$mm。

两个轴颈分别对应它们的公共轴线（基准轴线）的径向圆跳动，计算为

$$t_{r1} = 0.3F_{p1} = 0.3 \times 53\mu m = 16\mu m$$

大齿轮：基准孔尺寸公差选为 H7，为 $\phi 60^{+0.030}_{0}$mm，齿顶圆柱面的直径公差，选为 h8，为 $\phi 283.5^{\,0}_{-0.081}$mm。

按公式，由基准端面直径、宽度和 F_β 确定齿轮坯基准端面对基准孔轴线的端面圆跳动公差值：$t_{t2} = 0.2(d_{a2}/b)F_{\beta 2} = 0.2(278.5/50) \times 21\mu m = 23\mu m$。

6）确定大齿轮轮毂键槽宽度和深度的基本尺寸和它们的极限偏差，以及键槽中心平面对基准孔轴线的对称度公差

键槽宽度：选 18mm，正常联结，为 (18 ± 0.0215)mm，

键槽深度：基本尺寸 4.4mm，$(60 + 4.4)$ mm $= 64.4$mm，为 $64.4^{+0.2}_{0}$mm，

对称度公差：查表，选 0.012mm。

7）画出齿轮轴和大齿轮的零件图，并标注技术要求

小齿轮工作图数据表如习题解表 12-1 所示。

小齿轮工作图零件图如习题解图 12-1 所示。

大齿轮工作图数据表如习题解表 12-2 所示。

大齿轮工作图数据图如习题解图 12-2 所示。

习题解表 12-1　小齿轮工作图数据表

齿数	z_1	18
法向模数	m_n	3.5
齿形角	α	20°
螺旋角	β	0°
径向变位系数	x	0
齿顶高系数	h_a^*	1
精度等级	8-8-7GK　GB/T 10095.1—2001	
配对齿轮	图号	
	齿数	79
齿轮中心距及极限偏差	$a \pm f_a$	169.75 ± 0.0315
公法线公称长度和极限偏差	W_{wi}^{nes}	$26.700^{-0.149}_{-0.196}$
	跨齿数 k	3
四项应检精度指标	检验项目代号	公差或极限偏差(mm)
	F_p	0.053
	$\pm f_{pt}$	± 0.017
	F_a	0.022
	F_β	0.020

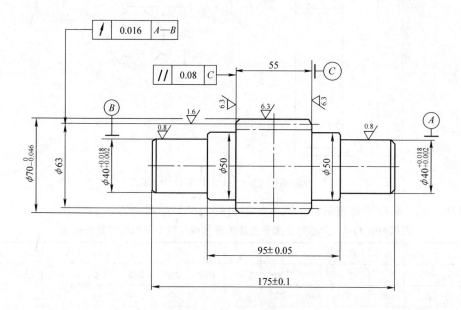

习题解图 12-1　齿轮轴零件图

习题解表 12-2　大齿轮工作图数据表

齿数	z_1	79
法向模数	m_n	3.5
齿形角	α	20°
螺旋角	β	0°
径向变位系数	x	0
齿顶高系数	h_a^*	1
精度等级	8-8-7GK　GB/T 10095.1—2001	
配对齿轮	图号	
	齿数	18

（续）

齿轮中心距及极限偏差	$a \pm f_a$	169.75 ± 0.0315
公法线公称长度和极限偏差	W_{wi}^{ws}	$91.653^{-0.154}_{-0.244}$
	跨齿数 k	9
四项应检精度指标	检验项目代号	公差或极限偏差（mm）
	F_p	0.070
	$\pm f_{pt}$	± 0.018
	F_a	0.025
	F_β	0.021

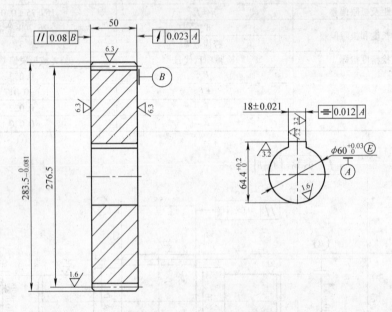

习题解图 12-2　大齿轮零件图

12-178　解：采用绝对测量法，数据处理过程及结果如习题解表 12-3 所示。

习题解表 12-3　用绝对法测量齿距偏差所得的数据及相应的数据处理

齿距序号	p_1	p_2	p_3	p_4	p_5	p_6	p_7	p_8	p_9	p_{10}	p_{11}	p_{12}
理论累积齿距角	30°	60°	90°	120°	150°	180°	210°	240°	270°	300°	330°	360°
指示表示值（μm）	+6	+10	+16	+20	+16	+6	−1	−6	−8	−10	−4	0
$p_i - p_{i-1} = \Delta f_{pti}$（实际齿距与理论齿距的代数差，μm）	+6	+4	+6	+4	−4	−10	−7	−5	−2	−2	+6	+4

齿距累积总偏差 $\Delta F_p = [(+20)-(-10)]\mu m = 30\mu m$，

单个齿距偏差的评定值为 p_6 的齿距偏差 $\Delta f_{ptmax} = -10\mu m$，

该齿轮分度圆直径 $d = mz = 5 \times 12mm = 60mm$，

查表，$F_p = 39\mu m$，$f_{pt} = \pm 13\mu m$。

因为 $\Delta F_p < F_p$，$\Delta f_{ptmax} < f_{pt}$。

所以该齿轮这两项精度指标合格。

12-179　解：采用相对测量法，其测量数据处理过程及结果如习题解表12-4所示。

习题解表12-4　用相对法测量齿距偏差所得的数据及相应的数据处理

齿距序号	p_1	p_2	p_3	p_4	p_5	p_6	p_7	p_8	p_9	p_{10}	p_{11}	p_{12}
指示表示值(μm)	0	+8	+12	-4	-12	+20	+12	+16	0	+12	+12	-4
各个示值的平均值 $p_\mathrm{m} = \dfrac{1}{12}\sum\limits_{i=1}^{12} p_i\ (\mu\mathrm{m})$						+6						
$p_i - p_\mathrm{m} = \Delta f_{\mathrm{pt}i}$（实际齿距与理论齿距 p_m 的代数差，μm）	-6	+2	+6	-10	-18	+14	+6	+10	-6	+6	+6	-10
$p_\Sigma = \sum\limits_{i=1}^{j}(p_i - p_\mathrm{m})$（齿距偏差逐齿累积值，$\mu$m）	-6	-4	+2	-8	-26	-12	-6	+4	-2	+4	+10	0

齿距累积总偏差 $\Delta F_\mathrm{p} = \big[(+10)-(-26)\big]\mu\mathrm{m} = 36\mu\mathrm{m}$，

单个齿距偏差的评定值为 P_5 的齿距偏差 $\Delta f_{\mathrm{ptmax}} = -18\mu\mathrm{m}$，

该齿轮分度圆直径 $d = mz = 5\times12\mathrm{mm} = 60\mathrm{mm}$。

查表，$F_\mathrm{p} = 55\mu\mathrm{m}$，$f_{\mathrm{pt}} = \pm18\mu\mathrm{m}$。

因为 $\Delta F_\mathrm{p} < F_\mathrm{p}$，$\Delta f_{\mathrm{pt}} < f_{\mathrm{pt}}$。

所以该齿轮这两项精度指标合格。

12-183　解：（1）确定齿轮精度等级

根据关于精度等级的选择要求和说明，针对减速器，取 F_p 为8级（该项目主要影响运动准确性，而减速器对运动准确性要求不太严），其余检验项目为7级。

（2）确定检验项目及其允许值

1）单个齿距极限偏差 $\pm f_{\mathrm{pt}}$　查表得 $f_{\mathrm{pt}} = \pm12\mu\mathrm{m}$；

2）齿距累积总公差 F_p　查表得 $F_\mathrm{p} = 53\mu\mathrm{m}$；

3）齿廓总公差 F_α　查表得 $F_\alpha = 16\mu\mathrm{m}$；

4）螺旋线总公差 F_β　查表得 $F_\beta = 15\mu\mathrm{m}$。

（3）齿厚偏差

1）最小法向侧隙 j_{bnmin} 的确定。采用查表法，由式得

$$j_{\mathrm{bnmin}} = \frac{2}{3}(0.06 + 0.0005\,|a_\mathrm{i}| + 0.03m)$$

$$= \frac{2}{3}(0.06 + 0.0005\times288 + 0.03\times3)\mathrm{mm} = 0.196\mathrm{mm}。$$

2）确定齿厚上偏差 E_{sns}。据式按等值分配，得

$E_{\mathrm{sns}} = -j_{\mathrm{bnmin}}/(2\cos\alpha) = -0.196/(2\cos20°)\mathrm{mm} = -0.104\mathrm{mm} \approx -0.10\mathrm{mm}$。

3）确定齿厚下偏差 E_{sni}。查表得 $F_\mathrm{r} = 43\mu\mathrm{m}$（也是影响运动准确性的项目，故按8级）；$b_\mathrm{r} = 1.26\mathrm{IT}9 = 1.26\times87\mu\mathrm{m} \approx 110\mu\mathrm{m}$。按式得

$T_{sn} = \sqrt{F_r^2 + b_r^2} \times 2\tan\alpha = \sqrt{43^2 + 110^2} \times 2\tan20° \mu m \approx 86\mu m = 0.086mm$,

$E_{sni} = E_{sns} - T_{sn} = (-0.10 - 0.086)mm = -0.186mm$。

齿厚公称值为 $s = \dfrac{\pi m}{2} = \dfrac{1}{2}(3.1416 \times 3)mm \approx 4.712mm$。

（4）确定齿轮坯精度

1）根据齿轮结构，选择圆柱孔作为基准轴线。由表得

圆柱孔的圆柱度公差为 $f = 0.1F_p = 0.1 \times 0.053mm \approx 0.005mm$

由表查孔的尺寸公差取 7 级，即为 H7。

2）齿轮两端面在加工和安装时作为安装面，应提出其对基准轴线的跳动公差，由表，跳动公差为 $f = 0.2(D_d/b)F_\beta = 0.2 \times (70/20) \times 0.015mm \approx 0.011mm$，由表，相当于 5 级，精度较高，考虑到经济加工精度，适当放宽，取 0.015mm（相当于 6 级）。

3）齿顶圆作为检测齿厚的基准，应提出尺寸和跳动公差要求。参见表，径向圆跳动公差为 $f = 0.3F_p = 0.3 \times 0.053mm \approx 0.016mm$；参考表，尺寸公差取 8 级，即为 h8。

4）参见表，齿面和其他表面的表面粗糙度如习题解图 12-3 所示。

（5）其他形位公差要求　其他形位公差要求如习题解图 12-3 所示。

（6）画出齿轮工作图　齿轮零件图如习题解图 12-3 所示（图中尺寸没有全部标出）。齿轮有关参数在齿轮工作图的右上角位置列表。

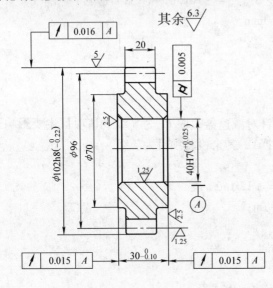

法向模数	m_n	3
齿数	z	32
齿形角	α	20°
螺旋角	β	0
径向变位系数	x	0
齿顶高系数	h_a	1
齿厚及其极限偏差	$S_{E_{sni}}^{E_{sns}}$	$4.712_{-0.186}^{-0.100}$
精度等级		8(F_p)、7(f_{pt}, F_α, F_β) GB/T 10095.1—2001
配对齿轮		图号
检查项目	代号	允许值/μm
单个齿距极限偏差	$\pm f_{pt}$	± 12
齿距累积总公差	F_p	53
齿廓总公差	F_α	16
螺旋线总公差	F_β	15

习题解图 12-3　齿轮工作图

模拟试卷（一）

一、填空题（每空 1 分，共 15 分）

1. 优先数系中，国家标准规定的基本系列为 _____、R20/3 系列的公比是 _____。

2. 通常对于要求准确定位的配合要选用 _____ 配合。

3. 在公差带中，公差带的位置由 _____ 确定，公差带的大小由 _____ 确定。

4. 用普通计量器具测量 $\phi 50^{+0.025}_{-0.180}$ mm 的轴，若安全裕度 $A = 0.019$，则该轴的下验收极限为 _____。

5. 某基孔制配合，若已知 $T_f = 32\mu m$，$es = +41\mu m$，$T_h = T_s$，则 $Y_{min} = $ _____。

6. 仪器读数在 30mm 处的示值误差为 −0.015mm，当用它测工件读数为 30mm 时，该工件实际尺寸为 _____。

7. 垂直度的公差带形状为 _____、_____、_____ 三种。

8. 在表面粗糙度评定参数中，反映表面接触刚度和耐磨性的参数是 _____。

9. 平键联接中，配合尺寸是 _____。

10. 外螺纹的作用中径关系式为 _____。

11. 已知通规公差为 0.008mm，通规公差带中心到工件（孔 $\phi 50^{+0.054}_{-0.020}$）最小极限尺寸的距离为 0.011mm，则此孔用工作量规通规的最大极限尺寸为 _____。

二、判断题（每小题 1 分，共 15 分）

1. 为了满足互换性要求，设计规定的公差值越小越好。（　　）

2. 零件的尺寸公差可以为正、负和零。（　　）

3. 孔轴配合的最大过盈为 −60μm，配合公差为 40μm，可以分析判断该配合属于过盈配合。（　　）

4. 零件的尺寸公差等级越高，则该零件加工后的表面粗糙度越小。由此可知，表面粗糙度要求很小的零件，则其尺寸公差亦必定很小。（　　）

5. 零件的实际尺寸为测量得到的尺寸，也就是零件的真实尺寸。（　　）

6. 用光滑极限量规检验孔和轴，通规是控制孔或轴的最大实体尺寸，止规是控制孔或轴的最小实体尺寸。（　　）

7. 量块按"等"使用时，量块的工作尺寸内既包含制造误差，也包含检定误差。（　　）

8. 若某平面的平面度误差值为 0.06mm，则该平面对基准的平行度误差值一定小于 0.06mm。（　　）

9. 若形位公差的给定值为 0，则最大实体实效尺寸与最大实体尺寸是相等的。（　　）

10. 平键联接按基孔制配合。（　　）

11. 在过渡配合中，最小间隙和最小过盈在数值上相等。（　　）

12. 国家标准中，对螺纹的螺距和牙型半角规定用螺距公差和牙型半角公差来控制。（　　）

13. 在表面粗糙度主要评定参数中，Ra 不能间接评定表面峰、谷尖锐程度参数。（　　）

14. 滚动轴承的基孔制不同于一般的基孔制，其公差带分布于零线下方，上偏差为零，下偏差为负值。（　　）

15. 几何偏心使加工过程中齿坯相对于滚刀的距离产生变化，切出的齿一边短而肥，一边瘦而长。（　　）

三、选择题（每题 1 分，共 15 分）

1. 当孔的上偏差小于相配合的轴的上偏差，而大于其下偏差时，此配合的性质是（　　）。

A. 无法确定　　　　　B. 间隙配合　　　　　C. 过盈配合　　　　　D. 过渡配合

2. 当测量面积很小，如顶尖、刀具的刃部等表面，通常选（　　）作为测量表面粗糙度的参数。

A. Ry　　　　　　　B. Rz　　　　　　　C. Ra

3. 选择滚动轴承与相配件配合时，首先要考虑的因素是（　　）。

A. 轴承的间隙　　　　　　　　　　B. 套圈旋转状态和负荷大小

C. 生产批量　　　　　　　　　　　D. 轴和外壳孔的的结构和材料

4. 一般情况下，如要求平行的两个平面，其平面度公差值和平行度公差值的关系是（　　）。

A. 平面度小于平行度　　　B. 平面度大于平行度　　　C. 两者相等

5. 在随机误差的评定中，能反映测得值精度高低的指标是（　　）。

A. 算术平均值　　　　B. 标准偏差　　　　C. 残余误差

6. 关于光滑极限量规，下列说法中错误的是（　　）。

A. 塞规用来检验孔，卡规用来检验轴

B. 通规控制工件的最大实体尺寸，止规控制工件的最小实体尺寸

C. 通规控制工件的体外作用尺寸，止规控制工件的局部实际尺寸

D. 通规通过工件，同时止规不通过工件，则工件合格

7. 平键联接中采用的基准制是（　　）。

A. 基孔制　　　　　　B. 基轴制　　　　　　C. 基孔制和基轴制均可

8. 滚动轴承内圈与基本偏差为 h 的轴颈形成（　　）配合。

A. 间隙　　　　　　　B. 过盈　　　　　　　C. 过渡

9. 一般不考虑使用传递系数的尺寸链是（　　）。

A. 线性尺寸链　　　　B. 平面尺寸链　　　　C. 空间尺寸链

10. 对普通螺纹联接的主要要求是（　　）。

A. 可旋合性　　　　　　　　　　　B. 传动准确性

C. 可旋合性和联接可靠性　　　　　D. 密封性

11. 圆锥的形状公差要求通常不包括（　　）。

A. 圆锥中心线直线度公差

B. 截面圆度公差

C. 圆锥素线直线度公差

12. 普通螺纹的中径公差可以限制(　　)。

A. 中径公差

B. 螺距和牙型半角误差

C. 中径、螺距和牙型半角误差

13. 内外花键的小径定心表面的形状公差遵守(　　)原则。

A. 最大实体　　　　　　B. 独立　　　　　　　　C. 包容

14. 圆柱齿轮大部分公差项目规定了 13 个精度等级，一般机械传动中，齿轮常用的精度等级是(　　)级。

A. 3～5　　　　　　B. 6～8　　　　　　C. 9～11　　　　　　D. 10～12

15. 对汽车、拖拉机和机床变速箱齿轮，主要的要求是(　　)。

A. 传递运动的准确性

B. 传动平稳性

C. 载荷分布均匀性

四、计算题

1. 有一对 $\phi 80\text{mm}$ 的孔、轴配合，已知轴的基本偏差代号为 js，$es = +0.015\text{mm}$，$Y_{\min} = -0.010\text{mm}$，$T_h = 4/3 T_s$。求：$T_h$、$Y_{\max}$、ES、EI 和 ei，并说明这属于什么配合类型。(本题 20 分)

2. 如右图所示，问：

(1) 该零件遵守什么边界？并求出边界尺寸。

(2) 求该零件处于最大实体时的垂直度公差值。

(3) 求该零件处于最小实体时的垂直度公差值。

(4) 若已知加工后的孔径处处为 40.025mm，其轴线对基准面 A 的垂直度误差为 0.08mm，试判断零件是否合格。(本题 20 分)

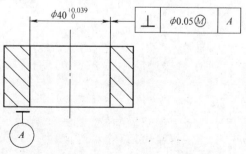

3. 用两种不同的方法分别测量两个尺寸，若测量结果分别为 20 ± 0.001 mm 和 300 ± 0.01 mm，问哪种测量方法的精确度高？（本题 7 分）

4. 有一配合 $\phi 50 \text{H8} \left(^{+0.039}_{\ \ 0} \right) / \text{f7} \left(^{-0.025}_{-0.050} \right)$，试按泰勒原则分别写出孔、轴尺寸合格的条件。（本题 8 分）

模拟试卷（二）

一、填空题（每空 1 分，共 15 分）

1. 优先数的特点是_____、_____。

2. 在基孔制配合中，孔的_____是基本偏差，其数值为_____。

3. 某基轴制的配合，若已知 $ei = -25\mu m$，$ES = +48\mu m$，$X_{min} = 9\mu m$，则配合公差为_____。

4. 滚动轴承内圈与轴颈的配合属于_____配合，外圈与壳体孔的配合属于_____配合。

5. 在表面粗糙度参数中，采用触针法测量的是_____。

6. 用通用计量器具测量 $\phi 35^{-0.050}_{-0.112}$ mm，若安全裕度 $A = 0.006$ mm，则该轴的上验收极限为_____。

7. 内螺纹的作用中径表达式为_____。

8. 不同尺寸测量时，判断其测量精度的误差应当用_____而不是_____。

9. 螺纹中径公差同时限制_____、_____及_____三个要素的误差。

二、判断题（每小题 1 分，共 15 分）

1. 极限偏差影响配合的松紧程度，也影响配合的精度。（   ）

2. 最大实体尺寸主要用以限制实际尺寸，而最小实体尺寸主要用于限制作用尺寸。（   ）

3. 影响大尺寸加工误差的主要因素是测量误差。（   ）

4. 精确的计量器具可以测的被测量的真值。（   ）

5. 有位置公差要求的被测要素都不是单一要素。（   ）

6. 配合性质相同，零件尺寸越小则表面粗糙度值应越小。（   ）

7. 用光滑极限量规检验孔，通规是控制孔的最小极限尺寸，止规是控制孔的最小实体尺寸。（   ）

8. 滚动轴承的尺寸越大，选用的配合应越紧。因此，重型机械上使用的特别大尺寸的轴承，应采用较紧的配合。（   ）

9. 普通螺纹公差标准中，除了规定中径和顶径的公差和基本偏差外，还规定了螺距和牙型半角公差。（   ）

10. 平键配合中，键宽和轴槽宽的配合采用基孔制。（   ）

11. 由于花键联接具有强度高，负荷分布均匀，传递扭矩大，联接可靠，导向精度高、定心性好等优点，所以比单键应用的更为广泛。（   ）

12. 运动偏心使齿坯相对于滚刀的转速不均匀，而使被加工的齿轮各轮廓产生切向错移。（   ）

13. 量块按"等"使用时，以量块的标注尺寸为量块的工作尺寸。（   ）

14. 采用零形位公差，指在任何情况下被测要素的形位公差总是零。（   ）

15. 用两点法测量圆度误差时，只能得到近似的测量结果。（　　）

三、选择题（每题1分，共15分）

1. 在滚动轴承中，其外圈与滚动体之间的互换性为（　　）。

   A. 外互换　　　　　　　　　　　B. 内互换

2. 基本尺寸是（　　）。

   A. 测量得到的　　　　　　　　　B. 加工时得到的

   C. 加工后得到的　　　　　　　　D. 设计时给定的

3. 下列各关系式中，能确定孔与轴的配合为过渡配合的是（　　）。

   A. EI≥es　　　　B. ES≤ei　　　　C. EI＞ei　　　　D. EI＜ei＜ES

4. 基本尺寸为100，孔的公差为IT8时，轴的公差按标准推荐应采用（　　）。

   A. IT9　　　　　　B. IT8　　　　　　C. IT7

5. 属于哪一类测量误差，在数据处理时必须对其对应的测量值进行剔除。（　　）

   A. 粗大误差　　　　B. 系统误差　　　　C. 随机误差

6. 一般情况下，圆柱形零件的形状公差值（轴线的直线度除外）与尺寸公差值的关系应是（　　）。

   A. 形状公差小于尺寸公差

   B. 形状公差大于尺寸公差

   C. 两者相等

7. 表面粗糙度参数选择时，应优先选用（　　）。

   A. *Ra* 和 *Rz*　　　　B. *Ra*　　　　C. *Ry*

8. 关于校对量规，下列说法中错误的是（　　）。

   A. 校对量规是用来校对工作量规的

   B. 轴用量规的通规和止规均应有校对量规

   C. 一般情况下，轴的精度要求比孔的精度要求高，因而轴用量规有校对量规，而孔用量规无校对量规

   D. 轴用量规的校对量规的结构形式与工作量规的塞规相似

9. 国家标准规定滚动轴承的公差等级分为（　　）。

   A. 6级　　　　　　B. 5级　　　　　　C. 4级

10. 平键联接中，标准对轴槽宽度规定了（　　）种公差带。

   A. 1　　　　　　　B. 2　　　　　　　C. 3　　　　　　　D. 4

11. 普通螺纹（　　）为螺纹的公称直径。

   A. 大径　　　　　　B. 中径　　　　　　C. 小径

12. 一般情况下，如果要求平行的两个平面，其平面度公差值和平行度公差值的关系是（　　）。

   A. 平面度大于平行度　　　B. 平面度小于平行度　　　C. 两者相等

13. 当测量面积很小，像顶尖、刀具的刃部等表面，通常选（　　）作为测量表面粗糙度的参数。

   A. *Ra*　　　　　　B. *Rz*　　　　　　C. *Ry*

14. 下列各组是齿轮的精度评定指标，哪一组是评定齿轮传递运动准确性的。（　　）

A. $\Delta F_i'$ $\Delta F_i''$ $\Delta f_i''$ B. ΔF_p ΔF_{PK}

C. $\Delta f_i'$ Δf_{pb} Δf_f D. ΔF_{β} ΔF_{pk} ΔF_r

15. 作用于轴承上的合成径向负荷顺次地作用在套圈滚道的整个圆周上，该套圈所承受的负荷称为（　　）。

A. 局部负荷   B. 循环负荷   C. 摆动负荷

四、计算题

1. 有一基孔制配合，要求配合的 $X_{max} = +0.016\text{mm}$，$Y_{max} = -0.034\text{mm}$，若取孔和轴的公差相等，请列式计算 T_f 及孔和轴的极限偏差。（本题 15 分）

2. 将基孔制配合 $\phi10\dfrac{\text{H8}^{+0.022}_{\ \ 0}}{\text{n7}^{+0.025}_{+0.010}}$ 变为基轴制配合，两者的配合性质不变，试确定配合中孔、轴的极限偏差。（本题 12 分）

3. 已知通规公差为 0.008mm，通规公差带中心到工件（孔 $\phi50^{-0.009}_{-0.048}$）最小极限尺寸的距离为 0.011mm，试计算此孔用工作量规通规的最大极限尺寸和最小极限尺寸。（本题 8 分）

4. 右图中轴 $\phi30^{-0.12}_{-0.30}\text{mm}$，计算：

（1）最大实体尺寸（d_M）、最小实体尺寸（d_L）。

（2）实际轮廓遵守的边界尺寸。

（3）当轴处于最小实体时，其轴线的直线度公差值。

（4）若完工后轴的截面形状正确，实际尺寸处处皆为 29.81mm，轴线的直线度误差为 0.08mm，问此轴是否合格，为什么？（本题 20 分）

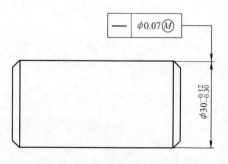

参 考 文 献

[1] 王伯平 . 互换性与测量技术基础 ［M］. 北京：机械工业出版社 . 2009.

[2] 甘永立 . 几何量公差与检测 ［M］. 上海：上海科学技术出版社 . 2008.

[3] 徐茂功 . 公差配合与技术测量 ［M］. 北京：机械工业出版社 . 2008.

[4] 周文玲 . 互换性与测量技术 ［M］. 北京：机械工业出版社 . 2005.

[5] 廖念钊 . 互换性与技术测量 ［M］. 北京：中国计量出版社 . 2002.

[6] 李柱 . 互换性与测量技术 ［M］. 北京：高等教育出版社 . 2004.

[7] 陈于萍 . 互换性与测量技术基础 ［M］. 北京：机械工业出版社 . 2005.

[8] 潘宝俊 . 互换性与测量技术基础 ［M］. 北京：中国标准出版社 . 1997.

[9] 薛彦成 . 公差配合与测量技术 ［M］. 北京：机械工业出版社 . 1999.